Rudolf Jagusch, geboren 1967 in Bergisch Gladbach, arbeitet als Diplomverwaltungswirt in Köln. Er lebt mit seiner Familie in Bornheim im Vorgebirge. »Nebelspur« ist sein erster Kriminalroman im Emons Verlag.
www.tatort-vorgebirge.de

Dieses Buch ist ein Roman. Handlung und manche Orte sind frei erfunden, ebenso die handelnden Personen. Ähnlichkeiten mit lebenden oder toten Personen sind daher rein zufällig.

RUDOLF JAGUSCH

Nebelspur

VORGEBIRGS KRIMI

emons:

Umschlagzeichnung: Heribert Stragholz
Druck und Bindung: CPI – Clausen & Bosse, Leck
Printed in Germany 2009
ISBN 978-3-89705-675-6
Vorgebirgs Krimi
Originalausgabe

Für meine Familie
Dana, Timo und Susanne

EINS

Stephan Tries schob die *torta al cioccolato* in den vorgewärmten Ofen. Für den Nachmittag hatte er seine Freundin Charlotte von Berg zum Kaffee eingeladen. Sie liebte seinen Schokoladenkuchen, und er freute sich darauf, sie damit zu überraschen.

Er spülte ab, ließ sich Zeit. Im Obergeschoss musste er noch eine Holzverkleidung anbringen. Das alte Haus war eine ewige Baustelle. Anfang des Jahres hatte er eine Auszeit von seiner Polizeiarbeit genommen und war hierher nach Sechtem in das alte Bauernhaus seiner verstorbenen Eltern in der Ophofstraße gezogen. Seitdem kam er aus den Renovierungsarbeiten nicht mehr heraus. Er verspürte keine große Lust, sich der Arbeit anzunehmen. Zwar besaß er nicht gerade zwei linke Hände, und das, was er anpackte, sah im Ergebnis annehmbar aus. Doch Spaß machte ihm das Heimwerken nicht.

Er hörte die Elf-Uhr-Nachrichten von Radio Bonn/Rhein-Sieg, trocknete sich dabei gemütlich die Hände an einem Geschirrtuch ab. Der Nachrichtensprecher berichtete über einen Einbruch in der Sparkassenfiliale in Bornheim. Stephan schüttelte den Kopf und murmelte: »Die werden immer dreister. Keine fünfzig Meter von der Polizeiwache entfernt. Wie abgebrüht ist das denn?« Er beneidete seine grün-weißen Kollegen nicht. Man musste kein Prophet sein, um die kommenden Schlagzeilen in der Lokalpresse zu erraten. Als die Verkehrsstaus durchgegeben wurden, schaltete er das Radio ab. Die Uhr am Backofen zeigte ihm, dass der Kuchen noch zwanzig Minuten benötigte, dann würde er außen knusprig und innen weich sein. Genau richtig, um jemanden damit zu verwöhnen.

Stephan seufzte. Länger konnte er guten Gewissens die Arbeit nicht mehr hinausschieben. Es wurde auch langsam Zeit, seine Tochter Christine aus dem Bett zu schmeißen. Christine wohnte seit einiger Zeit bei ihm und führte ein Lotterleben. Schon mehrmals waren sie deshalb aneinandergeraten. Doch so sehr er auch mit Engelszungen auf sie einredete, sich endlich um eine Ausbildung oder eine Arbeit zu kümmern, Christine schien das nicht zu beeindrucken. Sie lebte in den Tag hinein und genoss jede freie Minute.

Stephan zupfte noch mal die Geschirrhandtücher ordentlich auf die Halter, als er ein Auto auf seinen Hof fahren hörte. Er blickte auf und sah hinaus. Charlotte von Bergs silberner Mazda MX 5 kam gerade mit quietschenden Reifen zum Stehen.

»Nanu?«, murmelte Stephan, ging in den Flur und öffnete die Haustür.

Charlotte stürmte heran, ihre langen roten Haare trug sie heute offen. Der leichte Wind wirbelte sie zur Seite und verlieh ihr das Aussehen der Venus von Sandro Botticelli – nur dass Charlotte einen aufregend engen Hosenanzug trug. Seit einem halben Jahr waren sie ein Paar, und jedes Mal, wenn Stephan sie so sah, wusste er auch warum. Ihr Aussehen und ihre Eleganz raubten ihm mitunter den Atem. Sie gab ihm einen flüchtigen Kuss auf die Wange und lief weiter in die Küche.

»Ist was passiert?«, fragte Stephan.

»Kann man wohl sagen.« Sie stellte ihre Handtasche auf den Tisch und fingerte mit zitternden Fingern einen beigefarbenen Umschlag hervor. »Den habe ich eben in der Post gefunden.« Sie strich eine Haarsträhne hinter ihr Ohr und hielt den Umschlag auffordernd in Stephans Richtung.

Stephan nahm ihn, öffnete ihn und las den Brief, der darin steckte.

Du alte Schlampe! Schäm dich! Er könnte dein Sohn sein! Lass ihn sausen, sonst passiert was!

Stephan zog die Augenbrauen nach oben. Er wendete den Umschlag, fand nur Charlottes Adresse. »Kein Absender«, stellte er fest.

»Es ist ja auch ein Drohbrief«, höhnte Charlotte. Sie zündete ein Zigarillo an und inhalierte tief. Dann setzte sie sich auf die Eckbank.

Stephan mochte es nicht, wenn in seinem Haus geraucht wurde. Doch da Charlotte nur dann rauchte, wenn sie sehr aufgeregt war, ließ er sie ausnahmsweise gewähren. Es würde ihr helfen, sich ein wenig zu entspannen. Er setzte sich zu ihr, griff ihre freie Hand und drückte sie. »Schau. Wir wussten von vornherein, dass unsere Beziehung hier in dem konservativ geprägten Dorf auf Ablehnung stoßen würde. Du als Witwe, ich geschieden, der Altersunterschied, die wilde Ehe.« Stephan lächelte. »Also nimm das nicht zu ernst.«

Charlotte blickte ihn an. »Dass ich beim Kirchgang von einigen geschnitten werde, daran habe ich mich gewöhnt. Aber so etwas …« Sie hob den Drohbrief an und ließ ihn auf den Tisch zurückflattern. »So etwas macht mir Angst.«

»Was ist denn hier los?« Christine kam herein. Ihr Nachthemd hing an ihr herab wie ein Bettlaken an einem Kleiderständer.

Viel zu dünn, dachte Stephan. Ein Thema, das hier im Haus regelmäßig zum Streit führte. »Charlotte hat einen Drohbrief erhalten«, informierte er seine Tochter.

Christines Augen blitzten beeindruckt. »Cool«, kommentierte sie. Sie goss sich einen grünen Tee auf und knabberte an einem Knäckebrot.

»Ist auch noch geräucherter Schinken da«, sagte Stephan. Christine runzelte die Stirn, sah ihn böse an. Stephans Fürsorge kam bei ihr offensichtlich nicht an.

»Was ist denn daran cool?«, fragte Charlotte und paffte an ihrem Zigarillo.

Christine hörte auf zu kauen, kam heran und nahm sich den Brief. Dabei wedelte sie einige Male damit in der Luft herum, um den Zigarillorauch zu verteilen. Sie hüstelte übertrieben. »Früh am Morgen schon vergiftet werden«, sagte sie und las. »Na ja«, kommentierte Christine und kaute weiter an ihrem Knäckebrot.

»Na ja?«, hakte Charlotte nach. »Das ist alles, was du dazu zu sagen hast?«

»Die Drohung ist ja nicht besonders konkret«, stellte Christine fest. Sie entsorgte den Teebeutel in der Spüle. »Ach, Charlotte, mach dich doch nicht verrückt«, tröstete sie. »›Sonst passiert was‹ ist doch wirklich eine blöde Drohung, oder? Derjenige, der das geschrieben hat, weiß offensichtlich nicht, womit er drohen soll.«

»Kann ja noch kommen«, sagte Charlotte.

Stephan hörte heraus, dass ihre Stimme weicher geworden war. »Ja«, stimmte er zu. »Aber bis dahin sollten wir das nicht überbewerten. Ich schlage vor, wir warten ab.«

Charlotte zögerte, sah erst Christine an, dann Stephan und überflog noch mal den Brief. »Ein Dummejungenstreich also?«

Die beiden nickten synchron.

»Einverstanden. Wir warten ab.« Charlotte drückte ihren Zigarillo aus und stand auf. »Riecht köstlich«, sagte sie und sah in den

Backofen. Stephan stellte sich hinter sie und legte die Arme um ihre Hüfte. »Für nachher«, flüsterte er ihr ins Ohr.

»Oh, oh«, stieß Christine amüsiert hervor. »Ich lass euch Turteltauben besser allein.« Sie kicherte.

Charlotte löste sich aus Stephans Umarmung. »Kannst ruhig bleiben. Ich muss mit meiner Mutter zu einer kleinen Familienfeier. Ihre Cousine wird neunzig und hat uns zum Mittagessen eingeladen. Das kann ich nicht verschieben.«

»An mir soll es aber nicht liegen«, sagte Christine. »Ich bin eh verabredet und in zehn Minuten raus.«

»Du hast doch noch gar nicht richtig ...« Gefrühstückt, wollte Stephan sagen, doch er verkniff sich in allerletzter Sekunde das Wort. Christine reagierte auf solche Feststellungen allergisch, und er wollte jetzt keine schlechte Stimmung im Haus.

Christine warf ihm einen bösen Blick zu und lächelte dann Charlotte an. »Mach's gut. Ich mach mich jetzt frisch und bin dann weg. Ciao.« Sie flog hinaus wie ein zu dünn geratenes Gespenst.

»Der Kuchen kann noch ein paar Minuten«, bemerkte Charlotte. »Gib ihm zehn Minuten mehr als im Rezept angegeben. Ich mag ihn ein wenig brauner.«

Sie küsste Stephan zum Abschied.

Er brachte sie hinaus und winkte ihr nach, bis sie die Einfahrt verlassen hatte.

Christine rannte an ihm vorbei. »Oh, Mist. Sie hätte mich mit zum Bahnhof nehmen können«, fluchte sie.

»Soll ich dich fahren?«, rief Stephan ihr hinterher.

Sie winkte ab. »Du wolltest doch noch renovieren. Mach da lieber weiter. Mein Zimmer sieht ja immer noch aus wie eine Baustelle.« Sie lachte und rannte vom Hof, ohne sich noch mal umzudrehen.

Stephan schloss die Haustür. Seufzend sah er zur Treppe. Jetzt konnte er die unliebsame Tätigkeit wohl nicht mehr weiter hinausschieben. Irgendwann musste er ja schließlich damit fertig werden.

Er ging nach oben in das Zimmer seiner Tochter Christine. Sie nahm die obere Etage in Beschlag wie eine ganze Einsatzstaffel. Es gab kaum eine Stelle, an der sie nicht mindestens ein Kleidungsstück, eine Tasche oder ein Buch achtlos hatte liegen lassen. Stephan regte sich nicht mehr darüber auf. Er hatte sich daran gewöhnt und ignorierte die Unordnung. Seit seinem Aufenthalt im Krankenhaus sah er vieles gelassener. Er setzte sich auf die Bettkante. Wie immer, wenn er dieses Zimmer betrat, hatte er ein mulmiges Gefühl in seiner Magengrube und seine Kehle schnürte sich zu. Es war Natalies Zimmer gewesen, das Christine jetzt bewohnte. Natalie, seine Schwester, war vor über zwanzig Jahren verschwunden. Da es keine Anzeichen für ein Verbrechen gegeben hatte, lag es nahe, dass Natalie abgehauen war.

Stephan dachte an seinen jähzornigen Vater, der ihnen oft das Leben zur Hölle gemacht hatte. Der Streit mit ihm kurz nach Natalies Verschwinden kam ihm in den Sinn. Er hatte einige Tage Sonderurlaub bekommen, leistete gerade seinen Wehrdienst ab. Sein Vater hatte ihn aufgefordert, bei der Suche nach Natalie zu helfen. Eigenmächtig hatte Stephan jedoch beschlossen, bei seiner Mutter zu bleiben, die verstört im Wohnzimmer hockte und die Besuche der Nachbarschaft über sich ergehen ließ.

Kurz vor fünf am Nachmittag bekam Stephan für seine Entscheidung, nicht an der Suche nach seiner Schwester teilzunehmen, die Rechnung präsentiert. Sein Vater stürmte wutentbrannt in die Küche, in der Stephan saß und einen Kaffee trank.

»Wo warst du?«, fragte er und stemmte die Fäuste in die Hüften.

Stephans Herz schlug schneller, als er antwortete: »Bei Mama. Sie braucht jetzt jemanden.«

»Soll das ein Vorwurf sein?«

Stephan stutzte. »Vorwurf? Blödsinn!«

»Was ist denn das für ein Ton? Bringen sie dir beim Kommiss so was bei?«

Er schüttelte resignierend den Kopf und schwieg. Wenn sein Vater einen Grund suchte, um seinen Frust abzulassen, dann verdrehte er die Worte so lange, bis es für einen Wutanfall ausreichte. Dazu wollte Stephan ihm keine Gelegenheit bieten. Doch Jupp ließ nicht locker.

»Du glaubst, dass wir unsere Zeit mit der Suche vertrödeln, oder?«

»Nein«, antwortete Stephan so neutral wie möglich. Er spürte Angst und Wut in sich auflodern. Obwohl er seinem Vater körperlich überlegen war, erinnerte ihn das Ganze an seine Kindheit, während der er tatenlos alles über sich ergehen lassen musste. Widerstand hatte seinen Vater nur noch mehr gereizt.

»Ich hatte dir gestern eine klare Anweisung gegeben«, schrie Jupp plötzlich los. Stephan schreckte zusammen. Sein Vater stand keinen Meter entfernt, die Fäuste geballt.

»Mama schläft. Nimm doch ein wenig Rücksicht«, sagte er leise und sah seinen Vater eindringlich an.

Doch der dachte gar nicht daran, sondern holte weit aus.

Rumms!

Stephan fiel seitlich vom Stuhl. Seine rechte Wange brannte von dem Schlag wie Feuer. Jupp machte einen Schritt auf ihn zu, stand jetzt breitbeinig über ihm. »Rücksicht? Ich werde dich Rücksicht lehren!« Er packte Stephan am T-Shirt und zog ihn nach oben. Ein Schlag auf die andere Wange warf Stephans Kopf nach rechts. Den dritten Schlag wehrte Stephan mit dem Unterarm ab, was Jupp noch wütender machte. »Was? Du willst frech werden?«

Schon traf der nächste Hieb Stephans Unterkiefer. Die Zähne prallten aufeinander, der Schmerz fütterte seine Wut. Er war plötzlich hellwach, Adrenalin schoss durch seine Blutbahn. Dem nächsten Schlag wich er aus, indem er einen Schritt zurücktrat, führte dann wie mechanisch eine kurze, schnelle Kombination aus. Die rechte Faust hieb er in Jupps Gesicht, mit der Linken traf er das Ohr. Sein Vater torkelte mit einem überraschten Ausdruck im Gesicht nach hinten.

»Was …?«, stieß Jupp hervor. Er wischte sich mit dem Handrücken durchs Gesicht und betrachtete das Blut an seiner Hand. Dann sah er zu Stephan, der immer noch mit erhobenen Fäusten in der Küche stand.

Plötzlich grinste er. Stephans Knie wurden weich, als er das irre Funkeln in den Augen seines Vaters sah.

»So, so. Sohnemann hat keinen Respekt mehr vor dem Alten«, zischte Jupp und krempelte seine Hemdsärmel hoch.

»Papa, lass uns reden«, versuchte Stephan, seinen Vater zu beruhigen. Der reagierte nicht darauf, sondern kam mit erhobenen Fäusten näher.

»Willst du deinen Sohn nun auch noch aus dem Haus treiben?«, hörte Stephan die Stimme seiner Mutter. Jupp hielt in der Bewegung inne und drehte sich um. Ingeborg drängte sich wortlos an ihm vorbei und schüttete sich einen Kaffee ein. Erstaunt sah Stephan sie an. Sie stand mit dem Rücken zu Jupp, ihre Hände zitterten. Zum ersten Mal hatte sie etwas unternommen, um ihn zu schützen.

»Dein Sohn hat mich geschlagen! Das kann ich mir nicht bieten lassen!«, rief Jupp.

Ingeborg stellte die Tasse auf die Anrichte. »Du hast es verdient. Ich habe schon lange drauf gewartet.«

»Aber ...«, stammelte Jupp. Er ließ die Arme fallen und starrte Ingeborg mit offenem Mund erstaunt an.

Ingeborg nahm die Tasse wieder in die Hand, drehte sich um und sagte: »Vielleicht wäre Natalie noch da, wenn Stephan sich eher gewehrt hätte.«

Sie verließ die Küche. Kurz darauf hörte man, wie sie den Fernseher einschaltete. Jupp murmelte ein paar unverständliche Worte, schüttelte unablässig den Kopf, nahm sich eine Flasche Bier aus dem Kühlschrank und ging nach draußen. Von Stephan nahm er keine Notiz mehr. Als die Haustür hinter Jupp ins Schloss fiel, setzte Stephan sich wieder auf seinen Stuhl und vergrub das Gesicht in den Händen.

Wäre es wirklich so einfach gewesen? Hätte seine Mutter ihrem Mann früher Paroli geboten, wäre dann seine und Natalies Kindheit ganz anders verlaufen? Wäre Natalie nicht abgehauen? Diese Fragen kreisten ihm heute noch im Kopf herum. Stephan rieb sich die Augen, verdrängte die Vergangenheit und stemmte sich hoch. Das Werkzeug und die Bretter lagen bereit. Er stieg über einen Haufen dreckiger Wäsche und kniete sich hin. Als Erstes schob er sich vier Holzschrauben griffbereit zwischen die Lippen, dann nahm er das erste Brett und den Akkuschrauber. Das Brett setzte er links an und drehte die erste Schraube ins Holz. Rasch folgten die anderen. Er robbte nach hinten und kontrollierte seine Arbeit. Dabei knarrte die Diele unter seinem linken Knie laut und bog sich nach innen.

Stephan stutzte, schaute genauer hin. Die Diele war nur knapp dreißig Zentimeter lang und schloss an der Wand an. Er seufzte. »Das Haus zerfällt schneller als ein Vampir bei Tageslicht«, murmelte er, nahm einen Schraubendreher und hebelte das lose Brett heraus. Als er zur Zange greifen wollte, um die alten Nägel zu entfernen, sah er etwas in dem freigelegten Loch stecken. Er legte die Diele zur Seite, beugte sich vor und zog den Gegenstand vorsichtig heraus. Ein Buch. Stephan drehte es in seinen Händen. Die Seiten wurden von einem schmucklosen braunen Einband ohne Aufschrift zusammengehalten, die Kanten waren abgestoßen, an einer Ecke angenagt. Er blätterte die ersten Seiten auf, das Papier knisterte trocken. Die Handschrift mit den weichen Bögen kam ihm bekannt vor. Er schlug zur ersten Seite zurück.

Tagebuch von Natalie Tries, stand da.

Stephan schluckte schwer. Sein Hals fühlte sich plötzlich trocken und rau an. Ungläubig las er die vier Wörter wieder und wieder. Dann blätterte er hastig durch das Buch. Das Tagebuch seiner Schwester! Stephan kämpfte sich mit weichen Knien in die Höhe und ließ sich auf Christines Bett fallen. Natalie, hämmerte es in seinem Kopf. Er hatte von einem Tagebuch nichts gewusst. Er schwitzte, zog an seinem Kragen, Schweiß perlte von seiner Stirn. Der Raum um ihn herum schien kleiner zu werden. Mit zittrigen Fingern schlug er eine Seite auf, vertiefte sich in die Zeilen.

Ein scharfer Geruch holte Stephan in die Wirklichkeit zurück. »Der Kuchen!«, rief er aus, sprang auf und stürmte die Treppe hinunter in die Küche. Aus dem Backofen quoll dichter Rauch. Hustend öffnete Stephan die Ofentür und riss das Fenster auf.

»Mist«, stieß er hervor. Der Kuchen glich einer verkohlten Frisbeescheibe. Verärgert ging er hinaus und setzte sich auf die Bank neben der Haustür, rang keuchend nach Luft. Aus dem Küchenfenster stieg immer noch feiner Qualm auf; die Glocke der Sechtemer St. Gervasius und Protasius Kirche schlug zwölf Uhr.

Als Stephan wieder frei atmen konnte, stellte er überrascht fest, dass seine Hand immer noch Natalies Tagebuch umklammerte.

Er spürte einen Kloß im Hals, Bilder aus seiner Vergangenheit kamen ihm in den Sinn. Er hatte Natalie das Radfahren beigebracht. Ihr glückliches Jauchzen nach den ersten Metern ohne Hilfe klang immer noch in seinen Ohren. Natalie, wie sie ihm die Schürfwunden verarztete, als er sich wieder mal mit dem Schulrabauken Detlef, genannt Doofbacke, geschlagen hatte.

Stephan verspürte einen Stich in der Brust, der ihm sekundenlang den Atem raubte. Er hatte ihr Leben gerettet, damals, an einem Sommertag. Er erinnerte sich daran, als ob es erst gestern gewesen wäre. Dabei lag es bereits über dreißig Jahre zurück. Fünfundsiebzig war das gewesen, im Sommer.

Sie saßen am Rande eines Ackers und spielten mit seinen Matchboxautos, gruben unzählige Straßen in den Erdboden. Der noch grüne Weizen wogte rauschend im lauwarmen Wind, der über den Rücken des Vorgebirges in die Rheinebene herabfiel.

Stephan hatte Natalie überreden müssen, da sie sich eigentlich nicht viel aus Spielzeugautos machte. Doch da ihre Freundinnen alle in Urlaub waren, hatte sie schließlich zugestimmt. Er versuchte gerade, einen Tunnel durch eine Furche zu graben, als Natalie plötzlich aufsprang und laut kreischte. Wild um sich schlagend rannte sie davon. Stephan sah ihr erstaunt hinterher, konnte sich den Ausbruch nicht erklären. Ein wütendes Summen an seinem Ohr lenkte seine Aufmerksamkeit kurzzeitig von Natalie ab. Er spürte einen schmerzhaften Stich am Unterarm.

»Aua«, schrie er und wischte mit einer hastigen Bewegung die Wespe fort. Plötzlich wurde ihm klar, warum Natalie immer noch mit sich überschlagender Stimme schrie. Sie hatte ein Wespennest angegraben, und die Biester rächten sich nun. Er sprang auf und rannte Natalie nach. Ihren Vorsprung holte er rasch auf, und als sie stolperte und hinfiel, beugte er sich keuchend über sie.

Natalie rang nach Luft, griff sich an den Hals. Mit riesigen Augen, die ihr fast aus den Höhlen quollen, sah sie ihn an. Eins von den Mistviechern hatte sie in die Mundschleimhaut gestochen, das erkannte Stephan sofort. Davor waren sie von allen Seiten gewarnt worden, von den Eltern, in der Schule. Er überlegte nicht lang, zerrte Natalie auf seinen Rücken und rannte, von Panik getrieben, los. Bereits nach wenigen Metern brannte seine Lunge, und die Muskeln seiner Beine schmerzten. Doch der pfeifende Atem seiner Schwester an seinem rechten Ohr trieb ihn an, ebenso seine Schuldgefühle, denn er hatte sie überredet, mit ihm am Feldrand zu spielen. Zu Hause angekommen, setzte der eilig herbeigerufene Arzt beherzt einen Luftröhrenschnitt und rettete Natalie im letzten Moment das Leben.

Stephan sah Natalie vor sich, auf einer Liege in der Ambulanz, von den Wespen zerstochen, ein dankbares Lächeln im Gesicht. Jede Sekunde, dic er herausgeholt hatte, war wichtig gewesen.

Zehn Jahre hatte er Natalie damit geschenkt.

Er wischte sich mit dem Handrücken über die Augen. Sie fehlte ihm.

***

Samstag, 13. Juli 1985

Heute Abend will er sich endlich mit mir alleine treffen!!!
Ich liebe ihn so sehr, kann an nichts anderes mehr denken. Papa wird toben, wenn er es erfährt. Er würde nie verstehen, warum ich mich gerade in ihn verliebt habe. Aber was weiß Papa schon über Liebe? Immer nur mit Mama zusammen. Vielleicht früher mal verliebt, aber heute leben beide eher wie Bruder und Schwester. Ob die überhaupt noch miteinander? Igitt! Darüber möchte ich nicht nachdenken.
Und dann noch das Kind. Mein Schatz weiß es noch gar nicht. Bin fest entschlossen, es ihm nachher zu sagen. Bin gespannt, wie er reagieren wird.
Kurz nach sieben. Um acht holt mich mein Hündchen Uwe ab. Muss darum jetzt Schluss machen. Schließlich muss ich mich noch stylen. Verführerisch, hi, hi. Das habe ich in den letzten Wochen gelernt. Da kann er bestimmt nicht mehr Nein sagen. Morgen dazu mehr.

Charlotte blätterte um. Nach diesem Eintrag im Juli folgten nur leere Seiten. Sie blickte zu Stephan, der ihr gegenüber am Terrassentisch saß und sie erwartungsvoll ansah.

»Der letzte Eintrag«, sagte sie bedächtig. »An diesem Wochenende ist deine Schwester verschwunden.«

Stephan nickte. »Ja. Seitdem haben wir nie wieder etwas von ihr gehört oder gesehen. Aber nun sag schon. Was hältst du von ihren Aufzeichnungen?«

Sie drehte das Buch langsam in den Händen. »Schwer zu sagen. Ich habe sie ja nur überflogen. Geschreibsel eines verliebten Teenagers, würde ich sagen.«

Charlotte schob ihren Teller mit dem halb gegessenen Stück Erdbeersahne, die Stephan beim Bäcker besorgt hatte, von sich weg. Sie verspürte keinen Appetit mehr.

Stephan legte entsetzt seine Kuchengabel ab. »Teenagergeschreibsel?«, rief er aus und fuchtelte mit den Händen in der Luft herum. »In dem Tagebuch sind so viele Hinweise zu finden, denen man nachgehen kann, dass ich gar nicht weiß, wo ich anfangen soll. Und Natalies Schwangerschaft! Das haut mich glatt vom Stuhl.«

Charlotte hob beschwichtigend die Hände. »Wie gesagt, ich habe es nur überflogen. Da muss viel interpretiert werden.«

Er lächelte sie an. »Das ist mein Beruf.«

Charlotte nippte an ihrem Kaffee. »Du willst den Fall also aufrollen?«

Stephan nickte. »Ja, auf jeden Fall!«

Sie lehnte sich in ihren Stuhl zurück. Seine Euphorie teilte sie nicht. Sie zweifelte sogar daran, dass nach über zwanzig Jahren noch verwertbare Spuren vorhanden waren, da half auch kein altes Tagebuch. Sie selbst konnte sich kaum an Dinge erinnern, die heute vor einem Jahr geschehen waren, geschweige denn vor Jahrzehnten. Was waren daher Aussagen wert, die Stephan im Laufe der Ermittlung erhalten würde?

»Es ist kaum zu glauben.« Stephan lachte. »Hätte ich nicht die ganze Elektrik im Haus neu installieren müssen, wäre ich vermutlich nie auf das Tagebuch gestoßen. Was habe ich mich über den Lärm, den Dreck und die Kosten geärgert. Das halbe Haus haben mir die Handwerker zerstört. Aber ohne sie hätte ich das Tagebuch vermutlich nie gefunden.«

Charlotte erinnerte sich an die Arbeiten. Kurz nach dem Einzug brannte der Sicherungskasten ab, und Stephan war gezwungen, die komplette Elektroinstallation erneuern zu lassen.

»Warum gehst du nicht einfach zu deinen Kollegen vom Kommissariat und gibst ihnen das Tagebuch?«, schlug sie vor, doch Stephan winkte ab.

»Die arbeiten am Limit. Was glaubst du, mit wie viel Elan sie an diese Sache, die über zwanzig Jahre zurückliegt, herangehen würden? Die könnten, selbst wenn sie wollten, niemals so viel Zeit investieren wie ich.«

»Sie hätten aber andere Möglichkeiten. Spurensicherung zum Beispiel.«

Stephan lachte. »Da wird es nicht mehr viel geben, was man sichern könnte. Vielleicht die Forensik. Aber dazu müsste man erst einmal eine Leiche finden.«

Charlotte schwieg einen Moment, spürte Stephans Ehrgeiz und wusste, dass er sich nicht umstimmen lassen würde. »Forensik, hm, ja«, murmelte sie. Zumindest machte er sich keine Hoffnung, seine Schwester lebend wiederzusehen. »Du gehst also von einem Gewaltverbrechen aus.«

»Ich kann es zumindest nicht mehr ausschließen. Natalie schreibt schließlich selbst, dass sie verfolgt wurde.« Stephans Stimme nahm einen harten Ausdruck an. »Die Hoffnung, Natalie lebend zu finden, habe ich längst aufgegeben. Hätte ich mich mit all dem nicht abgefunden, wäre ich daran zerbrochen. Daran, nicht zu wissen, was genau passiert ist. Sich zu fragen, *warum* sie weggelaufen ist. Warum sie sich nie gemeldet hat. Oder ob jemand sie auf dem Gewissen hat, der damit davongekommen ist.« Er hielt das Tagebuch in die Höhe. »Dies ist vielleicht der Schlüssel, der bisher gefehlt hat. Ich will wissen, was damals geschehen ist, und werde mir diese einmalige Chance nicht entgehen lassen.«

Stephan nahm die Zeitung »Schaufenster«, rollte sie zusammen und schlug nach einer Wespe, die auf seiner Kuchengabel saß. Die Gabel flog samt Wespe im hohen Bogen davon. »Ich hasse die Biester«, murmelte er.

»Du solltest nicht nach ihnen schlagen. Macht sie nur wütend.«

Er legte die Zeitung zurück auf die Bank. »Ich weiß. Aber wenn ich die Viecher sehe, dann brennt bei mir irgendetwas durch.«

Charlotte sah ihn einen Moment lang nachdenklich an, griff dann das Thema wieder auf. »Dir ist es also Ernst?«

Stephan nickte. Eindringlich sagte er: »Irgendjemand muss mehr wissen, als er damals zu Protokoll gegeben hat. Den will ich finden, nein, den *muss* ich finden und festnageln.«

Charlotte kombinierte: »Du erhoffst dir, von ihm mehr über Natalies Verschwinden zu erfahren.«

»Na klar«, bestätigte Stephan. »Vielleicht ergibt sich daraus eine Spur, die mich auf Natalies Fährte führt.«

Das Telefon läutete. Stephan erhob sich und ging ins Haus. Charlotte bemerkte sein schmerzverzerrtes Gesicht. Die Stichverletzung im Bauch machte ihm immer noch Probleme. Glaubte man den Ärzten in der Klinik, war das nicht ungewöhnlich. Schließlich war es noch kein halbes Jahr her, dass Stephan mit einem Messer schwer verletzt wurde.

Nach fünf Minuten kam Stephan zurück und setzte sich wieder. »Christine lässt dich grüßen. Sie schläft heute bei einer Freundin. Also? Was hältst du von meinem Vorhaben?«

Charlotte wickelte sich eine Haarsträhne um den Zeigefinger und zögerte mit der Antwort.

»Nun?«, drängte er.

»Ich denke immer noch, es wird nichts bringen. Trotz Tagebuch. Nicht nach all den Jahren.« Charlotte bemerkte, wie seine Miene einen verschlossenen Ausdruck annahm. Sicherlich hätte er eine andere Antwort bevorzugt. Sie lächelte und ergänzte: »Trotzdem werde ich dir helfen, so gut ich kann.«

»Das brauchst du nicht«, sagte Stephan abweisend.

Charlotte blieb hartnäckig. »Jetzt zier dich nicht so.« Sie schob ihren Unterkiefer nach vorne und hoffte, durch einen trotzigen Gesichtsausdruck jeglichen Widerspruch zu unterbinden.

Stephan verdrehte die Augen. »Darum geht es doch gar nicht. Du hast doch selbst genug am Hals, zum Beispiel den Geburtstag deiner Mutter.«

»Lass das mal meine Sorge sein. So viel Arbeit macht das auch nicht. Meine Kinder wohnen zwar in der Zeit bei mir, aber die sind alt genug, sich selbst zu verpflegen. Und überhaupt, die Feier ist am kommenden Samstag. Danach habe ich alle Zeit der Welt.«

Stephan schwieg einige Sekunden, hob dann die Arme, als ob er sich ergeben würde. »Was kann ich dagegen noch sagen.« Er grinste. »Aber wenn ich ehrlich bin, freue ich mich riesig, dass du mir helfen willst.«

Zufrieden lehnte sich Charlotte zurück. Es war mitunter nicht leicht, den kommissarischen Dickkopf zu überzeugen. »Es wäre sicherlich ratsam, wenn ich mehr über deine Pläne wüsste.«

Er nickte. »Ja, klar. Ich werde dir erzählen, was ich von damals noch weiß und wie ich die Sache angehen will. Nur muss ich gleich noch das Grab meiner Mutter pflegen. Ist schon lange überfällig, und wer weiß, wann ich die nächsten Tage Zeit finde. Ich schlage vor, du kommst heute Abend zum Essen.«

»Italienisch?«, fragte Charlotte.

Stephan grinste. »Klar. Was sonst?«

Charlotte stand auf und hauchte ihm einen Kuss auf die Wange. »Also, bis heute Abend.«

***

Charlotte nutzte den Hintereingang, um ihre Villa, die Graue Burg, zu betreten. »Ich bin's«, rief sie laut, damit ihre Mutter Hannelore sich keine Sorgen machte. Die alte Dame litt zwar an Demenz, doch hören konnte sie noch wie eine Katze. Charlotte ging ins Wohnzimmer. Ihre Mutter saß im Rollstuhl und sah fern. Während der letzten Monate hatte sich ihr Gesundheitszustand stetig verbessert. Wenn die Demenz auch nicht zu heilen war, so konnte sie zumindest tagsüber wieder das Bett verlassen.

»Wo ist denn Lukas?«, fragte Charlotte. Lukas war Zivildienstleistender, wohnte mit im Haus und kümmerte sich um die alte Frau.

»Lukas?«, fragte Hannelore.

Charlotte kniete sich neben ihre Mutter. Sie streichelte ihr über den Unterarm. »Der nette junge Mann, der uns hier hilft.«

Charlotte bemerkte, wie sich Hannelore entspannte. »Ach der! Netter Mann, das ist er. Wäre schön, wenn ihr mal zusammen ausgehen würdet. Aber ich versteh dich schon. Der Junge muss natürlich dich fragen und nicht umgekehrt.«

Charlotte lächelte. Sie wusste, dass es keinen Zweck hatte, ihre Mutter darauf hinzuweisen, dass der Altersunterschied zwischen dem Zivildienstleistenden und ihr mindestens dreißig Jahre ausmachte. Ihre Beziehung zu Stephan kam ihr in den Sinn. Sie war zehn Jahre älter. Stephan schien das nicht zu stören. »Ich werde darüber nachdenken, Mama. Aber sag schon, wo ist er?«

»Musste mal.«

Charlotte wandte sich um und erblickte den schlaksigen Zivildienstleistenden. »Hallo Lukas«, sagte sie und lächelte. »Würdest du vielleicht so nett sein und mit meiner Mutter einen Spaziergang machen? Das Wetter ist zu schön, um hier im Dunklen zu sitzen.«

»Wie Sie wollen«, antwortete Lukas gleichgültig. Charlotte nahm ihm die laxe Einstellung nicht übel. Der junge Mann zeigte zwar keine überschäumende Motivation, doch sie konnte sich uneingeschränkt auf ihn verlassen.

Im Aufstehen tätschelte sie die Hand ihrer Mutter. »Bis gleich, Mama«, sagte sie und ging in die Bibliothek, die sie als Arbeitszimmer nutzte. Sie setzte sich hinter ihren Schreibtisch und schaltete das Notebook ein. Während der Rechner hochfuhr, dachte sie an Stephans Schwester Natalie. Es war mehr als zwanzig Jahre her, und sie hatte damals weder Natalie noch Stephan persönlich gekannt, aber Charlotte erinnerte sich an eine dunkelhaarige Schönheit, die mit ihrer Körpergröße von einem Meter achtzig fast jedes gleichaltrige Mädchen überragte.

Auf dem Bildschirm des Notebooks erschienen die Icons für die Programme. Charlotte stellte die Internetverbindung her und rief ihre Mails ab. Sie seufzte, als sie sah, dass es über dreißig Stück waren. Sie ging die Mails der Reihe nach durch. Vor einiger Zeit hatte sie ein Forum eröffnet, um mit anderen über Politik zu diskutieren. Seitdem erreichten sie täglich mehrere E-Mails mit Anregungen, Änderungswünschen, Lob und Tadel oder Fragen zu ihrer politischen Einstellung.

Sie überflog die Absender der Mails. Einige kannte sie, andere nicht. Dann fiel ihr Blick auf die Post, die neben dem Computer lag. Der Drohbrief fiel ihr wieder ein. Sie holte ihre Handtasche aus dem Flur, setzte sich und zog den Brief hervor.

Jetzt, nachdem sie mit Stephan darüber gesprochen hatte, erschienen ihr die Worte nicht mehr so bedrohlich. Sie vertraute ihm, er war schließlich Polizeibeamter. Wenn er dazu riet, abzuwarten, dann war das sicherlich richtig. Trotzdem blieb ein unangenehmes Gefühl in ihrer Magengrube zurück. Was waren das nur für Typen, die anderen ihre Liebe nicht gönnten? Sie knüllte den Brief zusammen, warf ihn in den Mülleimer und murmelte: »Arschloch!«

ZWEI

Donnerstag, 2. Mai 1985

Scheiße! Wie kann man sich nur über ein Kleid so aufregen? Dabei ist es noch nicht einmal ein richtiger Mini, hört knapp über den Knien auf. Monika trägt kürzere, ihre sehen aus wie breite Gürtel. Aber meins? Papa hat sie nicht mehr alle!!! Ich hatte mich so gefreut. Da darf ich endlich einmal mit Conny nach Köln, und dann so etwas. Egal, was ich mache, immer muss er meckern. Meckern? Getobt hat er! Ich habe bald keine Lust mehr. Sobald ich kann, haue ich ab und nehme mir eine eigene Bude. Dann wird er ja sehen, was er davon hat.
Scheiße!

***

Charlotte bog aus der Grauen-Burg-Straße auf die Eupener Straße ein, fuhr geradeaus weiter, die Kaiserstraße an der Weißen Burg vorbei. Sie schmunzelte. Stephan hatte sie mal gefragt, wieso die Burg als weiß bezeichnet wurde, obwohl nur das Hauptgebäude tatsächlich weiß war. Der Rest mit dem markanten Torturm zeigte sich in Ziegelrot. Charlotte hatte ihm erklärt, dass der Name sich nicht von der Farbe ableitete, sondern von ihrem ursprünglichen Namen »Wisseburg«, also Wiesen-Burg.

Sie lenkte den Wagen in die Ophofstraße, beschleunigte ihren Roadster, trat dann heftig auf die Bremse und bog rechts in die Zufahrt zu Stephans kleinem Anwesen ein. Die Reifen quietschten auf dem neuen Teer. Stephan hatte erst vor drei Monaten den Kiesweg durch Asphalt ersetzen lassen, da er es leid war, bei Regen durch den schlammigen Untergrund zu waten.

Er erwartete sie bereits, begrüßte sie mit einem flüchtigen Kuss und sagte: »Komm durch. Die Lasagne ist fertig. Wir können sofort essen.«

Sie folgte ihm in die Küche und setzte sich. Er schenkte Wein für sie, Bier für sich ein. Sein Rasierwasser lag herb in der Luft, seine fülligen schwarzen Haare waren vom Duschen noch leicht feucht, und seinen Bauchansatz versteckte er unter einem weiten Hemd, das er offen über der Hose trug.

»Siehst zum Anbeißen aus«, stellte Charlotte fest. Stephan grinste und blitzte sie aus seinen graublauen Augen an. »Nach dem misslungenen Schokoladenkuchen muss ich ja was gutmachen.«

Kurz darauf stand eine intensiv nach Käse riechende Lasagne auf dem Tisch. Charlotte verspürte kaum Appetit, hielt aber aus Höflichkeit den Teller hin.

»Kein Fleisch, nur Gemüse und Nudeln«, sagte Stephan. »Lass aber noch Platz für die Nachspeise. Ich hab mir was Besonderes einfallen lassen.« Er zwinkerte Charlotte zu.

Die ersten Bissen der Lasagne aßen sie, ohne ein Wort zu sprechen. Das Schweigen dauerte an. Charlotte beobachtete ihn verstohlen mit gesenktem Kopf. Wenn sie sich nicht täuschte, kaute er eher mechanisch als enthusiastisch. Seine gute Laune von eben schien verflogen, den Blick hielt er starr auf den Teller gerichtet. Als er etwa die Hälfte seiner Portion verzehrt hatte, legte er sein Besteck zur Seite und sah auf. »Ich weiß nicht, wie ich anfangen soll.«

Charlotte nippte an ihrem Rotwein. »Das überrascht mich jetzt. Hast du vorhin nicht etwas von einem Plan erwähnt?«

»Plan, nun ja.« Stephan nickte widerstrebend. »Da habe ich den Mund vielleicht zu voll genommen. Mir geht so viel durch den Kopf, was ich erzählen könnte.«

Charlotte hob die Augenbrauen. »Was hindert dich daran? Ich habe Zeit.«

Stephan senkte den Blick. »Durchaus, daran liegt es nicht. Es ist alles so …« Er stockte, trank sein halb volles Bierglas hastig leer. »Also gut. Ich war selbst gerade erst zwanzig, als es passierte. Mama hatte mich am Montag angerufen und mir gesagt, dass Natalie zwei Nächte nicht nach Hause gekommen sei und sie sich schreckliche Sorgen mache. Ich habe Sonderurlaub beantragt, konnte aber erst am Donnerstag nach Hause fahren.«

Er beschrieb die eigenartige Atmosphäre im Haus, als er die Haustür öffnete und eintrat, so gut, dass es Charlotte kalt den Rücken runterlief.

Stephan hatte seinen Kleidersack neben der Flurkommode abgestellt. Im Haus war es so still wie nie zuvor.

»Mama? Papa?«, rief er. Nichts rührte sich. Er warf einen Blick links in die Küche. Ein Trockenkuchen auf der Anrichte, die Vorhänge zugezogen, der Kölner »Express« auf dem Küchentisch. Er ging durch den Flur und blieb erschrocken im Rahmen der Wohnzimmertür stehen. Seine Mutter saß in einem der Sessel und hielt ein Bild gegen ihre Brust gepresst. Mit dem Oberkörper wippte sie wie ein Pendel stetig vor und zurück. Seit seinem letzten Besuch vor drei Wochen schien sie um Jahre gealtert zu sein. Ihr Küchenkittel glitt fast von ihren schmalen Schultern, und die Haare, die sie sonst zu einem Dutt zusammensteckte, hingen strähnig herab. Ihr Gesicht wirkte aufgedunsen, die Augen waren verquollen, die Lippen zu einem dünnen Strich zusammengepresst.

Stephan schluckte schwer. Selbstverständlich hatte er eine getrübte Stimmung erwartet. Aber dass seine Mutter, die Frau, die normalerweise die Familie mit strengem Regiment durch die Unbillen des Alltages manövrierte, wie ein Häufchen Elend dort auf dem Sessel saß, erschütterte ihn bis ins Mark. Noch nie hatte er sie so erlebt.

»Mama«, sagte er leise, um sie nicht zu erschrecken. »Ich bin da.«

Sie reagierte nicht. Stephan setzte sich aufs Sofa und wartete geduldig. Nach einer Weile seufzte sie und legte das Foto auf den Tisch. Wie Stephan vermutet hatte, war es ein Bild von Natalie. Seine Mutter lächelte ihn an, wobei Tränen aus ihren Augenwinkeln quollen.

»Es ist schön, dass du kommen konntest.«

Stephan strengte sich an, seine Angst um Natalie nicht zu zeigen. Mühsam lächelte er zurück, beugte sich nach vorne und ergriff die rechte Hand seiner Mutter. »Ich wäre eher gekommen. Aber mein Feldwebel meinte, ich könne eh nichts unternehmen, und hat rücksichtslos den Urlaubsantrag abgelehnt. Erst als ich beim Bataillonskommandeur vorsprechen durfte, kam Fahrt in die Sache.« Was quatschst du für belanglosen Mist zusammen, wunderte er sich über sich selbst. Verlegen räusperte er sich. »Äh, nicht so wichtig. Gibt es was Neues?«

Seine Mutter schüttelte den Kopf.

»Und die Polizei? Was macht die eigentlich?«, fragte Stephan und spürte Wut in sich aufsteigen. »Die müssen doch mal was finden!«

Ingeborg zog ihre Hände zurück. Mit schwacher Stimme antwortete sie: »Die sagen, sie tun, was sie können.«

Stephan hörte Zweifel in ihrer Stimme. Er lehnte sich zurück, rieb sich die Augen und nahm sich vor, sich selbst umzuhören. Schließlich kannte er Natalies Freundeskreis, wenn er auch das vergangene halbe Jahr kaum mit ihnen zusammengetroffen war. Anfang Januar hatte man ihn eingezogen. Die Grundwehrdienstzeit hatte er in Münster verbracht. Von dort aus hatte man ihn nach Dülmen versetzt. Er hatte keinen Drang verspürt, jedes Wochenende nach Hause zu fahren. Und wenn ihn das Heimweh doch mal nach Hause spülte, dann traf er sich mit seinen Freunden zum Grillen am Herseler Rheinufer, oder sie fuhren nach Köln in die Bhagwan-Disco.

»Wo ist Papa?«

Ingeborg zog aus ihrer Kitteltasche ein Papiertaschentuch hervor und schnäuzte sich. »Der ist bei Erwin. Sie wollen was machen.«

»Was machen?«

»Das ganze Dorf steht Kopf, alle sind verängstigt. Dein Vater meint, wir sollen selbst suchen.«

Stephan fuhr sich mit der Hand über die Stirn. »Besser als rumsitzen«, kommentierte er und stand auf. »Ich fahr gleich rüber.«

»Aber erst ziehst du dich um«, befahl seine Mutter und sah ihn streng an. Er sah an sich hinunter. Da er sich heute Morgen beeilt hatte, den nächsten D-Zug zu bekommen, hatte er keine Zeit gefunden, sich umzuziehen. Er steckte immer noch in seiner Uniform und den schweren Stiefeln. Scherzhaft wollte Stephan salutieren, senkte den Arm aber nach halber Strecke wieder. Stattdessen nickte er nur knapp und verließ das Wohnzimmer. Solange sie nicht wussten, was mit Natalie war, sollten sie noch nicht mal in Ansätzen in den Alltag zurückkehren und Witze machen. Er schnappte sich seinen Wäschesack und ging nach oben.

Als er kurz darauf zur Haustür hinaus wollte, kam sein Vater Josef, den alle nur Jupp nannten, heim. Zusammen setzten sie sich in die Küche. Ingeborg stellte jedem eine bauchige Giesler-Kölsch-Flasche vor die Nase und ließ sie allein. Auch Jupp konnte man die Strapazen und schlaflosen Nächte der letzten Tage ansehen. Seine Augen saßen tief in den Höhlen und ließen ihn krank erscheinen, seine Hände zitterten kaum merklich. Er hatte abgenommen. Zwar schob er immer noch einen ansehnlichen Bauch vor sich her, aber die Hemdknöpfe spannten nicht mehr. Seine Glatze leuchtete rot, wie auch seine Wangen, Zeichen des hohen Blutdrucks, mit dem er seit einigen Jahren zu kämpfen hatte.

»Was habt ihr vor?«, fragte Stephan neugierig.

Jupp hebelte den Kronkorken vom Flaschenhals und trank einen großen Schluck, bevor er antwortete: »Die Umgebung absuchen.«

Aufgeregt fingerte Stephan an seiner Flasche herum, rutschte mit dem Öffner dreimal ab, bevor der Kronkorken in einem hohen Bogen davonflog. Die Einsilbigkeit seines Vaters kannte er zur Genüge, sie lag allen Tries' im Blut, doch in dieser Situation nervte ihn das. Er nahm einen hastigen Schluck und stellte mit einer heftigen Bewegung die Flasche ab.

Das Bier schäumte über und bildete auf dem Tisch eine goldgelbe Lache. »Mist!«, fluchte Stephan und griff sich ein Handtuch. Mitten in der Wischbewegung hielt er inne und starrte seinen Vater an. Erst jetzt wurde ihm klar, welche schreckliche Schlussfolgerung sich hinter der ganzen Suchaktion verbarg. »Ihr denkt, Natalie ist tot? Deswegen ein Suchtrupp?«

Jupp zuckte mit den Schultern, drehte die Flasche in seinen Händen. »Müssen halt alles versuchen.«

Stephan wollte protestieren, ihm ins Gesicht schreien, dass Natalie nicht tot sei, dass ein Gedanke daran schon die falsche Einstellung wäre und somit die Energien in die verkehrte Richtung lenken würde. Doch der verhärmte Gesichtsausdruck seines Vaters ließ ihn schweigen.

»Morgen früh um acht geht's los«, sagte Jupp. »Ich zähl auf dich.«

Stephan überlegte einen Moment, trank noch einen Schluck, schüttelte den Kopf. »Tut mir leid. Ich will mich umhören. Vielleicht finde ich etwas heraus.« Er lächelte verkrampft. »Aber Mama sagte mir vorhin, dass du ohnehin das halbe Dorf im Rücken hättest.«

Jupps Gesichtsfarbe wechselte ins Dunkelrote. Donnernd schlug er mit der Faust auf den Tisch, dass die Flaschen einige Millimeter nach oben sprangen. »Biste mal wieder schlauer? Der Herr Sohn als Meisterdetektiv? Glaubst du, wir hätten das nicht schon längst getan, uns umgehört?«

Stephan duckte sich. Zwar kannte er die cholerischen Anfälle seines Vaters, doch meistens musste seine Schwester darunter leiden und nicht er. »Ich will nur ...«, setzte er zu einer Erklärung an, doch

Jupp sprang auf und wischte wütend die Bierflaschen vom Tisch, die klirrend auf den Bodenfliesen zerbrachen. »Morgen um acht!«, entschied er und stürmte aus der Küche.

Stephan hielt einen Moment inne, presste die Lippen aufeinander.

»Dein Vater war ein schwieriger Mensch«, sagte Charlotte in die Stille hinein. »Dominant und herrschsüchtig. Er war ja eine Zeit lang Ortsvorsteher, daher kannte ihn auch jeder. Weißt du, wie wir ihn genannt haben?«

Stephan schüttelte den Kopf. Damals, als Jugendlicher hatte ihn Politik nicht interessiert, geschweige denn die Dinge, die sich in Sechtem abspielten.

»Sheriff.« Charlotte grinste. »Jupp schoss des Öfteren einfach übers Ziel hinaus, fühlte sich für alles verantwortlich, tauchte überall auf, maßregelte jeden. So blieb er nicht lange Ortsvorsteher. Seine Partei konnte sein Verhalten nicht lange gutheißen.«

»Bei uns in der Familie war er nicht anders. Zumindest bis meine Mutter endlich rebellierte.«

Stephan erzählte ihr von der Auseinandersetzung, die sie nach der verpassten Suchaktion gehabt hatten, und von Ingeborgs Reaktion.

»Hat er sich danach geändert?«, fragte Charlotte.

»Ja. Er wurde stiller, grübelte mehr. Nur noch selten brauste er auf. Ich glaube, erst die Worte meiner Mutter haben ihm klargemacht, was unterbewusst schon in ihm gärte: dass er an Natalies Verschwinden nicht unschuldig war.«

Charlotte nippte an ihrem Weinglas. »Wie ging es weiter?«

Stephan wischte sich über die Augen. »Wie gesagt, ich wollte mich ein wenig umhören. Ich schnappte mir also mein Rad, schaltete das Licht an und fuhr los.«

Am Ortseingang von Waldorf fuhr er über die Schienen der Straßenbahnlinie 18. Für die leichte Steigung der Dahlienstraße hoch zur Kreuzung mit der Blumenstraße schaltete er einen Gang zurück. Kurz vor der Kreuzung überquerte er die Straße und bremste vor »Erwins Eck«, der Kneipe seines Onkels. Stephan lehnte das Rad gegen die Ziegelsteinmauer und schloss es ab. Er hörte die dumpfen Bässe der Musik, öffnete die Tür und ging hinein. Der Raum war brechend voll, und das an einem Donnerstagabend. Überwiegend jüngeres Publikum saß auf den Stühlen, tanzte in der Mitte des Raumes und stand um die Musikbox herum. Die Lichtorgel flackerte unruhig, ab und zu blitzte ein Stroboskop auf.

Stephan freute sich stets aufs Neue, dass es sein Onkel und seine Tante geschafft hatten, aus der spießig wirkenden Dorfkneipe ein Szenelokal für junge Leute zu machen. Ein Grund für den Erfolg war sicherlich, dass sein Onkel für die Probleme seiner jungen Kundschaft immer ein offenes Ohr hatte. Er schreckte nicht davor zurück, seine Freizeit zu opfern, wenn mal ein Ratschlag oder gar tatkräftige Unterstützung notwendig war.

Ein Übriges taten wohl Erwins selbst kreierte Drinks, die regelrechten Kultstatus erreicht hatten. Als Grundlage verwendete Erwin Rebellenblut, einen Brombeerwein, dessen Beeren am Hang des Vorgebirges bei Roisdorf geerntet wurden. Auch wenn Erwins Cocktailkarte ursprünglich nicht speziell für ein so junges Publikum gedacht war – wer »in« sein wollte, musste sich in »Erwins Eck« sehen lassen.

Stephan erblickte seinen Onkel, der mit verschlossener Miene hinter der Zapfanlage stand und die Gläser füllte. Trotz der teils diffusen Lichtverhältnisse zeugten die dunklen Ringe unter seinen Augen davon, dass er, wie der Rest der Familie, in den letzten Tagen wenig Schlaf gefunden hatte. Stephan schob sich an der tanzenden Menge vorbei in Richtung Tresen. Sein Onkel bemerkte ihn erst, als Stephan rief: »Kann ich dich mal sprechen?«

Erwin zuckte zusammen und ließ erschrocken das halb gefüllte Bierglas fallen. Es zerbrach am Spülbeckenrand.

»Verflucht!« Erwin winkte Dirk heran, einen Studenten mit gedrungenem Körperbau, der sich hier ein paar Mark als Kellner hinzuverdiente. »Bring das in Ordnung«, forderte er und führte Stephan in die Küche, um durch den Hintereingang in den Garten zu gehen.

»Wo kommst du denn her?«, fragte er mit matter Stimme.

»Hab ein paar Tage freibekommen«, erklärte Stephan. »Hast du etwas gehört?«

»Nichts.«

Hinter ihnen flog die Tür auf. »Ach hier bist du, Erwin.« Tante Elke, Erwins Frau, trat zu ihnen und gab ihrem Mann einen flüchtigen Kuss auf die Wange. »Du musst Dirk helfen. Alleine ist der aufgeschmissen.« Sie lachte hell. »Die Jugend von heute weiß nicht mehr, wie man richtig arbeitet.«

»Jetzt übertreib mal nicht«, sagte Erwin. »Ich bin doch gerade erst zwei Minuten raus.«

Elke ging gar nicht darauf ein, trällerte stattdessen: »Ah! Hallo Stephan.« Sie umarmte ihn, drückte ihn kräftig und hielt ihn dann an den Schultern von sich weg. »Bist richtig erwachsen geworden.«

Stephan öffnete den Mund und wollte seine Tante begrüßen, doch die war bereits wieder in der Kneipe verschwunden. Irritiert schaute er auf die zufallende Tür. »Die ist aber gut drauf.«

»Sieht nur so aus«, erklärte Erwin. »Ist ihre Art, damit umzugehen.«

»Trotzdem.« Stephan blickte ärgerlich zu seinem Onkel, bemerkte dann jedoch dessen wässrige Augen und den verzweifelten Gesichtsausdruck. Augenblicklich verflog sein Ärger. »Okay, okay. Blöder Spruch von mir. Ist nicht leicht für uns alle.«

Erwin nickte schwach, sein Gesichtsausdruck änderte sich nicht.

»Ich habe nirgends Natalies Freunde gesehen«, wechselte Stephan das Thema.

»Donnerstags sind die selten da. Morgen bestimmt. Was willst du denn von denen?«

»Aushorchen«, gab Stephan freimütig zu.

»Ich habse gefragt. Die wissen nichts.«

»Und die Polizei?«

»Auch schon. Dito.«

»Trotzdem.«

Erwin fuhr sich mit den Händen durch seine fülligen Haare. »Wenn du meinst. Ich muss jetzt wieder.«

Er ließ Stephan stehen und ging rein. *»Shout, Shout …«* sangen Tears for Fears, als Erwin die Tür öffnete. Die Musik vermischte sich mit dem Zirpen der Grillen. Stephan blieb noch eine Weile nachdenklich stehen. Die Schatten der Obstbäume glichen auf dem frisch gemähten Rasen Gitterstäben. Ob Natalie gefangen gehalten wurde? Stephan hoffte, dass der Alptraum bald ein Ende haben würde. Dass Natalies Freundeskreis nicht da war, ärgerte ihn. Ungeduldig trat er gegen eine Gießkanne. Sie kippte um, und glucksend lief das Wasser aus. »Dann eben morgen«, murmelte er, ging hinein und bestellte sich an der Theke einen »Titanic's Nightmare«.

Stephan stand abrupt auf, räumte den Tisch ab und entsorgte die Reste im Müll. »Meine Tante ging einfach drüber weg, tat so, als ob nichts gewesen wäre.«

Das Geschirr klapperte gefährlich in der Spüle.

Charlotte spürte Stephans Ärger. »Nimm es dir nicht so zu Herzen. Dein Onkel hat dir ihr Verhalten doch erklärt.«

Stephan drehte den Wasserhahn mit einer energischen Bewegung auf, schloss ihn dann aber sofort wieder. »Sie benahm sich wie Alice im Wunderland.«

Er kam zum Tisch zurück und setzte sich wieder. »Wir kamen fast um vor Sorge, und sie sprang herum wie eine Elfe auf einer Wiese. Ich bin immer noch sauer darüber, obwohl ich glaube, dass sie damals vielleicht schon krank war.«

»Woran leidet sie denn?«

»Schizophrenie.«

»Das erklärt doch alles«, stellte Charlotte fest. »Soviel ich weiß, kann bei dieser Krankheit alles Mögliche an absonderlichen Verhalten auftreten.«

»Nur dass bei meiner Tante zum damaligen Zeitpunkt die Krankheit noch nicht diagnostiziert war«, rechtfertigte Stephan seinen Ärger. »Mit ihr muss ich ebenfalls sprechen. Sie ist in einer Psychiatrie untergebracht und gesundheitlich ziemlich angeschlagen. Wird bestimmt nicht einfach. Aber vielleicht kitzel ich doch noch etwas aus ihr heraus.«

Er schwieg eine Weile, schien in Gedanken schon durchzugehen, was er seine Tante alles fragen wollte. Charlotte legte ihre Hand auf seine und drückte sie. »Erzähl bitte weiter. Ich möchte alles wissen.«

Stephan nickte und blinzelte, schien sich so in die Vergangenheit fallen zu lassen. »Am Morgen wurde ich von meiner Mutter geweckt. Sie rüttelte mich an den Schultern.«

»Steh auf, Junge. Der Kommissar will dich sprechen.«

Stephan rappelte sich stöhnend auf die Ellenbogen. Sein Kopf brummte wie ein Trafo. Da er in »Erwins Eck« noch zwei Kumpels getroffen hatte, war es gestern nicht bei einem »Titanic's Nightmare« geblieben. Er fasste sich an den Kopf. Oh Mann, was mixte sein Onkel da zusammen? Himbeergeist mit Rebellenblut klang harmlos, hatte es aber offensichtlich in sich.

»Welcher Kommissar?«, fragte er langsam. Seine Zunge fühlte sich an, als ob darauf ein pelziges Tier schlief.

»Na der, der deine Schwester sucht«, antwortete Ingeborg und zog ihm die Bettdecke weg. Ohne weitere Worte verließ sie das Zimmer.

Stephan streifte sich hastig eine Jeans und ein T-Shirt über und machte sich auf den Weg nach unten. Im Flur begegnete er seinem Vater, der ihn mit mürrischer Miene anblickte. »Kommst sofort nach, wenn der Fettsack fort ist«, beschied er ihn und wandte sich ab, ohne Stephans Erwiderung abzuwarten. Die Haustür fiel krachend ins Schloss.

In der Küche wartete der Kommissar. Als Stephan den Raum betrat, stemmte er sich stöhnend, mit seinen Fäusten auf den Tisch gestützt, vom Stuhl hoch. Jupp hatte maßlos übertrieben. Der Kommissar hatte einige Pfunde zu viel, das stimmte zwar, aber seine Körpergröße von gut einem Meter neunzig kompensierte die ungünstigen Proportionen in der Bauchgegend. Dazu kamen attraktive, fast feminine Gesichtszüge. Hohe Wangenknochen, gepflegte Haut und strahlend blaue Augen verfehlten ihre Wirkung auf Frauen sicher nicht.

»Kriminalhauptkommissar Teutschner, Kripo Bonn. Tut mir leid, dass ich ein wenig herumjammere, aber ich habe mir einen Hexenschuss eingehandelt«, stellte sich der Mann vor und streckte Stephan die Hand entgegen.

Stephan schlug ein, überging kommentarlos die Bemerkung zu Teutschners Gesundheit und setzte sich. »Was ist mit meiner Schwester?«, kam er sofort zur Sache.

Teutschner setzte sich im Zeitlupentempo. »Ich versichere Ihnen, wir tun alles, was in unserer Macht steht.«

Stephan schnaubte verächtlich durch die Nase. »Wenn es so wäre, dann bräuchte mein Vater keinen Suchtrupp zu organisieren.«

»Es ist ganz normal, dass die Betroffenen etwas unternehmen wollen. Ich kenne Fälle, da fahren die Eltern wochenlang durch die Gegend, als ob sie erwarten, ihr Kind irgendwo am Straßenrand auflesen zu können. Andere wenden sich an die Presse und äußern so ihre ohnmächtige Wut gegenüber all denen, die nicht wie sie leiden müssen. Viele beschuldigen die Polizei, unfähig oder zumindest untätig zu sein, weil sie selbst es nicht ertragen können, untätig auf Ergebnisse zu warten. Jeder geht auf seine Weise mit dieser extremen Situation um.«

Augenblicklich tat es Stephan leid, dass er dem Kommissar gegenüber so unfreundlich aufgetreten war. Teutschner hatte recht. Was wusste Stephan schon von der bisherigen Polizeiarbeit? Er stand auf und schüttete sich einen Kaffee ein. »Okay, dann fragen Sie mal. Auch einen Kaffee?«

Teutschner winkte ab. »Hab gerade eine halbe Kanne im Präsidium getrunken. Meine Pumpe hämmert wie ein Presslufthammer.« Er klopfte sich einige Male auf die Brust.

Stephan nickte. Dass Polizisten Kaffee soffen bis zum Umfallen, schien kein Klischee zu sein.

Der Kommissar klappte seinen Notizblock auf. »Sie sind selten zu Hause?«

Stephan lehnte sich an die Arbeitsplatte und pustete leicht in seine Tasse. »Stimmt. Grundwehrdienst seit Januar, jetzt in Dülmen stationiert.«

»Ich habe meine Bundeswehrzeit als Pionier in Koblenz verbracht«, erzählte Teutschner, während er sich etwas notierte.

»Du bist kein Mensch, du bist kein Tier …«

»… du bist ein Pionier«, vollendete Teutschner und lachte. »Dieser Spruch kommt nie aus der Mode. Aber weiter: Ich nehme an, Sie haben Ihre Schwester in den vergangenen Monaten selten gesehen?«

»Hier und da mal, aber eher weniger, das ist richtig«, stimmte Stephan zu.

Teutschner blätterte in seinem Notizblock und tippte schließlich mit dem Kugelschreiber auf einen Eintrag. »Ihr Vater verstand sich nicht besonders mit Ihrer Schwester.«

Erstaunt hob Stephan die Augenbrauen. »Wer behauptet denn so was?«

»Oh, fast jeder, den ich befragt habe. Ich habe gehört, dass es zwischen den beiden öfters zum Streit kam, ziemlich lautstark sogar.«

»Mein Vater liebt Natalie.« Stephan gab sich keine Mühe, seinen Ärger zu verbergen.

Teutschner beugte sich vor. »Warum stritten sie sich dann so häufig?«

»Ist doch klar«, antwortete Stephan trotzig. »Weil er Angst um Natalie hat.«

Teutschner nickte und machte sich eine Notiz. »Verstehe. Ihre Schwester wird erwachsen, will ihr Leben genießen, und ihr Vater kann nicht loslassen. Das ist es doch, was Sie mir sagen wollen, oder?«

Stephan schlürfte nachdenklich an seinem Kaffee, nickte dann. Wieder blätterte der Kommissar in seinen Notizen. »Und deshalb ist Ihre Schwester vor knapp einem Jahr abgehauen. Ich vermute, sie hielt es nicht mehr aus.«

Das stimmte. Der Kommissar war gut informiert. Stephan konnte sich noch gut an die drei bangen Tage erinnern, die Ängste, die seine Eltern um seine Schwester ausgestanden hatten, die stummen Vorwürfe seiner Mutter, wenn Jupp den Raum betrat. Bis Natalie unverrichteter Dinge wieder vor der Tür stand. Das Donnerwetter seines Vaters hatte die Wände des Hauses erbeben lassen. Natalie hatte es seelenruhig über sich ergehen lassen und, als Jupp die Luft ausging, mit Verachtung in der Stimme gesagt: »Eines Tages komme ich nicht zurück, das verspreche ich.«

Nicht zum ersten Mal befürchtete Stephan, dass Natalie ihre Drohung in die Tat umgesetzt hatte.

»Wer hat …«, begann er ärgerlich seine Frage, schluckte sie dann aber hinunter. Seine Eltern hatten Natalie bereits zum zweiten Mal als vermisst gemeldet. Es bedurfte also keiner klatschenden Nachbarn, damit Teutschner davon wusste.

»Sie glauben also, meine Schwester ist abgehauen?«, fragte Stephan stattdessen.

Teutschner klopfte mit dem Kugelschreiber gegen seine Zähne, wiegte den Kopf. »Es wäre fahrlässig, nur in eine Richtung zu ermitteln. Aber ja, so wie die Faktenlage zurzeit ist, spricht einiges dafür, dass Ihre Schwester abgehauen ist.«

»Blödsinn«, kommentierte Stephan aus einem Impuls heraus. »Sie ist jetzt schon fünf Tage weg. Wo sollte sie denn so lange unterkommen?«

Teutschner stieß den Kugelschreiber in Stephans Richtung. »Vielleicht haben Sie eine Idee?«

»Ich?« Stephan riss erstaunt die Augen auf. »Wieso ich?«

»Sie sind der Bruder. Geschwister erzählen sich doch Dinge, die niemand anderes erfahren soll.«

Stephan lachte verächtlich. »Vielleicht ist es manchmal so. Doch

Natalie und ich ... Wie soll ich es ausdrücken, ohne dass es falsch rüberkommt?« Er überlegte kurz, Teutschner ließ ihm die Zeit. »Also, als wir noch Kinder waren, war es wirklich so, dass wir uns alles erzählt haben. Aber die letzten Jahre ging jeder seines Weges, andere Freunde und so weiter.«

Teutschner notierte. »Wieso denken Sie, dass Ihre Aussage bei mir, ich zitiere: ›falsch rüberkommen‹ würde?«

Das wusste Stephan auf Anhieb selbst nicht. Nachdenklich senkte er den Blick.

»Ich sage es Ihnen«, sagte Teutschner. »Sie wissen, dass die Wahrscheinlichkeit groß ist, dass Natalie abgehauen ist. Ihr Vater hat das Leben Ihrer Schwester zur Hölle gemacht. Sie wissen das ganz genau. Aber anstatt ihr beizustehen, ihr zu helfen, gegen Ihren übermächtigen Vater zu bestehen, haben Sie die Augen davor verschlossen. Vogel-Strauß-Mentalität nennt man das. Aber unterbewusst machen Sie sich Vorwürfe.«

Stephan hatte mit wachsendem Erstaunen zugehört. »Blödsinn!«, brauste er auf, spürte aber einen Stich im Inneren. Der Kommissar hatte voll ins Schwarze getroffen.

»Wie auch immer«, sagte Teutschner. »Damit müssen Sie klarkommen. Dass Natalie niemanden hatte, der ihr gegen ihren herrschsüchtigen Vater zur Seite stand, ist für mich nur ein Indiz mehr, dass sie abgehauen sein könnte.« Sein Kugelschreiber gab kratzende Geräusche von sich, als er ihn über das Papier wandern ließ. »Hat Natalie jemals einen Ort erwähnt, wo sie gerne hin wollte? Amerika? Australien?«

Stephan überlegte kurz, schüttelte langsam den Kopf. »Nicht so direkt.«

»Und indirekt?«

»Also wenn sie mal wieder mit meinem Vater aneinanderrasselte, schrie sie schon mal, dass sie hier aus dem Kaff raus will und ...« Stephan brach ab, blickte zu Teutschner.

Dieser vollendete den Satz: »... nie mehr zurückkommen wird. Ja, ja, das war jetzt nicht schwer zu erraten.«

Stephans Ärger verrauchte. Kleinlaut gab er zu: »So ist es wohl.«

Teutschner steckte seinen Notizblock ein und verstaute den Kugelschreiber in seiner Jackentasche. »Sie sind noch einige Tage hier?«

»Bis Sonntagabend«, bestätigte Stephan.

»Halten Sie sich bitte zu meiner Verfügung.«

Stephan versuchte, sich ein Grinsen zu verkneifen. Diese Worte erinnerten ihn an Derrick. »Bin ich etwa verdächtig?«

Teutschner zögerte mit der Antwort. Dann sah er Stephan mit einem Blick an, der diesem die Gänsehaut auf die Unterarme trieb. »Sie können nur verdächtig sein, wenn sich herausstellt, dass Natalie das Opfer eines Gewaltverbrechens wurde. Dafür gibt es bisher keine Anzeichen, und ich hoffe bei Gott, dass das auch so bleibt.«

Stephan nickte stumm und sah verlegen zu Boden. Stöhnend stand Teutschner auf. »Blöder Hexenschuss«, murmelte er.

»Zu schwer gehoben?«, fragte Stephan.

»Falsche Bewegung gemacht. Ich habe mir einen Porsche gekauft. Das Fahrwerk ist so tief, da rutscht man mit dem Hintern über den Asphalt. Vermutlich zu tief für einen Mann meines Alters.«

Stephan begleitete den Kommissar nach draußen. Auf dem Hof stand ein feuerroter 911. »Scharfes Eisen«, bemerkte Stephan und pfiff anerkennend durch die Zähne.

»Ein Jugendtraum von mir«, sagte Teutscher. »Damit hänge ich jeden ab.« Der Stolz in der Stimme des Kommissars war unverkennbar.

»Aber erst einmal müssen Sie da reinkommen«, meinte Stephan spitzbübisch.

Teutschner grinste und seufzte theatralisch. »Rein geht noch. Aber raus, na ja. Da muss ich wohl Überstunden machen.«

Stephan fiel in Teutschners Lachen ein. Der Kommissar schien doch ganz in Ordnung zu sein.

»Hast du Teutschner später noch mal getroffen?«, wollte Charlotte wissen.

Stephan stand auf und füllte sein Bierglas. »Getroffen, hm, nicht direkt. Hin und wieder hing er bei meinem Onkel rum, trank dort ein Bier. Zu Natalie hat er mich nicht mehr befragt.«

Charlotte hielt ihm ihr Glas hin.

»'Tschuldigung«, murmelte Stephan und goss Wein nach.

»Du sagtest, Teutschner schien ganz in Ordnung zu sein. Da höre ich Zweifel raus.«

Stephan setzte sich wieder. »Er war freundlich, keine Frage, doch trotzdem hatte ich ein unangenehmes Gefühl. Die richtigen Fragen hatte er gestellt, doch hin und wieder, wenn er sich mit seinem Kugelschreiber gegen die Zähne klopfte, schien er mit den Gedanken weit weg zu sein. Vielleicht war es nur eine Marotte von ihm. Wenn es aber unkonzentriertes Verhalten war, könnten ihm wichtige Kleinigkeiten entgangen sein.«

Sie nickte. »Verstehe.«

Er blickte sie ernst an. »Du glaubst, ich verrenne mich?«

»Nein. Nur wird es schwer werden, die Kleinigkeiten, die Teutschner vielleicht nicht aufgefallen sind, heute nach über zwanzig Jahren zu entdecken.«

Stephan verschränkte die Arme vor der Brust. »Ich muss es versuchen.«

Charlotte legte die Hand auf seinen Unterarm. »Es tut mir leid. Ich will dir nicht den Mut nehmen. Am besten, du erzählst erst einmal weiter. Vielleicht kann ich mir dann ein besseres Bild machen.«

Stephan entspannte sich, trank einen Schluck Bier und erzählte weiter.

Den ganzen Tag über ging es bei ihnen zu wie im Taubenschlag. Das halbe Dorf schien beflissen zu sein, der Familie Tries in diesen schwierigen Stunden zur Seite zu stehen. Dabei verhielten sich die überwiegend weiblichen Besucher zu Stephans Erstaunen vollkommen unterschiedlich. Frau Hendekott, Grundschullehrerin und Ingeborgs beste Freundin, wehte herein und verbreitete eine gute Laune, als ob nichts passiert wäre. Stephan kam aus dem Staunen nicht heraus. Erst als sie sich von Ingeborg verabschiedete und Stephan sie zur Haustür begleitete, erfuhr er, was für eine gute Schauspielerin sie war. Mit ernster Miene flüsterte Frau Hendekott ihm zu: »Pass auf deine Mutter auf. Ich mache mir solche Sorgen.«

Frau Bauch, die Ehefrau des einzigen Metzgers im Dorf, die wenig später erschien, schwieg den ganzen Besuch über, sah man von einigen herzzerreißenden Seufzern ab. Genauso einsilbig verabschiedete sie sich auch wieder, wobei sie Stephan noch die mitgebrachte Salami in die Hand drückte.

Der Höhepunkt aber war der Zusammenbruch von Frau Elster, der Apothekerin. Stephan brühte gerade Kaffee auf, als sie heulend aus dem Wohnzimmer stürzte und nach draußen lief. Er ließ vor

Schreck den Kaffeefilter fallen und rannte hinterher. Auf dem Hof holte er sie ein. Frau Elster hatte sich die Hände vor das Gesicht geschlagen und schluchzte laut.

»Was ist passiert?«, fragte er. Sein Herz tanzte Samba. Insgeheim befürchtete er, dass Frau Elster irgendetwas Schlimmes zu Natalies Verbleib vor ihnen erfahren hatte.

Sie schüttelte den Kopf. »Es ist alles so schrecklich. Ich wusste ja nicht, wie angespannt das Verhältnis zwischen Natalie und deinem Vater ist. Es tut mir so leid, ich kann gar nicht sagen, wie sehr ich bedaure, dass ich meinen Mund nicht halten konnte.« Sie verstummte und zuckte mit den Schultern. Stephan kramte in seiner Hosentasche und fand ein unbenutztes Papiertaschentuch, welches er ihr reichte.

»Danke«, hauchte sie und wischte sich die Tränen ab.

»Um was geht es denn genau?«, fragte Stephan.

Frau Elster hielt in ihrer Bewegung inne und sah ihn mit großen Augen an. »Ich, äh …« Sie brach ab, wurde rot. Plötzlich schluchzte sie wieder laut auf, ließ Stephan stehen und rannte zu ihrem Opel Kadett. Keine zehn Sekunden später bog sie mit aufheulendem Motor und durchdrehenden Reifen auf die Straße ab.

Stephan sah ihr verwundert hinterher. Als der Kadett seinem Blick entschwand, drehte er sich um und ging zurück ins Haus.

Auf dem Küchentisch türmten sich die mitgebrachten Lebensmittel. Obst, Kuchen, Brote, ja sogar eine selbst gemachte Suppe in einem altmodischen Henkelmännchen war dabei. Stephan verstaute alles und ging dann zu seiner Mutter. Ingeborg hatte nichts mitbekommen, saß in ihrem Sessel im Wohnzimmer und starrte vor sich hin. Stephan beschloss, auch den Rest des Tages an ihrer Seite zu bleiben und weiterhin die Gäste mit Getränken zu bewirten. Dies schien ihm im Moment wichtiger, als an der Seite seines Vaters durchs Gebüsch zu streifen.

Charlotte brachte den Wein in ihrem Glas nachdenklich mit schwingenden Bewegungen zum Kreisen und sagte: »Die Elster kenne ich nur als eine ausgeglichene Person, die sehr gefasst auf Schicksalsschläge reagiert. So, wie du sie schilderst, ist sie ein ganz anderer Mensch.«

Stephan zuckte mit den Schultern. »Sie war eine gute Freundin meiner Mutter. Die Situation damals war für uns alle schrecklich. Diese Ungewissheit brannte auf der Haut, zerrte an den Nerven. Die einen schweigen, ziehen sich zurück, die anderen brechen aus, weinen, schreien. Solche Reaktionen, wie die von Frau Elster, sind nachvollziehbar. Habe ich später im Dienst oft genug erlebt.«

»Hm, wenn du meinst«, kommentierte Charlotte, war aber nicht richtig überzeugt.

Stephan ging nicht darauf ein. Stattdessen räusperte er sich und erzählte weiter. »Am Nachmittag legte sich meine Mutter hin.«

Stephan stellte die Klingel ab, damit sie nicht gestört wurde, und schlich in Natalies Zimmer. Sie mochte es zwar nicht, wenn jemand in ihren Sachen herumwühlte, doch er hatte beschlossen, dass die Situation eine Ausnahme legitimierte.

Auf den ersten Blick sah alles aus wie immer. Poster von Duran Duran und Nena an den Wänden, auf dem Schreibtisch ein Stapel Bravos und Pop Rockys. Stephan zog die oberste Schublade auf und runzelte die Stirn. Lippenstift, Lidschatten, Rouge. Seit wann schminkte sich Natalie? Er konnte sich ein Grinsen nicht verkneifen. Sein Vater musste Schaum vor dem Mund gehabt haben, als er Natalie zum ersten Mal mit Lidstrich begegnet war. In der untersten Schublade befanden sich Socken und … Nylonstrumpfhosen. Mit spitzen Fingern zog Stephan eine heraus und betrachte staunend das feine Gewebe. »Natalie, Natalie«, murmelte er. »Das hätte ich dir gar nicht zugetraut.«

Ihm kam ein Gedanke. Rasch stopfte er die Strumpfhose zurück und öffnete den Kleiderschrank. Oben Blusen und T-Shirts, in der Mitte die Hosen, unten die Schuhe. Nichts Ungewöhnliches, doch so schnell gab Stephan nicht auf. Er zog sich den Schreibtischstuhl heran, kletterte hinauf und schob im obersten Fach die Arme ganz nach hinten durch. Plötzlich fühlte er Plastik. Er griff zu und zog die Tüte an den Blusen und T-Shirts vorbei ans Tageslicht. Neugierig blickte er hinein.

»Hab ich es mir doch gedacht«, flüsterte er triumphierend, sprang vom Stuhl und holte den Minirock heraus. Er glich mehr einem breiten Gürtel als einem Kleidungsstück. Stephan pfiff leise durch die Zähne und stopfte den Rock samt Tüte wieder dorthin zurück, wo er ihn gefunden hatte.

Die nächsten zehn Minuten sah er in allen Ecken nach, die Natalie noch als Versteck hätte nutzen können: unter dem Bett, unter der Matratze, er rückte sogar den Schreibtisch von der Wand ab und sah dahinter nach. Doch fand er nichts, was eine Deutung hinsichtlich Natalies Verschwinden zugelassen hätte.

Ein wenig enttäuscht zog er die Tür hinter sich zu. Doch so schnell wollte er nicht aufgeben. Er nahm sich vor, heute Abend Natalies Clique aufs Dach zu steigen. Mal sehen, ob die nicht mehr wussten, als sie bisher erzählt hatten.

»Da hake ich jetzt mal ein«, unterbrach Charlotte. »Hat der Kommissar, dieser Teutschner, das Zimmer auch untersucht?«

»Nein.«

»Wäre aber doch naheliegend, oder nicht?«

»Ja klar, sicher«, bestätigte Stephan. Er beugte sich vor und tippte mit dem Zeigefinger auf den Tisch. »Auch wieder so ein Punkt. Wer weiß, was er noch alles nicht gemacht hat.«

»Da fällt mir noch etwas ein: Gibt es keine Ermittlungsakte? Die würde dir doch sicherlich helfen und vielleicht auch aufdecken, wo Teutschner mangelhaft ermittelt hat.«

Stephan zuckte mit den Schultern. »Die Interpol-Akte gibt da nicht viel her. Es werden darin nur die wichtigsten Angaben über verschwundene Personen gespeichert.« Er zögerte kurz. »Und die eigentliche Ermittlungsakte ist verschwunden«, sagte er dann.

Charlotte riss überrascht die Augen auf. »Verschwunden? Die Akte deiner Schwester? Wie kann denn so etwas passieren?«

»So ungewöhnlich ist das in einer Behörde gar nicht. Kommt vor. Es ist noch nicht einmal jemandem aufgefallen, bis ich sie mir vor Jahren ansehen wollte.«

»Wurde denn nicht nachgeforscht, wo die Akte geblieben ist?«

»Doch, natürlich.« Stephan nickte bedächtig. »Die Akte ist auf Teutschner ausgetragen, schon seit damals. Sie könnte also bereits während der laufenden Ermittlungen verschwunden sein.«

»Gibt es keine Zweitakte, eine Kopie?«

»Die Staatsanwaltschaft hat normalerweise auch eine Akte.«

Charlotte lehnte sich vor. »Und?«

»Die hat ebenfalls Teutschner ausgehändigt bekommen. Ich wollte ihn anrufen und fragen, warum er beide Akten angefordert hat.

Doch dann kam meine Scheidung dazwischen, andere Dinge waren wichtiger. Ich habe mich bis heute nicht mehr weiter damit beschäftigt.«

»Kannst du ja jetzt nachholen«, sagte Charlotte.

Stephan rieb sich das Kinn. »Habe ich schon probiert. Doch bisher habe ich ihn nicht erreicht.«

»Versuch es weiter«, forderte Charlotte. »Scheint mir das richtige Vorgehen zu sein.« Sie lächelte zuversichtlich. »Erzähl jetzt mal weiter. Ich brenne darauf, was die Clique dir erzählt hat.«

Stephan lehnte sich wieder zurück, drehte sein Glas in den Händen und beschrieb ihr den Abend in der Kneipe seines Onkels.

Stephan stand an der Theke und schlürfte durch einen Strohhalm einen »Bloody Russian«, den Dirk aus Rebellenblut und einem Fingerbreit Wodka zusammengemixt hatte. Er beobachtete Natalies Freunde. Sie saßen wie immer um den großen rechteckigen Tisch herum, der direkt neben der Musikbox stand. Stephan kannte sie zwar alle vom Sehen und von dem, was Natalie zu Hause erzählt hatte, doch richtig vertraut war ihm keiner von ihnen. Sie waren zwei, drei oder sogar mehr Jahre jünger als er, was aus Stephans Sicht schon fast eine ganze Generation ausmachte.

In der Kneipe war die Luft zum Schneiden. Noch mehr Gäste als gestern drängten sich im Schankraum, lachten, feierten, tanzten oder genossen schweigend ihre Getränke. Die Musikbox lief ohne Unterbrechung. Ein Teenager mit Cowboystiefeln und einem Gesicht wie ein Streuselkuchen schien besonderes Interesse an *Burning down the house* von den Talking Heads zu haben. Er spielte das Stück bereits zum dritten Mal.

»Warum gehst du nicht rüber?«, fragte Erwin.

»Erst mal sehen, wie die Stimmung ist«, antwortete er. Erwin stemmte die Hände gegen die Theke und blickte hinüber. »Nicht gerade gut, wenn du mich fragst.«

»Mhm«, bestätigte Stephan.

Dirk kam hinter die Theke, öffnete eine neue Flasche Rebellenblut und mixte die Drinks für die Bestellung.

Schließlich stellte Stephan das leere Glas ab und zwängte sich durch die Menge zu Natalies Freunden hinüber. Max Aller, ein rotwangiger Bauernbursche, bemerkte ihn als Erster. Sein Gesicht färbte sich noch eine Spur kräftiger. Als Stephan ihn anblickte und lächelte, wich Aller dem Blick aus.

Stephan quetschte sich neben Cornelia Cornelius und reichte ihr ein Taschentuch. Sie heulte bereits den ganzen Abend. Ihren etwas fülligen Körper hatte sie in eine schwarze Bluse gezwängt, dazu trug sie eine schwarze Jeans. Was sie über Natalies Verschwinden dachte, war nicht schwer zu erkennen.

»Hallo«, grüßte Stephan freundlich in die Runde.

Als Einziger grüßte Uwe Gärtner zurück. Ihn kannte Stephan von allen am besten. Uwe besaß einen Wagen, einen alten Opel Rekord, der so etwas wie das Cliquenmobil darstellte. Natalie ließ sich häufig von ihm abholen.

»Du bist Natalies Bruder«, stellte Edeltraud Pohlich fest, ohne eine Miene zu verziehen.

Von ihr wusste Stephan am wenigsten. Edeltraud saß mit durchgedrücktem Rücken aufrecht auf ihrem Stuhl. Ihre scharf geschnittenen Gesichtszüge verliehen ihr etwas Erhabenes. Stephan fiel auf, dass sie keinen Alkohol trank. Ob sie sich sorgte, im alkoholisierten Zustand Dinge zu äußern, die sie hinterher bereuen könnte?

»Ja«, bestätigte Stephan und kam sofort zur Sache. »Ich würde euch gern ein paar Fragen stellen. Wer von euch hat Natalie als Letzter gesehen?«

Jürgen Schipke, der gerade von der Toilette an den Tisch zurückkam, antwortete patzig: »Was soll'n das werden? Bist du jetzt bei den Bullen?«

Von Jürgen wusste Stephan, dass dieser seine blonde Mähne am liebsten unter seinem Motorradhelm versteckte. Kenny Roberts, der Rennfahrer, gehörte genauso zu seinen Vorbildern wie Toni Mang.

Stephan sah ihn genervt an. »Quatsch«, gab er zurück. »Ich mache mir Sorgen.« Seine Worte wurden von den aufbrausenden Schlussakkorden, die die Musikbox gerade ausspie, überlagert. Stephan stand auf, schob den pickeligen Popper zur Seite, der wahrscheinlich gerade im Begriff war, zum vierten Mal Talking Heads zu wählen und drückte *One more night* von Phil Collins und *Cherish* von Kool and the Gang.

»Ist ja ätzend«, nörgelte der Popper.

Stephan griff in seine Hosentasche und zog eine Mark heraus.

Die drückte er dem Pickelgesicht in die Hand. »Ehrlich, Die Talking Heads oder OMD finde ich auch besser. Aber ich muss mich jetzt mal kurz unterhalten.«

Er zwängte sich wieder neben Cornelia auf die Bank. »Also, ich will alles wissen. Als Natalies Bruder kann ich das wohl verlangen. Raus mit der Sprache.«

Die Runde wich fast geschlossen seinem Blick aus. Nur Edeltraud hielt dagegen. Sie war es auch, die als Erste den Mund aufmachte.

»Wir wissen nichts. Natalie war wie immer, als wir sie das letzte Mal gesehen haben.«

»Die Polizei denkt, Natalie ist abgehauen. Hat sie vielleicht irgendwelche Andeutungen gemacht?«

Cornelia schniefte neben ihm, fragte: »Was denn für Andeutungen?«

»Was weiß denn ich? Dass sie irgendwelche Pläne hat. Oder irgendwen kennt, zu dem sie gehen will«, konkretisierte Stephan.

»Wieso sollte Natalie so etwas gerade uns erzählen?«, fragte Jürgen, der seine Lederjacke auszog und hinter sich über die Stuhllehne hängte. »Scheiß warm heute«, kommentierte er.

»Na, warum wohl?« Stephan spürte, wie ihm der Ärger den Hals heraufwanderte. »Seid ihr nun die besten Freunde oder nicht?«

Jürgen zuckte gleichgültig mit den Schultern. Uwe räusperte sich und antwortete: »Wir wissen wirklich nichts, Stephan. Wenn überhaupt, musst du bei Nicole nachhören. Die da hinten in dem kurzen Mini.« Er deutete mit dem Zeigefinger auf ein hübsches, aber ziemlich aufgebrezeltes Mädchen, das in Natalies Alter sein musste, aber locker für zwanzig durchgegangen wäre.

»Nicole und Natalie waren Freundinnen?«, fragte Stephan erstaunt.

Die Runde nickte. Dass Natalie mit diesem aufgedonnerten Huhn ihre Zeit verbrachte, konnte er kaum glauben. Die beiden passten zusammen wie Feuer und Wasser.

»Ist nicht euer Ernst«, sagte er perplex.

Aller zog eine Grimasse.

»Glaub's oder glaub's nicht.« Edeltraud lehnte sich zu ihm rüber. »Wie willst du deine Schwester finden, wenn du überhaupt nichts von ihr weißt?«, fragte sie skeptisch.

Jürgen schüttelte abschätzig den Kopf und winkte ab. »Finde dich damit ab, dass wir dir nicht helfen können. Natalie war genau wie immer. Uwe«, er deutete zu seinem Freund, der gebeugt am Tisch saß und sein Bier anstarrte, »hat sie gegen eins zu euch nach Hause gebracht. Mehr konnten wir auch der Polizei nicht erzählen.«

Stephan kniff die Augen zusammen. »Warum denke ich, dass ihr mir etwas verschweigt?«, fragte er Jürgen provozierend. Der lachte nur, Edeltraud fiel mit ein. Beide schüttelten nur den Kopf, ohne weiter darauf einzugehen.

Hier kam Stephan definitiv nicht weiter. Es war egal, ob sie ihm absichtlich etwas verschwiegen oder wirklich nichts wussten. Er musste einsehen, dass er genauso gut mit einer Parkuhr reden könnte.

»Na dann«, warf er in die Runde. »Ihr wisst ja, wo ihr mich erreichen könnt.« Er stand auf und überließ die fünf wieder sich selbst.

Charlotte hob eine Hand, um ihm Einhalt zu gebieten. »Bevor du weitererzählst: Natalies Freunde schienen nicht besonders besorgt zu sein.«

»Mit Ausnahme von Cornelia«, bestätigte Stephan.

»Seltsam.«

Stephan straffte sich. »Allerdings. Gut, Edeltraud mochte Natalie offensichtlich nicht. Aber die anderen? Max, Uwe und Jürgen saßen da, als ob sie alles nichts anginge. So reagieren doch keine Freunde.«

»Es sei denn, sie wussten bereits, was passiert ist«, stellte Charlotte fest.

Stephan wiegte den Kopf. »Möglich.« Er trank einen Schluck Bier und wiederholte mit kräftiger Stimme: »Möglich. Ja.«

Charlotte nickte. »Ich als Laie würde sagen: Da musst du ansetzen.«

»Habe ich vor. Und bei Nicole.«

»Dann erzähl mal von ihr«, forderte Charlotte.

Stephan rieb sich über die Augen. »Ein ganz schönes Früchtchen, diese Nicole, hübsch, aber ein wenig überzogen, wenn du weißt, was ich meine.«

»Zu viel Schminke, zu kurze Kleidung.« Charlotte grinste.

Stephan nickte. »Genau.«

Nicole lächelte spitzbübisch, als sie Stephan auf sich zukommen sah. Offenbar wusste sie nicht, wer er war.

Die erwartet sicher, dass ich sie angrabe, dachte Stephan unangenehm berührt, blieb neben ihr stehen und rief ihr ins Ohr: »Kann ich dich mal sprechen?« Der Geräuschpegel in der Kneipe hatte inzwischen gesundheitsschädliche Dezibelzahlen erreicht.

»Da hast du heute Pech, Schätzchen«, zwinkerte Nicole kokett. Sie wies mit dem Kinn auf ihren Begleiter, einen mit Muskeln bepackten Einssiebziger, der Stephan drohende Blicke zuwarf. Stephan musste sich das Lachen verkneifen. Der Kerl sah aus wie eine wütende Bulldogge, fehlte nur noch, dass er knurrte.

»Bitte, draußen. Es geht um Natalie.«

Ihr Lächeln verschwand augenblicklich, und sie zog ihre Augenbrauen nach oben. »Natalie?«

Stephan nickte, tippte sich mit dem Zeigefinger auf die Brust und rief: »Ich bin ihr Bruder.«

Nicole redete mit der Bulldogge, die sich sichtbar entspannte, und bat Stephan mit einem Wink, ihr zu folgen. Sie steuerten den Ausgang an.

An der frischen Luft bemerkte Stephan erst, wie verräuchert »Erwins Eck« inzwischen war.

»Natalies großer Bruder, soso. Sie hat nicht viel von dir erzählt.« Nicole lehnte sich mit dem Rücken gegen die Häuserwand, winkelte das linke Bein an und stemmte die Fußsohle gegen das Mauerwerk. Ihre Unterarme kreuzte sie so vor ihrem Körper, dass sich ihre Brüste leicht anhoben und besser zur Geltung kamen.

Stephan blendete die Signale aus, die Nicole sendete, und fragte: »Ich hab gehört, ihr beide seid eng befreundet?«

Nicole schnaubte verächtlich durch die Nase. »Wie man's sieht. Wir trafen uns hin und wieder, ja.«

Die Tür der Kneipe flog auf und fünf angetrunkene Frauen torkelten heraus. Als sie Nicole an der Wand stehen sahen, davor Stephan, die Hände in den Taschen vergraben, kicherten sie. Eine rief: »Benutz deine Hände, dann wird das eher was!«

Lachend wandten sich die Frauen ab und schlenderten die Dahlienstraße in Richtung Haltestelle hinunter.

»Blöde Weiber«, kommentierte Stephan.

»Och, der Tipp war doch gar nicht schlecht«, säuselte Nicole aufreizend.

Stephan stutzte, runzelte die Stirn. »Glaubst du wirklich, dass mir zurzeit danach ist?«, fragte er verärgert und machte eine wischende Handbewegung in Richtung von Nicoles Brüsten. »Meine Schwester ist verschwunden, und ihr tut so, als ob nichts passiert wäre!« Er trat gegen einen Stein, der im hohen Bogen davonflog.

»Na hör mal«, gab sich Nicole entrüstet, nahm aber den Fuß von der Hauswand. »Mach mal nicht so einen Aufstand, weil die Kleine verschwunden ist. Die wird schon wieder auftauchen.«

»Was macht dich da so sicher?«

»Sie ist schließlich schon mal abgehauen«, sagte Nicole und verschränkte die Arme vor der Brust. Diesmal wirkte die Geste abweisend. »Ich geh wieder rein. Kann dir sowieso nicht helfen.«

Sie machte einen Schritt in Richtung Tür, doch Stephan versperrte ihr den Weg. »Sag mir doch wenigstens, ob dir irgendetwas an ihr aufgefallen ist, etwas Ungewöhnliches.« Er legte einen flehentlichen Klang in seine Stimme.

Tatsächlich sah Nicole ihn mitleidig an. »Ach, Schätzchen, irgendwie tust du mir leid. Ich würde dir ja gerne helfen. Aber da war nichts.« Sie zuckte bedauernd mit den Schultern.

Stephan gab den Weg frei, und Nicole öffnete die Tür, blieb dann aber stehen. Sie wandte sich um. »Vielleicht war doch etwas.«

Stephan sah sie erwartungsvoll an, doch Nicole bremste sofort seine Hoffnung. »Nur eine klitzekleine Kleinigkeit.«

»Ja?«

»Irgendwie schien ihr der Spaß abhanden gekommen zu sein. Daher haben wir uns die letzten Wochen auch kaum noch getroffen. Ich habe keinen Bock auf Spaßbremsen, will mein Leben genießen.«

Stephan überlegte fieberhaft. Was könnte das bedeuten? Er räusperte sich. »Hast du eine Idee, woran das gelegen haben könnte?«

Nicole schürzte die Lippen. Aus dem Inneren der Kneipe dröhnten die unverwechselbaren Klänge von *People are People.* »Euer Vater scheint ein ziemliches Arschloch zu sein.«

Stephan fühlte, wie ihm die Röte ins Gesicht stieg. Dass ihre familiären Zustände für Außenstehende so offensichtlich waren, wunderte ihn inzwischen nicht mehr. Sein Vater äußerte seinen Unmut ja lautstark genug. Trotzdem war es ihm peinlich. Er unterdrückte den instinktiven Wunsch, seinen Vater zu verteidigen. Stattdessen sagte er kleinlaut: »Besonders nett ist er jedenfalls nicht zu uns.«

Nicole nickte. »Wie ich schon sagte: Natalie wird wieder auftauchen.«

Stephan starrte auf die Tischoberfläche. »Sie lächelte mir zum Abschied aufmunternd zu und verschwand im Inneren der Kneipe. Ich bin nicht mehr rein, sondern sofort nach Hause gefahren«, sagte er abschließend.

Charlotte wartete, ob er seine Erzählung wieder aufnehmen würde. Doch nachdem einige Minuten vergangen waren, räusperte sie sich und fragte: »Kommt noch mehr? Oder sind das alle deine Erinnerungen an damals?«

Die Küchenuhr tickte, von der Breslauer Straße drangen dumpf die Motorengeräusche eines schweren Traktors zu ihnen. Endlich erwachte er aus seiner Starre und sah auf. »Es dauerte noch ein paar Wochen, dann sprach niemand mehr von Natalie. Die einen, weil es ihnen unangenehm war, die anderen, weil sie Teutschners Ansicht teilten, dass sie abgehauen war.«

Charlotte nickte. »Ja, ich kann mich zwar kaum noch daran erinnern, aber es ist tatsächlich nach und nach verdrängt worden. Passt nicht in diese vermeintlich heile Welt hier. Also ist die offizielle Version, dass deine Schwester abgehauen ist«, stellte Charlotte fest.

»Ja.«

Charlotte ließ den Rotwein im Glas kreisen und überlegte. »Nach allem, was du mir erzählt hast, und von dem, was ich vom Hörensagen kenne, liegt der Schluss nahe.«

Stephan nickte, entgegnete jedoch nichts.

Sie bohrte: »Sag mir, was dich daran zweifeln lässt.«

»Das Tagebuch«, gab er knapp zurück.

»Okay. Was noch?«

»Dass Natalie nie wieder versucht hat, mit uns Kontakt aufzunehmen.«

Charlotte schürzte die Lippen. »Möglicherweise ist sie gegangen ohne zurückzublicken. Also, ein wenig mehr wäre schön.«

Stephan hob die Arme und ließ sie kraftlos auf den Tisch fallen. »Nimm die Stelle, wo Natalie schreibt, dass sie sich verfolgt fühlt. Da könnte doch was dran sein. Was ist, wenn es ihr Mörder war? Dann ihr Treffen mit dem Vater ihres Kindes. Der muss doch mehr wissen, den muss ich finden!«

»Wieder das Tagebuch, okay. Nicht gerade viel«, stellte Charlotte fest und nippte an ihrem Rotwein. Zu warm, dachte sie. Dann stellte sie die Frage, die ihr schon den ganzen Nachmittag auf der Seele brannte. »Und du glaubst wirklich, dieses Tagebuch ist eine Chance?«

Stephan sah sie mit zusammengekniffenen Augen an. Sie hörte die Küchenuhr ticken, hielt dem Blick stand.

»Selbstverständlich. Hinzu kommt, dass ich Natalies Bruder bin«, antwortete Stephan.

Charlotte hob die Augenbrauen. »Sicher, aber den Zusammenhang verstehe ich, ehrlich gesagt, nicht ganz.«

Stephan schob trotzig den Unterkiefer vor. »Ich werde nicht aufgeben.«

Charlotte seufzte. »Das wird möglicherweise nicht reichen.«

»Ist das die Hilfe, die du mir anbietest?«, fragte Stephan scharf.

Sie holte tief Luft. »Ich möchte nicht, dass du dich in etwas verrennst.«

Er ballte die Fäuste, blieb sekundenlang regungslos sitzen. Schließlich entspannte er sich wieder und lächelte. »Du hast recht. Entschuldige bitte«, sagte er versöhnlich. Müde rieb er sich mit den Fingerknöcheln die Augen. »Mein Gott, es ist, als ob es erst gestern gewesen wäre. Ich brauche wirklich jemanden, der mich im Hier und Jetzt festhält.«

Charlotte griff nach seinen Händen und nahm sie fest in ihre. »Ich bin dafür genau die Richtige.« Sie lächelte. »Vielleicht ist jetzt ein guter Zeitpunkt für das Dessert.«

»*Pecorino spadellato con miele*!«

Charlotte stand an Stephans Seite und schaute zu, wie er die Nachspeise zubereitete. Er hatte eine antihaftbeschichtete Pfanne erhitzt und darin zwei Teelöffel Honig zergehen lassen.

»Jetzt kommen zwei entrindete Pecorino-Käsescheiben dazu. Wenn sie anfangen zu schmelzen, ist das Dessert fertig«, erklärte er. Charlotte sog den süßlichen Geruch ein. »Also, ich bin schon viel in der Weltgeschichte herumgekommen, aber du schaffst es immer wieder, mich zu überraschen.«

Sie sah zu, wie er die Pecorino-Scheiben aus der Pfanne nahm und auf die bereitgestellten Teller legte. Er goss den erhitzten Honig aus der Pfanne darüber. »Das Rezept habe ich von einer ehemaligen Nachbarin, einer netten kleinen Italienerin, gebürtig aus der Toskana. So, fertig!«

Charlotte strich sich mit der Zunge über die Oberlippe. »Das duftet köstlich.«

Sie setzte sich an den Küchentisch und Stephan servierte. »Dazu habe ich uns einen erstklassigen Vin Santo besorgt«, sagte er und schenkte den Likör ein.

Charlotte probierte eine Ecke des Pecorinos. Er schmolz auf der Zunge und passte vorzüglich zu der Süße des Honigs.

»Phantastisch«, stieß sie hervor und bemerkte, dass Stephan sich stolz aufrichtete. Auch den Vin Santo genoss Charlotte. Wie Öl rann der Likör ihre Kehle hinunter, und sie spürte eine angenehme Wärme, die sich in ihrem Magen ausbreitete.

Stephan tupfte sich mit der Serviette die Lippen ab und sagte: »Also, ich werde morgen zunächst meinen Onkel besuchen. Der steht immer noch hinter seiner Theke in ›Erwins Eck‹. Ich bin schon seit Jahren nicht mehr bei ihm gewesen. Aber meine Mutter hat mir davon erzählt, bevor sie gestorben ist. Muss ziemlich heruntergekommen sein.«

»Die Kneipe oder dein Onkel?«

»Beide.«

»Alkoholiker?«

»Mhm. Ist selbst sein bester Kunde. Teutschner muss ich auf jeden Fall auch erwischen, wie vorhin schon erwähnt.«

»Ja, die Akte.«

»Genau«, bestätigte Stephan. »Und wenn die nicht mehr da ist, dann muss Teutschner halt in seinen Erinnerungen graben.«

Charlotte überlegte einen Moment. »Ich werde mal bei meinen Pressefreunden nachfragen. Vielleicht haben die noch Informationen, die dir helfen können.«

Sie bemerkte, wie Stephans Mundwinkel zuckten.

»Was ist?«, fragte sie überrascht.

Stephan lächelte. »Genau darum hätte ich dich heute Abend noch gebeten. Auf dich ist echt Verlass.« Zum ersten Mal am Abend fühlte er sich entspannt. Kurzerhand beschloss er, das Geschirr bis morgen stehen zu lassen. »Ziehen wir um ins Wohnzimmer. Geh schon mal vor, ich schenke uns noch nach.«

Charlotte zwinkerte ihm zu, glitt vom Stuhl und verschwand im Flur.

Kurz darauf trug Stephan die gefüllten Gläser nach nebenan, stellte sie auf den Couchtisch und ließ sich neben Charlotte aufs Sofa fallen.

Sie kuschelte sich an ihn.

Stephans Katze namens Tiger, die er beim Einzug hier als Hausbesetzer vorgefunden hatte, schlummerte vor dem Kamin und störte sich nicht an ihrer Anwesenheit.

Charlotte versuchte, Stephan einen Kuss zu geben, doch er wehrte ab. Überrascht zog sie die Augenbrauen hoch. »Nanu? Ich versuche, dich auf andere Gedanken zu bringen, und was ist der Lohn?«

Stephan lachte verlegen. »Später. Ich hab da noch etwas, was ich dir zeigen will.« Er ging zum Schrank und holte aus einer Schublade einen Brief hervor, den er ihr überreichte.

Sie könnte deine Mutter sein! Du bist eine Schande für das Dorf. Mach Schluss, oder es passiert was!

Geschockt rief sie aus: »Wann hast du den bekommen?«

»War heute in der Post.«

»Keine Adresse? Kein Absender?«

Stephan schüttelte den Kopf und trank einen Schluck Likör. »Da hat jemand eindeutig etwas gegen unsere Beziehung.«

»Was sollen wir unternehmen?«, fragte Charlotte.

»Erst mal nichts. Ich bleibe dabei: Ich würde die Drohbriefe nicht überbewerten. Warten wir ab, was geschieht. So, und jetzt mache ich uns den Kamin an. Es wird Zeit für den gemütlichen Teil des Abends.«

DREI

Rosenmontag, 18. Februar 1985

Boah, echt geil! Warum ist mir die Kneipe von OE nicht schon vorher eingefallen? Selbst Papa hat nichts dagegen, wenn ich dort feiere, würde ja schließlich jemand auf mich aufpassen, sagte er. Yeah! War richtig was los heute. Bestimmt nicht so viel wie in Köln, aber immerhin. Habe ein paar Leute kennengelernt, echt coole Typen dabei. Einer hat sogar schon ein Auto. Uwe heißt der. Der hat mich immer ganz seltsam angeschaut, wie ein Hund. Wie ein Dackel, hi hi! Mit dem muss ich mich gut stellen, dann komme ich wenigstens ein wenig rum.
Dann sind da noch Conny, Max, Jürgen und Edeltraud. Was für ein Name, die Arme. Solche Namen sollte man verbieten. Wir wollen uns am Freitag wieder bei OE treffen. Die scheinen dort Stammgäste zu sein.
Ich könnte mich auch dran gewöhnen.

***

Stephan saß beim Frühstück und sann über seine Beziehung mit Charlotte nach. Sie war eine attraktive Zweiundfünfzigjährige, die deutlich jünger aussah. Ihre langen roten Haare und ihre grünen Augen faszinierten ihn, und mit ihrer schlanken Figur hätte sie immer noch Chancen als Model. Obwohl sie sich liebten, waren sie bisher nur wenige Male im Bett gelandet. Das Seltsame daran war, dass es ihn nicht störte. Das hatte er zuvor noch nie erlebt.

Er musste grinsen. »Das glaubt mir kein Mensch«, murmelte er.

Bei seinen früheren Beziehungen hatte sich alles nur um das eine Thema gedreht. Sobald der Sex in Routine überging, hatte er sich eine neue Spielwiese gesucht. Ein Grund für die Scheidung von seiner Exfrau Monika. Wenn Charlotte in seiner Nähe war, genügte es ihm, mit ihr über Gott und die Welt zu reden. Dabei ging ihnen der Gesprächsstoff nie aus. Charlotte war als Kind viel in der Welt herumgekommen. Ihr Vater war Botschafter für die Bundesrepublik Deutschland gewesen. So hatte sie immer noch viele Freundinnen und Freunde im Ausland, mit denen sie sich regelmäßig austauschte. Außerdem war sie Mitglied in vielen ortsansässigen Vereinen und kannte fast jeden Einwohner des Dorfes.

»Was grübelst du denn hier rum?«

Stephan zuckte erschrocken zusammen und sah auf. Seine Tochter Christine stand in der Küchentür und grinste. Er hatte sie nicht kommen hören. »Was schleichst du am helllichten Tag durchs Haus?«, konterte er.

Sie setzte sich. »Von Schleichen kann keine Rede sein. Habe sogar Hallo gerufen, aber du scheinst geistig einen Abflug gemacht zu haben. Hast du Probleme? Mama vielleicht?«

Stephan winkte ab. »Deine Mutter verhält sich im Moment ungewöhnlich ruhig. Wie war dein Wochenende?«

Christine wich seinem Blick aus. »Ganz okay«, antwortete sie schließlich und stand auf.

»Ist was?«, fragte Stephan besorgt.

Sie schüttelte den Kopf und lachte unsicher. »Können wir heute Abend darüber reden?«

»Jederzeit«, antwortete Stephan, dessen Magen grummelte. »Wir können auch jetzt.«

Christine winkte mit beiden Händen ab. »Nein, nein. Ich muss erst was pennen. Also, bis denne.«

Sie verließ die Küche. Kurz darauf hörte Stephan seine Tochter die Treppe hochgehen. Das kann ja lustig werden, dachte er und seufzte.

Gegen zwölf verließ er das Haus, um zu seinem Onkel zu fahren. Als er in seinen Golf stieg, schaute er sehnsüchtig zu seiner Garage. Darin stand der im erstklassigen Zustand erhaltene alte Mercedes 190 Dc seines Vaters. Stephan hatte sich vorgenommen, seinen Golf zu verkaufen und den Mercedes wieder zum Leben zu erwecken. Einige Teile wie die Bremsen, Luftfilter oder Reifen musste er allerdings zuvor noch austauschen. Auch frisches Öl konnte der alte Diesel gebrauchen. Leider war er bisher nicht dazu gekommen, sich darum zu kümmern.

Er nutzte den Gemüseweg, der den Eichenweg mit der Kaiserstraße verband und mitten durch die abgeernteten Felder führte. Das war zwar nicht erlaubt, doch es kümmerte sich niemand um dieses Verbot. Stephan schaltete das Radio ein, drehte lauter und hörte die Nachrichten. Steigende Benzinpreise, Erdbeben in Japan, wachsende Arbeitslosenzahlen. Er kam sich vor, als hätte er ein Déjà-vu.

Keine fünf Minuten später, als das Wetter der kommenden Tage verkündet wurde, parkte er seinen Golf auf der gegenüberliegenden Straßenseite von »Erwins Eck«, keine hundert Meter vor der Kreuzung. Er schaltete den Motor aus und betrachtete die Fassade. Als ob die Zeit stillsteht, dachte er. Die Leuchtreklame verkündete wie eh und je »Erwins Eck«. Der Glaskasten für den Aushang der Speisekarte hing immer noch links vom Eingang. Das Reklameschild auf der rechten Seite bewies Stephan, dass sein Onkel immer noch Reissdorf-Kölsch ausschenkte. Die untere Hälfte der Wand war aus roten Ziegeln gemauert, die obere hell verputzt, wobei die ehemals weiße Farbe inzwischen einem schmutzigen Grau gewichen war.

Stephan stieg aus, überquerte die Straße und betrat die Kneipe. Zwei ältere Männer saßen an der Theke und knobelten. Sie unterbrachen ihr Tun nur kurz, um ihn zu mustern, würfelten dann weiter. Von seinem Onkel fehlte jede Spur. Stephan setzte sich auf einen freien Barhocker und sah sich um. Das Mobiliar war dasselbe wie in den Achtzigern, nur wies es deutlich mehr Gebrauchsspuren auf. Die Musikbox stand immer noch neben den Türen zu den Toiletten, vergilbte Fotografien von Sportwagen hingen in einfachen Glasrahmen an den Wänden. Auf einem Foto stand sein Onkel, in einen feuerfesten Overall gekleidet, neben seinem roten Ford Capri und lächelte stolz in die Kamera. Ein anderes Bild zeigte Stephans Tante vor ihrem kleinen Ferienhaus an der Nordsee. Lange her, dachte Stephan und fühlte sich plötzlich alt.

»Kann man hier ein Bier bestellen?«, fragte er die beiden Männer.

Die unterbrachen ihr Spiel nicht. Einer grummelte: »Dä Weet es pinkele.«

»Ah, na dann. Hoffentlich wäscht er sich die Hände, bevor er mein Glas anpackt«, versuchte Stephan einen Scherz.

»Wenn de Pomadehengs bes, mähste besser, dat de fottküss«, hörte er den anderen murmeln.

Stephan zuckte mit den Schultern. Den beiden Alten schien nicht viel an einem Gespräch zu liegen. Kurz darauf hörte er Schritte, und die Tür zur Küche wurde aufgestoßen. Zum ersten Mal seit über zwanzig Jahren sah Stephan seinen Onkel wieder: kahler Kopf, aufgeplatzte Äderchen auf den Wangen, tief in den Höhlen liegende Augen, rote Knollennase, Bierbauch. Die Ähnlichkeit mit Stephans Vater trat jetzt, im Alter, noch markanter hervor.

Stephan grinste und nickte zur Begrüßung. »Na? Pinkelst du immer noch am liebsten in den Garten?«

Erwin zog die Augenbrauen zusammen, schaute grimmig. Für einen kurzen Moment zweifelte Stephan, dass sein Onkel ihn erkennen würde. Vielleicht hatte er seinen Verstand in der Zwischenzeit versoffen. Nach einer halben Ewigkeit kam jedoch ein brummiges »Stephan!« über Erwins Lippen. Mit schwankendem Gang kam er auf Stephan zu, packte ihn an den Schultern und hielt ihn von sich. »Mensch, wie lange ist das her?«

»Gut zwanzig Jahre. Bei den Beerdigungen meiner Eltern hast du dich ja nicht blicken lassen.«

Stephan biss sich auf die Unterlippe. Mit einem Vorwurf das Gespräch zu beginnen, war sicherlich nicht sehr klug. Sein Onkel ließ ihn los, schaute verlegen zu Boden und kratzte sich am Hinterkopf. »Oh, ja, tut mir leid. Hatte zu der Zeit eine Menge um die Ohren. Aber die Karten hast du doch bekommen?«

»Welche Karten?«

»Oh Scheiße! Etwa nicht angekommen? Beide nicht?«

Stephan ahnte, dass es nie Karten gegeben hatte, aber er wollte keinen Streit vom Zaun brechen. »Ach, vergiss es. Ist jetzt nicht mehr wichtig. Bekomme ich ein Bier, oder hast du nur noch Luft in der Leitung?«

Sein Onkel lachte. »Das Erste geht aufs Haus.« Er schlenderte zur Zapfanlage und füllte zwei Stangen Kölsch. Eine davon stellte er vor Stephan auf die Theke. »Kriegste noch einen Klaren dazu?«

Stephan hob sein Glas. »Nee, lass mal. Muss noch fahren. Also Prost.« Er trank. »Ah! Frisch vom Fass ist doch am besten.«

Sein Onkel nickte zustimmend. »Was treibt dich zu mir?«

»Wollte mich mal wieder melden.« Stephan wollte nicht sofort mit der Tür ins Haus fallen. »Ich wohne wieder in Sechtem. Im Haus meiner Eltern.«

»In der Bruchbude?«, fragte Erwin.

»Na ja, hab schon einiges machen lassen. Musst du dir mal anschauen kommen, wirst du nicht wiedererkennen. Außen schön gelb verputzt, darunter eine neue Dämmung und so weiter.« Stephan lachte und blickte sich demonstrativ um. »Auf jeden Fall nicht schlimmer als hier. Wie lange willst du noch den Wirt machen?«

»Bis ich umfalle, da kannste Gift drauf nehmen«, gab Erwin grinsend zurück.

Einer der alten Männer rief: »He Erwin, loss doch dä Schnösel un donn os noch jett!«

»Walte deines Amtes«, forderte Stephan seinen Onkel auf. »Danach treffen wir uns dahinten in der Ecke. Bring noch ein Bier mit.«

Er schob sich vom Hocker und ging durch den Schankraum zu der Sitzgruppe, die von der Theke am weitesten entfernt stand. Angestaubte Plastikblumen zierten den Eichentisch, dessen Holz unzählige Kratzer aufwies. Kurz darauf kam Erwin zu ihm rüber und stellte ihm ein Bier hin. Für sich selbst hatte er einen großen Korn mitgebracht.

»Was ist denn so wichtig, dass wir hier in die Ecke abtauchen?«, fragte er kurzatmig.

Stephan wartete, bis Erwin sich gesetzt hatte. »Natalie! Ich roll den Fall noch mal auf.«

Erwin versteifte sich, sah ihn mit großen Augen an. »Das is 'n Scherz, oder?«

»Nein, damit scherze ich nicht.«

»Muss das sein? Lass doch die alten Geschichten ruhen. Wir haben alle genug darunter gelitten.«

»Ich muss«, antwortete Stephan.

Erwin hieb mit der flachen Hand auf den Tisch. »Du musst? Ein wenig knapp, oder?« Er stürzte seinen Korn in einem Schluck hinunter und knallte das leere Glas auf den Tisch. »Das ist absoluter Blödsinn!«

Stephan zuckte überrascht zusammen. Er spürte Ärger in sich aufsteigen. »Was mit Natalie passiert ist, kann dir doch nicht egal geworden sein«, stieß er hervor.

»Ist es auch nicht«, gab Erwin aufgebracht zurück. »Aber es ist über zwanzig Jahre her. Es nützt doch niemanden mehr, reißt nur alte Wunden auf!«

»Falls es Mord war, verjährt es nicht«, gab Stephan brüsk zurück. »Dann will ich das Schwein kriegen! Und ich will, dass du mir alles erzählst, was damals hier im Laden abgelaufen ist.«

Erwin schüttelte den Kopf, sein Mund stand offen. Bevor er etwas erwidern konnte, rief einer der älteren Männer: »He, Erwin, hür op ze schwaade, bes du noch dä Weet he? Mer setze om Drüje.«

Erwin reagierte nicht. Er blickte unablässig auf Stephan, als ob diesem plötzlich Elefantenohren gewachsen wären.

»Erwin! Mer verdoorschte!«, ließ der Mann nicht locker.

Stephan seufzte, sein Ärger war verflogen. Er verstand, dass seine Pläne nicht bei jedem auf Gegenliebe und rückhaltlose Unterstützung stießen. »Ich geb eine Runde, großes Bier und Korn dazu«, sagte er. »Als Gegenleistung sollen die beiden eine viertel Stunde lang unauffällig mit der Einrichtung verschmelzen und uns in Ruhe lassen.«

Erwin erwachte aus seiner Erstarrung, nickte und erhob sich.

Stephan ging auf die Toilette. Von vier Pinkelbecken waren drei mit Klebeband abgesperrt. Viele Fliesen hatten Risse, es stank nach Urin. Am Waschbecken erfrischte er sich mit einem Schwall Wasser und kontrollierte den Sitz seiner Haare im fleckigen Spiegel.

Als er zurück an den Tisch kam, wartete Erwin bereits auf ihn. Er hatte einen neuen Schnaps für sich und ein Bier für Stephan mitgebracht. Stephan schaute zur Theke hinüber. Die beiden Männer waren verschwunden.

»Was ist los?«, fragte Stephan.

»Hab den Laden geschlossen.«

Stephan setzte sich. »Du hilfst mir also?«

Erwin nickte. »Du würdest doch sowieso keine Ruhe geben. Bist ein sturer Hund, ein echter Tries.« Er lachte gequält und rieb sich die Nasenspitze. »Also Natalie, hm, ja. Lange her.«

»Der Abend, an dem sie nicht nach Hause gekommen ist. An was erinnerst du dich?«, drängte Stephan.

Erwin kräuselte die Stirn. »Haben wir damals nicht darüber gesprochen?«

Stephan zuckte unbestimmt mit den Schultern. »Ich erinnere mich eher daran, dass wir, damit meine ich die ganze Familie, alles totgeschwiegen haben.«

»Verdrängt, ja, ja, stimmt«, bestätigte Erwin. »Na gut, von mir aus, das heißt, eigentlich kann ich dir kaum was berichten. Alles gerammelt voll, viele Stammgäste, Natalies Freunde waren auch alle da. War die ganze Zeit beschäftigt, kann ich dir sagen. Deine Schwester war wie immer.«

Stephan nahm einen kleinen Block und einen Stift aus seiner Jackentasche.

»Elke und ich haben in den Achtzigern einen guten Batzen Geld verdient«, fuhr Erwin fort. »Natalie habe ich übrigens nie etwas berechnet, hatte ich gar nicht nötig.« Er trank einen Schluck.

»Warum hast du dann von mir Geld genommen?«, fragte Stephan überrascht.

Sein Onkel grinste. »Weil du ein Großmaul warst. Egal. Natalie hing hier also mit ihren Freunden herum. Sie spielten Flipper, lachten, wählten Lieder aus meiner alten Musikbox. Das Übliche halt, was Teenager so treiben, wenn die Abende lang sind.«

Stephan tippte mit seinem Stift auf den Tisch. »Wie war denn der Uwe Gärtner so drauf?«

Erwin hob die Augenbrauen. »Wieso fragst du nach dem Pickelgesicht?«

»Der war öfters bei uns. Fiel mir gerade so ein.«

Erwin blickte zur Decke, dachte einen Moment nach. »An den kann ich mich gut erinnern. Der klebte an Natalie wie Scheiße am Schuh. Dabei sah jeder, dass Natalie eher mit einem Pavian etwas anfangen würde als mit dem. Aber ein Küsschen auf die Wange oder mal Händchen halten war schon drin, um ihn sich warm zu halten. Benzingeld sozusagen.«

Erwin lachte gackernd, hörte dann aber unvermittelt auf und schlug sich gegen die Stirn. »Mensch, wie ich das vergessen konnte! An diesem Abend kapierte er wohl, dass Natalie nur mit ihm spielte. Kurz bevor sie aufbrachen, gab es einen heftigen Streit. Ich bekam hinter der Theke nicht richtig mit, was sie sich an den Kopf schmissen. War ein ganz schöner Krach hier in der Bude. Aber ich konnte sehen, dass Natalie dem Jüngelchen eine langte.«

Stephan hob erstaunt die Augenbrauen. »Meine Schwester hat den Uwe geschlagen? Das nenne ich außerordentlich.«

Erwin kratzte sich seine unrasierte Wange. »Natalie hatte es faustdick hinter den Ohren. Kleines pubertäres Früchtchen, kannste ruhig glauben.«

Stephan beugte sich vor. »Aber dass sie jemanden schlägt, hätte ich trotzdem nicht erwartet. Das hätte ich ihr nicht zugetraut.«

Erwin trank seinen Korn leer. »Du hast es ja damals vorgezogen, mit deinen Kumpels die Abende in Köln zu verbringen. Wärst besser mal hiergeblieben, dann hättest du die Veränderung deiner Schwester mitbekommen.«

Stephan überlegte kurz. Dass Natalie nicht mehr die Unschuld vom Lande war, hatten schon damals die Funde in ihrem Zimmer bewiesen. Aber dass sie sich schlagkräftig gegenüber Männern zu wehren wusste, damit hätte er nicht gerechnet.

»Ich hol uns noch was«, sagte Erwin und ging hinter die Theke. Als er die Getränke auf dem Tisch abstellte, verschüttete er einen Teil.

»Natalie hatte es nicht leicht«, nahm er das Gespräch wieder auf. »Bei uns konnte sie sich austoben.«

Stephan verstand, auf was er hinauswollte. »Jupp war oft zu streng. Gerade mit ihr. Dass sie darunter gelitten hat, weiß ich«, sagte er.

»Mach dir keine Vorwürfe. Du warst ja selbst fast noch ein Kind.«

»Wenn es so einfach wäre«, murmelte Stephan.

»Darum also wirbelst du den alten Mist nochmals auf«, stellte Erwin fest.

Stephan hob ruckartig den Kopf, wollte protestieren, darauf hinweisen, dass es ihm nur um Gerechtigkeit ginge, schwieg dann aber. Sein Onkel hatte recht. Na und, dachte er, warum auch nicht? Warum sollte er sich nicht von seinen Schuldgefühlen antreiben lassen? Hauptsache, die Wahrheit würde ans Licht kommen. Er trommelte mit den Fingern auf den Tisch und wechselte das Thema.

»Wie seid ihr, also du und Tante Elke, mit Natalie klargekommen?«

Erwin senkte den Blick und malte mit dem Finger im verschütteten Korn Kreise auf dem Tisch. »Wir verstanden uns gut. Natalie liebte mein Motto: Leben und leben lassen.« Er trank seinen Korn in einem Schluck aus. Sofort erhob er sich und holte Nachschub, diesmal praktischerweise die noch halb volle Flasche. »Ich sollte weniger trinken. Ist nicht einfach in einer Kneipe. Alle wollen mit dir trinken, hast alles direkt vor der Nase. Früher hatte ich es im Griff.«

Stephan ahnte, was er ausdrücken wollte. »Bis Natalie verschwand, stimmt's?«

Erwin goss sich sein Glas bis zum Rand voll und stellte die Flasche mit einer energischen Bewegung hin. »Ja!«, bestätigte er. »Seitdem geht's nicht mehr ohne.«

Stephan nickte. »Danach war alles anders. Die Familie zerfiel.«

Erwin starrte mit glasigem Blick vor sich hin. Stephan spürte einen Kloß im Hals und räusperte sich. »Weißt du, was aus Natalies Freunden geworden ist?«

***

Stephan fischte die Post aus dem Briefkasten und ging ins Haus. Er setzte sich an den Küchentisch, um die Informationen, die er von Erwin über Natalies Clique bekommen hatte, zu sortieren.

Von Uwe Gärtner hatte Erwin berichtet, dass dieser über Natalies Verschwinden nie richtig hinweggekommen war. In den Jahren danach hatte er oft stundenlang an der Theke im »Erwins Eck« gesessen und gedankenverloren vor sich hingestarrt. Seine Ausbildung zum Kfz-Mechaniker brach er ab und verdingte sich stattdessen als Hilfsarbeiter in einem Getränkehandel. Anfang der Neunziger traf er dort eine Kundin, deren Mann das Weite gesucht und sie mit fünf Kindern sitzen gelassen hatte. Sie war nicht wählerisch, hatte Angst, die Kinder allein großzuziehen, und so heiratete sie Uwe vom Fleck weg. Gemeinsam waren sie nach Bonn gezogen. Seitdem hatte Erwin von Uwe nichts mehr gehört.

Jürgen Schipke konnte man nur noch auf dem Friedhof besuchen. Motorradunfall, kurz nach Natalies Verschwinden. Daran konnte Stephan sich sogar noch erinnern. Als leidenschaftlicher Motorradfahrer hatte Jürgen immer von einer Yamaha RD 500 geträumt, so ziemlich die heißeste Maschine, die man Mitte der Achtziger bekommen konnte. Das Geld hatte jedoch nur für eine RD 250 gereicht. Aber schon die kleinere Maschine war zu heiß für Jürgens Fahrkünste. In einer lauen Sommernacht war er in dem Wäldchen unweit der Mertener Heide tödlich verunglückt.

Stephan konnte sich bildlich vorstellen, was für eine schreckliche Szene seine Kollegen am Unfallort vorgefunden haben mussten. Jürgens Körper, vom Aufprall auf die Baumstämme zerquetscht. Die Grün-Weißen sind immer die armen Schweine, die das Leid als Erste sehen, dachte er. Cornelia Cornelius kam ihm in den Sinn, wie sie damals in Schwarz gekleidet am Tisch gesessen hatte. Sie wohnte nicht mehr in Bornheim. Wohin sie gezogen war, wusste Erwin nicht. Doch dass Conny an der Universität in Köln

Rechtswissenschaften studiert hatte, daran konnte er sich noch erinnern.

Edeltraud Pohlich und Max Aller hatten geheiratet und vor einigen Jahren den großen Hof in Dützhöfe von Max' Vater übernommen. Drei Jungs hatten sie großgezogen. Max kam noch hin und wieder in »Erwins Eck«, um mit Erwin auf die gute alte Zeit anzustoßen.

Stephan schaute seine Notizen noch mal durch. Auf den ersten Blick wies nichts darauf hin, dass einer von Natalies alten Freunden der große Unbekannte gewesen sein könnte, der sie damals verfolgt hatte. Er nahm Natalies Tagebuch zur Hand, blätterte, bis er die richtige Stelle fand.

Dienstag, 12. März 1985

Unheimlich! Heute, als ich von der Haltestelle nach Hause ging, hatte ich den Eindruck, jemand beobachtet mich. Gesehen habe ich niemanden. Seltsam. Bilde ich mir alles nur ein?

Stephan schlug mehrere Seiten um.

Mittwoch, 22. Mai 1985

Ich bin doch nicht blöd!!! Nicole meint, ich träume, würde mir das Ganze nur ausdenken, um mich wichtigzumachen. Aber ich bilde mir das nicht ein. Man hat doch ein Gefühl dafür. Wenn derjenige was von mir will, warum zeigt er sich dann nicht?

Stephan wusste aus seiner polizeilichen Erfahrung heraus, dass Triebverbrecher es häufig fertigbrachten, ihre Opfer über Wochen und Monate zu beschatten, ohne aufzufallen. Sie studierten regelrecht die Verhaltensweisen der Opfer. War so jemand auch hinter Natalie hergewesen?

Passte so ein Verhalten zu jemanden, den er auf der Liste hatte? Er überflog das Papier, schob den Ordner dann von sich. Bisher wusste er zu wenig, um sich ein Urteil erlauben zu können. Er musste nach und nach die ehemaligen Freunde von Natalie befragen, hoffte so, ein Bild der damaligen Umstände zu erhalten. Die Allers, Max und Edeltraud, wohnten nicht weit entfernt. Darum beschloss er, mit ihnen anzufangen.

Er legte den Kugelschreiber zur Seite und machte sich einen Kaffee. Während er vor der Maschine stand, schaute er aus dem Fenster. Die Wettervorhersage hatte einen Herbststurm angekündigt, dessen Böen bereits durch die Bäume peitschten und die Äste weit ausschwingen ließen, obwohl der Höhepunkt im Vorgebirge erst gegen Mitternacht erwartet wurde. Das würde eine Nacht werden!

Stephan setzte sich an den Küchentisch, nippte an seinem Kaffee und dachte an Onkel Erwin. Seine Mutter hatte nicht übertrieben. Erwin war ein Säufer. Doch irgendwie schien er trotzdem sein Leben zu meistern. Die Kneipe schien genug abzuwerfen, um ihn über Wasser zu halten.

»Was grübelst du denn hier herum?«, fragte Christine und setzte sich zu ihm.

»Es wird stürmisch«, antwortete er.

»Wir haben doch ein Dach über dem Kopf.«

Stephan nickte, wechselte dann das Thema. »Wollen wir jetzt reden?«

Christine spielte nervös mit ihren Fingern. »Ich habe da jemanden kennengelernt.«

Stephan bemerkte, wie seiner Tochter eine leichte Röte ins Gesicht stieg. Er lachte erleichtert. »Das ist alles? Darüber willst du mit mir reden? Mensch, Christine, du bist kein Kind mehr. Es muss dir nicht peinlich sein.«

»Du hast also nichts dagegen, wenn er hin und wieder hier vorbeikommt?«

Stephan schüttelte den Kopf. »Warum sollte ich?«

»Er ist etwas älter als ich«, sagte sie vorsichtig.

Wieder lachte Stephan. »Nun, wenn bei jemandem Altersunterschiede kein Thema sind, dann doch wohl bei mir, oder?« Er lehnte sich nach vorne. »Pass auf, wir machen das so: Ruf deinen Freund an, lad ihn zu uns zum Essen ein, und wir lernen uns kennen. Ist zwar ein wenig altmodisch, aber na ja, so bin ich manchmal.«

Christine schien einen Moment über den Vorschlag nachzudenken. »Aber nur, wenn du versprichst, nicht fies zu werden«, sagte sie schließlich.

»Fies?«, fragte Stephan erstaunt.

Christine nickte und wedelte mit einer Hand in der Luft herum. »Ja, wütend oder so. Das Programm halt, das du abziehst, wenn du ärgerlich bist.«

Irritiert blickte Stephan seine Tochter an. Er konnte sich nicht daran erinnern, sich in ihrer Gegenwart jemals nicht im Griff gehabt zu haben.

»Wenn es dich beruhigt: Ich verspreche es dir. Jetzt bin ich aber wirklich auf den Typen gespannt. Wie heißt er denn eigentlich?«

»Kenan«, antwortete Christine und stand auf. Stephan konnte die Erleichterung in ihrer Stimme hören. »Bin heute noch mit ihm in Brühl verabredet. Ich frag ihn dann sofort. Warte nicht auf mich.« Sie lächelte.

Stephan sah ihr nachdenklich hinterher, als sie die Küche verließ. Draußen hörte er den Wind um die Ecken pfeifen. Hoffentlich fällt ihr kein Ast auf den Kopf, dachte er besorgt.

***

Das Telefon klingelte und riss Charlotte aus ihrem unruhigen Schlaf. Sie blickte auf den Wecker auf ihrem Nachttisch. Kurz vor eins. Sie warf die Decke zurück und setzte die Füße auf den kalten Boden. Der Wind heulte im Hausflur. Die Töne vereinigten sich mit dem Klingeln zu disharmonischen Klängen. Im Dunkeln las sie vom leuchtenden Display des Hörers »Anonym« ab. Sie nahm den Hörer und drückte den Annahmeknopf. »Von Berg.«

Keine Antwort.

»Hallo?«

Charlotte horchte angestrengt, hörte aber nur ein leises Rauschen. »Stephan?«

Nichts. Sie zuckte mit den Schultern und beendete das Gespräch. Gerade als sie sich wieder zudecken wollte, klingelte es erneut.

Charlotte schaute nachdenklich zum Hörer. Langsam streckte sie die Hand aus und nahm das Gespräch an. »Ja?«

Wieder nichts. Charlottes Nackenhaare stellten sich auf. Früher hatte sie sich nie gefürchtet. Aber seit vor einem halben Jahr hier in ihrer Villa Stephans Tochter von einem Serienmörder gefangen gehalten worden war, wachte sie hin und wieder in der Nacht von Alpträumen gepeinigt auf. Dann verband sie mit jedem Geräusch in dem alten Haus einen schleichenden Einbrecher.

Sie zog die Nachttischschublade auf und griff nach ihrem Revolver. Ein beruhigendes Gefühl durchströmte sie, als sie den kühlen

Stahl in ihrer Hand fühlte, doch es hielt nicht lange an. Sie ließ die Waffe los und schob mit einer heftigen Bewegung die Schublade zu. Was konnte ihr der Revolver in dieser Situation schon helfen? Sie konnte ja schlecht durchs Telefon schießen.

»Feigling!«, sagte sie wütend in den Hörer und drückte das Gespräch weg.

»Wer war das?«

Charlotte zuckte zusammen, amüsierte sich aber gleich darauf über ihre eigene Schreckhaftigkeit. Sie stand auf und ging zu ihrer Mutter, deren Schlafzimmer nur eine Tür weiter war. »Falsch verbunden. Schlaf ruhig weiter.«

Sie lächelte ihrer Mutter beruhigend zu, als das Telefon erneut klingelte. »Anonym«. Charlotte seufzte.

***

Ein lautes Poltern weckte Stephan. Er drehte sich auf die Seite, schaltete das Licht der Nachttischlampe an und horchte. Die Leuchtziffern seines Weckers zeigten 3:47. Der Wind hatte an Stärke zugenommen und blies durch die Ritzen des alten Hauses. Von draußen hörte er wieder ein Scheppern. Stephan sprang aus dem Bett und zog sich eilig eine Jeans über. Mit einem Blick in Christines Zimmer stellte er fest, dass seine Tochter nicht im Bett lag. Er rannte die Treppe runter, schaltete im Flur die Außenbeleuchtung ein und öffnete die Haustür. Der Wind riss ihm fast das T-Shirt vom Leib. Auf dem Hof lagen unzählige zerbrochene Dachpfannen. In dem Moment, als er aus dem Haus treten wollte, um sich ein Bild von dem Schaden seines Daches zu machen, wurden von einer Orkanböe weitere Pfannen auf den Hof geworfen. Sie zersplitterten auf dem Asphalt. Lebensgefährlich, dachte Stephan und schloss die Tür wieder. An Schlaf war nicht mehr zu denken.

***

Übermüdet ging Charlotte um kurz nach sieben am Morgen die Treppe hinunter. Sie hatte sich im Bett von links nach rechts gedreht und sich Gedanken über den Anrufer gemacht. Ein Perverser? Derselbe Typ, der die Briefe schrieb? Warum ließ er sie nicht in Ruhe?

Und was würde passieren, wenn sie auf seine Forderung nicht einging?

Charlotte spürte erneut, wie Angst in ihr aufstieg. Mit zittrigen Fingern machte sie sich einen Kaffee und setzte sich an den Küchentisch. Es war still im Haus. Ihre Mutter schlief noch, und der Zivildienstleistende würde erst gegen acht erscheinen. Der Orkan hatte nachgelassen, von den nächtlichen Geräuschen war nichts mehr zu hören. Sie schaute zum Fenster hinaus. Es dämmerte, die graue Wolkendecke riss bereits an einigen Stellen auf. Charlotte blies über den Tassenrand in ihren Kaffee und nippte daran. Er schmeckte ausgezeichnet. Ihre Freundin aus Kenia, von der sie die Bohnen bezog und die sie sogar vor Ort röstete, hatte wieder ein ausgezeichnetes Händchen bei der Auswahl gehabt. Sie atmete durch. Ihre Angst verflüchtigte sich. Für das Problem mit dem Anrufer würde sich eine Lösung finden. Notfalls würde sie sich eine Geheimnummer zulegen. Kurz nach den Vorfällen im Frühjahr hatte sie eine Alarmanlage installieren lassen. Das Beste vom Besten, hatte der Monteur gesagt, und bei dem Betrag, den Charlotte bezahlt hatte, konnte es auch nicht anders sein.

Das Telefon klingelte. Charlotte zuckte erschrocken zusammen und schüttete Kaffee auf ihren Schlafanzug. Sie fluchte leise, stellte die Tasse auf den Tisch und rannte ins Wohnzimmer. Wütend riss sie den Hörer aus der Station. »Jetzt pass mal auf, du Arschloch! Wenn du mich und meine Mutter nicht in Ruhe lässt, werde ich dir die Eier abschneiden!«

Sie horchte und hörte jemanden heftig die Luft zwischen den Zähnen einsaugen. »Und wenn wir schon einmal dabei sind«, fuhr sie wütend fort, »wenn ich noch so einen bescheuerten Brief von dir bekomme, dann brate ich deine Eier und steck sie dir in den Arsch!«

Keine Antwort. Triumphierend rief Charlotte: »Hat es dir die Sprache verschlagen? Such dir eine andere Blöde, der du nachsteigen kannst!«

»Charlotte?«

Oh Gott! Ihre Knie wurden weich, und sie setzte sich auf die Couch. Stephan! Warum rief der schon so früh an? Augenblicklich schämte sie sich. Normalerweise achtete sie sehr darauf, nicht zu fluchen.

»Äh, Stephan«, stammelte sie und spürte, wie die Röte ihr ins Gesicht schoss. »Du bist es. Ich habe gedacht, es wäre jemand anders.«

»Das hoffe ich. Jeder Bierkutscher würde dich um deine Ausdrucksstärke beneiden.«

Charlotte fasste sich mit der freien Hand an die Stirn und schüttelte den Kopf. Sie konnte Stephans breites Grinsen förmlich sehen. »Am besten, du vergisst meinen Ausbruch. Die Nacht war die Hölle, und ich bin etwas mit den Nerven runter.«

»Was ist los?«, fragte Stephan mit besorgter Stimme. Charlotte erzählte ihm von den anonymen Anrufen, die sie bis kurz nach fünf Uhr morgens erhalten hatte, und von ihren Befürchtungen. Als sie geendet hatte, schwieg Stephan eine Weile.

»Die Briefe habe ich zuerst nicht ernst genommen«, sagte er dann. »Aber in Verbindung mit den Anrufen, hm, das beunruhigt mich schon.«

Charlotte strich sich ihre langen Haare aus der Stirn und fragte: »Was schlägst du vor?«

»Lass mich einen Moment nachdenken. Ich schau mir die Briefe mal genauer an. Vielleicht fällt mir etwas auf, was mir vorher entgangen ist. Deine Alarmanlage funktioniert?«

»Ja.«

»Gut. Ruf mich an, wenn dir irgendetwas Ungewöhnliches auffällt, verstanden?«

Charlotte spürte, wie sich eine angenehme Wärme in ihrem Magen ausbreitete. Seine Sorge um sie tat ihr gut. »Werde ich machen«, versprach sie. »Apropos Anruf. Was wolltest du eigentlich so früh von mir?«

Sie hörte Stephan seufzen. »Kannst du mir einen guten Dachdecker empfehlen? Mein Dach sieht aus wie ein Schweizer Käse.«

VIER

Samstag, 13. April 1985

OE ist schon ein cooler Typ!!! Gestern Abend gab es fast eine Prügelei in der Kneipe. Zwei Typen – ein Mädchen. Geht halt nicht auf. Die beiden hatten sogar Messer in den Händen und standen sich gegenüber wie zwei wild gewordene Hähne. HÄHNE! Hi, hi. Das trifft es. Wollten um das blöde Huhn kämpfen. Das Mädchen stand einfach nur dabei und unternahm nichts. Ich sah zu ihr rüber, und als sich unsere Blicke trafen, grinste sie. GRINSTE!!! Da machte es klick bei mir. So ist das also: Das schwache Geschlecht sitzt am längeren Hebel, wenn es nur geschickt vorgeht. WICHTIG! Unbedingt ausprobieren!
Also, die Jungs hätten sich bestimmt aufgeschlitzt, wenn nicht OE dazwischengegangen wäre. Mit seiner ruhigen Stimme brachte er die beiden zur Besinnung. Sie sollten ihre Zukunft nicht so leichtfertig aufs Spiel setzen, Rhabarber, Rhabarber. Wirkte nicht so recht. Erst als OE anbot, sich zu ihnen zu setzen und in Ruhe darüber zu reden, gaben die Jungs lammfromm ihre Messer ab. Fazit: OE findet immer eine Lösung. COOL!
Das Mädchen, für das sich die beiden Idioten abstechen wollten, heißt Nicole Schäfer. Sie ist zwei Jahre älter als ich und eigentlich ganz in Ordnung.

***

Stephan nahm seine Jacke vom Garderobenhaken und öffnete die Tür. Ein Windstoß erfasste ihn, als er ins Freie trat. Er ging auf seinen Golf zu, umrundete die in Scherben liegenden Ziegel. Verärgert sah er zum Dach hinauf. Große Flächen waren abgedeckt, die dunklen Balken des Dachstuhls gut zu erkennen. Er schüttelte resignierend den Kopf und hoffte, dass der Dachdecker, den Charlotte ihm empfohlen hatte, baldmöglichst einen Termin freihaben würde. Bis dahin wollte er seine Zeit nutzen und den Allers einen Besuch abstatten.

Dützhöfe lag auf der Ville, mitten im Kottenforster Naturpark.

Stephan bog an der Tankstelle am Bornheimer Ortseingang auf die L 182 ab, fuhr den Rankenberg hinauf, ließ Brenig links liegen. Auf der Ville hatte sich Bodennebel festgesetzt. Wie in Watte gepackt zog die Ebene an ihm vorbei. Vereinzelt schwebten Pferde wie auf Wolken an ihm vorüber. Fünf Minuten später erreichte er den Hof der Allers. Er parkte seinen Wagen im riesigen Innenhof des Vierseithofes, stieg aus und sah sich um. Das Wohngebäude war groß und stattlich. Links befand sich eine nach vorne offene Halle, in der große Landmaschinen parkten, angefangen mit einem kleineren Fendt-Traktor bis hin zu einem Mähdrescher. Da Stephan keinen Stall entdecken konnte, vermutete er, dass Max und Edeltraud überwiegend von der Landwirtschaft lebten. Die Halle und das Wohngebäude waren durch ein Bauwerk verbunden, dessen Schild über dem Eingang auf einen Hofladen hinwies. Die Tür stand offen. Stephan überlegte nicht lange und trat ein. Es roch nach frischem Gemüse, überlagert vom erdigen Geruch der Kartoffeln. Hinter einer Theke, auf der eine Kasse thronte, stand eine große Frau.

»Guten Morgen«, begrüßte sie ihn. »Was für eine Nacht, oder? Nach dem Sturm scheinen die Leute nicht vor die Tür zu wollen. Sie sind der Erste heute.«

»Hallo«, erwiderte Stephan die Begrüßung. »Ja, schreckliche Nacht. Mir hat der Sturm das Dach abgedeckt. Ich suche Max oder Edeltraud Aller.«

Die Frau steckte ihre Hände in die Kitteltaschen und musterte Stephan. »Edeltraud bin ich. Was haben meine Jungs wieder angestellt? Ich sag Ihnen, die drei sind hochanständig. Nur leider wissen sie nicht, wohin mit ihren Kräften.«

Stephan lachte. »Machen Sie sich keine Sorgen. Ich komme nicht wegen Ihrer Kinder.«

Edeltraud hob die Augenbrauen. »Ach?«

Stephan blickte sich um. In einer Ecke stand ein runder Plastiktisch mit drei Stühlen. Er zeigte auf die Möbel und sagte: »Haben Sie etwas dagegen, wenn wir uns setzen?«

Edeltraud zuckte mit den Schultern. »Nein. Wie gesagt, ist sowieso nichts los. Sie machen mich wirklich neugierig.«

Sie kam um die Theke herum, setzte sich Stephan gegenüber und sah ihn eindringlich an. »Irgendwie kommen Sie mir bekannt vor.«

»Ich bin Stephan Tries, der Bruder von Natalie.«

Edeltraud lehnte sich zurück und verschränkte die Arme vor der Brust. »Wusste ich es doch. Sie sind älter geworden.«

Stephan nickte. »Bleibt nicht aus. Wenn wir uns auf der Straße begegnet wären, hätte ich Sie auch nicht wiedererkannt.«

Sie griff in die linke Tasche ihrer Kittelschürze, holte eine angebrochene Packung Zigaretten hervor und steckte sich eine an. »Danke für die Blumen, so etwas hört eine Frau gerne. Bist ein echter Gentleman.« Sie lachte leise. »Wir können ruhig beim Du bleiben. Brauchst dich nicht zu verbiegen.« Sie blies den Rauch zur Decke.

»Okay«, stimmte Stephan zu. »Also, es geht um Natalie. Meine Schwester ist nie wieder aufgetaucht, weder lebend noch als Leiche. Ich möchte der Sache auf den Grund gehen.«

Edeltraud kniff die Augen zusammen und schwieg eine Weile. Sie stand auf und holte einen leeren Joghurtbecher, der unter der Theke stand. »Natalie und ich waren keine Freundinnen. Ich kann dir nicht helfen«, sagte sie barsch und stippte ihre Asche in dem Becher ab.

Stephan wunderte sich. Er war davon ausgegangen, dass Natalies Clique wie eine Besatzung Piraten füreinander eingestanden hatte. »Das überrascht mich«, gab er zu.

»Warum? Nur weil wir jedes Wochenende zusammenhingen, heißt das nicht, dass wir alle befreundet waren.«

»Das hatte ich bisher angenommen. Warum mochtest du sie nicht?«

Edeltraud zog an ihrer Zigarette und musterte Stephan durch den aufsteigenden Rauch. »Sie war ein Flittchen.«

Stephan zuckte zusammen. Er musste sich zusammenreißen, um nicht empört aufzustehen. »So habe ich sie nicht in Erinnerung.«

Edeltraud lachte gehässig auf. »Das glaub ich dir. Ich kann mir denken, dass Natalie zu Hause die liebe kleine Tochter gespielt hat. Sie war eine gute Schauspielerin.«

»Ja«, bestätigte Stephan offen. »Zu Hause musste Natalie tatsächlich, hm, sagen wir, vorsichtiger sein. Aber das ist doch kein Grund, sie zu hassen. Davon dürftest du doch noch nicht mal was mitbekommen haben.«

Edeltraud stieß bläulichen Rauch aus ihrer Nase und wirkte einen kurzen Moment wie ein wütender Drache. Stephan hörte einen Traktor auf den Hof fahren. Kurz darauf erstarb der Motor.

Edeltraud lehnte sich nach vorne und schaute aus dem Fenster. »Mein Mann. Ich habe ihm vorhin gesagt, dass er es mit dem schweren Gerät nicht über die nassen Felder schafft. Aber der Dickkopf musste es ja trotzdem versuchen.«

Stephan überging diese Bemerkung. »Also, erzähl doch mal. Wie gab sich Natalie in der Clique?«

»Clique«, sagte Edeltraud mit verächtlichem Unterton. »Hört sich an wie Mafia. Wir waren nur ein paar Jugendliche, die sich regelmäßig trafen. Natalie kam erst später dazu.«

»Rosenmontag 1985.«

Sie hob die Augenbrauen. »Richtig. Dass du das so genau weißt. Na ja, ich kann mich dafür noch an Natalies Kostüm erinnern.« Sie lachte. »Als Engel tauchte sie auf. Natalie und ein Engel, dass ich nicht lache. Nichts lag ferner.«

Stephan hatte Mühe, seinen Ärger in Schach zu halten. Edeltrauds harsche Worte schmerzten ihn. »Du sagtest, meine Schwester sei ein Flittchen gewesen.«

Edeltraud kniff wegen des aufsteigenden Rauches die Augen zusammen und nickte.

»Ein hartes Urteil«, sagte Stephan.

»Aber das richtige. Natalie hat alle Jungs und Männer angemacht, die in ihre Nähe kamen. Deine Schwester hatte etwas, was den Kerlen gefiel. Ein wenig mit den großen runden Augen klimpern, Schmollmund formen und die Brust raus. Natalie hat die Masche perfektioniert.«

Stephan hörte wieder einen Traktor und sah aus dem Fenster. Ein breitschultriger Mann mit gerötetem Gesicht fuhr mit dem kleinen Fendt-Traktor am Haus vorbei.

»Dieser Blödmann«, ereiferte sich Edeltraud. »Jetzt versucht er es mit dem kleinen Traktor. Damit wird er genauso wenig durchkommen. Ist doch alles total matschig. Als ob wir nicht noch andere Dinge zu erledigen hätten.«

Sie drückte mit Daumen und Zeigefinger die Zigarette aus und warf den Stummel in den Becher.

Stephan musterte sie genauer. In jungen Jahren war sie eine hübsche Frau gewesen. Davon war nicht viel geblieben. Erste graue Strähnen durchzogen ihr schwarzes Haar. Dunkle Augenringe und erschlaffendes Bindegewebe in den Wangen ließen sie älter aussehen, als sie sein dürfte. Auf Stephan machte es den Eindruck, als ob Edeltraud sich gehen ließ.

»Sonst noch was?«, fragte sie und stand auf. »So ein Bauernhof macht sich nicht von alleine.«

Es ist doch nichts los, dachte Stephan. Offensichtlich wollte sie ihn loswerden. »Vielleicht eins noch«, sagte er und erhob sich ebenfalls. »Wann hast du Natalie zum letzten Mal gesehen?«

Sie verschränkte die Arme und grinste. »Na, an dem Abend, als sie verschwand. Und weißt du was?«

Stephan schüttelte den Kopf.

»Darüber war ich nicht traurig. Jetzt entschuldige mich bitte. Ich muss noch das Gemüse neu auszeichnen.«

Die gehässige Äußerung traf Stephan bis ins Mark. Edeltraud drehte ihm den Rücken zu und nahm eine Preistafel, wischte die Kreide aus. Stephan stand noch einen Moment verstört hinter ihr und verließ schließlich ohne Gruß den Laden.

Der Motor heulte auf, als Stephan mit durchdrehenden Rädern anfuhr. Er konnte sich Edeltrauds Hass auf Natalie nach all den Jahren nicht erklären. Da musste mehr vorgefallen sein, da war er sich sicher. Vielleicht würde er dazu von Max Aller, ihrem Mann, etwas erfahren können. Schade, dass der Bauer gerade unterwegs war.

Stephan drückte aufs Gaspedal, wollte Dampf ablassen. Als er, der Rheinbacher Straße folgend, links durch die S-Kurve in Richtung Waldorf fuhr, wäre er fast mit einem Traktor zusammengestoßen. Er reagierte instinktiv, lenkte nach rechts, die Reifen rutschten sekundenlang die Straßenböschung entlang. Mit klopfendem Herzen sah er im Rückspiegel dem Trecker hinterher. Der Fahrer schien von dem Beinahezusammenstoß gar nichts bemerkt zu haben. Stephan hielt an und sah nach hinten. Durch die Heckscheibe erkannte er, dass im Führerhaus des Traktors Max Aller saß. Der hat ja die Ruhe weg, dachte er kopfschüttelnd. Das musste man bei der Frau aber wohl auch haben. Wenn er die …

Das Handy riss ihn aus seinen Überlegungen. Während er den Wagen langsam anrollen ließ, nahm er das Gespräch an.

»Tries.«

»Stephan! Onkel Erwin hier. Gut, dass ich dich erreiche. Bist du in der Nähe?«

»Fast direkt um die Ecke. Warum?«
»Hast du Zeit?«
»Nur wenn es wichtig ist.«
»Ist es. Komm vorbei.«

Stephan betrat den Schankraum. Der Geruch von abgestandenem Rauch schlug ihm entgegen. Er war der einzige Besucher. Sein Onkel saß an einem Tisch nahe der Tür und sah auf, als er ihn erblickte.

»Das ging wirklich schnell.«

»Was gibt es denn so Dringendes?«

Erwin schüttete sich einen doppelten Korn ein und stürzte ihn hinunter. Mit dem Handrücken wischte er sich über den Mund. »Eben war ein Kerl hier, der hat nach Natalie gefragt.«

Stephan glaubte, nicht richtig gehört zu haben. Er setzte sich zu Erwin an den Tisch und beugte sich vor. Die Alkoholfahne seines Onkels schlug ihm entgegen. »Bist du sicher? Ich meine …« Er wies mit einer Hand auf die fast leere Kornflasche.

»Blödsinn«, ereiferte sich Erwin. »Ich kann schon einen Stiefel vertragen. Weiße Mäuse sehe ich noch nicht.« Demonstrativ schüttete er sich noch einen Schnaps ein, rührte das Glas diesmal aber nicht an. »Willst du nun mehr wissen oder nicht?«

Stephan lehnte sich zurück. »Schieß los.«

»Also. Der Kerl tauchte auf, da war meine Putzfrau gerade zur Tür raus. Er setzte sich dort auf den Hocker und bestellte einen Kaffee.« Erwin wies mit dem Daumen über die Schulter in Richtung Theke. »Erst quatschten wir über dies und das, Wetter und so, dann plötzlich fragte er nach Natalie.«

»Was hast du ihm erzählt?«

Mit dem rechten Zeigefinger tippte Erwin sich an die Stirn. »Bin nicht blöd. Nichts natürlich. Warum sollte ich einem Fremden irgendetwas darüber erzählen?« Er runzelte nachdenklich die Stirn. »Obwohl? Ich würde dafür nicht die Hand ins Feuer legen, aber er kam mir bekannt vor. Ich weiß nur nicht, woher. Jedenfalls war der Typ über Einzelheiten im Bilde, die nicht viele kennen dürften. Schien mich damit aus der Reserve locken zu wollen.«

»Zum Beispiel?«

»Der kannte unsere ganze Familie, deine Eltern, dich, mich. Auch über Natalies Freunde wusste er Bescheid.« Erwin griff nach seinem Schnaps und trank ihn aus. »Aushorchen wollte er mich, was wir so machen, wie es uns so geht. Hörte sich an wie eine Bestandsaufnahme.«

»Hat der Typ gesagt, wer er ist?«

Erwin schüttelte den Kopf. »Nein. Klar habe ich ihn gefragt. Aber er hat nur gesagt, dass er sich wieder melden wird. Dann war er auch schon zur Tür raus.«

Als sein Onkel sich nachschenken wollte, legte Stephan die Hand auf das Schnapsglas. »Wie sah er aus?«, fragte er.

Erwin zog die Stirn kraus, überlegte einen Moment. »Alt, ziemlich dürr, mit einer ungesunden Hautfarbe, hm, grau. Irgendwie krank, total eingefallen.«

»Drogen?«

»Möglich.« Er hob die Kornflasche an und schwenkte sie. »Aber Alki können wir ausschließen. Härter, würde ich sagen. Was das angeht, bin ich Fachmann. Habe hier alle möglichen Junkies begrüßen dürfen. Einige sahen wie Gespenster aus. Bei ihm tippe ich auf Tabletten.«

Stephan rieb sich das Kinn. Er konnte sich keinen Reim darauf machen. Schließlich stand er auf und sagte: »Wenn sich der Mann noch mal bei dir meldet, ruf mich an. Tag oder Nacht, ganz egal. Bin ich gewohnt.«

Die Tür wurde aufgestoßen. Stephan wandte den Kopf und erkannte die beiden alten Männer wieder, die er bei seinem ersten Besuch an der Theke hatte sitzen sehen.

»Ach enäh, ad wedde dä Pomadehengs«, rief der Kleinere der beiden und steuerte die Theke an.

Erwin erhob sich ächzend und zuckte entschuldigend mit den Schultern. »Stammgäste. Da muss ich wohl.«

Stephan winkte ab. »Musst ja auch auf deine Kosten kommen. Also verprell die beiden nicht. So wie ich das sehe, sind die nämlich deine Haupteinnahmequelle.«

Er ging zur Tür, blieb aber auf halbem Weg stehen und drehte sich um. Ihm war noch etwas eingefallen. »Gibt es bei dir eigentlich noch die alten Rebellenblutgetränke?«, rief er Erwin zu.

Der ließ den Zapfhahn los. »Wie kommste denn gerade jetzt auf die olle Kamelle?«

»Charlotte liebt Wein, ich eher nicht. Vielleicht sind deine Drinks ein netter Kompromiss.«

Erwin ging in die Knie und kramte einige Zeit geräuschvoll unter der Theke herum. Dann tauchte er mit rotem Kopf und einem Grinsen im Gesicht wieder auf. Triumphierend schwenkte er eine Getränkekarte. »Wusste doch, dass ich noch eine habe.«

Stephan nahm sie und überflog die Zeilen. »Bloody Russian«, »Eisberg«, »Titanic's Nightmare«, alle Drinks von damals waren hier verzeichnet, ebenso die Zutaten.

»Klasse!«, rief Stephan aus. »Kann mich noch genau daran erinnern, dass wir nach Möglichkeit bei Dirk bestellt haben. Der hat mehr von den harten Sachen hineingekippt.« Er grinste. »Was macht der eigentlich? Der müsste doch schon lange mit seinem Studium fertig sein.«

Ein Schatten flog über Erwins Gesicht. »Das Dreckschwein«, grummelte er. »Mit dem will ich nichts mehr zu tun haben.« Erwin stellte den beiden Alten ihre Getränke vor die Nase.

Neugierig geworden, wartete Stephan ab, bis Erwin wieder bei ihm stand, und fragte: »Was hat er verbrochen?«

»Hat mich schwer enttäuscht.« Erwin presste die Lippen aufeinander und verschränkte die Arme. Stephan befürchtete schon, dass er nicht mehr erfahren würde, da sagte einer der Alten: »Dä Dirk hätt dat Mädche anjepack.«

»Ja«, bestätigte der andere. »Äwer die wollte dat net! Es nix mieh met studiere. Deet jetz Äppel plöcke beim Schmitz-Hübsch.«

Langsam ahnte Stephan, was die beiden Alten ihm mitteilen wollten. Erstaunt sah er zu Erwin. Der nickte: »Versuchte Vergewaltigung. Saß in den Neunzigern eine Weile ein. Dreckschwein, mieses!«

***

Ernst Teutschner wartete im Wagen und spähte zur Eingangstür der Kneipe hinüber. Wenn er sich nicht geirrt hatte, war vorhin Natalies Bruder Stephan im »Erwins Eck« verschwunden. Aus dem jungen Burschen war ein Mann geworden. Teutschner überlegte. Sollte er sich zu erkennen geben? Für einen kurzen Moment spielte er mit dem Gedanken, wieder in die Kneipe zu gehen und Natalies Bruder alles zu erklären. Er griff nach der Türklinke, hielt dann aber in der Bewegung inne. Vermutlich würde Tries ihn für verrückt erklären, lauthals lachen und ihn zum Teufel schicken.

Teutschner wohnte erst seit gut einen Monat wieder im Rheinland. Als die Wende kam, war er versetzt worden und hatte bis zu seiner Pensionierung Dienst in Ostdeutschland geschoben. Siebzehn Jahre Sachsen. Zu viele *Os* anstelle von *As* im Dialekt. In der Bornheimer Partnerstadt Mittweida hatte er sich nie zu Hause gefühlt. Es lag nicht an den Menschen. Nein, er hatte Freundschaften geschlossen, und die Arbeit war auch nicht anders gewesen als hier. Daran lag es nicht. Es war das Heimweh nach seinem geliebten Rheinland, das ihm die Kehle zugedrückt hatte.

Hätte doch dieser verdammte Säufer von Wirt mehr erzählt, dachte Teutschner wütend. Zum Beispiel wie die Familie Tries mit Natalies Verschwinden umgegangen war. Dann hätte er die Situation besser einschätzen können, hätte gewusst, wie der junge Tries heute darüber dachte. Nur nicht aufregen, versuchte er sich selbst zu beruhigen. Er blätterte in den Dokumenten auf dem Beifahrersitz, ohne dabei die Eingangstür aus den Augen zu lassen. Die Buchstaben verschwammen vor seinen Augen. Er hatte das Schmerzmittel zu hoch dosiert. Müde lehnte er den Hinterkopf gegen die Nackenstütze und rieb sich die Augen. Als er wieder klar sehen konnte, sah er Stephan Tries die Treppe hinuntergehen. Ja, eindeutig, kein Zweifel. Natalies Bruder. Teutschner überlegte fieberhaft, was er unternehmen sollte. Doch bevor er eine Entscheidung treffen konnte, war Tries in seinen Wagen gestiegen und davongefahren.

***

Charlotte legte den Hörer auf und lächelte ihre Freundin Sandra an. »Tut mir leid, dass du warten musstest. Ein Freund hat mich gebeten, im Zeitungsarchiv nach einer Sache aus den Achtzigern zu suchen. Ich musste den Termin abstimmen.«

Sandra schob sich aus dem Ledersessel und stand auf. Grinsend sagte sie: »Du kennst auch überall jemanden.«

Charlotte nickte. »Macht vieles einfacher.« Sie führte Sandra in den Garten der Villa, ein ausgedehntes Grundstück, begrenzt von einem Wassergraben. Die Bäume trugen buntes Laub, das sich durch den

Sturm deutlich gelichtet hatte. Sie gingen bis zum Ende der Terrasse, umrundeten dabei ein aus Rohren in allen Größen zusammengeschweißtes Gebilde.

»Verkaufen sich deine Kunstwerke immer noch so gut?«, fragte Sandra und deutete mit dem Kinn zur Skulptur.

»Leben könnte ich nicht davon«, gab Charlotte zu. »Aber hin und wieder findet sich ein Abnehmer. Dieses hier ist übrigens für ein interessantes Projekt reserviert. Ein Bekannter hat sich in der Nähe von Wuppertal eine alte Industriehalle gekauft und möchte dort junge Künstler fördern.«

Sandra hob die Augenbrauen. »Jung?«

Charlotte lachte. »Lassen wir das Thema besser. Sprechen wir über die Feier.«

In der nächsten Stunde erläuterte Charlotte ihrer Freundin, die einen Partyservice betrieb, wie sie sich die Festlichkeit vorstellte, angefangen vom Zelt, über die Speisenfolge, Musik, Getränke und Hilfskräfte bis hin zur Sitzordnung. Sandra notierte sich alles in ihrem Notizbuch und machte Vorschläge, wie der Ablauf verbessert werden konnte. Als Charlotte sie schließlich zur Tür brachte, fragte Sandra: »Kommen deine Kinder eigentlich auch?«

Charlottes drei Söhne und zwei Töchter wohnten über die ganze Welt verstreut. Sie sahen sich zwar relativ regelmäßig, aber äußerst selten trafen sie alle zusammen.

»Bei Johannes und Wolfgang steht es schon fest. Die beiden haben es ja auch nicht so weit. Maria muss noch sehen, ob sie einen günstigen Flug bekommt. Katharina und Sebastian wollten sich heute melden.«

Sandra grinste. »Ah, Johannes. Er ist doch noch nicht verheiratet?«

Charlotte stemmte die Hände in die Hüften und spielte die Entrüstete. »Was findest du nur an meinem Sohn?«

»Er hat einen süßen Po«, erwiderte Sandra. Ihr Grinsen wurde noch breiter.

»So was will ich nicht hören. Im Übrigen ist er zu jung für dich.«

Sandra zählte an den Fingern ab. »Acht Jahre. Ist doch nichts.« Ihr Grinsen war einem spitzbübischen Lächeln gewichen.

Charlotte lachte. »Was soll ich dagegen noch sagen.«

Sandra fiel in das Lachen ein und verabschiedete sich. An der Tür blieb Charlotte noch einen Moment stehen und sah ihrer Freundin nachdenklich nach, bis diese mit ihrem Lieferwagen vom Grundstück fuhr und in die Schweppenburgstraße einbog. Sandra wäre für Johannes genau die Richtige. Doch ihr Sohn war ein Eigenbrötler, er sprach selten über seine Beziehungen. Charlotte hatte den Eindruck, dass er sich eine längerfristige Bindung wünschte und darunter litt, nicht die Richtige zu finden. Inzwischen machte ihr das sogar ein wenig Sorgen. Von Jahr zu Jahr wurde Johannes verschlossener und griesgrämiger. Mittlerweile gingen ihm sogar seine eigenen Geschwister aus dem Weg. Nur Wolfgang kam noch mit ihm aus.

Eine Böe ließ Charlotte frösteln. Sie blickte nach oben. Graue Wolken rasten über den Himmel. Das Unwetter der letzten Nacht war offenbar nur der Auftakt zu einem stürmischen Herbst gewesen. Sie knüpfte ihre Strickjacke zu und ging ins Haus.

***

Donnerstag, 4. April 1985

Unheimlich. Als ich heute um die Mittagszeit vom Bahnhof durchs Dorf ging, hörte ich hinter mir Schritte. Ich drehte mich um, sah aber niemanden. Erst dachte ich, ich hätte es mir eingebildet. Aber als ich weiterging, hörte ich wieder diese Schritte. Wie ein Echo.
Angst!!!

Stephan legte das Tagebuch vor sich auf den Tisch und dachte über das nach, was Erwin ihm über Dirk erzählt hatte. Versuchte Vergewaltigung. Damals hätte er dem netten jungen Mann so etwas sicher nicht zugetraut. Doch in seiner Laufbahn bei der Polizei hatte er die unglaublichsten Dinge gesehen, und heute dachte er anders darüber. Wieder einmal zeigte sich, dass mitunter hinter der biedersten Fassade tiefe Abgründe verborgen lagen.

Ein Fahrzeug hielt vor dem Küchenfenster und lenkte ihn ab. Er öffnete die Haustür. Auf dem Hof stand ein Siebenkommafünftonner. Die Werbung auf der Fahrertür ließ keinen Zweifel daran, um wen es sich handelte: »Gerhard Jablonski – Dachdeckermeister«. Aus dem Führerhaus schob sich ein kleinwüchsiger Mann. Um seine kurzen Beine baumelte eine zu große schwarze Cordhose, und trotz der nasskalten Temperatur bedeckte nur ein T-Shirt seinen

Oberkörper. Der Mann sprang behände auf den Boden und schaute prüfend zum Dach hinauf.

»Nee, nicht so schlimm, nicht?«, rief er Stephan entgegen und kam näher. »Habe heute schon ganz andere Dächer gesehen.«

Stephan streckte ihm die Hand entgegen und sagte: »Sie glauben gar nicht, wie erleichtert ich über Ihre Worte bin.«

Beide lachten und gingen nach einer kurzen Begrüßung gemeinsam auf den Speicher, um sich den Schaden aus der Nähe anzusehen. Jablonski klopfte mit einem Taschenmesser auf den Balken des Dachstuhls herum, rüttelte an den verbliebenen Pfannen und fingerte morsche Holzstücke aus dem Gebälk. Schließlich blieb er in der Mitte des Speichers stehen und rieb sich das Kinn. Stephan konnte seine Ungeduld nicht mehr zügeln und fragte: »Was meinen Sie? Bleiben Sie bei Ihrer Aussage?«

»Ja, nee, ja. Bleibe dabei. Die Pfannen sind alle noch in Ordnung. Aber sehen Sie mal.« Jablonski öffnete sein Taschenmesser und stieß die Klinge in den schweren Balken über seinem Kopf. Sie verschwand mühelos im Holz. »Alles morsch. Sie haben Holzwürmer. Sind ziemlich fiese Burschen.«

Stephan ahnte zwar, worauf Jablonski hinaus wollte, doch er wollte die Hoffnung nicht vorschnell aufgeben. »Ich brauche also einen Kammerjäger, der den Biestern einheizt.«

Jablonski lachte, dass sein Brustkorb bebte. »Nee, nee. So einfach ist das leider nicht. Der Dachstuhl ist hinüber. Muss alles neu gemacht werden. Und wenn Sie einmal dabei sind, würde ich eine ordentliche Isolierung empfehlen. Spart später mehr, als Sie jetzt investieren. Außerdem haben Sie noch Glück im Unglück.«

Stephan, der im Kopf bereits die Kosten überschlug, fragte irritiert »Und das wäre?«

»Mein Bruder ist Zimmermann. Den rufe ich nachher an.«

»Ergänzt sich ja gut«, sagte Stephan argwöhnisch.

Jablonski zuckte mit den Schultern und zog sein Messer aus dem Balken. Ein großes Stück Holz platzte ab und fiel zu Boden. »Sie können sich gerne eine zweite Meinung holen. Ich schicke meine Gesellen aber nicht mehr hier hoch. Nee, viel zu gefährlich.« Er trat auf das abgeplatzte Stück Holz und drehte den Fuß hin und her. Übrig blieb nur noch dunkles Pulver.

Stephan seufzte ergeben. »Okay. Okay. Wie teuer wird es?«

Jablonski lachte und klopfte Stephan aufmunternd auf die Schulter. »Einen Teil wird die Versicherung übernehmen, nich? Machen wir auf Sturmschaden. Und der Rest, da machen wir Ihnen einen tollen Preis, das verspreche ich Ihnen. Da sind die Jablonskis bekannt für. So, ich muss jetzt weiter. Ich schicke Ihnen nachher noch jemanden, der provisorisch ein paar Planen anbringt. Wir fangen dann so schnell wie möglich an. Ich finde den Weg schon.«

Er klopfte Stephan noch mal auf die Schulter und kletterte dann die ausziehbare Treppe hinunter. Stephan schaute nachdenklich durch eins der Löcher im Dach hinaus. Über den Feldern hatte sich Bodennebel festgesetzt. Die tief hängenden Wolken krochen dunkel und bedrohlich über das Vorgebirge. Jablonskis Lkw kam in Stephans Blickfeld, schaukelte über den Hof und bog auf die Ophofstraße ein. Das Dröhnen des hochdrehenden schweren Dieselmotors drang an Stephans Ohren und riss ihn aus seinen Gedanken.

»Scheiße«, sagte er und kletterte nach unten.

***

Mit einer Tasse Tee in der Hand verfolgte Stephan die Frühnachrichten im Fernsehen, als die Haustür aufgeschlossen wurde. Im Körbchen vor dem Kamin hob Tiger den Kopf und stellte die Ohren auf. Als Christine ins Zimmer kam, rollte Tiger sich wieder zusammen und schlief weiter.

»Die verlorene Tochter kehrt zurück.« Stephan prostete ihr zu. Christine ging nicht darauf ein. Sie setzte sich auf die Couch.

Die Nachrichten waren vorüber. Auf der Wetterkarte waren Regenwolken abgebildet.

»Ich soll dich von Kenan grüßen«, sagte sie.

Stephan verfolgte die Einspielung der Dreitageaussicht, die ebenfalls Regen versprach. »Kenan?«

Christine haute mit der rechten Faust auf das Kissen, das neben ihr lag. »Oh, Papa! Kenan, mein Freund.«

Stephan grinste. »Schon klar. Du warst also bei ihm?«

»Ja. Die ganze Zeit.«

Es störte Stephan ein wenig, dass seine Tochter bei einem Kerl abhing, den er noch nicht kannte. »Was ist mit unserem Treffen?«, hakte er daher nach.

Christine nahm das Kissen, legte es auf ihren Bauch und verschränkte die Arme darüber. »Kenan findet den Antrittsbesuch hier spießig.«

Das ist ja ein Ding, dachte Stephan. Er ballte seine Fäuste, um loszupoltern. Christine kam ihm zuvor. »Daher lädt er dich ein. Am Freitag, in sein Geschäft. Er meint, da kannst du dir ein besseres Bild von ihm machen.«

Stephan stellte seine Tasse ab und fixierte Christine. Sie wich seinem Blick aus.

»Du gehst ihm ja gut um den Mund, muss ich sagen«, stellte er fest. »Na gut. Ich werde kommen. Leg mir die Adresse auf den Küchentisch.«

Christine sprang auf und umarmte ihn kurz. »Ich hab schon gedacht, du machst wieder Stress. War ja doch ganz harmlos. Ich gehe jetzt schlafen.«

In der Tür drehte sie sich noch mal um. »Das Dach ist kaputt.«

»Ach. Ist mir bisher nicht aufgefallen. Gut, dass du hin und wieder vorbeikommst und nach dem Rechten siehst«, sagte Stephan und stand auf.

Christine verzog das Gesicht und streckte ihm die Zunge raus.

Stephan grinste. »Kannst ruhig hochgehen. Der Handwerker hat mir versichert, dass das Provisorium das Gröbste abhält.«

»Notfalls kann ich ja schwimmen.« Sie lachte.

»Willst du vielleicht noch einen Tee mittrinken? Dann erzähl ich dir alles.«

Seine Tochter machte eine wegwerfende Handbewegung. »Nicht nötig. Was hast du denn heute vor? Sehen wir uns nachher noch?«

»Hängt von dir ab. Ich muss mich um eine Sache kümmern.«

Christine stutzte. »Bist du etwa an einem neuen Fall dran? Ich dachte, du willst deinen Urlaub genießen?«

Stephan seufzte. Früher hatte er mit Familienmitgliedern nicht über seine Fälle gesprochen. Doch bei den Ereignissen im Frühjahr hatte er seine ehemals eiserne Regel über Bord geworfen und Christine eingeweiht. Es gab also keinen Grund, die Suche nach Natalie für sich zu behalten. »Ich kann das Angebot mit dem Tee nur wiederholen. Setz dich zu mir, dann erkläre ich dir, worum es geht.«

***

Müde sah Ernst Teutschner in den Badezimmerspiegel. Ein Gespenst blickte ihm entgegen. Im Licht der Neonlampe sah sein abgemagertes Gesicht mit den dunklen Augenringen noch kränker aus als sonst. Vierzig Kilo weniger, seit die Ärzte vor gut drei Monaten das Geschwür diagnostiziert hatten. Teutschner öffnete den Badezimmerschrank und griff nach einem Morphiumpflaster. Mit zittrigen Fingern klebte er es einige Zentimeter über seine linke Brustwarze. Ohne Schmerzmittel ging es nicht mehr. Er streckte den Hals und befühlte die Kanüle in seiner Schlagader. Alles in Ordnung. Morgen würden durch dieses Ventil wieder Medikamente fließen, die angeblich sein Leben verlängerten. Chemotherapie, sagten die Ärzte. Teutschner lachte gequält. Von einer Therapie konnte in seinen Augen keine Rede sein. Er fühlte sich bloß jedes Mal hundeelend. Eine Woche brauchte er, bis die Übelkeit halbwegs überwunden war. Dann hatte er eine Woche Ruhe, bevor das Ganze von vorne begann. Teutschner rieb sich mit der rechten Hand über die Bartstoppeln und entschied, dass es heute noch ohne Rasur gehen würde. Er ging ins Schlafzimmer und zog sich ein frisches Hemd über. Ohne Appetit aß er in der Küche eine Scheibe Pumpernickel. In etwa einer halben Stunde würde er das Brot wieder erbrechen müssen. Sein Magen ließ nur noch wenig durch. Aber vielleicht konnte sein Körper bis dahin zumindest einige Nährstoffe aus dem Brot ziehen. Teutschner wusste, dass es nur noch eine Frage der Zeit war, bis er flüssig ernährt werden musste.

Er ging ins Wohnzimmer. Auf dem Tisch hatte er alles ausgebreitet, was er über den Fall Natalie Tries wusste. Er nahm ein Porträtfoto zur Hand, das er damals von ihren Eltern bekommen hatte. Ein hübsches Mädchen, das vielleicht noch leben würde, wenn er die Sache von Anfang an ernster genommen hätte. Aber das war nur eine Hypothese.

Eine Schmerzwelle raste durch sein Innerstes. Stöhnend krümmte er sich. Er nahm das Handtuch, das neben ihm auf der Schlafcouch lag, und wischte sich den Schweiß von der Stirn. Dann streckte er sich auf der Couch aus und wartete zehn Minuten. Die erlösende Wirkung des Morphiums setzte sanft ein. In den nächsten Stunden würde es kontinuierlich an seinen Körper abgegeben werden. Als die Schmerzen etwas abgeklungen waren, spürte er, dass die Magensäure seinen Hals hochstieg. Der Pumpernickel kündigte sich an.

Ächzend kam er in die Höhe und machte sich auf den Weg ins Badezimmer.

***

Stephan sah seine Tochter prüfend an. »Und? Was hältst du von der Sache?«

Christine streichelte nachdenklich Tiger, die ihren Platz am Kamin aufgegeben hatte und auf Christines Schoß gesprungen war. »Zumindest ist es nicht gefährlich.«

Stephan wartete kurz. »Mehr hast du nicht dazu zu sagen?«

»Ich bin wirklich froh, dass ich mir keine Sorgen um dich machen muss. Ansonsten hört sich die Sache ziemlich quer an.«

Stephan zog unwillig die Augenbrauen zusammen. Egal, mit wem er sprach, Charlotte, seinem Onkel, jetzt Christine, alle schienen von seinem Vorhaben nicht begeistert zu sein.

Christine legte Tiger auf die Couch, stand auf und gähnte. »Jetzt muss ich aber wirklich pennen. Ich kann kaum noch die Augen offen halten, die letzte Nacht war einfach zu kurz. Was hast du heute vor?«

»Interessiert es dich wirklich?«, fragte Stephan verärgert.

Christine riss die Augen auf. »Was soll das denn jetzt?«

Stephan tat sein Ausbruch bereits leid. Seine Tochter hatte ihre Tante nie kennengelernt. Für sie war Natalie eine unbekannte Person auf alten Familienfotos, zu der keinerlei Bindung bestand.

»Nichts, ich ... ach, vergiss es einfach«, sagte er mit einer wegwerfenden Handbewegung. »Ich werde einen alten Freund von Natalie aufsuchen. Uwe Gärtner. Ich will ihn ein wenig aushorchen. Vielleicht kann ich mir danach ein besseres Bild machen. Jede noch so kleine Information kann wichtig sein.«

Christine nickte und ging nach oben.

Stephan schaltete den Fernseher aus, holte sich das Telefon und wählte die Nummer der Auskunft. Zwei Minuten später hatte er Uwe Gärtners Adresse.

FÜNF

Samstag 23. Februar 1985

Ich glaube, der Dackel Uwe ist verknallt. In mich. Ist wohl so etwas wie Love auf den ersten Blick. Zumindest bei Uwe. Ich weiß noch nicht, was ich davon halten soll. Er ist immer sehr nett zu mir. Gibt mir einen nach dem anderen aus. Hat mich gestern auch nach Hause gefahren. Ich finde ihn, nun ja, nett. Aber Herzschmerz und so weiter? Nö!!! Zumindest im Moment nicht. Den ganzen Tag frage ich mich, ob mehr daraus werden kann. Wenn Uwe nur ein wenig mehr wie David Gahan aussehen würde. Oder wie Kevin Bacon. Den habe ich in Footloose gesehen. Der hat vielleicht einen knackigen Hintern!!! Uwe kann da nicht mithalten. Er ist einfach nicht mein Typ, was das Aussehen betrifft. Aber ansonsten scheint der total lieb zu sein. Und er hat ein Auto. Er will mich sogar mal von der Schule abholen.
Ach Scheiße. Warum muss alles so kompliziert sein!!!

***

Charlotte ging schnellen Schrittes hinter Rainer den Flur entlang. Links und rechts reihten sich die Büros aneinander. Mitarbeiter saßen an ihren Schreibtischen und tippten unermüdlich auf ihren Tastaturen. Der Teppich dämpfte Charlottes Schritte, sie war jedes Mal wieder erstaunt, wie ruhig es hier zuging. Das entsprach so gar nicht dem Mythos von verrauchten und hektischen Großraumbüros, die man aus einschlägigen Hollywoodfilmen kannte.

Rainer Beck, Ende vierzig und Redakteur beim Kölner Stadt-Anzeiger, wandte sich ihr zu, ohne langsamer zu werden. »Ich habe dir einige Artikel herausgesucht und überflogen. Erst siebzehn, wenn ich mir das vorstelle, bekomme ich eine Gänsehaut.«

Charlotte spürte, dass Rainer es ernst meinte. Seine Tochter war im selben Alter. Sie bogen nach rechts ab, umrundeten einen glucksenden Trinkwasserspender und betraten Rainers Büro. Papierstapel lagen auf dem Boden, überhäuften den Tisch und sogar das Fensterbrett. Auf einem Flipchart hinter dem Schreibtischstuhl war eine mit dicken Filzschreibern gemalte bunte Zeichnung zu sehen. Sie erinnerte Charlotte an ein Kuheuter. Rainer setzte sich und kramte in dem Stapel auf seinem Schreibtisch. Da keine weitere Sitzgelegenheit zur Verfügung stand, blieb Charlotte unschlüssig stehen. Nach einer Weile bemerkte Rainer das, sprang auf und rannte an Charlotte vorbei in den Flur. Kurz darauf erschien er mit einem Stuhl in der Hand. »Habe ich nebenan organisiert. Die Kollegin ist für einige Tage in Moskau.«

Sie setzten sich, und Rainer begann erneut mit seiner Suche. »Ah! Hier hab ich es«, sagte er endlich. Er zog eine Mappe aus dem Stoß und reichte sie Charlotte. »Ich habe dir noch andere Artikel mit ausgedruckt, über Ereignisse, die sich in der Zeit nach dem Verschwinden dieser Natalie Tries in derselben Vorgebirgsecke zugetragen haben. Könnte ja wichtig sein.«

Charlotte sah nachdenklich auf die erste Schlagzeile: *Mädchen in Bornheim vermisst. Polizei bittet um Mithilfe.* »Kann nicht schaden«, sagte sie abwesend.

Das Telefon klingelte. Rainer hob den Hörer ab und meldete sich. Charlotte las indes den Artikel: ... *hat die Polizei bisher noch keine Anhaltspunkte, wo sie sich befinden könnte. Ein Gewaltverbrechen kann nicht ausgeschlossen werden, doch da die Suche nach der Leiche des Mädchens bisher erfolglos blieb, besteht Hoffnung, die Siebzehnjährige lebend aufzufinden ...*

»Die Hoffnung stirbt zuletzt.«

Charlotte hob verwirrt den Kopf und stellte fest, dass Rainer sein Gespräch beendet hatte. »Wie bitte?«, fragte sie.

Rainer deutete auf die Mappe in ihren Händen. »Den Artikel, den du gerade gelesen hast, habe ich vorhin ebenfalls überflogen. Ich frage mich, wann man so weit ist und die Hoffnung begräbt.«

»Das kann sehr lange dauern, das kannst du mir glauben«, murmelte Charlotte nachdenklich.

***

Stephan legte den Kopf in den Nacken und blickte nach oben. Er versuchte zu schätzen, wie viele Stockwerke dieses Wohnsilo in Köln-Meschenich wohl hatte. Der Name der angrenzenden Straße passte jedenfalls zu dieser Bausünde der siebziger Jahre. »Am Kölnberg« stand auf dem Straßenschild.

In einer der Wohnungen lebte Uwe. Fast hätte Stephan den Namen übersehen, da das Klingelschild verrußt und somit die Namen kaum zu lesen waren. Gärtners wohnten auf der sechsten Etage. Stephan drückte den Knopf und wartete vergebens auf eine Reaktion. Er versuchte es noch einige Male, doch die gläserne Eingangstür blieb verschlossen.

»Da kannste drücken, bis dein Finger platt ist«, hörte Stephan jemanden hinter sich sagen. Er wandte sich um und stand einer abgemagerten Frau in einem Trainingsanzug gegenüber. In der einen Hand hielt sie eine Einkaufstüte von Aldi, in der anderen eine glimmende Zigarette. Sie zwängte sich an Stephan vorbei, stellte die Tüte ab und öffnete die Tür. »Musste schon mit reinkommen und klopfen. Is doch alles am Arsch hier«, sagte sie mit rauer Stimme.

Stephan nickte dankend und folgte ihr. Im Hausflur roch es nach scharfem Essen und Urin.

»Aufzug ist och am Arsch«, sagte die Frau. »Warum sollte es dem och anders ergehen wie uns.« Sie hielt Stephan ihre Einkaufstüte hin. Er hörte Glasflaschen aneinanderschlagen. »Wennste einer liebreizenden Frau helfen würdest, wäre nett.«

Stephan griff nach der Tüte und fragte: »Kennen Sie die Familie Gärtner? Sechste Etage?« Gemeinsam gingen sie los.

»Gärtner? Drei Stockwerke über mir?« Sie lachte. »Ich bin froh, dass ich meine Nachbarn links und rechts kenne. Aber eigentlich sind die mir och scheißegal.«

Sie kamen auf der ersten Etage an. Die Frau keuchte. Eine Wohnungstür zeigte Einbruchsspuren.

»Uwe mit Vornamen«, versuchte es Stephan erneut.

Die Frau überlegte kurz, schüttelte den Kopf. »Uwes kenn ich nicht. Überhaupt keinen.«

Auf der zweiten Etage war das Licht defekt. Im Halbdunkel machten sie sich auf den Weg in die dritte Etage. Schweigend kamen sie an. Stephan übergab die Tüten.

»Willste noch auf einen Schlummertrunk mit reinkommen?« Die Frau lächelte und zeigte Stephan den Inhalt der Einkaufstüte. Zwei Flaschen Wodka mit blauen Schraubverschlüssen. Er lehnte dankend ab.

»Schade. Bist ganz meine Fasson«, sagte die Frau und verschwand ohne weitere Worte in ihrer Wohnung. Stephan schüttelte belustigt den Kopf und stieg weiter die Treppe hinauf. Wenig später stand er vor Uwes Wohnung. Drinnen hörte er eine Frau keifen, zu schrill, um Worte verstehen zu können. Er klopfte kräftig. Das Keifen verstummte.

»Was ist los?«, rief eine Männerstimme hinter der verschlossenen Wohnungstür.

»Ich bin der Bruder von Natalie Tries. Du erinnerst dich sicher, Natalie, die vor über zwanzig Jahren verschwunden ist.«

Keine Reaktion. Stephan fürchtete schon, dass er unverrichteter Dinge wieder gehen musste. Dann hörte er, wie die Vorhängekette eingelegt wurde. Die Tür öffnete sich einen Spaltbreit. Ein Mann starrte ihn mit zwei tief in den Höhlen liegenden Augen an. »Ausweis?«

Stephan holte aus seiner Brieftasche seinen Pass und hielt ihn so, dass der Mann ihn lesen konnte. Nachdem dieser das Dokument eine Weile mit argwöhnischem Blick fixiert hatte, hellte sich seine Miene auf, und er rief: »Kaum zu glauben. Du bist es tatsächlich. Stephan!«

Uwe Gärtner entfernte die Vorhängekette und riss die Tür auf. »Komm rein!«

Stephan betrat einen langen, schmalen Flur. Die keifende Stimme meldete sich wieder: »Ist das wieder einer von deinen Saufbrüdern? Ja, ja, das kannste, saufen, du Loch!«

Uwe zog Stephan in die Küche und flüsterte: »Mach dir nichts aus meiner Frau. Seit sie ihre Beine verloren hat, ist sie mit nichts mehr zufrieden. Hat Diabetes, schlimme Sache. Kann auch kaum noch sehen.«

Die Küche war aufgeräumt und sauber, links eine Küchenzeile, rechts ein Tisch und zwei Stühle. Ein Vogelkäfig stand auf dem Kühlschrank. Die beiden Wellensittiche drückten sich aneinander und schauten Stephan neugierig an. Er setzte sich an den Küchentisch und sah Uwe zu, der einen Tee zubereitete. Uwes ehemals dunkle Haare lagen nun grau und strähnig auf seinem Kopf. Über dem Gürtel seiner Hose wölbte sich ein draller Bauch. Du siehst nicht zwanzig Jahre älter aus, sondern mindestens vierzig, dachte Stephan, aber zumindest hast du keine Pickel mehr.

»Was treibt dich nach all den Jahren zu mir?«, wollte Uwe wissen.

»Natalie«, antwortete Stephan knapp.

Uwe hielt in seiner Bewegung inne. »Hab ich's mir doch gedacht«, flüsterte er. »Wäre zu schön gewesen, wenn sich mal jemand von den alten Bekannten für mich interessieren würde.« Er seufzte und hantierte weiter.

»Du Hundesohn! Wer ist denn da gekommen? Sicherlich so ein Flittchen aus dem Haus gegenüber«, hörte Stephan wieder Uwes Frau und wunderte sich, wie dieser das Geschrei den ganzen Tag aushielt.

Bevor er fragen konnte, schloss Uwe die Küchentür und erklärte: »Ich liebe Doris. Immer noch. Kaum zu glauben, oder?« Er grinste Stephan schief an.

»Wie in guten, so auch in schlechten Zeiten«, sagte Stephan.

»Wir haben nicht kirchlich geheiratet«, entgegnete Uwe und legte Teeeier in die Tassen. »Der Spruch kann mir also gestohlen bleiben.« Er goss heißes Wasser darüber. »Der Zufall hat uns zusammengebracht, und es war alles in allem nicht das Schlechteste. Die paar Jahre werde ich ihre Launen schon noch ertragen können.« Er wandte sich um, fuchtelte mit dem Zeigefinger in der Luft herum. »Auf mich kann man sich verlassen. In jeder Situation, immer schon. Aber deiner Schwester war das nicht genug.«

»Und da habt ihr euch getrennt?«

Uwe runzelte die Stirn. »Wie jetzt? Wo hast du denn den Quatsch her? Wir waren kein Paar. Verarscht hat sie mich, die ganze Zeit. Zur Weißglut hat sie mich getrieben.« Er nahm die Teeeier aus den Tassen und warf sie in die Spüle.

Stephan bemerkte, dass sich Uwes Hals rot färbte.

»Manchmal hätte ich sie …« Uwe ballte eine Hand zur Faust. Es dauerte nur kurz an, dann hatte er sich wieder im Griff. Er stellte eine Tasse vor Stephan ab und setzte sich mit der anderen in der Hand an den Tisch. »Baldriantee. Beruhigt.«

Stephan rümpfte die Nase. Der Tee roch abgestanden. »Natalie hat ein Tagebuch geführt. Wusstest du das?«, fragte er.

Uwe trank einen Schluck und schüttelte den Kopf. »Nein. Ist das wichtig?«

»Natalies Aufzeichnungen erwecken den Eindruck, dass ihr eine verschworene Gemeinschaft wart. Gute Freunde.«

Uwe lachte. »Ah, jetzt verstehe ich. Daher hast du den Quatsch, dass ich mit Natalie zusammen war, stimmt's?«

Stephan nickte. »Sie hat angedeutet, dass du hinter ihr her warst. Darum dachte ich … ähm … aber egal.« Stephan dachte an den pickligen Jüngling von früher. Pizzagesicht hatte er Uwe damals genannt. Vom Geruch des Tees wurde ihm übel, und er schob ihn fort. Uwe bemerkte es.

»Du magst keinen Tee?«

»Schon, aber der hier stinkt wie Kuhdung«, gab Stephan zu. Uwe nahm die Tasse und schüttete den Inhalt in die Spüle. Dann setzte er sich wieder.

»Natalie war schon süß. Ich hätte alles für sie getan. Ach Quatsch, was erzähl ich da? Ich *habe* alles für sie getan, sie herumkutschiert, sie freigehalten.« Er nippte mit grimmiger Miene an seinem Tee. »Sie wusste, wie man die Männer umgarnte. Das stieß nicht überall auf Gegenliebe. Eifersucht und Neid, war alles dabei. Gemerkt hat sie nichts. Zu jung, zu naiv, würde ich heute sagen.«

Uwe schwieg einen Moment und starrte auf den Tisch, als ob er dort in die Vergangenheit sehen könnte. »Natalie war schuld daran, dass die Clique auseinanderbrach. Sie war wie ein Virus. Schmuggelte sich in die Runde mit ihrem unschuldigen Blick, um dann jeden zu befallen. Zum Schluss fühlte sich niemand mehr wohl.« Er stand auf und holte aus dem Kühlschrank eine Wasserflasche. Zusammen mit einem Glas stellte er sie vor Stephan ab.

»Aber warum habt ihr dann damals alle behauptet, dass Natalie keine Feinde hatte? Friede, Freude, Eierkuchen, habt ihr mir erzählt«, meinte Stephan verärgert.

Uwe zuckte mit den Schultern. »Keine Ahnung. Vermutlich hatten wir einfach Angst.«

»Angst?«

»Sicher. Wir wollten uns nicht gegenseitig belasten, nicht auffallen. Jeder hätte einen Grund gehabt, Natalie etwas anzutun.« Uwe hob die Hände und zeigte Stephan die Handflächen. »Ich rede nicht von Mord, sondern von einer Abreibung, einem bösen Scherz. Irgendwo einsperren und ein wenig schmoren lassen, so was halt. Was meinst du, was das für ein Spaß war, als dein Vater auftauchte und Natalie die Leviten las.« Uwe lehnte den Kopf nach hinten und lachte.

Stephan sah ihn erstaunt an. »Mein Vater? Wann war das?«

Uwe rieb sich die Lachtränen aus den Augen und antwortete: »Na, du weißt schon, an dem Samstag, als sie verschwand. Mensch! Dein

Alter hat vielleicht ein Theater veranstaltet. Brüllte rum, zerrte Natalie fast den Arm aus dem Gelenk. Doch sie weigerte sich vehement, schrie ihn an, er solle sie endlich in Ruhe lassen.«

Stephan schluckte trocken. Dass sein Vater Natalie an dem Abend noch gesehen hatte, wusste er nicht. »Um was ging es denn?«

Uwe kräuselte die Stirn, überlegte einen Moment. »Keine Ahnung. Dein Vater hat nichts Konkretes geäußert. Muss aber was Wichtiges gewesen sein, bei dem Aufstand.«

Stephan war verunsichert. Konnte sein Vater von der Schwangerschaft gewusst haben? »Habt ihr der Polizei davon erzählt?«

Uwe kratzte sich hinter dem Ohr und kniff die Augen zusammen. »Kann sein, weiß ich nicht mehr. Aber die Bullen haben sowieso gedacht, dass Natalie wegen deinem Vater abgehauen ist. War also nicht wichtig.«

»Nicht wichtig?«, brauste Stephan auf, besann sich dann aber. Uwe lag mit seiner Schlussfolgerung absolut richtig. Der Auftritt seines Vaters hätte Teutschners Annahme, dass Natalie abgehauen war, nur bekräftigt.

»Darüber hinaus kannst du dich doch bestimmt noch an die Atmosphäre in ›Erwins Eck‹ erinnern«, führte Uwe weiter aus. »Viele, die da ein- und ausgegangen sind, wollten mit den Bullen nichts zu tun haben. Die wären sauer geworden, wenn wir mehr als nötig erzählt hätten.«

Stephan ging nicht näher darauf ein, fragte stattdessen: »Du warst derjenige, der Natalie vor ihrem Verschwinden als Letzter gesehen hat. Ist dir etwas aufgefallen?«

Uwe rutschte auf seinem Stuhl hin und her. »Na ja, wir hatten kurz vorher Streit. Geredet haben wir nicht mehr miteinander. Aber ansonsten alles wie immer.«

»Streit ist gut«, höhnte Stephan. »Sie hat dir eine Ohrfeige verpasst.«

Uwe wurde rot. Er wich Stephans Blick aus. »Okay, ich bin bei Erwin in der Kneipe zu sehr auf Tuchfühlung gegangen. Die Ohrfeige war verdient, da gibt es nichts dran zu deuteln.«

Zumindest hier sagt er die Wahrheit, dachte Stephan. Er beugte sich vor und sagte jovial: »Mensch, Uwe, mich hätte das richtig sauer gemacht. So als cooler Typ einfach abzublitzen. Eine Ohrfeige, vor allen Leuten.«

Uwe zuckte mit den Schultern, lächelte schüchtern.

»Da kann man sich schon mal vergessen, oder?«, fragte Stephan und ergänzte, ohne eine Antwort abzuwarten: »Mit einem Auto unterm Hintern kann man Dinge auch schnell verschwinden lassen.«

Uwe nickte zunächst, blickte dann aber ruckartig auf und wurde kreidebleich. Seine Hände zitterten. Sein Kehlkopf sprang einige Male unter der dünnen Haut seines Halses auf und ab. Tonlos sagte er: »Raus.«

Stephan ließ sich nicht beirren. »Kann doch passieren, Uwe. Du hast Natalie geliebt. Ich kann dich voll und ganz verstehen. Erst ein anderer Mann, der dazwischenfunkt, dann noch die Ohrfeige vor allen Leuten. Da brennen schon mal Sicherungen durch.«

Uwe sprang abrupt auf. Der Küchenstuhl fiel nach hinten um und schlug polternd auf den Boden.

»Raus!«, brüllte er. Sein Gesicht färbte sich violett.

Stephan stand auf. »Ich kann verstehen, dass du dich aufregst. Aber mir kannst du doch alles erzählen, so unter Kumpels.«

Uwe kam mit erhobenen Fäusten um den Tisch herum und schrie vollkommen außer sich: »Raus hier, aber sofort!«

Speichel benetzte Stephans Gesicht. Stille breitete sich aus. Das Zwitschern der Wellensittiche, ja selbst das Keifen von Uwes Frau war verstummt. Stephan spürte, dass er zu weit gegangen war.

Resigniert verließ er die Wohnung.

***

Stephan knallte die Haustür ins Schloss und warf wütend seinen Autoschlüssel in die Schublade der Flurgarderobe. Uwe so zuzusetzen, war ein Fehler gewesen. Er war übers Ziel hinausgeschossen, hatte sich aufgeführt wie bei einem Verhör. Selbst wenn Uwe Natalie umgebracht hatte: Nach über zwanzig Jahren würde er nicht wegen eines scharf formulierten Verdachts zusammenbrechen und alles gestehen. Das Einzige, was Stephan erreicht hatte, war, dass Uwe nicht mehr mit ihm reden würde.

Er presste die Handflächen aufeinander, versuchte sich so zu beruhigen. Uwe hatte im Großen und Ganzen die damaligen Ereignisse wiedergegeben, wie sie auch Stephan kannte. Überraschend dagegen war der Hinweis auf Jupps Auftauchen in der besagten Nacht.

Sein Vater hatte also versucht, Natalie aus der Kneipe zu zerren. Warum gerade an diesem Abend? Natalie hatte unzählige Abende im »Erwins Eck« verbracht. Warum tauchte sein Vater also gerade an diesem Samstag auf?

Stephan holte sich das Tagebuch, überflog die letzten Eintragungen. Das Einzige, was seinen Vater so in Rage hätte bringen können, wäre wohl Natalies Schwangerschaft gewesen. Doch woher hätte er davon wissen sollen?

Etwas anderes kam ihm in den Sinn. Natalie hatte sich gewehrt, und sein Vater hatte schließlich tatsächlich aufgegeben. Seiner Schwester musste dieser Sieg wie ein Signal vorgekommen sein: Zum ersten Mal hatte sie sich mit Erfolg gegen ihren Vater behauptet – noch dazu in aller Öffentlichkeit. Stephan schloss die Augen, rieb sich den Nasenrücken. Könnte dies das auslösende Ereignis gewesen sein? Hatte Natalie sich endlich stark genug gefühlt, auf eigenen Beinen zu stehen, und den Plan abzuhauen in die Tat umgesetzt?

»Ach Scheiße«, fluchte Stephan leise. Viel wahrscheinlicher wäre es doch gewesen, sich zu Hause zu beweisen. Schließlich lag auf der Hand, dass das, was einmal gelang, wieder gelingen würde.

Stephan griff nach seinem Handy. Er wählte Erwins Nummer, kurz darauf meldete sich sein Onkel.

»Warum hast du mir nicht erzählt, dass Jupp an dem besagten Abend bei dir war und einen Streit mit Natalie hatte?« Stephan schaffte es nicht, seinen Ärger aus der Stimme herauszuhalten.

»Hab ich nicht?«, fragte Erwin.

»Nein«, grummelte Stephan. »Ganz im Gegenteil. Nichts Ungewöhnliches, das waren deine Worte.«

Erwin antwortete nicht sofort. »Die beiden lagen sich doch wegen jeder Kleinigkeit in den Haaren«, meinte er schließlich. »Streit war zwischen den beiden nun wirklich nichts Bemerkenswertes!«

»Stell dich nicht blöd«, gab Stephan wütend zurück. »Du weißt genau, was ich meine. Dass Jupp bei dir auftaucht und eine Szene macht, das willst du doch nicht unter normal verbuchen.«

Wieder zögerte Erwin, dann sagte er: »Ich telefoniere nicht gerne. Komm vorbei.«

Das Telefon klingelte.

»Warte mal einen Moment«, bat Stephan seinen Onkel, legte das Handy weg und nahm das Gespräch auf dem Festnetzgerät an.

»Hast du Zeit?«

Stephan verzog das Gesicht, als er die Stimme seiner Exfrau Monika erkannte. »Worum geht's?«

»Ich bin bei euch in der Nähe und würde gerne kurz mit dir reden.«

Stephan sah auf seine Armbanduhr. Er verspürte keine große Lust, seiner Exfrau zu begegnen. Doch da sie vor noch nicht allzu langer Zeit beschlossen hatten, einen Neuanfang ohne die ewigen Auseinandersetzungen zu beginnen, willigte er ein. »Kein Problem. Wann bist du hier?«

»Zehn Minuten. Ich könnte einen Kaffee gebrauchen.«

Er drückte das Gespräch weg und nahm wieder sein Handy. »Mir ist etwas dazwischen gekommen. Ich komme morgen gegen Mittag vorbei. Dann erzählst du mir alles«, beschied er Erwin.

Durch das Küchenfenster sah Stephan Monika bereits fünf Minuten später auf den Hof fahren. Er löffelte die letzte Portion Kaffee in den Filter, schaltete die Maschine ein und öffnete ihr die Haustür. Sie hatte abgenommen und trug die Haare kürzer.

»Du siehst verändert aus«, bemerkte er auf dem Weg zurück in die Küche, wo er zwei Tassen auf den Tisch stellte.

Monika lachte. »Besser oder schlechter?«

»Besser«, antwortete Stephan. Sie redeten ein paar Minuten über belanglose Dinge. Als der Kaffee durch war, fragte Stephan: »Immer noch schwarz?«

Monika nickte, und während er einschenkte, wechselte sie das Thema. »Hast du schon Christines neuen Freund kennengelernt?«

Stephan stellte die Kanne zurück auf die Warmhalteplatte. »Ich sehe ihn am Freitag zum ersten Mal. Daher kann ich noch nicht viel zu dem Thema beitragen.« Er setzte sich und sah Monika an. Sie wirkte bekümmert.

»Anscheinend kennst du ihn schon«, kombinierte er.

Monika fingerte nervös an ihrem Ohrring herum. »Ich mache mir Sorgen um Christine. Am Sonntag war ich in Brühl, in seinem Laden.«

»Hast du einen Döner gegessen?«

Monika sah ihn mit einem überraschten Gesichtsausdruck an. »Dann weißt du, dass er Ausländer ist.«

»Na, das kann man ja schon allein aus seinem Vornamen schließen.« Er konnte sich ein Grinsen nicht verkneifen.

Monika verzog das Gesicht. »Gib dich nicht so überschlau.«

Stephan hob abwehrend die Arme. »Okay, entschuldige. Erzähl weiter.«

»Also, Kenan war freundlich und zuvorkommend, doch ich habe da ein ungutes Gefühl.« Sie stockte und hielt kurzzeitig den Atem an. Dann stieß sie hervor: »Er ist Muslim!«

Stephan verschluckte sich und hustete keuchend. Als er wieder Luft bekam, fragte er atemlos: »Ja und?«

Monika stockte. »Ich will Kenan nicht zu nahe treten. Aber du weißt, wie Muslime über Frauen denken.«

»Nicht alle«, hielt Stephan dagegen.

»Ist mir bekannt«, gab Monika sichtlich verärgert zurück. »Ich wohne in Deutz, also nicht weit von Kalk entfernt, schon vergessen?«

Stephan trank einen Schluck Kaffee.

Monika fuhr fort. »Aber was ist, wenn Kenan zu denen gehört, die streng religiös sind? Wenn Christine demnächst mit der Burka herumlaufen muss?«

Stephan seufzte. »Unsere Tochter ist aufgeklärt«, wandte er ein. »Sie wird schon wissen, was sie tut.«

»Ist doch Blödsinn! Wenn Christine verliebt ist, dann setzt bei ihr der Verstand aus. Ich kenne sie da besser als du.«

Stephan rieb sich nachdenklich sein Kinn mit der rechten Hand. Christines Handeln war tatsächlich sehr von ihren Emotionen geprägt, das hatte er in der Vergangenheit selbst schon festgestellt.

»Hm, ja, du könntest recht haben«, gab er zu und fügte beruhigend hinzu: »Warten wir es ab. Am Freitag werde ich Kenan auf den Zahn fühlen, dann wissen wir vielleicht mehr. Bis dahin wird schon nichts passieren.«

»Dein Wort in Gottes Ohr«, murmelte Monika.

Vielleicht besser in Allahs Ohr, dachte Stephan und schmunzelte innerlich.

***

Charlotte umarmte glücklich ihre Söhne. »Wie war der Flug?«, fragte sie und wischte sich die Freudentränen aus den Augen. Wolfgang, der Mittlere ihrer drei Söhne, arbeitete in Berlin bei einer gut gehenden Kanzlei als Anwalt. Er hatte die kantige Figur seines Vaters, überragte sogar seinen Bruder Johannes, der mit seinen eins fünfundachtzig selbst nicht zu den Kleinsten gehörte.

»Verlief alles reibungslos«, antwortete er seiner Mutter. »Nur der Umweg in die Kölner Innenstadt, um den Kleinen hier abzuholen, hat mich viel Zeit gekostet.« Er knuffte seinen Bruder in die Seite.

Johannes zuckte kurz und maulte: »Du weißt, dass ich das nicht leiden kann.«

Wolfgang lachte. »Ich hör ja schon auf, Kleiner. Keine Unterlassungsklage notwendig.«

Johannes verzog keine Miene, schnappte sich seine Tasche und ging die Treppe hoch. »Ich sag Oma Hallo«, rief er nach unten.

Wolfgang sah ihm kopfschüttelnd hinterher. »Der ändert sich nie. Um den mal lachen zu sehen, muss ich vermutlich eine Verfügung vom Bundesverfassungsgericht erwirken.«

Charlotte hakte sich bei ihrem Sohn unter und zog ihn in die Bibliothek. »Du weißt doch, wie Johannes ist. Am besten lässt du ihn in Ruhe. Bevor ich uns eine Kleinigkeit zum Kaffee mache, möchte ich dir noch etwas zeigen. Entschuldige bitte, dass ich dich damit überfalle, aber sieh selbst.«

Sie überreichte Wolfgang den Drohbrief. Während er ihn las, verfinsterte sich seine Miene. »Unglaublich«, murmelte er.

»Vielleicht kannst du mir als Anwalt raten, was ich machen soll? Erzähl aber bitte nichts den anderen. Ich möchte nicht, dass sie sich Sorgen machen.«

Anstelle einer Antwort nahm Wolfgang Charlotte in den Arm und drückte sie. Für einen kurzen Moment fühlte sie sich erleichtert. Gerne hätte sie diesen Moment länger genossen, doch da ließ ihr Sohn sie bereits wieder los. Zurück blieb die Anspannung der letzten Tage.

***

Ernst Teutschner packte im Schlafzimmer seine kleine Tasche. Viel benötigte er nicht für seinen Aufenthalt im Krankenhaus. Ganz oben auf die Wäsche legte er seine Notizen, mittlerweile ein stattlicher Ordner.

Der Schmerz durchzog seinen Bauch, und er krümmte sich stöhnend, stützte sich mit einer Hand am Bettpfosten ab. Nach einigen Sekunden ließ die Welle nach, und er atmete tief durch. Den ganzen Tag ging es schon so, er hatte sogar zusätzliche Schmerzmittel nehmen müssen. Das Haus hatte er heute noch nicht verlassen.

Teutschner setzte sich neben seiner Tasche aufs Bett und starrte zum Telefonhörer, der auf dem Nachttisch lag. Daneben, auf einem Zettel, Stephan Tries' Nummer. Die Kontaktaufnahme mit ihm durfte er nicht mehr lange hinausschieben.

Warum nicht jetzt?, dachte er und griff energisch zum Hörer. Er tippte die Nummer ein. Es klingelte. Plötzlich durchzog ihn eine neue Schmerzwelle. So würde er keinen Ton herausbekommen. Bevor er die Verbindung unterbrach, hörte er noch, wie sich Tries meldete. Teutschner legte den Hörer zur Seite. Später, dachte er, nach dem Krankenhaus. Er ließ sich zur Seite fallen und zog die Knie an den Bauch.

Als der Schmerz wieder etwas nachgelassen hatte, fragte er sich, warum er überhaupt mit dem jungen Tries Kontakt aufnehmen sollte. Er hatte nichts vorzuweisen, mit dem er ihn beeindrucken konnte. Er würde nur in sein Leben eindringen und unnötigen Kummer verursachen. Tries war damals nicht im Rheinland gewesen, das hatte man überprüft. Was sollte er daher schon zur Aufklärung beitragen können? Teutschner starrte aus dem Fenster. Der Schmerz rollte wieder heran wie eine große Welle, die an den Strand lief. Erst spürte man nur wenig, dann wurde der Druck immer größer, bis es nur noch darum ging, nicht den Boden unter den Füßen zu verlieren und die Luft anzuhalten, bis die Welle sich zurückzog. Er beschloss, den jungen Tries zunächst bei seinen Ermittlungen außen vor zu lassen, ihn vor Schmerzen zu bewahren, solange es ging.

***

Stephan schaute nachdenklich auf das Telefondisplay. Mit dem Daumen klickte er sich durch das Menü und wählte die Anrufliste. »Mist«, fluchte er, als er sah, dass der letzte Anruf zwar gespeichert war, aber anstelle der Rufnummer nur »Anonym« angezeigt wurde.

Normalerweise hätte er den Anruf unter falsch verbunden einsortiert. Doch die Drohbriefe hatten ihn sensibilisiert. Vielleicht war das der Spinner, der neulich Nacht schon Charlotte terrorisiert hatte. Er stellte das Gerät in die Station und ging in die Küche. Tiger wartete auf ihr Fressen. Stephan öffnete eine Dose Katzenfutter und schüttete den Inhalt in den Fressnapf. Mit aufgestelltem Schwanz machte sich die Katze an ihre Mahlzeit. Stephan sah ihr eine Weile zu. Tiger hatte im Frühjahr einen Wurf Junge großgezogen. Die Kätzchen hatte Stephan vor zwei Wochen an Freunde und Bekannte abgegeben. Einige Tage lang hatte Tiger in allen Ecken des Hauses nach ihren Kleinen gesucht. Schließlich schien sie akzeptiert zu haben, dass sie niemanden finden würde. Jetzt kuschelte sie sich, wenn sie nicht gerade im Körbchen vor dem Kamin schlief, abends wieder auf das Sofa neben Stephan, um sich ihre Streicheleinheiten abzuholen.

»Du bist heute Abend alleine, Tiger. Ich bin bei Charlotte zum Abendessen eingeladen. Lass die Polstermöbel in Ruhe, ja?«

Er streichelte ihr noch mal kurz über das seidige Fell und machte sich auf den Weg.

***

Nach dem Essen zog sich Stephan mit Charlotte in die Bibliothek zurück. Ihre beiden Söhne hatten sich auf den Weg nach Bonn gemacht, um alte Freunde zu besuchen, Charlottes Mutter schlief. Stephan ging zur hölzernen Weltkugel, die zwischen den beiden mit Leder bezogenen Sesseln stand und als Bar diente.

»Du hast zwei Söhne, die unterschiedlicher nicht sein könnten. Johannes ist so still. Wolfgang dagegen hört nicht auf zu reden«, sagte er und schenkte Cognac in die bereitstehenden Gläser. »Versteh mich bitte nicht falsch. Ich bin nur überrascht. Johannes habe ich ja schon einige Male erlebt, und daher habe ich erwartet …«

»… dass alle meine Kinder so still sind.« Charlotte ließ sich in einen der Sessel fallen und grinste. »Alle fünf sind grundverschieden, das kann ich dir versprechen.«

Stephan reichte Charlotte ein Glas und setzte sich ebenfalls. Schweigend ließ er die goldbraune Flüssigkeit im Glas kreisen.

»Wolfgang weiß Bescheid«, sagte Charlotte in die Stille hinein. Stephan hob die Augenbrauen und sah sie fragend an.

»Die Drohbriefe«, ergänzte sie. »Die anonymen Anrufe. Ich habe ihn um Rat gefragt.«

»Und?«

Charlotte wiegte ihren Kopf von links nach rechts und antwortete: »Er hat eine Weile nachgedacht, dann alles als üblen Scherz abgetan.« Sie seufzte. »Aber ich durchschaue ihn. Es ist nicht seine tatsächliche Ansicht. Er möchte nur, dass ich mir keine Sorgen mache.«

Die große Standuhr schlug zehn. Charlotte wartete, bis der letzte Schlag verklungen war. »Vielleicht hat der Spuk ja längst ein Ende gefunden. Zumindest ist nichts weiter geschehen, keine Anrufe, kein Brief. Warten wir es ab.«

Stephan spürte, dass Charlotte von der Reaktion ihres Sohnes enttäuscht war. Gleichzeitig kannte er sie gut genug, um zu wissen, dass sie heute Abend nicht mehr über die Drohbriefe reden wollte.

Charlotte stand auf, holte einen Stapel Papier von ihrem Schreibtisch und reichte ihn Stephan. »Die Zeitungsartikel, um die du mich gebeten hast. Rainer hat alles Bedeutsame kopiert, was kurz vor Natalies Verschwinden und in der Zeit danach hier in der Gegend passiert ist.«

Stephan überflog die Artikel. »Siebzehnjährige immer noch vermisst«, »Kein Lebenszeichen von Natalie T.«, »Einbruchwelle erschüttert Anwohner«, »Motorradfahrer tödlich verunglückt«, »Suchmannschaften finden nur Müll«, »Randalierer zerstören Bienenzuchtstation«.

Stephan stutzte und zog den letzten Bericht hervor. Er hielt ihn so, dass Charlotte die Überschrift lesen konnte.

Sie zuckte mit den Schultern. »Nimm so etwas nicht auf die leichte Schulter«, sagte sie grinsend und nippte an ihrem Cognac. »Spaß beiseite. Viel Neues wirst du nicht finden, aber vielleicht hilft es ja, deinen Erinnerungen ein wenig auf die Sprünge zu helfen. Jetzt erzähl mal. Was hast du bisher erfahren?«

Stephan füllte sich großzügig Cognac nach und erzählte von Erwin, Edeltraud und Uwe. Anschließend fuhr er sich mit einer Hand durch die Haare. »Natalie hatte es faustdick hinter den Ohren. Irgendwie kann ich das immer noch nicht ganz glauben.«

Charlotte blickte nachdenklich in ihr Glas. »Du hast Uwe ganz schön zugesetzt.«

Stephan seufzte. »Ja, leider. Er war aber in all den Jahren derjenige, dem ich am ehesten zugetraut habe, Natalie beim Abhauen geholfen zu haben Er war ihr ja fast hörig. Denk zum Beispiel nur mal an den letzten Abend. Sie knallt ihm eine, trotzdem fährt er sie nach Hause.«

»Du hättest trotzdem nicht so hart zulangen müssen.«

Stephan senkte den Kopf und zuckte mit den Schultern.

Charlotte trank ihr Glas leer. »Mach dir keinen Kopf. Wenn wir Uwe noch mal befragen müssen, übernehme ich das. Das bekommen wir schon hin. Was hast du die nächsten Tage geplant?«

»In erster Linie werde ich mich auf Natalies Clique konzentrieren. Und ich muss mit Dirk Bauer sprechen.«

»Bauer? Kommt mir bekannt vor. Habe ich den Namen schon mal gehört?«

»Ehemalige Bedienung im ›Erwins Eck‹. Saß in den Neunzigern wegen versuchter Vergewaltigung ein.«

Charlotte hob den Zeigefinger. »Stimmt. Ging einige Zeit durch die Lokalpresse. Was hatte der mit Natalie zu schaffen?«

»Sie schreibt in ihrem Tagebuch, dass sie verfolgt wird. Ein Verhalten, das bei Sexualstraftätern häufig vorkommt. Möglicherweise war es Bauer, der Natalie damals belauert hat.«

»Ist einen Versuch wert«, sagte Charlotte und gähnte. »Bleibst du heute hier?« Sie lächelte kokett.

»Morgen früh um sieben habe ich eine Verabredung mit dem Dachdecker.«

»Bis dahin sind es doch noch ein paar Stunden.« Charlotte streckte sich im Sessel. Der hoch geschlitzte Rock ließ den Blick auf ihre Beine frei.

Stephan seufzte übertrieben. »Okay, okay. Ich bleibe. Lass uns schlafen gehen.«

»Du meinst zu Bett gehen. Schlafen können wir später.«

SECHS

Sonntag, 17. März 1985

Mein Dackel fährt mich überall hin. Max himmelt mich an. OE gibt mir großzügig die Getränke aus. Zum ersten Mal seit langer Zeit fühle ich mich gut.
Wow!
Na ja, ab und zu zumindest. Hält immer so lange an, bis ich wieder zu Hause auf Papa treffe.
Vom Taschengeld bleibt richtig was über. Kann mir auch endlich mal Dinge leisten, die sonst nicht drin waren. Hab mir gestern einen sündhaft schönen Lippenstift gekauft. Wenn Papa das wüsste, würde er die Wände hochgehen.

***

Übermüdet schlug Stephan die Bettdecke zurück. Leise zog er sich an, darauf bedacht, Charlotte nicht zu wecken. Im fahlen Licht der Digitalanzeige des Weckers konnte Stephan erkennen, dass sie im Schlaf lächelte. Er schlich hinaus und ging die Treppe hinunter. Im Flur zog er sich seine Jacke über und öffnete die Haustür. Auf den Stufen blieb er stehen. Im Schlitz des Postkastens steckte ein Umschlag. »So früh schon«, murmelte er und nahm ihn heraus. Stutzig wendete er ihn in den Händen. Keine Adresse, kein Absender. Er sah über die Schulter in den Hausflur. Alles still. Er riss das Kuvert auf.

Ihr wollt es nicht anders. Oder? Letzte Warnung!

Das wurde wirklich langsam bedenklich. Wer immer diese Briefe schickte, war ausdauernder, als Stephan erwartet hatte. Er stopfte sich den Brief in die Jackentasche und schloss leise die Haustür. Im Auto zog er sein Handy aus der Tasche und rief seinen Kollegen Lutz an, der sich nach dreimaligem Klingeln meldete.

»Sechs Uhr vierzig. Sie wollten geweckt werden«, sagte Stephan grinsend. »Du wirst doch nicht noch im Bett liegen? Früher hatten wir auf dem Präsidium um diese Uhrzeit bereits den ersten Fall gelöst.«

»Stephan? Das gibt es doch nicht. Die Nummer kam mir vage bekannt vor. Habe sie lange nicht mehr auf dem Display gesehen.«

Stephan überhörte den Vorwurf und kam sofort zur Sache. In knappen Worten berichtete er Lutz von den Drohbriefen und bat ihn, sie sich anzusehen. »Vielleicht gibt es Fingerabdrücke, die in unserer Kartei enthalten sind.« Stephan glaubte zwar selbst nicht recht daran, doch einen Versuch war es wert.

Lutz seufzte. »Schick die Dinger mal rüber. Ich werde sehen, was sich machen lässt.«

***

Als Stephan seinen Wagen auf dem Hof abstellte, wartete Dachdeckermeister Jablonski bereits auf ihn. Neben ihm stand ein kaum kleinerer Mann, der klassische Zimmermannskleidung trug, selbst der übergroße Hut fehlte nicht. Die Ähnlichkeit mit dem Dachdeckermeister war nicht zu übersehen.

»Ah nee!«, rief Jablonski kopfschüttelnd. »Wollte gerade los. Wir haben Sturm geklingelt, aber es war niemand zu Hause. Unpünktlichkeit ist ja nich mein Ding, nee, nee, ist es nich.«

Bevor Stephan darauf hinweisen konnte, dass es noch vor sieben war, trat der Mann in Zimmermannskleidung vor und reichte ihm die Hand. »Rudolf Jablonski. Zimmermann und der Bruder von dem Morgenmuffel da.« Er wies mit dem Daumen auf den Dachdeckermeister und ergänzte freundlich: »Lassen Sie sich bloß nicht verrückt machen. Ich sach Ihnen was: Sie brühen Kaffee auf, und wir legen schon mal los. Sie werden sehen, mit dem schwarzen Gebräu im Bauch kann auch mein Bruder wieder lachen.«

Nachdem Stephan den Jablonski-Brüdern einen Vorrat an Kaffee gekocht hatte, machte er sich noch mal auf den Weg zu den Allers. Es ließ ihm keine Ruhe, dass Edeltraud bei seinem letzten Besuch so feindselig reagiert hatte. Er hoffte, Max allein zu erwischen, um ihn auszuhorchen. Danach konnte er immer noch zu Erwin fahren.

Wegen des Bodennebels entschied er sich diesmal für die im Verhältnis zur Rheinbacher Straße breitere Heimerzheimer Straße. Die

Gebäude der wenigen verstreuten Gehöfte schienen auf Wolken zu schweben.

Stephan fand den Landwirt in der Scheune. Von Edeltraud war glücklicherweise nichts zu sehen.

Max Aller wischte sich mit einem Putzlumpen seine öligen Finger ab. »Lange her. Ich kann mich kaum noch erinnern.« Er lehnte sich an einen kleinen Kipplader, dessen Motorverkleidung auf dem Boden lag, und sah Stephan mit grimmiger Miene an.

»Ich weiß«, bestätigte Stephan. »Erzähl mir einfach, was du noch im Gedächtnis hast.«

Max schnalzte einige Male mit der Zunge, sagte aber nichts.

Stephan überlegte, wie er ihn zum Reden bringen könnte. »Keilriemen?«, fragte er daher und deutete auf den Motor des Laders.

Max verdrehte die Augen. »Mhm. Rutscht immer wieder durch. Alter Scheißdreck halt.«

Stephan schürzte die Lippen. »Ich mache dir ein Angebot: Ich helfe dir, und du erzählst mir im Gegenzug, an was du dich erinnerst.«

Max grinste Stephan an. »Ich hätt' auch so mit dir geplaudert. Hab ja nichts zu verbergen. Aber Hilfe kann ich tatsächlich gebrauchen.« Er griff nach einem Schraubenschlüssel und beugte sich über den Motor. »Das letzte Mal gesehen habe ich Natalie, als sie zu Uwe ins Auto stieg. An dem besagten Samstag.« Er hielt inne und fluchte leise. »Verfluchter Scheißdreck! Die Schraube hängt mal wieder fest. Hammer!«

Stephan reichte ihm das gewünschte Werkzeug. Der Landwirt setzte den Schraubenschlüssel an die Schraube und klopfte mit dem Hammer auf den Griff.

»Deine Frau ist nicht gut auf meine Schwester zu sprechen«, meinte Stephan, als er nicht von allein weitersprach.

Max klopfte noch einmal, dann war die Schraube lose. »Geht doch«, murmelte er und sah zu Stephan auf. Sein rundes Gesicht leuchtete rosa vor Anstrengung. »Kann ich mir vorstellen«, gab er zu. »Edeltraud und ich waren ein Paar, bevor Natalie auftauchte. Deine Schwester hat mir ziemlich den Kopf verdreht, das kam bei Edeltraud nicht gut an. Sobald Natalie auftauchte, sah sie rot.«

»Es gab also Streit zwischen den beiden?«

»Allerdings. Die beiden waren wie Katz und Maus.« Er deutete energisch mit dem Hammer auf Stephan. »Aber Edeltraud hat nichts mit Natalies Verschwinden zu tun. Wenn du darauf hinauswillst, dann ist deine Ernte bei mir vorbei!«

Stephan hob beschwichtigend die Hände. Max nickte und machte sich wieder an dem Motor zu schaffen.

»Du mochtest meine Schwester?«

Max lachte. »Mochte? Ich war verknallt in sie.« Er stieß verächtlich Luft durch die Nase aus. »War aber nichts Besonderes. Das war das halbe Dorf.«

Stephan zuckte zusammen. Hoffentlich kommt jetzt nicht wieder die Offenbarung, dass Natalie ein Flittchen war, dachte er. Sie mochte sich aufreizend benommen haben, aber Natalie war bis über beide Ohren in jemanden verliebt gewesen, wechselnde Partnerschaften konnte er daher eigentlich ausschließen. Das beruhigte ihn ein wenig. Könnte Max derjenige gewesen sein, den Natalie liebte? Stephan überlegte, wie er die nächste Frage formulieren sollte, ohne Max zu nahe zu treten. Schließlich wollte er nicht das gleiche Debakel wie bei Uwe erleben. »Warst du mit meiner Schwester zusammen?«

Max hob den Kopf und blickte Stephan an. »Meinst du als Liebespaar?«

Stephan nickte.

»Ein klares Nein!« Max drückte die Keilriemenscheibe keuchend in ihre neue Position. »Schraub bitte fest, während ich halte, sonst rutscht das Scheißding wieder zurück.«

Stephan ergriff den Schlüssel, schraubte und erklärte: »Ich weiß, dass Natalie sich unsterblich in jemanden verliebt hatte. Ich habe ein Tagebuch von ihr. Weißt du vielleicht, wer da infrage kam?«

»Hat sie denn keinen Namen erwähnt?«, fragte Max erstaunt.

Stephan schüttelte den Kopf und zog die Schraube der Keilriemenscheibe fest. »Nein, hat sie nicht. Sie hatte Sorgen, dass mein Vater ausflippt, wenn er das Tagebuch in die Hände bekommt«, gab Stephan offen zu und registrierte mit einem schnellen Seitenblick das Kommen und Gehen auf dem Hof. Offensichtlich hatten die Kunden nach dem stürmischen Wochenanfang nun einen Nachholbedarf.

Max nahm den Keilriemen von der Motorabdeckung. »Komischer Kauz, euer Vater. Ich mein, das Tagebuch der eigenen Tochter zu lesen ist doch nicht normal, oder?«

Stephan presste die Lippen aufeinander und schwieg, während Max den Keilriemen um die Scheibe legte.

»Jetzt hebel ich das Ding noch um die Scheibe der Lichtmaschine und hoffe, dass es wieder eine Weile hält.« Er nahm einen dicken Schraubenzieher und setzte das Ende an der Scheibe an. Ächzend zwang er den Keilriemen in Position. »Geht doch«, sagte er zufrieden und grinste.

Stephan klopfte mit der flachen Hand auf den Motorblock. »An den alten Kisten kann man noch eine Menge selbst machen. Ich habe einen Oldtimer in der Garage, den ich wieder flottmachen will.«

»Marke? Typ?«, fragte Max mit strahlenden Augen.

»Mercedes 190 Dc.«

Max pfiff anerkennend durch die Zähne. »Zustand?«

»Ich denke sehr gut. Gehörte meinem Vater. War sein Ein und Alles.«

Max runzelte die Stirn und räumte schweigend das Werkzeug aus dem Motorraum des Laders.

»Was ist?«, fragte Stephan.

»Er hätte sich mehr um seine Kinder kümmern sollen.«

Max wandte sich wieder Stephan zu. Aus seinen Augen blitzte Zorn. »Hätte er sich mehr um Natalie gekümmert, wäre sie vielleicht noch da. Liegt auf der Hand, oder etwa nicht? Weißt du, was mit einer Pflanze passiert, die zu viel gegossen wird? Sie wird faul, geht ein. Wenn diese Pflanze Beine hätte, würde sie abhauen.« Mit einer energischen Bewegung hob Max die Motorraumverkleidung auf und knallte sie über den Motorblock.

Stephan war überrascht von Max' Ausbruch. Einmal mehr stellte er verwundert fest, wie sehr die Erinnerung an Natalie die Menschen polarisierte. »Glaubst du auch, dass Natalie abgehauen ist?«, fragte er.

Max zuckte mit den Schultern und zog die Schrauben der Abdeckung fest. »Bin nur ein blöder Landwirt. Was weiß ich schon?«

Sein Handy klingelte. Er nahm es aus der Brusttasche seines Overalls und meldete sich. »Geht klar«, sagte er und steckte das Handy wieder ein. »Ich muss los. Meine Frau braucht Nachschub.«

Stephan nickte. »Okay. Aber eine Antwort bist du mir noch schuldig.«

»Welche?«

»Die nach dem Freund meiner Schwester.«

Max überlegte kurz. »Vielleicht Dietmar. Ein Typ aus der Stadt. Hing hin und wieder mit uns rum. Spielte den Mann von Welt.« Er grinste. »Du kennst diese Typen bestimmt. Kommen aus der großen Stadt hier aufs Dorf, um uns zu zeigen, wo der Hase langläuft. Natalie könnte das gefallen haben.«

Stephan erinnerte sich. Einen Dietmar hatte Natalie im Tagebuch erwähnt. »Kennst du seinen Nachnamen?«

»Klar kenne ich den. Dotter hieß er. Dietmar Dotter. Wir Jungs haben ihn immer nur Egg genannt. Ei, du verstehst schon.« Lachend ging er hinaus und ließ Stephan ohne Abschiedsgruß zurück.

Auf dem Weg nach Hause nutzte Stephan den Schleichweg über die Rheinbacher Straße in Richtung Waldorf, da der Bodennebel sich weitestgehend aufgelöst hatte. Auf der Sandstraße, Ecke Hostertstraße musste er warten, da ein Kanalreinigungsfahrzeug die Weiterfahrt verhinderte. Der Mann am Lastwagen zog mit routinierten Bewegungen den Schlauch aus dem Dunkeln unter der Straße herauf.

Stephan schaltete den Motor aus und kurbelte das Fenster hinunter, um es gleich darauf wieder zu schließen. Aus dem Kanal wehte ein Geruch nach faulen Eiern herüber, der Stephan würgen ließ. Erstaunt stellte er fest, dass dem Arbeiter, der die Hebel am Heck des Lastwagens bediente, der Gestank nichts auszumachen schien. Der Mann rauchte seelenruhig eine Zigarette.

Kurz überlegte Stephan zu wenden, doch dann verwarf er den Gedanken, nahm sein Handy und wählte Erwins Nummer. »Wollte nur hören, ob du wach bist«, sagte er, als sein Onkel sich meldete.

»Es ist mitten am Tag«, grunzte Erwin. »Und schlafen kann ich sowieso nur noch wenige Stunden. Ich wart schon auf dich.«

Der Arbeiter zog gerade mit einem Haken den Kanaldeckel in die richtige Position. Gleich würde es weitergehen. »Ich bin in zehn Minuten da«, bestimmte Stephan und beendete das Gespräch, ohne eine Antwort abzuwarten.

***

Erwin stand mit den Händen auf dem Rücken und einer qualmenden Zigarre im Mund vor der Eingangstür.

»Du rauchst?«, fragte Stephan erstaunt, als er aus seinem Wagen stieg und auf seinen Onkel zuging. Der schob gekonnt den Stummel in die linke Mundecke und antwortete: »Ab und an. Gehen wir ein Stück.«

Stephan riss verwundert die Augen auf. »Gehen? Bist du krank?«

Diesmal nahm Erwin den Stumpen aus dem Mund, bevor er antwortete. »Ich hab schon gemerkt, dass du gestern wütend warst. Ein bisschen frische Luft wird dein Gemüt beruhigen. Muss eh beim REWE noch ein paar Besorgungen machen.«

Schweigend gingen sie die ersten Meter in Richtung Merten die Blumenstraße entlang. Erwins warf seine Zigarre achtlos in den Straßengraben.

»Jupp konnte sehr jähzornig sein«, sagte er schließlich.

»Weiß ich. Kein Grund, mir etwas zu verheimlichen.«

»Ich hatte Sorgen, dass du oder irgendjemand anderes falsche Schlüsse zieht.«

Ein Motorradfahrer raste an ihnen vorbei.

»Falsche Schlüsse?«

Erwin nickte. »Es dachten ohnehin alle, dass Natalie abgehauen ist. Warum? Weil Jupp ihr das Leben zur Hölle machte. Ich wollte nicht, dass auch noch jemand denkt, dass Jupp, also, ähm …« Erwin blieb stehen, sah zu Boden und kratzte sich am Hinterkopf. Er sah aus wie der Mann aus der Tuborg-Werbung.

»Jetzt rück schon raus«, forderte Stephan ihn auf.

Erwin sah auf und verzog das Gesicht zu einer Grimasse. »Was ich dir jetzt erzähle, weiß niemand.« Er ging langsam weiter und erzählte: »Ich saß mal wegen schwerer Körperverletzung im Bau.«

»Bekannt«, sagte Stephan, der spürte, dass er ärgerlich wurde.

»Was du aber nicht weißt«, sagte Erwin, »ist, dass ich unschuldig war.«

Stephan lachte höhnisch. »Das sagen sie alle.«

Erwin blieb stehen und packte Stephan am Oberarm. »Es stimmt aber. Ich kürze es ab: Jupp hat damals den Mann fast umgebracht. Wenn ich nicht dazwischengegangen wäre, hätte er es getan. Jupp war vollkommen ausgerastet.«

Stephan sah Erwin eindringlich an, forschte, ob sein Onkel einen Spaß mit ihm machte. Doch dessen ernste Miene sprach für sich. »Warum hast du gestanden?«, fragte er Erwin fassungslos.

Der zuckte mit den Schultern. »Du warst gerade erst geboren. Musste ja nicht sein, dass du die ersten Jahre ohne Vater aufwächst.«

»Wie selbstlos«, spottete Stephan verächtlich. »Das nehme ich dir nicht ab.«

Erwins Wangen färbten sich rot. Seine Verlegenheit stand ihm ins Gesicht geschrieben. Zögerlich setzte er sich wieder in Bewegung. »Geld habe ich auch bekommen«, stieß er durch die Zähne hervor.

»Wie bitte?« Stephan war wieder stehen geblieben. Diesmal hielt er Erwin am Oberarm fest.

»Ja, verflucht. Das war unsere Abmachung. Fünfzigtausend als Startkapital, wenn ich wieder auf freiem Fuß bin.«

Ungläubig blickte Stephan ihn an. »Wusste meine Mutter davon?«

Erwin schüttelte den Kopf. »Nein, keine Sorge. Blieb alles zwischen Jupp und mir.«

»Okay, aber was hat das Ganze nun mit Natalies Verschwinden zu tun?«

»Hab ich doch vorhin schon gesagt. Ich wollte nicht, dass jemand auf den Gedanken kommt, dass dein Vater in einem Wutanfall seine eigene Tochter, äh, du weißt schon.«

Stephans Knie wurden weich. »Erschlagen?«, fragte er mit belegter Stimme.

Erwin nickte, beeilte sich dann aber zu sagen: »Ich habe das keine Sekunde in Erwägung gezogen. Was sollte Jupp schon so sehr in Rage versetzt haben, dass er dermaßen durchdreht?«

Stephan lief ein Schauder über den Rücken, als ihm etwas einfiel. Er ließ Erwin einfach stehen und rannte zu seinem Wagen zurück.

In Sechtem raste er die Bahnhofstraße entlang, überholte riskant einen Traktor. Der Jähzorn seines Vaters war kein Geheimnis, sie hatten oft genug darunter gelitten. Dass Jupp aber fähig gewesen sein könnte, in seiner Wut jemanden zu erschlagen, war eine ganz andere Dimension. Wenn Erwin richtig lag, hätte Stephans Vater nur einen Auslöser benötigt, etwas, was ihn so in Rage versetzte, dass er sich nicht mehr im Griff hatte. Stephan fiel dazu nur eine Sache ein, und er hatte endlich auch eine Theorie, wie sein Vater an diese Information gekommen war.

Vor der Wendelinuskapelle zog Stephan in die Willmuthstraße

und hielt fünfzig Meter weiter mit quietschenden Reifen vor der Schiller-Apotheke.

Ungestüm riss er an der Eingangstür der Apotheke, jedoch ohne Erfolg. Irritiert versuchte er noch mal. Es half nichts, die Tür war verschlossen.

»Scheiße!«, rief er aus und sah auf seine Armbanduhr. Kurz nach eins, Mittagspause, wie das Schild mit den Öffnungszeiten links unterhalb der Granufink-Werbung auswies.

Stephan versuchte, seiner Ungeduld Herr zu werden. Er schirmte seine Augen ab, beugte sich vor und spähte in den unbeleuchteten Verkaufsraum. Eine kleine Wartezone, eine Theke, Ständer mit Hustenpastillen, Traubenzuckerrollen und Vitaminpräparaten, dazu dunkelbraune deckenhohe Schränke, in denen die Arzneimittel aufbewahrt wurden. Unverändert, dachte Stephan, der sich an die Besuche an der Seite seiner Mutter erinnerte.

Eine nostalgische Welle erfasste ihn, und er lehnte sich mit der Stirn gegen die kühle Scheibe. Ab und an war auch Natalie dabei gewesen. Er blinzelte, bemerkte erst jetzt, dass im hinteren Bereich des Verkaufsraums eine Tischlampe leuchtete und ein Mann eine Zeitung las.

Stephan klopfte gegen die Scheibe. Der Mann ignorierte ihn zunächst, als Stephan aber nicht aufgab, sah er hoch und tippte demonstrativ mit dem rechten Zeigefinger auf seine Armbanduhr.

Stephan klopfte weiter, rief: »Es ist wichtig!«

Endlich stand der Mann auf und kam mit ärgerlichem Gesichtsausdruck auf ihn zu. Er öffnete eine Klappe in der Tür und sagte barsch: »Wir haben Mittagspause. Kommen Sie um halb drei wieder!«

»Ich suche Frau Elster! Wo kann ich sie erreichen? Es ist dringend.«

»Worum geht es denn?«, fragte der Mann.

Stephan rieb sich den Nasenrücken. Wie sollte er sein Anliegen in aller Kürze wiedergeben? »Sie war mit meiner Mutter Ingeborg befreundet. Ich heiße Stephan Tries.«

»Warten Sie einen Moment.«

Der Mann verschwand im hinteren Bereich des Ladens. Als Stephan schon fürchtete, er hätte sich ein stilles Örtchen ausgesucht, um endlich seine sicherlich verdiente Mittagsruhe zu finden, sah er ihn zurückkehren. Aus seiner Kitteltasche zog er einen Schlüssel hervor und sperrte auf.

»Folgen Sie mir«, forderte er Stephan auf, nachdem er wieder abgeschlossen hatte.

Sie gingen um die Theke herum in den rückwärtigen Bereich der Apotheke. In einem angrenzenden Raum saß eine alte Frau hinter einem Schreibtisch und lächelte milde. Sie trug ebenfalls einen weißen Kittel. Eine auffällig geformte, golden glänzende Brille mit Gleitsichtgläsern dominierte ihr Gesicht. Erst auf den zweiten Blick erkannte Stephan Frau Elster wieder. Sie musste inzwischen auf die Siebzig zugehen. Mit ehrlicher Freude verbeugte er sich knapp und reichte ihr über den Tisch hinweg die Hand. »Ich hatte nicht angenommen, dass Sie noch aktiv sind, Frau Elster.«

Mit festem Händedruck erwiderte sie seine Begrüßung. »Ich träume immer noch von einer zweiten Filiale. Was man in der Jugend nicht erreicht, muss man halt im Alter erledigen.« Sie zwinkerte ihm zu. »Danke, Jochen«, sagte sie dann zu dem Mann, der Stephan hineingelassen hatte. »Du kannst weiter Pause machen.«

Der Mann nickte knapp und schloss die Tür hinter sich.

»Ohne Jochen würde ich es nicht mehr schaffen. Guter Mann. Er wird die Apotheke übernehmen.« Frau Elster seufzte und sah einen Moment versonnen auf die Tür. »Und wie geht es dir?«, fragte sie.

»Es geht mir gut, vielen Dank. Ich bin damit beschäftigt, das Haus meiner Eltern zu renovieren. Viel Arbeit, aber ich denke, es lohnt sich.«

»Das ist gut.« Sie nickte zufrieden, wurde dann wieder ernst. »Ich habe gehört, du bist mit Charlotte von Berg liiert.«

»Das stimmt«, bestätigte Stephan ein wenig erstaunt. »Dass Sie mich gerade darauf ansprechen, hätte ich jetzt nicht erwartet.«

»Du bist ein netter Junge, nur darum. Lasst euch nicht in eure Beziehung reinreden.«

»Jetzt wird ein Rätsel draus«, gab Stephan zu.

Frau Elster fasste sich ein Herz. »Du scheinst im Dorf nicht viel rumzukommen. Die Leute reden über euch. Selten sind freundliche Worte dabei.«

»Seit einiger Zeit bekommen wir Drohbriefe«, vertraute Stephan ihr kurzerhand an. »Würden Sie so etwas jemandem aus Sechtem zutrauen?«

Sie schürzte die Lippen, überlegte einen Moment. »Schwer zu sagen. Konkret könnte ich keine Namen nennen. Aber man weiß ja nie.«

Sie weicht aus, dachte Stephan. Aber er verstand ihre Zurückhaltung. Schließlich ging es ums Geschäft. Wenn herauskäme, dass sie tratscht, könnte sie die Apotheke zumachen.

Frau Elster räusperte sich. »Leg los, was kann ich für dich tun?« Sie vollführte lächelnd mit der rechten Hand eine auffordernde Geste.

»Wusste mein Vater, dass Natalie schwanger war?«, platzte Stephan heraus.

Über Frau Elsters Miene flog ein Schatten. Sie nahm ihre Brille ab und beugte sich vor. »Was mich wundert, ist, dass du davon weißt. Seit über zwanzig Jahren bist du der Erste, der davon spricht.«

Stephan erzählte ihr von dem Tagebuch und von dem Streit seines Vaters mit Natalie in »Erwins Eck«. Frau Elster hörte aufmerksam zu.

»Ich kann mich erinnern«, sagte er schließlich, »dass Sie damals völlig aufgelöst aus unserem Haus gestürmt sind. Ich dachte immer, dass meine Mutter Ihnen leidtat und Sie etwas übertrieben reagiert haben. Aber ich lag falsch, nicht wahr? Sie fühlten sich schuldig, denn Natalies Verschwinden folgte auf einen Streit mit meinem Vater, für den Sie ihm den Grund geliefert haben.«

Die Energie, die Frau Elster bisher ausgestrahlt hatte, schien blitzartig aus ihrem alten Körper entwichen zu sein. Jetzt wirkte sie gebrechlich, ihre Falten tiefer, ihre Augen müde.

»Natalie hat bei mir einen Schwangerschaftstest gekauft«, begann sie leise zu berichten. »Einen Tag später traf ich deinen Vater, und obwohl ich seine aufbrausende Art kannte, konnte ich altes Klatschweib mich nicht zurückhalten. Ich habe ihn gefragt, ob er denn nun bald Opa wird.«

Stephans Magen grummelte. »Und? Wurde er?«

»Ist das denn wichtig?«, fragte Frau Elster und sah Stephan traurig an. »Dass Natalie überhaupt einen Schwangerschaftstest benötigte, war für Jupp Grund genug auszuflippen. Da bin ich sicher. Er konnte es einfach nicht ertragen, dass Natalie erwachsen wurde.« Sie seufzte. »So schrecklich sich Jupp mitunter verhielt, in gewisser Weise wollte er deine Schwester damit nur schützen.«

Stephan hörte nicht mehr richtig zu. Frau Elsters Worte hallten in seinem Kopf nach. Grund genug auszuflippen … konnte es einfach nicht ertragen … Wie in Trance stand er auf, verabschiedete sich und ging zurück zu seinem Auto.

***

Stephan wusste nicht mehr, wie er hergekommen war. Irritiert sah er sich um. Sein Golf stand quer auf dem Wanderparkplatz am Ende des Holzweges, er selbst an dem schwarzen Kreuz neben der Bank, die im Sommer zum Verweilen einlud.

Über den Kamm des Vorgebirges strich ein kalter Wind, der durch die Baumkronen rauschte.

Stephan schloss den Reißverschluss seiner Jacke bis zum Kragen und ging los. Er folgte einem Feldweg, der am nördlichen Ende des Parkplatzes in den Wald führte. Den Weg kannte er noch aus seiner Kindheit. Links ragte der riesige Sendemast in den grauen Himmel. Bei schönem Wetter hatte sein Vater den Mercedes aus der Garage geholt und war mit der ganzen Familie zu einem Spaziergang hierher gefahren. Jupp hatte ihnen dabei, nicht müde werdend und mit überragender Geduld, alles über die Flora und Fauna des Vorgebirges beigebracht. Glückliche Momente in Stephans Erinnerungen. Getrübt von dem, was er inzwischen wusste. Niemand hatte Natalies Schwangerschaft damals erwähnt, nicht Jupp, nicht Edeltraud, nicht Frau Elster. Sonst hätte dieser Kommissar ihn darauf angesprochen, da war er hundertprozentig sicher. Aber dass Jupp davon gewusst hatte, war unbestritten und vergrößerte die Wahrscheinlichkeit, dass Natalie tatsächlich abgehauen war. Hinzu kam noch eine andere, viel schrecklichere Möglichkeit.

Stephan stieg über einen heruntergefallenen Ast. Der Sturm hatte seine Spuren im Wald hinterlassen. Eine Joggerin mit Tunnelblick kam ihm entgegen, grüßte nicht.

Könnte es sein, dass dein Vater, Jupp, seine eigene Tochter, deine Schwester, auf dem Gewissen hat?, dachte Stephan entsetzt. Sein Magen krampfte sich zusammen. Er stellte sich die Szene vor. Natalie, wie sie aus Uwes Auto steigt. Das Licht der Scheinwerfer, das immer schwächer wird, in der Ferne verschwindet. Natalie geht zum Haus, wird bereits erwartet. Ein Wortgefecht. Jupp weiß von der Schwangerschaft, macht ihr Vorwürfe. Natalie gibt Widerworte, reizt ihn bis aufs Blut. Jupp hat ein Blackout, schlägt zu. Einmal? Mehrmals? Oder war Natalie nur unglücklich gefallen? Egal, tot ist tot! Jupp kommt zur Besinnung, lässt die Leiche verschwinden, schweigt.

Stephan blieb abrupt stehen. Eine Hitzewelle raste durch seinen Körper. Ja, so könnte es gewesen sein. Sein Magen zog sich zusammen, diesmal heftiger. Keuchend beugte er sich nach vorne, stützte sich auf seine Knie. Vor seinen Augen wurde es schwarz, er würgte trocken. Nach einigen Sekunden ließ die Übelkeit nach und er konnte sich wieder aufrichten.

Mit zittrigen Beinen machte er sich auf den Rückweg.

***

Als Stephan zwei Stunden später wieder auf seinen Hof fuhr, ging es ihm ein wenig besser. Die klare Luft auf der Ville hatte ihm gut getan und seine Gedanken wieder geschärft. So schmerzhaft der Gedanke auch war, dass sein eigener Vater Natalie getötet haben könnte, er musste ihn als Täter in Erwägung ziehen. Er hatte sich aber auch vorgenommen, nach weiteren Optionen zu suchen. Jetzt erst recht, dachte er, als er neben Jablonskis Laster parkte und ausstieg. Ein großer Container stand vor dem Haus, halb gefüllt mit zerbrochenen Dachziegeln.

»Ein paar muss ich hier oben rausnehmen. Aber der Rest ist noch zu gebrauchen«, rief Jablonski ihm von oben zu. Drei weitere Männer gaben sich in einer Kette die Dachziegel weiter, der letzte Geselle warf die Pfannen herunter.

»Sie haben ja eine ganze Armee bestellt«, rief Stephan zurück.

Jablonski grinste. »Es gibt ja welche, die sagen, nee, Zeitarbeitsfirmen sind ein Fluch. Doch für uns als Unternehmer ist das mitunter schon ganz angenehm.« Er wies mit einer ausholenden Handbewegung auf die drei Männer.

»Soll mir recht sein«, antwortete Stephan und sah den Arbeitern eine Weile zu. »Ist das nicht gefährlich, da auf den Balken? Sie haben doch gesagt, alles ist morsch.«

»Ja nee, hab da ein Auge für. Wo wir stehen, ist es sicher.«

Stephan nickte, aber insgeheim befürchtete er, übers Ohr gehauen worden zu sein. Er ging ins Haus und bemerkte Christines Jacke an der Flurgarderobe. »Christine?«

Als sie sich nicht meldete, schaute er in ihrem Zimmer nach. Nichts. Er ging die Treppe zum Speicher hinauf. Durch das teilweise abgedeckte Dach fiel Licht ein und erhellte den Raum.

»Christine? Bist du hier?«, rief Stephan.

Jablonski antwortete von oben. »Ach ja, die Dame des Hauses. Fast hätte ich die vergessen. Ich soll Ihnen ausrichten, dass sie wieder nach Brühl ist und heute Nacht nicht nach Hause kommt. Nee, die Jugend, immer unterwegs, nee.«

Stephan ging schweigend nach unten. Vor einem halben Jahr erst war Christine bei ihm eingezogen. Jetzt glänzte sie immer häufiger durch Abwesenheit. Es schmerzte ihn, er hatte sich an sie gewöhnt und fühlte sich wohl, wenn seine Tochter in seiner Nähe war. Er seufzte und nahm sich ein Bier aus dem Kühlschrank. Für heute hatte er jegliche Lust verloren, sich mit Natalies Verschwinden zu beschäftigen.

SIEBEN

Sonntag, 14. April 1985

Gestern war ich nur kurz im Eck. Ich habe einen Royal Berry getrunken, der ist mir nicht bekommen. Musste sogar kotzen. OE hat mich nach Hause gefahren und Papa erzählt, mir wäre eine Frika nicht bekommen. Auf OE ist Verlass!!! Der petzt nicht rum, ein echter Kumpel.
Heute geht es mir wieder gut. Gott sei Dank. Gleich gehe ich mit Conny ins Schwimmbad. Ich mag sie. Trotzdem habe ich immer ein seltsames Gefühl, wenn sie mich ansieht. Irgendetwas hat sie an sich, was mir eine Gänsehaut bereitet. Dabei ist Conny so nett. Wenn wir zusammen sind, lachen wir viel, albern rum, verarschen Jungs, die uns hinterherstarren. Uns? Mir. Conny versucht zwar immer, ihre Speckrollen unter viel zu großen Klamotten zu verstecken. Doch das Einzige, was sie erreicht, ist, dass sie noch unförmiger wirkt. Abnehmen wäre die Lösung. Ein hübsches Gesicht hat sie ja.
Aber das ist nicht mein Problem. Ist vielleicht sogar ganz gut so. Neben Conny wirke ich wie Prinzessin Di an der Seite ihres Dumbo-Charles. Hi, hi, ganz schön fies. Tut trotzdem gut.

***

Charlotte hatte kaum geschlafen. Müde schlich sie die Treppe hinunter, damit ihre Mutter nicht aufwachte. Sie sah aus dem Küchenfenster und setzte eine Kanne Tee auf. Draußen dämmerte es. Als sie den Teebeutel in die Spüle legte, kam Johannes herein. Überrascht schaute sie ihren Sohn an. Er trug Kopfhörer im Ohr, und seine Sportkleidung war von Schweiß durchtränkt.

»Wo kommst du denn her?«, fragte Charlotte. »Warst du überhaupt im Bett?«

Johannes nahm sich eine Flasche Wasser aus dem Kühlschrank und trank sie zur Hälfte leer. »In der Stadt komme ich kaum zum Laufen.«

Charlotte goss sich eine Tasse Tee ein und setzte sich an den Küchentisch. Sie beobachtete ihren Sohn, der am Kühlschrank lehnte und versonnen in die aufgehende Sonne schaute.

»Setz dich zu mir«, sagte sie leise. Johannes drehte den Kopf, zögerte kurz, kam der Aufforderung aber nach. »Du bist unglücklich«, stellte Charlotte fest.

Johannes versteifte sich. »Quatsch. Wie kommst du darauf?«

Charlotte lächelte und griff über den Tisch nach der Hand ihres Sohnes. »Mutterinstinkt. Was ist los?«

Er wich ihrem Blick aus. »Ach, nichts.«

Charlotte biss sich auf die Unterlippe. Johannes war der Typ, der alles in sich hineinfraß, der nie explodierte. Das war nicht gesund. »Deine Freundin?«

Johannes blickte sie kurz an. Charlotte bemerkte ein Flackern in seinen Augen. Er lachte spöttisch. »Wieder Mutterinstinkt, nehme ich an.«

»Nur geraten«, gab Charlotte ehrlich zurück.

»Du kannst Exfreundin sagen.«

»Du hast sie sehr gemocht, oder?«

Johannes seufzte. »Viele Dinge laufen zurzeit nicht so, wie ich es mir wünsche. In der Stadt fühle ich mich nicht wohl, das Studium ist auch nicht das, was ich mir vorgestellt habe. Fast habe ich den Eindruck, ich komme alleine nicht klar im Leben.«

Charlotte zog Luft durch die Zähne ein. »Rede nicht so einen Unsinn. Das wird schon, du wirst sehen.«

Johannes entzog ihr seine Hand. »Du hast gut reden. Bei dir läuft ja alles bestens. Da kann man leicht solche Reden schwingen.«

Charlotte schaute ihn verblüfft an. »Ich wollte dir nicht zu nahe treten. Falls ich dich verletzt habe, entschuldige ich mich.«

Johannes wich ihrem Blick aus und stand auf. »Ich geh jetzt duschen.«

Als Charlotte versuchte, nach seinem Arm zu greifen, um ihn aufzuhalten, drehte sich Johannes um und ließ sie allein in der Küche zurück.

Nachdenklich schlürfte sie ihren Tee und nahm sich vor, vor seiner Abreise noch mal mit ihm zu sprechen.

***

Das laute Hämmern störte Stephan in seiner Konzentration. Außerdem verstärkte der Krach seine Kopfschmerzen. Gestern war es nicht bei einem Bier geblieben.

Verärgert klappte er seinen Ermittlungsordner zu. Jablonski war seit halb acht auf dem Dach. Sein Bruder wollte am Nachmittag mit den ersten neuen Balken vorbeikommen. Schwere Schläge ertönten über Stephan, gefolgt von einem ohrenbetäubenden Poltern. Er hörte Jablonski brüllen: »Nee, du Hurensohn! Noch so ein Ding und ich schmeiß dich persönlich vom Dach!«

Stephan grinste. Der Umgangston in der Baubranche war nichts für zarte Seelen. Er stand auf. Hier konnte er nicht weiterarbeiten. Er überlegte, wohin er sich zurückziehen könnte. Da kam ihm ein Einfall. Er stand auf, stopfte den Ordner in seinen Rucksack und verließ das Haus.

Unter der riesigen Eiche am nördlichen Ende seines Grundstückes blieb Stephan stehen und blickte zur Krone hinauf. Er stieß einen begeisterten Schrei aus. Tatsächlich, es war noch da, etwa fünf Meter über dem Boden, sein altes Baumhaus.

Er schulterte den Rucksack und machte sich an den Aufstieg. Auf halber Höhe zum Baumhaus rutschte er mit dem Fuß vom Ast und wäre fast hinabgestürzt, doch er konnte gerade noch sein Gewicht auf das andere Bein verlagern. Keuchend erreichte er die Plattform und testete ihre Belastbarkeit, indem er sich auf die Kante setze und vorsichtig auf und ab federte. Er grinste und dankte still einem damaligen Freund seines Vaters, der ihnen mehrere Kanister Holzschutzmittel geschenkt hatte.

Als Kind hatte Stephan sein Baumhaus geliebt, seinen Rückzugsort, den er gerne aufsuchte und der von seinen Eltern respektiert wurde. Stundenlang hatte er hier gehockt und Abenteuergeschichten von Jules Verne oder H.G. Wells gelesen. Als er von zu Hause ausgezogen war, hatte er einigen Kindern im Dorf die Erlaubnis erteilt, das Baumhaus zu nutzen. Dafür hatte er ihnen das Versprechen abgenommen, es regelmäßig zu streichen. Jetzt konnte Stephan die Früchte seiner Weitsicht ernten. Das Holz hatte eine dunkle Farbe angenommen, hielt jedoch seinem Gewicht mühelos stand. Vorsichtig legte er seinen Rucksack ab und zog die Beine nach oben. Mit dem Rücken gegen einen Ast gelehnt, sah er zum Haus hinüber. Aus der Distanz wirkte es gemütlich und ließ ihn den Ärger über den baulichen Zustand fast vergessen. Links vom Haus befand sich Sechtem, das Dorf, in dem er seine Kindheit verbracht hatte. Ein Vogelschwarm zog über den Himmel in Richtung Süden. Die Bäume, die um ihn herumstanden, warfen bei jedem Windstoß farbige Blätter ab. Nur noch wenige Wochen, dann würde sich Raureif über ihren kahlen Ästen ausbreiten.

Stephan öffnete seinen Ordner. Gestern Abend hatte er sich entschieden, weiter in alle Richtungen zu ermitteln. Er wollte nicht den gleichen Fehler machen wie die Kollegen damals und sich nur auf eine Lösung versteifen.

Er las alle Aussagen, die er bisher erhalten hatte. Dann blätterte er zum Anfang zurück und fuhr mit dem Zeigefinger über die Namensliste der Clique. Bei Cornelia Cornelius stoppte er. »Studium Rechtswissenschaft in Köln« hatte er sich neben dem Namen notiert. Keine Adresse. Stephan konnte Lutz um Hilfe bitten, doch vorher wollte er etwas anderes ausprobieren. Er holte sein Handy hervor und rief die Auskunft an. Er gab den Namen durch und hoffte, dass Conny nicht durch eine Heirat einen anderen Namen angenommen hatte. Wenige Sekunden später hörte er die angefragte Telefonnummer. Er notierte sie neben Connys Namen.

»Bingo«, murmelte er und drückte die Ziffern auf seinem Handy. Es klingelte. Niemand hob ab, es meldete sich nur ein Anrufbeantworter.

»Hier Conny. Bin nicht da. Wenn es wichtig ist, quatsch mir etwas aufs Band. Aber nur, wenn es wichtig ist. Verstanden?«

Stephan wartete auf das Piepen und sagte: »Stephan Tries hier. Der Bruder von Natalie, die 1985 verschwunden ist. Ich muss mit dir reden. Bitte ruf mich baldmöglichst zurück.«

Er hinterließ seine Handynummer und beendete den Anruf. Die Kirchturmglocke schlug zehn. Stephan lehnte sich zurück und schloss die Augen.

Spätestens wenn die Glocke am Abend sieben Uhr schlug, hatte er zurück nach Hause gemusst. Eine Regel seines Vaters, die er und Natalie stets befolgt hatten. Stephan runzelte die Stirn, als ihm klar wurde, warum sie nie versucht hatten, die Regel zu brechen. Ihr Vater wäre fuchsteufelswild geworden und hätte sie tagelang mit Hausarrest bestraft. Davor hatten sie beide Angst gehabt.

Sein Magen knurrte. Er kletterte vom Baum und ging zurück ins Haus. In der Küche leuchtete ihm der letzte Apfel aus der Obstschale entgegen. Er griff ihn und biss beherzt hinein. Genüsslich kaute er und nahm sich vor, Nachschub bei Schmitz-Hübsch zu besorgen. Dabei fiel ihm Dirk Bauer ein. Der sollte da doch arbeiten. Praktisch, so konnte er gleich zwei Dinge auf einmal erledigen, Äpfel kaufen und Dirk Bauer auf den Zahn fühlen.

***

Keuchend hielt Stephan auf dem Hof von Schmitz-Hübsch. Dass er so sehr aus der Puste war, wunderte ihn nicht. Sport kannte er seit Jahren nur noch aus dem Fernsehen, und als Kommissar wurde er körperlich auch nicht sonderlich gefordert.

Als er sein Rad an den orange angestrichenen Deutz-Traktor lehnte, der am Eingang zum Apfelladen stand, kam eine Mutter mit ihren zwei pubertierenden Söhnen heraus.

»Frisch geduscht?«, fragte einer der beiden und brach in schallendes Gelächter aus. Sein Bruder fiel mit ein. Ihre Mutter rief sie zwar zur Ordnung, doch waren sie aus dem Alter heraus, dass sie sich noch so banale Vorschriften machen ließen. Im Weggehen rief ihm der eine noch über die Schulter zu: »Bisschen Training würde helfen.«

Stephan winkte grinsend ab und ging in den Laden. Im Inneren roch es süßlich nach frisch geernteten Äpfeln. Links und rechts entlang der Hallenwände standen riesige Holzkisten, in denen die unterschiedlichen Apfelsorten lagerten. Elstar, Braeburn, Fuji, Pilot und Pinova stand auf den Schildern, die an den Kisten hingen.

Jetzt, am frühen Vormittag, war nicht viel los. Eine blonde Verkäuferin mit ausgeprägten Hüftrollen unter ihrem Kittel füllte an der Theke in der Mitte des Ladens einige Gläser mit Apfelsaft.

»Ganz frisch. Probieren Sie ruhig mal«, sagte sie. Nachdem sie Stephan näher betrachtet hatte, ergänzte sie mit einem mitleidigen Blick: »Ich kann Ihnen auch etwas Wasser holen.«

»Nein, besten Dank«, erwiderte er rasch. So langsam wurde es peinlich. Er griff nach dem Glas und probierte. Die leichte Säure des Apfelsaftes stillte seinen Durst.

»Der Liter nur einen Euro. Ganz frisch«, bekräftigte die Verkäuferin.

»Später vielleicht«, gab Stephan zurück. »Ich suche einen Mitarbeiter von Ihnen, Dirk Bauer.«

»Den Dirk?« Die Frau runzelte die Stirn und fragte argwöhnisch: »Was wollen Sie denn von dem?«

»Der alten Zeiten wegen«, gab sich Stephan betont freundlich und lächelte. »Er hat jahrelang bei meinem Onkel gearbeitet, im ›Erwins Eck‹.«

Die Miene der Frau hellte sich auf. »Ja. Das waren Zeiten.« Sie vollführte einen ungelenken Hüftschwung. »Da war ich früher immer tanzen. Und Erwin ist Ihr Onkel?«

Stephan nickte, versuchte sich zu erinnern, ob er der Frau vor sich jemals in »Erwins Eck« begegnet war. »Ich bin erst vor Kurzem wieder hierher gezogen und suche jetzt meine alten Bekannten«, erklärte er und hatte damit noch nicht mal gelogen.

Die Verkäuferin wies mit der Hand zur Tür. »Durch die Tür, an der Halle vorbei, dann rechts. Dirk ist irgendwo auf der Plantage unterwegs. Sie können ihn nicht übersehen.«

Wie Soldaten in Reih und Glied standen die Apfelbäume, die mehr mannshohen Büschen glichen, auf der Plantage. Stephan schritt den Hauptweg entlang, der die Plantage mittig teilte, auf drei Männer zu, die mit einem feinmaschigen Netz hantierten. Erst als er näher kam, fiel ihm auf, dass einer von ihnen über den Baumkronen zu schweben schien. Als er auf gleicher Höhe war, sah er warum. Der Mann hatte stelzenähnliche Metallverlängerungen mit Gurten an seinen Beinen befestigt. Geübt bewegte er sich damit fort und spannte die Netze, die ihm die anderen Männer anreichten, über die Bäume.

»Ist gegen die Vögel«, erklärte der rechte, ein schmaler Jüngling von vielleicht achtzehn Jahren, freundlich. Anscheinend war hier fremder Besuch nichts Ungewöhnliches.

Der Stelzenmann blickte zu ihnen herunter und runzelte die Stirn. »Stephan?«, fragte er und rief dann freudig aus, ohne eine Antwort abzuwarten: »Das gibt's doch nicht!«

Der schmächtige Alte, der mit blankem Oberkörper neben dem Jungen stand, grinste. »Ich glaube, da haben sich zwei alte Kumpels wiedergetroffen.« Er klatschte mit der flachen Hand dem Jungen auf die Schulter und entschied: »Zeit für eine Pause.«

Die beiden machten sich auf den Weg zur Halle, und Stephan blieb mit Dirk allein zurück.

»Wie kommst du denn da runter?«, fragte Stephan neugierig. Dirk grinste und deutete mit dem Zeigefinger nach Osten. Mit riesigen Schritten stapfte er in die angezeigte Richtung. Stephan hatte Mühe, ihm zu folgen. Nachdem sie an etwa zehn Baumreihen vorbeigelaufen waren, sah Stephan einen Traktoranhänger mit einer brusthohen Pritsche, auf der Dirk Platz nahm.

»Klettere am besten hier rauf. Dann haben wir eine Höhe. Aber vorher kannst du mir die Wasserflasche reichen. Im Rucksack unter der vorderen Achse.«

Stephan brauchte nicht lange zu suchen. Er reichte Dirk die Flasche und setzte sich neben ihn.

»Freut mich, dass du mal vorbeischaust«, sagte Dirk, als er seinen ersten Durst gestillt hatte. »Alte Bekannte wollen sonst eher nichts mit mir zu tun haben.« Seine Miene verfinsterte sich, sein Blick ging in die Ferne.

»Kann ich mir vorstellen«, bemerkte Stephan.

Dirk schnaubte verächtlich durch die Nase. »Aha, du weißt also auch schon von meinem Fehltritt mit der jungen Frau.«

»Vergewaltigung ist kein Fehltritt«, korrigierte Stephan mit scharfer Stimme, »sondern eine Straftat. Und der Grund, warum ich hier bin.« Er blickte forschend zu Dirk. Wie würde er reagieren?

Nach sekundenlangem Schweigen, das Stephan wie eine Ewigkeit vorkam, lächelte Dirk und sah ihn an. »Es hat mit Natalie zu tun, nicht wahr?«

Überrascht riss Stephan die Augen auf. »Woher weißt du das?«

Dirk winkte ab. »Ich liebe Arthur Conan Doyle. Sherlock Holmes und dessen Ausschlussverfahren kennst du sicherlich.«

Stephan erinnerte sich an seine Zeit an der Fachhochschule. Er hatte dort so oft Zitate des bekanntesten englischen Detektivs gehört, dass sich die meisten in sein Gedächtnis eingebrannt hatten.

»Hat man das Unmögliche eliminiert, so muss, was übrigbleibt, mag es noch so unwahrscheinlich erscheinen, die Wahrheit sein?«

»Genau!« Dirk grinste. »Der Rest war Intuition. Lass es uns hinter uns bringen. Um was geht's?«

Dirk war Stephan irgendwie sympathisch. Wenn da nicht die ungeklärte Sache mit Natalie wäre, hätte er durchaus Lust gehabt, mit ihm mal ein Bier trinken zu gehen.

»An Natalie kannst du dich also noch erinnern.«

Dirk nickte, sah wieder versonnen in die Ferne. »Süßer Käfer.«

»Ich habe ihr Tagebuch gefunden. Darin schreibt sie, dass sie sich verfolgt fühlte.« Stephan beobachtete Dirk, der die Information ohne sichtbare Regung aufnahm. Irgendwo in der Nähe fiel ein Apfel rumpelnd zu Boden. Nach einer Weile sagte Stephan: »Derjenige muss sein Handwerk verstanden haben, denn von Natalie ist er nicht erkannt worden.«

Mit einem leichten Lächeln im Gesicht sagte Dirk: »So gut war ich damals noch nicht. Sie hat mich einige Male bemerkt, aber da sie mich kannte, hielt sie unsere Begegnungen für zufällige Zusammentreffen.« Er nahm einen Schluck aus der Wasserflasche.

Stephan ballte die Fäuste. Jegliche Sympathie für Dirk war blitzartig verschwunden. »Wie weit bist du gegangen?«

Dirk lachte leise. »Es ist immer das Gleiche, es hört nie auf.« Er wandte sich Stephan zu. »Pass auf! In den Achtzigern war ich noch lange nicht so weit, meinen Phantasien nachzugeben. Ich habe Natalie nachgestellt, aber mit ihrem Verschwinden habe ich nichts zu tun.«

Stephan wich Dirks Blick nicht aus. »Warum sollte ich dir glauben?«

»Musst du gar nicht. Aber anhängen kannst du mir die Sache auch nicht, da ich nichts damit zu tun habe. Versuch es ruhig, du wirst nichts finden.« Dirk wandte sich ab und sah wieder nach Sechtem hinüber.

Stephan hatte die Resignation in seiner Stimme gehört. Er spürte, dass er die Wahrheit sagte. Aber ganz gleich, ob er mit seinem Bauchgefühl richtig lag oder nicht: Dirk nachzuweisen, dass er etwas mit dem Verschwinden von Natalie zu tun hatte, war ohnehin fast unmöglich. Stephan beschloss, sich zunächst damit zufriedenzugeben, dass er den Urheber von Natalies Verfolgungsängsten ausfindig gemacht hatte. Wenn andere Hinweise und Spuren ihn nicht weiterbrachten, könnte er Bauer später immer noch unter Druck setzen.

»Viel zu erzählen habt ihr euch ja nicht nach all den Jahren.« Dirks Kollegen waren von Stephan unbemerkt aus der Pause zurückgekehrt.

Dirk stand mit einer eleganten Bewegung auf und sagte von oben herab: »Lasst uns weitermachen. Mein ›Freund‹ wollte sowieso gerade gehen.« Ohne Stephan eines weiteren Blickes zu würdigen, stapfte er auf seinen Metallstelzen davon.

Der Jüngling hob die Augenbrauen und fragte: »Was hat der denn?«

Stephan sah Dirk nachdenklich hinterher. »Ich bin ihm wohl auf die Stelzen getreten.«

Auf dem Rückweg hielt Stephan noch kurz am Friedhof an der Händelstraße an, um nach dem Grab seiner Mutter zu sehen.

Er stellte gerade sein Rad ab, als das Klingeln seines Handys die Friedhofsruhe störte. Rasch meldete er sich.

»Cornelia Cornelius hier. Um zwölf im ›Baden Baden‹, am Neptunbad in Ehrenfeld. Schaffst du das?« Sie hatte es offensichtlich eilig.

Stephan bestätigte knapp, beendete das Gespräch und machte sich auf den Heimweg.

***

Um zehn nach zwölf rührte Stephan seinen ersten Kaffee um, Cornelia war noch nicht aufgetaucht. Hier im Café »Baden Baden« war er noch nie gewesen. Schade, wie er für sich selbst feststellte. Die dunklen, massiven Holzmöbel gefielen ihm, die Bedienung war freundlich, die Preise angenehm.

Von Cornelia erhoffte sich Stephan, eine andere Sichtweise des Abends zu bekommen. Eine, die nicht von Feindschaften, Eifersüchteleien oder verschmähter Liebe geprägt war. Schließlich schien Cornelia damals die Einzige gewesen zu sein, der Natalies Verschwinden ehrlich naheging.

»Da du der einzige Mann hier bist, gehe ich davon aus, dass Natalies Bruder vor mir sitzt«, sagte eine Frau, die an seinen Tisch getreten war. Stephan stand auf und gab ihr die Hand.

»Ich muss mich schwer verändert haben.«

Sie lachte, wedelte mit der Hand in der Luft herum und antwortete: »Och, mach dir nichts draus. Bist ja nicht der Einzige, dem es so geht.«

Sie setzten sich.

»Danke für deinen schnellen Rückruf. Schickes Café hast du ausgesucht«, begann Stephan die Unterhaltung.

Cornelia überging die Bemerkung, winkte die Kellnerin heran und bestellte sich ein Bier und zwei Stücke Schwarzwälder Kirschtorte. Bevor Stephan eine Frage stellen konnte, klingelte ihr Handy. Sie nahm das Gespräch an. Laut und wild gestikulierend redete sie mit ihrem Gesprächspartner, als ob sie allein in dem Café wäre.

Stephan schmunzelte. Cornelia schien eine resolute Persönlichkeit zu sein, die sich nicht um die Meinung anderer scherte. Ihr Kurzhaarschnitt passte dazu, genau wie ihre untersetzte Figur und die ausgewaschene Kleidung. Als die Kellnerin die Torte brachte, beendete Conny das Gespräch mitten im Satz.

»Ah! Ich liebe Schwarzwälder Kirsch. Lass ich alles für stehen«, sagte sie mit vollem Mund.

Stephan grinste. »Habe ich bemerkt. Ziemlich abruptes Ende. Der Anrufer wird sauer sein.«

»Woher weißt du, dass es ein Mann war?«

Stephan runzelte die Stirn. Er wusste nicht, worauf sie hinauswollte. Plötzlich stieß sie mit der Kuchengabel in seine Richtung. »Du hast Anrufer gesagt. Nicht Anruferin.«

Stephan zuckte mit den Schultern. Er verspürte keine Lust, sich auf eine feministische Diskussion einzulassen. »Okay, Fehler von mir. Trotzdem wird derjenige oder diejenige ärgerlich sein.«

Cornelia winkte mit der freien Hand ab. »Kein Problem. War meine Mutter, die ist das gewöhnt. Kommen wir mal zur Sache. Um was geht's? Ich muss in einer halben Stunde beim Gericht sein.«

Stephan folgte ihrer Aufforderung. »Kanntest du meine Schwester gut?«

Cornelia antwortete wieder ungeniert mit vollem Mund. »Gut genug«, nuschelte sie.

Stephan überlegte kurz. Er beschloss, gezielt und ohne Umschweife vorzugehen. »Hatte sie Feinde?«

Cornelia lachte auf. »Eine Siebzehnjährige? Das meinst du doch nicht ernst, oder?«

»Nun, ich habe einige eurer gemeinsamen Freunde von damals befragt. Nicht alle waren gut auf meine Schwester zu sprechen.« Er winkte die Kellnerin heran und bestellte noch einen Kaffee.

Cornelia stopfte sich den letzten Bissen in den Mund. »Köstlich«, sagte sie und schob mit einem zufriedenen Grinsen den leeren Teller zur Tischmitte.

»Edeltraud zum Beispiel war maßlos eifersüchtig«, gab Stephan sein Wissen preis.

Cornelia nickte. »Ja, richtig, ich erinnere mich. Edeltraud glich einer angriffslustigen Wespe, wenn Natalie in ihrer Nähe war. Also gut«, sagte sie und beugte sich nach vorne. Die Kellnerin stellte den Kaffee vor Stephan ab. Er achtete nicht weiter darauf, sondern hörte Cornelia aufmerksam zu.

»Natalie hatte die Angewohnheit, jeden vor den Kopf zu stoßen. Edeltraud hast du ja bereits erwähnt. Uwe kommandierte sie rum, obwohl oder weil er unsterblich in sie verliebt war. Bei Max war es ähnlich. Über Jürgen lästerte Natalie, wo sie nur konnte. Sie fand ihn gut aussehend, konnte aber sein Gelaber nicht ertragen. Dietmar hätte deine Schwester gerne als seine neue Bordsteinschwalbe vorgeführt, aber sie ließ ihn zappeln, flirtete nur. Ich glaube, Natalie schnallte gar nicht, dass Dietmar ein Lude war.«

Stephan verschluckte sich und hustete. »Moment, warte mal. Dieser Dietmar war ein Zuhälter?«, krächzte er überrascht.

»Ist offensichtlich neu für dich«, grinste Cornelia. Auf ihrer Stirn bildeten sich Falten. »Ich habe mich einige Male gefragt, ob Natalie sich vielleicht irgendwann entschieden hat, mit Dietmar ein neues Leben anzufangen.«

»Als Prostituierte?«, fragte Stephan ungläubig.

»Ja, klar. Warum nicht als Nutte? Natalie faselte oft vom Abhauen. Nur die Sorge um das liebe Geld schien sie zurückzuhalten. Als Nutte hätte sie ein gesichertes Einkommen gehabt.«

»Nein, nein, nein!«, wehrte Stephan ab. »Ich kann mir nicht vorstellen, dass Natalie eine …« Er verstummte und rieb sich müde die Augen.

»Und damit machst du den gleichen Fehler wie die Bullen damals.«

Stephan blickte Cornelia erstaunt an. »Woher weißt du, wie damals ermittelt wurde?«

»Weiß ich nicht. Ist nur eine Vermutung von mir.« Sie trank ihr Bier leer. »Ich muss jetzt los. Du kannst mich jederzeit anrufen, die Sache mit Natalie interessiert mich sehr. Danke für die Einladung.« Sie grinste Stephan spitzbübisch an und stand auf.

Er nickte und verlangte die Rechnung. »Eine Frage musst du mir dafür aber noch beantworten.«

Cornelia sah auf die Uhr. »Wenn es sein muss. Ihr Männer wollt für einen Gefallen immer eine Gegenleistung.« Sie verdrehte gespielt die Augen.

»Womit hat Natalie dich vor den Kopf gestoßen?«, fragte Stephan.

Sie lächelte ihn an. Dann kramte sie in ihrem ausgefransten Rucksack, holte eine Visitenkarte hervor und reichte sie ihm. Er las den Text leise vor: »RA Cornelia Cornelius, Lesben- und Schwulenverband Köln.« Es folgten Adresse und Telefonnummern.

»Fällt der Groschen?«, fragte Cornelia. Stephan starrte weiterhin schweigend auf die Karte. »Ich habe Natalie abgöttisch geliebt. Sie war so hübsch, hatte eine so geile Figur. Doch sie war durch und durch hetero. Redete immerfort von Jungs, wen ich besser fände und so einen Scheiß. Ich hätte ihr die Augen auskratzen können. Sie war so naiv. Meine Annäherungsversuche hat sie gar nicht bemerkt. Vermutlich wusste sie gar nichts von gleichgeschlechtlicher Liebe. Ich wollte es ihr immer und immer wieder gestehen. Aber ich verschob meine Beichte von Wochenende zu Wochenende, bis es zu spät war.«

Die Kellnerin kam an den Tisch und Stephan bezahlte. Gemeinsam gingen sie hinaus. Inzwischen hatte es angefangen zu regnen. »So ein Mist!«, fluchte Cornelia und spannte einen Schirm auf.

Stephan zog die Schultern nach oben. »Da sagst du was«, murmelte er und machte sich auf den Weg zu seinem Wagen.

Dietmar Dotter ein Zuhälter. Das ist ja mal eine Information, dachte Stephan. Er bog auf die Aachener Straße, fuhr in Richtung Rudolfplatz. War Natalie so verrückt gewesen und hat mit Dotter angebändelt? Wenn nicht aus Liebe, dann vielleicht aus Verzweiflung? Hoffte sie, dass Dotter sie aus dem verhassten Elternhaus befreite? Nutzte der Zuhälter vielleicht sogar Natalies Unerfahrenheit aus und reihte sie in seinem Stall ein? Stephans Magen krampfte sich zusammen bei diesem Gedanken. Er musste mit Dotter sprechen, das war klar. Zuvor musste er aber erst einmal Dotters Adresse ausfindig machen.

Er steuerte am Neumarkt vorbei, parkte wenig später den Wagen im Kaufhof-Parkhaus und stieg aus. Dotter musste warten. Zunächst wollte er etwas anderes ausprobieren.

Er ging die Kölner Schildergasse entlang und betrat die Mayersche Buchhandlung. Im dritten Stock öffnete er die Schubladen mit den Deutschlandkarten. In dieser Abteilung war es ruhig. Nur zwei weitere Kunden interessierten sich für Reiseführer, die alphabetisch geordnet auf Bücherregalen längs der Wände standen.

»Kann ich Ihnen helfen?«

Stephan drehte sich um. Eine zierliche Verkäuferin stand vor ihm. Unscheinbarer Bücherwurm, dachte Stephan, aber sehr hübsche Augen. »Ich benötige gute Deutschlandkarten, unterschiedliche Maßstäbe. Europa wäre auch nicht schlecht. Vielleicht auch einen guten Straßenatlas.«

Die Verkäuferin hob die Augenbrauen. »Alles auf einmal? Darf ich fragen, was Sie vorhaben?«

»Tja«, antwortete Stephan. »Ich suche meine Schwester, die vor Jahren verschwunden ist. Ich hoffe, dass mich die Karten inspirieren.«

Sie schüttelte leicht den Kopf. »Und sie meinen, so könnte es funktionieren? Ziemlich ungewöhnlich.«

Stephan hatte Zweifel in ihrer Stimme gehört. Er glaubte selbst nicht daran, dass er so zum Erfolg kommen würde. Doch er wollte keine auch noch so unwahrscheinliche Möglichkeit außer Acht lassen.

»Wussten Sie, dass im neunzehnten Jahrhundert Fingerabdrücke als Humbug abgetan wurden? Ermittler, die diese neue Technik einsetzten, galten als Spinner. Die Feststellung von Fingerabdrücken war damals neu und ungewöhnlich.«

Die Verkäuferin lächelte. »Ja, davon habe ich gehört. Aber egal, vor mir brauchen Sie sich nicht zu rechtfertigen.«

Stephan zuckte mit den Schultern und lachte verlegen. »Ich will mich nur selbst überzeugen, dass es funktionieren könnte.«

»Das gibt es immer wieder. Manchmal kommt einem ja auch der Zufall zu Hilfe, also versuchen Sie es ruhig. Ich kann Ihnen ein paar wirklich tolle Karten empfehlen. Kommen Sie bitte mit.« Sie schob die Schublade, die Stephan geöffnet hatte, wieder zu und ging voran. Stephan folgte ihr lächelnd. Und wenn es der Zufall ist, der mir hilft, dachte er, Hauptsache, ich habe Erfolg.

Mit mehreren Papprollen unter der linken Achsel und einem Straßenatlas in der rechten Hand verließ er die Buchhandlung. Die Schildergasse hatte sich merklich gefüllt. Stephan musste aufpassen, niemanden mit seinen Rollen anzurempeln. Als er das Parkhaus betrat, klingelte sein Handy. Er versuchte umständlich, mit der linken Hand in die rechte Hosentasche zu greifen, um es herauszuholen. Zwar gelang es ihm, dabei fielen jedoch die Papprollen herunter. »Mist«, fluchte er. Mit einem Fußtritt rollte er die Karten von der Parkplatzzufahrt und nahm gleichzeitig das Gespräch an.

»Störe ich dich?«, fragte Charlotte. »Du klingst verärgert.«

Stephans Stimmung besserte sich sofort. Er schmunzelte über Charlottes Talent, Stimmen zu deuten. »Ist schon in Ordnung. Habe nur ein kleines Transportproblem. Ist was Wichtiges?«

»Kannst du mir morgen helfen? Es sind noch so viele Sachen für die Geburtstagsfeier meiner Mutter zu erledigen. Johannes und Wolfgang habe ich auch schon einspannen müssen. Ich hätte das Ganze doch besser in einem kleineren Rahmen halten sollen.«

Stephan hörte sie seufzen. Er hatte ihr vor Wochen geraten, das ganze Vorhaben bescheidener zu gestalten. Aber Charlotte hatte darauf hingewiesen, dass diese Feier vielleicht die letzte war, bei der ihre Mutter noch annähernd etwas mitbekommen würde. Er verkniff sich eine rechthaberische Bemerkung und sagte: »Ich muss abends zu Christines Freund. Tagsüber kann ich dir helfen.«

»Klasse! Komm nachher vorbei. Wir können dann besprechen, was noch ansteht.«

Stephan sagte zu und verabschiedete sich. Er bückte sich, sammelte die Rollen auf und legte sie diesmal quer über die Unterarme. Gerade, als er alles in eine stabile Lage gebracht hatte, klingelte sein Handy erneut.

»Das gibt es doch nicht. So ein Mist!« Zunächst wollte er das Gespräch ignorieren. Aber als er auf dem Display Jablonskis Nummer erkannte, hob er die Arme, klemmte die Rollen unter sein Kinn und presste das Handy an sein Ohr.

»Nee, Sie sind ja doch da. Ich wollte mit Ihnen noch über den Zeitplan reden. Sollen wir das am Telefon machen?«

Stephan verdrehte die Augen. Manchmal kam alles zusammen.

Ein Ehepaar ging mit breitem Grinsen im Gesicht an ihm vorüber. »Akrobat im Parkhaus«, sagte der Mann zu seiner Frau.

Stephan drehte sich genervt weg. »Bin in zwanzig Minuten da. Warten Sie bitte so lange.«

Fluchend machte er sich auf den Weg.

***

Teutschner saß auf einer Bank in der Eingangshalle der Kölner Uniklinik und wartete auf sein Taxi. Erschöpft blickte er auf seine Hände, die unkontrolliert zitterten. Eine Nebenwirkung der Chemotherapie. Teutschner sah auf. Patienten mit grauer Hautfarbe standen unter dem Dach des Eingangsportals und rauchten. Selbst mit lebensbedrohlicher Krankheit war die Motivation nicht groß genug, die Sucht zu besiegen. Warum auch? Es war doch eh zu spät.

Er griff nach seiner Tasche, stand auf und kaufte sich im Kiosk ein Päckchen Zigaretten. Wieder draußen, bat er einen anderen Patienten um Feuer. Im selben Moment fuhr sein Taxi vor. Teutschner zündete noch schnell die Zigarette an und ging zum Wagen. Während er sich auf den Beifahrersitz schob, verstaute der Fahrer die Tasche im Kofferraum. Als er einstieg, sah er Teutschner missgelaunt an. »Sie haben ein Nichtrauchertaxi bestellt.« Er tippte auf das große rot-weiße Schild mit der durchgestrichenen Zigarette über der Mittelkonsole.

»'tschuldigung«, murmelte Teutschner, ließ das Beifahrerfenster ein Stück herunter, zog noch mal kräftig am Filter und warf die Zigarette raus. Er nannte dem Fahrer seine Adresse. Sie schwiegen während der gesamten Fahrt. Teutschner war nicht traurig darüber. Er fühlte sich müde und ausgelaugt, wollte nur noch ins Bett. Am Wochenende würde er Kraft tanken für den Endspurt. Diese Tage der Ruhe musste er sich gönnen, damit er genug Energie hatte, um sein Vorhaben abzuschließen. Am Montag würde er Frau Tries, die Frau des Kneipenbesitzers, besuchen. Er spürte, dass er sich mit ihr befassen musste. Und das so schnell wie möglich.

Teutschner fluchte leise. So viel hatte er sich vorgenommen, als er hier ins Rheinland gezogen war. Er wollte nicht rasten, bis er nicht noch mal allen, die damals dabei gewesen waren, auf den Zahn gefühlt hatte. Um den Punkt zu finden, an dem er den Hebel ansetzen konnte. Doch die Krankheit zerrte an seinen Kräften, saugte ihn leer wie ein Blutegel. Morgens musste er sich zwingen, die Augen zu öffnen, viel zu schnell fraß sich dieses Geschwür durch seinen Körper. Aber nicht nur sein ausgelaugter Körper machte ihm zu schaffen. Schlimmer noch war die Todesangst, die sich in seinem Kopf eingenistet hatte, dort dumpf brütete und das Atmen immer schwerer machte. Jeden Tag kämpfte er um wenige Minuten, in denen er sich aufraffen konnte, um sein letztes Vorhaben in die Tat umzusetzen. Noch gewann er ab und zu diesen Kampf. Aber die Siege wurden selten.

***

Stephan warf seinen Schlüssel auf die Flurkommode und ging ins Bad. Anstrengende Stunden bei Charlotte lagen hinter ihm, in denen er überwiegend schwere Holzmöbel verrückt hatte. Nun musste er noch duschen, bevor er zum Treffen mit Christines Freund aufbrach.

Im Haus war es ruhig. Jablonski würde erst am Dienstag wieder auftauchen. Im Sechtemer Gewerbegebiet hatte der Sturm ein Hallendach derart stark beschädigt, dass der Einsturz drohte. Das hatte Vorrang.

Stephan stellte die Brause an. Morgen würde die große Geburtstagsfeier steigen. Obwohl er sich darauf freute, endlich Charlottes restliche Familie kennenzulernen, ärgerte es ihn, dass er wieder einen Tag verlor. Andererseits kam es nach über zwanzig Jahren auf einen Tag mehr oder weniger wohl nicht an. Nach der Dusche griff er ein Handtuch und rubbelte sich ab. Prüfend tastete er über die Narbe am Bauch und betrachtete sie gleichzeitig im Spiegel. Ein blassroter Strich, gut verheilt. Trotzdem quälten ihn hin und wieder noch Schmerzen. Wer konnte schon genau sagen, wie es unter der Oberfläche aussah? Stephan rasierte sich und zog sich an. Nach einem schnellen Kaffee im Stehen schnappte er sich seinen Wagenschlüssel und verließ das Haus. »Da bin ich ja mal gespannt«, murmelte er und schloss die Tür hinter sich.

***

Auf dem Parkdeck der Brühler Giesler-Galerie war nicht mehr viel los, als Stephan um kurz nach acht seinen Wagen abschloss. Er ging an dem ehemaligen Brauturm vorbei, durchquerte das Einkaufscenter und verließ es gleich wieder am Haupteingang. An der Uhlstraße Ecke Janshof blieb er stehen und betrachtete Kenans Dönerladen von außen. Wie zu erwarten war, drehte sich hinter dem Schaufenster ein Spieß, bespickt mit goldbraunen Fleischfetzen. Besucher sah Stephan nicht, auch keine Bedienung. Er hatte gehofft, sich zunächst einen optischen Eindruck von Kenan machen zu können. Wenn er jetzt den Laden betrat und ihn ein Turban tragender Mann mit Vollbart begrüßte, müsste er seine Überraschung gut verbergen.

Es half nichts. Stephan fasste sich ein Herz, überquerte die Straße und betrat Kenans Laden. Ein Glöckchen über der Tür bimmelte, doch niemand erschien. Stephan wartete geduldig, las währenddessen die Speisekarte, die oberhalb der silbrigen Dunstabzugshaube angeschlagen war. Rasch stellte er fest, dass nichts zu finden war, was er nicht erwartet hätte. Ein typisch deutsch-türkischer Speisenmix aus Fritten, Currywurst, Krautsalat und Kebab.

Der Geruch nach frischen Zwiebeln und gebratenem Dönerfleisch ließ Stephans Magen knurren. Erst jetzt registrierte er, dass er seit dem Frühstück nichts mehr gegessen hatte. Wird Zeit, dass dieser Kenan endlich auftaucht, dachte er amüsiert und freute sich auf eine große Portion Irgendwas, dazu Bier zum Runterspülen, selbstverständlich auf Kosten des Hauses.

Nach ein paar Minuten beschloss Stephan, auf die Suche nach dem Hausherrn zu gehen. Vom Verkaufsraum gelangte er in einen kleinen, fensterlosen Raum, der offensichtlich als Pausenraum diente. Ein Durchgangszimmer. Zeitschriften lagen auf einem Tisch, obenauf die Hürriyet, daneben eine angebrochene Flasche Wasser und zwei Gläser. Ein kleiner Fernseher stand auf dem Schränkchen neben der hinteren Tür. Stephan öffnete sie und sah nicht nur den Innenhof des Gebäudes, sondern auch Christine, eng umschlungen und hemmungslos knutschend mit einem südländisch aussehenden Mann. Stephan zweifelte keine Sekunde daran, dass es sich bei diesem Mann um Kenan handelte.

Kurz überlegte er, die Tür leise wieder zu schließen. Aber er hatte keine Lust, noch länger zu warten. Daher räusperte er sich lautstark.

Christine öffnete ihre Augen und sah mit verklärtem Blick zu ihm herüber. Als sie registrierte, wer sie beobachtete, kämpfte sie sich aus

Kenans Umarmung und stammelte: »Ähm, hallo Paps. Darf ich dir Kenan vorstellen?«

Der junge Mann grinste frech, doch seine geröteten Wangen verrieten, dass ihm die Situation peinlich war.

Stephan verkniff sich ein Schmunzeln und spielte den entsetzten Vater. Er verschränkte die Arme auf dem Rücken und sah Kenan streng an. »Kenan, so so. Eine ganz besondere Überraschung haben Sie sich da für mich ausgedacht.«

Kenans Grinsen verflog, und er sah Hilfe suchend zu Christine. Die sagte ärgerlich: »Ich bin kein Kind mehr!«

Stephan konnte sich nicht länger beherrschen und lachte los. »Ihr müsstet euch mal sehen. Nicht mehr viel übrig von den selbstbewussten Twens.« Er gab Kenan die Hand und ergänzte: »Gibt es hier auch was zu essen? Oder ernährt ihr euch nur von Luft und Liebe?«

Um kurz vor zehn verließ Stephan gut gelaunt Kenans Laden. Er verspürte keine Lust, nach Hause zu fahren und sich vor die Glotze zu setzen. Kurz entschlossen entschied er daher, seine Exfrau Monika zu besuchen. Sicherlich fieberte sie schon ungeduldig seiner Meinung über Kenan entgegen.

Zwanzig Minuten später unterquerte er die Kölnarena und bog vor dem LVR-Gebäude gegenüber des Ottoplatzes in die Neuhöfferstraße ein. Der Mexikaner an der Ecke war gut besucht, und Stephan nahm sich vor, falls er mit seinem Besuch ungelegen kommen würde, hier noch auf ein Bier einzukehren. Fünfzig Meter weiter parkte er seinen Golf auf einem Anwohnerparkplatz, da nichts anderes frei war.

Monikas Wohnung befand sich in einem alten, gepflegten Haus. Der Vorgarten war sauber und durch eine Hecke weitestgehend vor Hundekot gefeit. Auf dem Weg zur Haustür blieb Stephan plötzlich stehen. Er dachte an Monikas Lebensgefährten, wie er ihn vor einigen Monaten drüben in der Kneipe im Deutzer Bahnhof erlebt hatte, als geklärt werden sollte, wo Christine zukünftig wohnen würde. Wenn dieser Spinner da oben auf der Couch hockt und wieder seine gestelzten Sätze ablässt, dann wird mir schlecht, dachte er angeekelt. Christine hatte damals die Flucht ergriffen, da sie sich von Monikas Lebensgefährten sexuell belästigt gefühlt hatte.

Das Schwein! Stephan drehte sich um. Wenn er dem Kerl hier begegnen würde, konnte er für nichts garantieren. Warum dachte er erst jetzt daran? Es war eine Schnapsidee gewesen herzukommen. Warum hatte er geglaubt, dass Monika sich über seinen Besuch freuen würde? Er ging zurück in Richtung Gehsteig, als jemand hinter ihm seinen Namen nannte. Als er sich umwandte, sah er Monika, die ihn erstaunt anschaute, mit einer Mülltüte in der Hand im Hauseingang stehen.

»Was machst du denn hier? Wolltest du heute nicht zu Kenan?«

»Äh … da komme ich gerade her. Ich wollte Bericht erstatten.« Stephan fühlte sich unwohl, aber Monika schien seine Erklärung zu genügen.

»Bin gespannt, was du von ihm hältst. Komm mit rauf.« Sie warf die Mülltüte in den Container, und gemeinsam gingen sie in den zweiten Stock. Stephan hörte klassische Musik, als er Monikas Wohnung betrat. Überrascht sah er sie an.

»Vier Jahreszeiten von Vivaldi«, erklärte sie lachend.

»Schon klar. Ich wusste nicht, dass du auf so etwas stehst.«

»Woher auch? Die Leidenschaft habe ich noch nicht lange. Setz dich.«

Stephan nahm auf dem mit unzähligen Kissen übersäten Sofa Platz. Es war erstaunlich weich und gemütlich. Er runzelte die Stirn und sah sich um. Monika hatte früher eine Vorliebe für eine asketische Einrichtung gehabt und ihrer gemeinsamen Wohnung damit das Flair eines OP-Saales verliehen. Jetzt sah er Lavalampen, in denen träge das Magma rotierte, Kerzen auf jedem sich bietenden Platz und flauschige Teppiche. Monika schien seine Verwunderung bemerkt zu haben und grinste ihn breit an. »Meine neue Einrichtung dürfte deinen Geschmack treffen.«

Stephan nickte. Sie sprühte vor guter Laune und lächelte bezaubernd. Er schluckte. Seit er Monika vor über zwanzig Jahren auf einer Silvesterfeier kennengelernt hatte, hatte sie nie wieder so anziehend gewirkt wie in diesem Moment. Sie strahlte eine erstaunliche innere Ruhe aus. Irritiert rieb er sich mit Daumen und Zeigefinger den Nasenrücken und schloss die Augen.

»Möchtest du Wein? Bier habe ich leider nicht.«

Neugierig fragte Stephan: »Trinkt dein Freund kein Bier?«

Monika lachte und schüttelte den Zeigefinger. »Raffiniert.«

Stephan spürte, dass er rot wurde. Er fühlte sich ertappt.

»Um deine eigentliche Frage zu beantworten«, sagte Monika. »Ich wohne seit einigen Monaten wieder alleine. Es hat bei mir zwar etwas länger gedauert, aber schließlich habe ich kapiert, wie sehr Christine gelitten haben muss. Und? Möchtest du ein Glas Wein?«

Selbst ihre Stimme hatte den harten, kehligen Klang verloren, stellte Stephan fest.

»Ein Glas Wasser genügt«, antwortete er.

Monika ging in die Küche und kam mit seinem Wasser und einem Glas Wein für sich selbst zurück. Sie setzte sich auf den flauschigen Teppich, schlug die Beine unter und sagte: »Nun erzähl mal, wie war es bei Christines Freund?«

Stephan trank einen Schluck und erzählte von seiner Begegnung mit Kenan, ließ dabei auch nicht aus, wie er die beiden ertappt hatte. Dann fasste er zusammen: »Netter junger Mann. Hier geboren und aufgewachsen, spricht fließend deutsch. Auch türkisch übrigens. Sein Vater ist vor über vierzig Jahren als Gastarbeiter zu uns gekommen. Kenan ist zwar Muslim, doch hat er mir versichert, in Glaubensfragen ganz offen zu sein.«

Monika stieß erleichtert die Luft aus. »Gott sei Dank!«

»Eher Allah sei Dank.« Stephan grinste.

»Von mir aus«, sagte Monika. »Es sieht so aus, als ob ich mir umsonst Sorgen gemacht habe. Und jetzt?«

Stephan zuckte mit den Schultern. »Liegt nicht in unserer Hand.« Monika blickte einige Sekunden versonnen zu Boden. Plötzlich lachte sie. Stephan sah sie erstaunt an. »Was ist so lustig?«

Sie winkte ab und nippte an ihrem Wein. »Kannst du dich noch erinnern? Als Christine noch ein Baby war? Da haben wir uns geschworen, dass wir nicht wie unsere Eltern werden. Keine Glucken, die nicht loslassen.«

Er schmunzelte. »Hm, ja, stimmt. Ich bringe inzwischen mehr Verständnis für das Verhalten unserer Eltern auf.«

»Ja. Obwohl dein Vater schon ein besonders schlimmer Fall war.«

Stephan verzog schmerzhaft das Gesicht. Jupp verfolgte ihn.

»Selbst mir wollte er Vorschriften machen«, führte Monika weiter aus.

Stephan drehte wortlos sein Glas in den Händen. Monika bemerkte seine verhaltene Reaktion und winkte ab. »Lassen wir das Thema. Noch etwas Wasser? Es sind auch Eiswürfel im Kühlschrank.«

Eine halbe Stunde später schob Monika ihn kichernd zur Tür hinaus. Ihre Berührung zauberte eine Gänsehaut auf seine Arme. Er hatte den Eindruck, dass Monika ein wenig beschwipst war. Früher hatte sie keinen Tropfen Alkohol getrunken, gönnte ihm noch nicht mal sein abendliches Bier. Eine weitere überraschende Veränderung, die sie ihm sympathisch machte.

ACHT

Samstag, 20. April 1985

Gestern Abend war bei OE nicht viel los. Ungewöhnlich für einen Freitagabend. Jürgen hat lautstark damit geprahlt, dass er für ein geiles Motorrad alles machen würde. Sogar einen Bruch. Wir haben ihn ausgelacht. So ein Quatsch, für ein stinkendes Zweirad einen Besuch im Knast zu riskieren, habe ich gesagt. Jürgen wurde richtig wütend. Ich würde nicht verstehen, was echte Leidenschaft ist. Ich glaube, wenn OE sich nicht zu uns an den Tisch gesetzt hätte, hätte Jürgen noch auf mich eingeprügelt. OE hat ihn beschwichtigt und eine Runde ausgegeben. Dann hat er uns erzählt, dass er sein Leben auch fast weggeworfen hätte. Dabei hat er Jürgen tief in die Augen geschaut, der plötzlich kleinlaut den Kopf einzog. OE erzählte uns, wie er mit zwanzig einige Autos geknackt hatte. Eines nachts erwischte ihn ein Besitzer, der wild nach der Polizei rief und OE an der Jacke festhielt. OE sah keine andere Möglichkeit als den Mann niederzuschlagen. Aber es war zu spät, erwischt wurde er trotzdem. Der Autobesitzer wurde mit Schädelbruch in die Klinik gebracht. Dafür gab es zwei Jahre Knast. Die schlimmste Zeit, die OE je durchmachen musste. Er erzählte uns eklige Szenen von Vergewaltigungen – UNTER MÄNNERN!!! –, von gemeinen Aufsehern und vieles mehr. Ich fand es besonders beklemmend, als er das Gefühl beschrieb, eingesperrt zu sein, den ganzen Tag von Mauern umgeben, und immer nur Befehle ausführen zu müssen. Ob er übertrieben hat? Ich weiß es nicht, doch zum Schluss hat er gesagt, dass er NIE WIEDER hinter Mauern gehen würde. Eher würde er sich umbringen. So wie er es gesagt hat, habe ich keine Zweifel, dass er es ernst meint. Ich habe eine Gänsehaut bekommen. Jürgen hat den ganzen Abend nichts mehr gesagt. Auch das Bier hat ihm nicht mehr geschmeckt. Das Glas stand noch halb voll auf dem Tisch, als er sich als Erster verabschiedete. Ich glaube, OEs Geschichte kam bei ihm genau im richtigen Augenblick. OE scheint ein Gespür für solche Momente zu haben.

***

Stephan rückte seinen Schlips gerade. Er hasste die Dinger. Aber Charlotte hatte keinen Zweifel daran gelassen, dass sie bei der Geburtstagsfeier festliche Kleidung erwartete.

Langsam ging er die Schweppenburgstraße entlang. Schnittige Sportwagen und elegante Limousinen parkten längs des Gehwegs. Vor der Haustür der Grauen Burg blieb er für einen kurzen Moment unschlüssig stehen. Er mochte Menschenaufläufe nicht und brauchte immer eine Weile, bis er sich eingefunden hatte. Einen kurzen Moment spielte er mit dem Gedanken kehrtzumachen. Er hörte die Band, die beschwingt im Garten auf der Rückseite des Hauses aufspielte, und anstatt zu schellen, folgte er einfach der Musik. Im Garten angekommen, blieb er überrascht stehen. Die Feier war bereits in vollem Gange. Männer in eleganten Anzügen flirteten mit Frauen in schicken Abendkleidern. Im Partyzelt leuchteten bunte Lampen. Auf einer kleinen Tribüne spielten ein Schlagzeuger, zwei Gitarristen und ein Keyboarder, dazu sang eine hübsche Sängerin. Kellner in weißen Sakkos servierten Häppchen und Sekt.

Stephan versuchte, ein bekanntes Gesicht zu entdecken. Krampfhaft umklammerte er den Blumenstrauß für Charlottes Mutter. Er spürte, dass seine Hände schwitzten. Der Schlips schien ihm die Luftröhre zuzudrücken. Wie er diese Momente hasste.

»Stephan! Da bist du ja endlich«, rief Charlotte, die gerade auf die Terrasse trat. Mit ausgestreckten Armen kam sie auf ihn zu. Sie griff nach seinen Unterarmen und zog ihn zu sich. Ein flüchtiger Kuss, dann hakte sie sich ein und führte ihn ins Wohnzimmer. Dort saß das Geburtstagskind im Rollstuhl, umlagert von ihren Enkeln.

»Maria kennst du noch nicht.« Charlotte stellte Stephan ihre Tochter vor. Die hatte die schlanke Figur und das rote Haar ihrer Mutter geerbt. Stephan gab ihr die Hand, erntete ein Lächeln. Bevor sie ein paar Worte hätten wechseln können, zog Charlotte schon wieder ungeduldig an seinem Arm. »Ihr könnt später reden. Da sind noch Freunde von mir, die du kennenlernen musst.«

Stephan bremste sie. »Warte. Erst deine Mutter.«

Charlotte lächelte und nickte. Stephan wandte sich an Frau Schmitz. »Herzlichen Glückwunsch«, sagte er, beugte sich zu ihr hinab und drückte ihr den Strauß in die Hand. Sie sah ihn aus freudig glänzenden Augen an und fragte: »Sind Sie nicht der Freund meiner Tochter?«

Überrascht drehte sich Stephan zu Charlotte um. Zum ersten Mal hatte ihre Mutter ihn zuordnen können.

Charlotte strahlte über das ganze Gesicht und zuckte mit den Schultern. »Ich habe ja gesagt, die Feier ist genau das Richtige.«

Eine halbe Stunde später ließ Charlotte ihn allein, da sie sich um das Essen kümmern musste, das gerade vom Caterer angeliefert wurde.

Stephan nahm sich ein Glas Sekt von dem Tablett eines Kellners und schlenderte durch die Menge. Zufrieden summte er die Melodie von *Sweet Home Alabama* mit. Er lachte leise. Kaum zu glauben, dass er vorhin kurz mit dem Gedanken gespielt hatte, einfach nach Hause zu fahren. Er prostete der Sängerin zu, die lächelnd nickte. Wolfgang gesellte sich zu ihm. »Die hat was drauf«, sagte er schmunzelnd.

Stephan nippte an seinem Sekt. »Und sieht dazu noch toll aus.«

Wolfgang lachte und hob tadelnd den Zeigefinger. »Na, na, na. Sie scheinen nicht zu wissen, dass meine Mutter schrecklich eifersüchtig ist.«

»Ein Blick nach links und rechts regt die Phantasie an. Dagegen kann Charlotte doch nichts haben.«

Wolfgang verzog das Gesicht. »Darauf würde ich es an Ihrer Stelle nicht ankommen lassen.«

Stephan stimmte lachend zu.

»Es gibt da eine Angelegenheit«, sagte Wolfgang, »über die ich mit Ihnen reden möchte. Der festliche Anlass heute ist sicherlich nicht optimal dafür, aber morgen muss ich früh in die Kanzlei zurück, und gestern hatten wir aufgrund der ganzen Arbeit keine Gelegenheit.«

Für Stephan war nicht schwer zu erahnen, was Wolfgang mit ihm besprechen wollte. Daher fragte er: »Wohin sollen wir uns zurückziehen?«

»Ich denke, in der Bibliothek stört uns niemand.«

Sie gingen ins Haus und betraten die Bibliothek, in der sich gerade tatsächlich niemand aufhielt. Wolfgang schloss die Tür und kam sofort zur Sache. »Es geht um die Drohbriefe.«

Stephan seufzte. »Ich habe es vermutet.«

Charlottes Sohn hielt die Hände hinter dem Rücken verschränkt und wippte auf den Fußsohlen hin und her. »Was halten Sie davon?«

Stephan setzte sich auf die Lehne eines Sessels. »Ich habe einen Kollegen um Hilfe gebeten und möchte erst das Ergebnis der Spurenuntersuchung abwarten, bevor ich mich festlege.«

»Sie werten den Ernst der Lage also richtig. Gut! Das sollten Sie auch«, ergänzte Wolfgang im scharfen Ton.

Stephan sah überrascht auf.

»Ich liebe meine Mutter und würde alles tun, damit ihr nichts passiert. Rückhaltlos! Das erwarte ich daher selbstverständlich auch von allen anderen, die ihr zugeneigt sind.«

Der Ton gefiel Stephan nicht. Er stand auf und stellte sich breitbeinig vor Wolfgang. »Wir sind hier nicht bei Gericht, also kommen Sie mal wieder runter.«

Wolfgang sah ihn durchdringend an und betonte: »Diese Klarstellung war mir wichtig.«

Sekundenlang duellierten sie sich schweigend mit Blicken. Dann nickte Wolfgang, lächelte und hieb Stephan kameradschaftlich auf die Schulter. »Nichts für ungut. Für heute sollten wir die Sache vergessen und den Abend genießen. Alles zu seiner Zeit, wie ich immer sage.« Er lachte laut.

Stephan wunderte sich, wie schnell Charlottes Sohn umschalten konnte. Die Rechtsverdreher sind doch alle Schauspieler, dachte er und folgte Wolfgang nach draußen.

***

Charlotte lächelte zufrieden. Die Gäste amüsierten sich, das Wetter war beständig trocken, für einen späten Septembertag sogar ungewöhnlich warm, und Sandras Arrangements ließen keine Wünsche offen.

Sie sah auf die Uhr. Pünktlich um zweiundzwanzig Uhr sollte das Feuerwerk losgehen. Noch zehn Minuten. Sie entschuldigte sich bei Stephan, der sich angeregt mit Maria unterhielt, und ging ins Wohnzimmer. Ihre Mutter saß lächelnd im Rollstuhl und klatschte im Rhythmus der Musik.

Charlotte legte ihr zärtlich die rechte Hand auf den Oberarm. »Mama, wir haben draußen noch eine besondere Überraschung für dich vorbereitet.«

»Oh. Ich liebe Überraschungen«, rief Frau Schmitz begeistert und versuchte vergeblich, ihren Rollstuhl in Bewegung zu setzen.

»Warte.« Charlotte löste die Bremsen und schob ihre Mutter auf die Terrasse. Kurz darauf erschienen am Nachthimmel die ersten farbenprächtigen Explosionen. Begleitet wurde das Feuerwerk von Händels Wassermusik. Der Pyrotechniker hatte alles perfekt aufeinander abgestimmt. Charlotte ließ ihren Blick über die Gäste wandern. Zufriedene und glückliche Gesichter staunten in den Himmel.

Gerade explodierte ein besonders prächtiger Stern, da bemerkte sie, dass Johannes nicht mal hinsah. Mit gesenktem Kopf stand er abseits der Gäste im Schatten einer Erle. Charlotte spürte einen Stich. Ihr Sohn schien deprimierter zu sein, als sie bisher angenommen hatte.

***

Stephan lehnte sich an die Theke im Zelt und wartete auf sein Bier.

»Sie sind also derjenige, der seine Schwester sucht.«

Er drehte sich um. Ein großer Mann, die Haare in der Mitte gescheitelt und mit einer dickrandigen Brille auf der Nase, streckte ihm die Hand entgegen.

Verwundert schlug Stephan ein. »Sie wissen, wer ich bin. Leider weiß ich nicht, wer Sie sind«, gab er zu.

Der Mann grinste. »Woher auch. Obwohl«, er hob den rechten Zeigefinger und wirkte plötzlich wie Stephans Englischlehrer aus seiner Realschulzeit, »wir schon miteinander gesprochen haben. Telefonisch. Ich wollte vor einigen Monaten ein Interview mit Ihnen führen. Mein Name ist Rainer Beck. Ich bin Redakteur beim Stadt-Anzeiger.«

Stephan nickte, er konnte sich dunkel an das Telefonat erinnern. Fast alle namhaften Zeitungen hatten sich nach den Ereignissen im Frühjahr bei ihm gemeldet. Alle wollten einen Exklusivbericht von ihm. Allen hatte er abgesagt. »Sie haben Charlotte die Zeitungsartikel über das Verschwinden meiner Schwester gegeben. Danke für Ihre Hilfe«, sagte Stephan, der fürchtete, dass Beck die Gelegenheit nutzen würde, um ihn auszuhorchen.

Beck lachte. »Keine Umstände, ist doch selbstverständlich. Sie können übrigens jederzeit persönlich mit mir sprechen.«

Er reichte Stephan eine Visitenkarte. Der warf einen kurzen Blick darauf und steckte sie in die Brusttasche seines Sakkos. »Das ist sehr freundlich. Trinken wir was?«

Beck nickte und stellte sich neben ihn. Er winkte die Kellnerin heran und bestellte sich einen Gin. »Schlimme Sache, das mit ihrer Schwester. Ich habe die Berichte überflogen. Ich möchte mir nicht ausmalen, was Sie durchgemacht haben.«

Stephan verspürte keine große Lust, an diesem schönen Abend über Natalie zu reden. »Hm«, gab er daher knapp zurück.

Beck sah ihn kurz an, lachte dann. »Verstehe. Sorry. Taktlos von mir. Wer möchte schon auf einer Geburtstagsfeier an so etwas erinnert werden.« Er zog einen imaginären Reißverschluss über seine Lippen.

»Schon gut«, antwortete Stephan und meinte es ernst. Beck hatte eine freundliche Ausstrahlung, gepaart mit einer Spur von kindlicher Neugier, was ihm gefiel.

Jetzt beugte er sich zu Stephan rüber. »Eine Bitte habe ich aber noch. Wenn Sie irgendetwas herausfinden ...«

Jetzt lachte Stephan laut, hob sein Glas und prostete Beck zu. »Ihr Pressefritzen seid doch alle gleich. Keine Sorge. Ich werde Ihnen gerne alles erzählen, was ich herausfinde«, sagte er und dachte: Einen Teufel werde ich tun.

Beck grinste und stürzte seinen Gin herunter. »Danke. Genau so stelle ich mir eine fruchtbare Zusammenarbeit vor. Übrigens: Wenn Sie zufällig etwas über die andere Sache herausfinden, daran wäre ich auch sehr interessiert.«

Stephan wusste nicht, wovon Beck sprach. »Die andere Sache?«

»Na, die Fahrerflucht. Die Artikel habe ich Ihnen doch auch alle mitgegeben.«

»Fahrerflucht?«

»Der Motorradfahrer, der kurz nach Ihrer Schwester gestorben ist.«

»Jürgen Schipke? Das war ein ganz normaler Unfall, wenn ich mich recht entsinne.«

Beck runzelte die Stirn. »Ich könnte schwören, dass irgendwo von Fahrerflucht die Rede war. Sollte ich mich so geirrt haben?«

Stephan zuckte mit den Schultern. »Ist ja auch egal. Schipkes Tod interessiert mich nicht. Und davon abgesehen kannte ich seinen Fahrstil. Ein junger Draufgänger mit zu viel PS unterm Arsch.«

Stephan bemerkte Charlotte, die am Eingang des Zeltes stand und sich suchend umschaute. Er hob die Hand, und sie kam auf sie zu. »Rainer! Schön, dass ihr euch bekannt gemacht habt. Habt ihr Johannes gesehen?«

Stephan schüttelte den Kopf, Beck verneinte ebenfalls und erklärte: »Ich helfe dir suchen.« Er hakte sich bei Charlotte unter und führte sie aus dem Zelt. Stephan sah den beiden hinterher. Den Stich, den er spürte, spülte er schnell mit einem großen Schluck Bier herunter.

***

Die meisten Gäste hatten sich verabschiedet, und Charlotte fand endlich die Zeit, sich zu Johannes zu setzen. Sie spürte die Kälte, die unter ihr Kleid kroch. Ein Flugzeug mit blinkenden Positionslichtern steuerte über Ihnen den Konrad-Adenauer-Airport an.

Sie waren allein im Garten. Wer noch nicht nach Hause gegangen war, feierte inzwischen im Wohnzimmer. Leise drang die Musik zu ihnen herüber.

»Willst du nicht zu uns reinkommen?«

Johannes sah kurz zu den Gästen hinüber und schüttelte schweigend den Kopf.

»Du kannst nicht ewig Trübsal blasen.«

»Nein«, gab Johannes einsilbig zurück. Er trank einen kräftigen Schluck aus einer Sektflasche.

»Ich habe dich noch nie trinken sehen«, wunderte sich Charlotte. Ihr Sohn gehörte zwar zu dem Menschenschlag, der schnell aufgab und zu Depressionen neigte, doch nicht zu denen, die dagegen mit Alkohol ankämpften. Zum ersten Mal fürchtete sie ernsthaft, dass Johannes den Boden unter den Füßen verlieren könnte.

Achselzuckend streckte er den Arm aus und blickte auf die Flasche. »Es gibt immer ein erstes Mal.«

Charlotte suchte verzweifelt nach einer Möglichkeit, zu ihrem Sohn durchzudringen. Doch auf die Schnelle fiel ihr nichts ein.

»Wirst du ihn heiraten?«, fragte er plötzlich.

»Heiraten?« Charlotte wunderte sich über die Frage. Warum war das wichtig für ihn? »Dazu gehören immer noch zwei«, sagte sie ausweichend. Sie konnte sich eine Ehe mit Stephan gut vorstellen, zweifelte aber daran, dass Stephan sich in ein solches Abenteuer stürzen würde.

Johannes stand auf. »Dachte ich's mir.« Er setzte die noch halb volle Flasche an, trank sie leer und warf sie in hohem Bogen weg. Charlotte hörte sie dumpf auf dem Rasen im Park aufschlagen. »Ich bin müde«, sagte er. »Nacht.«

Charlotte sprang auf und hielt ihn am Arm fest. »Johannes!« Sie wollte ihm noch so viel sagen. Dass er nicht auf Stephan eifersüchtig sein sollte. Dass an der nächsten Ecke eine neue Liebe auf Johannes warten könnte. Dass nach einer dunklen Nacht ein heller Morgen folgen würde. Doch plötzlich erschienen ihr alle diese Aussagen zu trivial.

Johannes schüttelte ihre Hand unwirsch ab. »Steck dein Mitleid wieder ein, Mama.« Er zischte die Worte mehr, als dass er sie deutlich aussprach.

Charlotte bekam eine Gänsehaut. Sie schaute ihm hinterher, wie er um die Villa herumging und ihrem Blick entschwand. Minutenlang konnte sie keinen klaren Gedanken fassen. Erst als die Terrassentür aufgestoßen wurde und Stephan rief: »Charlotte! Da steckst du. Komm rein, bei der Kälte holst du dir noch den Tod«, fiel die Starre von ihr ab. Sie wischte sich schnell die Tränen von den Wangen und ging zu ihren Gästen zurück.

***

Stephan schlenderte auf der Graue-Burg-Straße durch das dämmrige Sechtem. Die Glocke der St. Gervasius und Protasius Kirche schlug sechs Uhr. Sie hatten durchgefeiert, und als Charlotte zu Bett gegangen war, hatte er sich verabschiedet. Der Spaziergang würde helfen, einen klaren Kopf zu bekommen. Der schwache Westwind roch erdig. Stephan zog den Geruch tief ein. Er mochte die Landluft. Nur die aufsteigende Luftfeuchte störte ihn. Er schloss seinen Jackenkragen und steckte die Hände tief in die Taschen.

An der Einmündung zur Eupener Straße blieb er stehen und betrachtete kopfschüttelnd die kleine Kreuzwegstation. Schmierfritzen hatten mit roter Farbe »Devil« über den Stein gesprayt. Muss das wirklich sein?, fragte er sich und setzte seinen Weg fort.

Als er sich seinem Grundstück näherte, bemerkte er im Schatten des Hauses eine Gestalt vor seiner Haustür. Stephan blieb stehen, duckte sich ein wenig. Ein Einbrecher? Das Licht war zu dämmrig, um Einzelheiten erkennen zu können. Vorsichtig schlich er näher. Der Schatten bückte sich. Stephan war nur noch wenige Meter entfernt. In Bruchteilen einer Sekunde entschied er sich, den Überraschungsmoment auszunutzen und spurtete los. Als er nur noch zwei Meter entfernt war, drehte sich der Schatten halb zu ihm um. Stephan erwischte ihn seitlich und warf ihn gegen die Tür. Augenblicklich ging der massige Körper zu Boden. Stephan drehte ihn auf den Bauch und hielt die Arme des Mannes auf dem Rücken fest. In den Händen hielt der Unbekannte einen Umschlag. »Hab ich dich, du Schwein!«, rief er triumphierend. »Das war dein letzter Drohbrief!«

Der Mann stöhnte, nuschelte leise: »Mensch, Stephan, spinnst du?«

Stephan stutzte. »Detlef? Du?« Er ließ die Arme los und erhob sich. »Steh auf! Wir werden uns drinnen unterhalten.«

Ächzend drehte sich sein Nachbar auf den Rücken und kämpfte sich in die Höhe. »Was ist denn in dich gefahren?«, schimpfte er. »Bist du jetzt total durchgeknallt? Alle Knochen tun mir weh.«

»Jammer nicht rum. Du hast es nicht anders verdient.« Stephan schloss die Tür auf und schob Detlef in den Flur. »In die Küche. Und komm nicht auf die Idee, irgendwelche Zicken zu machen.« Mit einem raschen Griff entwand er seinem Nachbarn den Umschlag, den dieser immer noch in der Hand hielt, und holte sich ein Bier aus dem Kühlschrank.

Detlef ließ sich auf einen Stuhl fallen. »Mein Rücken fühlt sich an, als ob ich von einer Lok gerammt wurde«, jammerte er. »Gibst du mir auch ein Bier?«

Stephan ignorierte die Frage. Er lehnte sich an den Küchenschrank, nahm einen kräftigen Schluck aus der Flasche und öffnete den nicht adressierten Umschlag. Laut las er vor:

Du willst nicht hören? Nach Warnungen kommen Taten. Willst du das wirklich? Denk noch mal drüber nach, aber nicht zu lange!

Detlef lachte unsicher. »Was ist das? Ein Anagramm?«

»Quatsch keinen Scheiß«, gab Stephan wütend zurück. »Was soll der Mist? Warum machst du so etwas?«

Sein Nachbar zog die Augenbrauen zusammen. »Was habe ich denn damit zu tun?«

»Ich habe dich beobachtet. Du wolltest doch gerade den Umschlag unter meiner Tür durchschieben.«

Detlef runzelte einen Moment die Stirn, sprang dann plötzlich überraschend leichtfüßig auf. Stephan stellte die Flasche ab. So einfach würde er ihn nicht entkommen lassen.

»Du denkst, ich habe den Brief geschrieben? So ein Quatsch!«, rief Detlef, dessen Wangen sich rot färbten. »Ich habe ihn nur aufgehoben und wollte ihn gerade in deinen Briefkasten schmeißen, als du Idiot mich wie ein wild gewordener Ochse gerammt hast.«

Stephan lachte höhnisch. »Würde ich an deiner Stelle jetzt auch erzählen. Gib es doch einfach zu.«

Detlef ballte die Fäuste. »Da gibt es nichts zuzugeben! Ein letztes Mal: Ich war es nicht, der den Brief geschrieben hat.«

»Wer dann?«, platzte Stephan heraus.

»Das halbe Dorf quatscht über euch. Vielleicht fragst du einfach mal rum.«

Sekundenlang standen sie sich gegenüber wie zwei Duellanten. Stephan spürte Zweifel in sich aufsteigen. Detlef war ein Mensch, der nur seine eigenen Interessen vertrat. Warum sollte er plötzlich den Moralischen spielen und solche Drohbriefe verfassen?

»Nehmen wir einen Moment an, dass du nichts mit dem Brief zu tun hast. Warum, in Teufels Namen, schleichst du dann nachts bei mir vor dem Haus herum?«

Detlef schnaubte verächtlich. »Siehst du. Das ist die Frage, die ich an deiner Stelle zuerst gestellt hätte, bevor ich angefangen hätte, Leute zusammenzuschlagen. Eine Plane von deinem Dach hat sich losgerissen und ist auf meiner Terrasse gelandet. Ich wollte dich warnen, dass du hier alles unter Wasser stehen hast, wenn es regnet.«

Stephan senkte die Arme. Detlef kam mit wutverzerrtem Gesicht auf ihn zu und zischte: »Dann mal weiter auf gute Nachbarschaft.« Er drängte sich an Stephan vorbei und warf Sekunden später die Haustür hinter sich zu.

Stephan zog die Schublade des Küchenschrankes auf und schnappte sich eine Taschenlampe. Damit machte er sich auf den Weg zum Speicher. Dort angekommen, ließ er das Licht der Lampe über die Abdeckplanen gleiten. Tatsächlich. Eine Bahn fehlte. Stephan rieb sich mit den Zeigefingerknöcheln die Augen. Er hatte sich benommen wie ein Trottel.

***

Stephan erwachte am frühen Nachmittag mit pochenden Kopfschmerzen. Stöhnend setzte er sich auf. Nachdem Detlef wütend nach Hause gegangen war, hatte er sich noch drei Bier gegönnt. Jetzt schaute er auf die Uhr und stellte überrascht fest, dass er sieben Stunden wie ein Toter geschlafen hatte. Mühsam quälte er sich aus dem Bett und brühte sich einen ultrastarken Kaffee auf. Nach zwei Tassen kehrte langsam Leben in seinen Körper zurück, und er konnte sich daranmachen, das Dach provisorisch zu reparieren.

Jablonskis Geselle hatte für den Notfall eine Rolle Abdeckplane auf dem Dachboden liegen lassen. Wie vorausschauend, dachte Stephan erleichtert, da er keine Lust verspürte, bei Detlef nach dem abgerissenen Stück zu fragen.

Nieselregen setzte ein, während er keuchend versuchte, die schweren Plastikbahnen über die Balken zu ziehen. Er fluchte laut. Jablonskis waren am Sonntag nicht ans Telefon zu bekommen, nicht einmal bei Notfällen. Ich möchte gerne wissen, was die Brüder sagen würden, wenn die Polizei die gleiche Einstellung hätte, dachte Stephan wütend.

Nach einer Stunde nagelte er die letzte Ecke der Plane fest, trat zurück und betrachtete sein Werk. Leise prasselte der Regen gegen die Außenseite. Nicht schön, aber dicht, dachte er zufrieden. Bis morgen wird es halten. Er sah auf die Uhr und überlegte, was er heute noch erledigen konnte. Der Drohbrief kam ihm in den Sinn. Den könnte er Lutz in den Briefkasten werfen, damit er so schnell wie möglich kriminaltechnisch untersucht werden konnte. Von da aus war es nicht weit bis zur Claudius Therme. Den Rest des Tages einfach nur entspannen, in die Sauna gehen, vielleicht auch eine Massage, das schien ihm genau das Richtige für den heutigen Tag zu sein.

Er ging nach unten, zog trockene Kleidung an, stopfte ein Handtuch und eine Badehose in seinen Rucksack, schnappte sich den Drohbrief, den er in der Nacht erhalten hatte, und machte sich auf den Weg nach Köln. Während der Fahrt rief Charlotte an. »Wo steckst du? Du bist ja kaum zu verstehen«, beschwerte sie sich.

Stephan beschleunigte gerade, um auf die A 555 aufzufahren. Er fädelte sich rasch in den Verkehr ein, lupfte dann den Gasfuß ein wenig. Sein alter Golf dröhnte bei mehr als einhundertzwanzig wie eine Caterpillar-Raupe bei Volllast. »Besser?«

»Ja. Wohin fährst du?«

»Bin auf dem Weg zu Lutz.«

»Geht es um die Drohungen?« Ihre Stimme klang ängstlich.

Stephan beschloss, ehrlich zu sein, und nahm sich gleichzeitig vor, sie zu beruhigen. »Ja, leider, eine neue Drohung.«

Charlotte schwieg. Rasch ergänzte er: »Aber für mich hört sich das ganz nach heißer Luft an. Der Kerl lässt keine Taten folgen.«

»Bisher. Das kann sich ändern«, gab sie zu bedenken.

»Ich nehme es ja auch nicht auf die leichte Schulter«, erwiderte Stephan und zog in Höhe Auffahrt Godorf auf die linke Spur, um einen Lastwagen zu überholen. »Deswegen fahre ich ja zu Lutz. Wenn was zu finden ist, dann wird er darauf stoßen. Mehr können wir im Moment nicht machen.«

Er hörte Charlotte schwer ausatmen. »Trotzdem habe ich Angst. Können wir nachher, wenn du wieder zurück bist, noch mal darüber reden? Kommst du vorbei?«

Ein tiefergelegter 3er BMW schoss rechts an Stephan vorbei. Wütend hupte er und rief: »Arschloch!«

»Charmant«, kommentierte Charlotte.

Stephan grinste. »Tut mir leid. Nur so ein Verkehrsterrorist.«

»Schon klar. Was ist nun? Kommst du danach vorbei?«

Stephan sah auf die Uhr. »Kann ein wenig später werden. Ich will noch für ein, zwei Stunden in die Claudius Therme. Ich muss unbedingt mal ein wenig ausschwitzen.«

Schweigen. Stephan hörte nur atmosphärisches Rauschen und vermutete bereits, dass die Verbindung zusammengebrochen war, als Charlotte sagte: »Irgendwie habe ich das Gefühl, du nimmst meine Gefühle nicht ernst.«

Stephan stutzte. »Ich habe doch gesagt, dass ich komme«, verteidigte er sich.

Wieder hörte er sekundenlang nur Rauschen aus dem Handy. Dann sagte Charlotte kurz: »Gut. Bis nachher«, und Stephan hörte ein Knacken.

»Charlotte?« Keine Antwort. Er sah auf das Display. Die Verbindung bestand nicht mehr. Verärgert warf er das Handy auf den Beifahrersitz. »Eine eingeschnappte Freundin. Toll! Das hat mir gerade noch gefehlt«, murmelte er und hieb mit der Faust aufs Lenkrad.

***

Charlotte setzte sich nachdenklich vor den Schminkspiegel. Im Haus war es still. Johannes und Wolfgang waren abgereist, ihre Mutter schlief tief und fest. Der Zivildienstleistende würde erst morgen früh wieder den Dienst aufnehmen.

Sie bürstete sich die Haare. Stephan war zwar da gewesen, hatte aber nicht bei ihr übernachten wollen. Sein Dach würde ihm Sorgen machen, hatte er behauptet. Es hatte wie eine Ausrede geklungen.

Sie legte die Bürste weg. Dass Stephan zurzeit psychisch sehr angespannt war, verstand sie ja. Doch sie fühlte sich in die zweite Reihe zurückversetzt, wie eine lästige Nebensächlichkeit.

»Ich bin kein Spielzeug«, murmelte sie verärgert ihrem Spiegelbild zu. Sie legte sich ins Bett und starrte an die Decke. Die Stille im Haus nach dem lebhaften Wochenende machte sie nervös. Hatte sie die Alarmanlage eingeschaltet? Ja, mach dich nicht verrückt, dachte sie.

Sie hielt eine Minute durch. Dann warf sie die Decke zur Seite und stand auf. Gerade als sie das Schlafzimmer verlassen wollte, klingelte das Telefon. Charlotte zuckte zusammen und starrte auf den Hörer, der auf dem Nachttischschränkchen lag. Mit zittrigen Fingern griff sie danach. *Anonym.* »Verflucht«, murmelte sie. »Geht das schon wieder los.« Sie wies das Gespräch ab und schaltete das Telefon aus.

Heute Nacht würde sie dennoch keinen Schlaf finden, so viel war sicher.

NEUN

Sonntag, 7. April 1985

TE ist mir manchmal unheimlich. Sie spricht mit sich selber! So richtig! Beispielsweise gestern Abend. Sie bringt an unseren Tisch die Runde Getränke, die wir bestellt haben. TE lacht, ist freundlich. Dann, als sie alles abgestellt hatte, fragt sie: »Haben die jungen Leute noch einen Wunsch?« Wir schütteln die Köpfe, doch sie blickt uns gar nicht an. Sie dreht sich einfach um und sagt: »Nein. Ich habe an alles gedacht.« Und weg ist sie. Das ist doch nicht normal, oder? So was ist mir schon öfters aufgefallen. Oder ist das ihre Vorstellung von Spaß? Ich muss mal mit OE darüber sprechen.
P.S. Ich glaube, ich bin verliebt – SEUFZ!!!

***

Stephan betrat die Kneipe seines Onkels. Abgestandener Rauch schlug ihm entgegen. Wieder saßen die beiden alten Männer an der Theke und würfelten. Erwin polierte mit einem fleckigen Handtuch ein Weißbierglas.

»So, so, mein Neffe«, begrüßte er Stephan. Der setzte sich auf einen Barhocker.

»Hallo. Die beiden gehören zum Inventar, stimmt's?« Er nickte mit dem Kinn in Richtung der beiden Männer und grinste.

»Fängs de dich äresch löstisch?«, gab einer der Männer zurück. »Erwin, werp dat Jöngelche erus, bevür ich em e paar gevve.«

Stephan lachte. »Vielleicht darf ich noch eine Weile bleiben, wenn ich eine Runde ausgebe.«

Der Mann tat, als ob er überlegen müsste. Schließlich sagte er: »Donn die Rongk, Erwin. So lange darf dat Jöngelche bliewe.«

Erwin warf sich das Spültuch über die Schulter, nahm die Gläser aus dem Regal hinter sich und zapfte. »Was macht deine Suche?«

»Ehrlich gesagt, so richtig komme ich nicht voran«, gab Stephan zu.

Sein Onkel legte einen Bierdeckel bereit und stellte das Bierglas vor ihm auf die Theke. Dann bediente er die beiden Alten. »Und jetzt hoffst du darauf, dass mir noch etwas eingefallen ist.«

Stephan runzelte die Stirn. »Ich gehe eigentlich davon aus, dass du mir Bescheid gibst, wenn da noch etwas sein sollte, an das du dich erinnerst.«

»Klar. Hab auch nichts Neues für dich.« Erwin machte sich wieder daran, seine Gläser zu polieren.

»Ich möchte Tante Elke besuchen und mit ihr sprechen«, platzte Stephan heraus.

Sein Onkel hielt in der Bewegung inne. »Ich habe dir schon gesagt, dass sie schwer krank ist«, erklärte er, wobei seine Stimme zitterte.

»Ich werde behutsam sein.«

Erwin stellte mit einer heftigen Bewegung das Glas auf die Theke. Die beiden Männer zuckten zusammen. »Wenn dat Jöngelche dich äjert, donn Bescheid. Mer werpen en erus«, rief der eine.

Erwin winkte ab, beugte sich zu Stephan rüber und sagte brüsk: »Gehen wir hinten in die Ecke!«

Stephan nahm sein Glas und folgte ihm. Am Tisch angekommen raunzte Erwin: »Ich will nicht, dass du mit Elke sprichst!«

»Nun beruhig dich mal wieder. Ich versteh gar nicht, warum du dich so aufregst. Warum sollte ich denn nicht mit ihr sprechen?«, fragte Stephan.

Sein Onkel hieb mit der flachen Hand auf den Tisch. »Ich habe meine Gründe.«

Stephan verschränkte die Arme vor der Brust. »Lass mal hören.«

Erwin straffte sich. »Ich muss dir zwar nichts erklären, aber sei's drum. Also, deine Tante ist schwer krank. Sie war es damals schon, nur hatte es außer mir noch niemand bemerkt. Sie lebt in ihrer eigenen Welt und wird dir somit nichts Interessantes sagen können. Außerdem will ich nicht, dass die Erinnerungen sie zu sehr belasten. Elke hat schon einmal versucht, sich umzubringen. Ich will nicht, dass so was noch mal vorkommt.«

Stephan rieb sich das Kinn und blickte seinen Onkel an. So viele Sätze hintereinander hatte er ihn selten sprechen hören.

Erwin stand auf und holte sich eine Flasche Schnaps.

Hier scheinen die Tagesabläufe immer gleich zu sein, dachte Stephan, die beiden Alten, der saufende Erwin, das diffuse Tageslicht, das durch die dreckigen Fenster ins Innere drang. Ein Leben abgeschottet von der Wirklichkeit. Stephan bekam eine Gänsehaut.

Sein Onkel setzte sich wieder und schenkte ein.

»Wo ist sie untergebracht?«, fragte Stephan.

Der zweite Korn verschwand in Erwins Rachen. »Privat, in einer renommierten Klinik.«

Stephan hob erstaunt die Augenbrauen. »Nicht gerade preiswert.«

»Jetzt weißt du, warum ich immer noch hinterm Tresen stehe. Der Laden brummt nicht gerade, aber es reicht. Gehört ja alles mir. Wenn ich noch Pacht bezahlen müsste, sähe ich alt aus.«

Die beiden Alten standen auf und verabschiedeten sich. Erwin winkte ihnen müde zu und rief: »Bis nachher.«

»Ich werde vorsichtig sein«, sagte Stephan erneut in die Stille hinein, die die beiden alten Männer hinterlassen hatten.

Erwin seufzte leise. »Sie wird dich nicht erkennen.«

»Einen Versuch ist es trotzdem wert«, sagte Stephan. Er spürte, dass der Widerstand seines Onkels bröckelte.

Erwin sah ihn aus rot geränderten Augen forschend an. Nach einigen Sekunden stand er auf und holte seinen Bestellblock. Mit krakeliger Schrift notierte er eine Adresse, riss das Blatt ab und schob es über den Tisch. »Ich will nicht, dass du sie besuchst«, wiederholte er. »Doch du wirst sowieso keine Ruhe geben. Überzeug dich selbst, dann habe ich wieder meine Ruhe und Elke auch.« Ohne Stephan noch eines weiteren Blickes zu würdigen, stand er auf und verließ den Schankraum durch die Tür zur Küche.

Stephan nahm das Blatt, faltete es zusammen, steckte es in seine Hemdtasche und verließ die Kneipe mit einem unguten Gefühl.

***

Über den Potsdamer Platz kommend, dem Lievelingsweg, der Kölnstraße und dann dem Kaiser-Karl-Ring folgend, benötigte Stephan nur eine viertel Stunde, bis er die Rheinischen Kliniken in Bonn erreicht hatte. Er stellte seinen Wagen im Parkhaus gegenüber des Hauptgebäudes ab. Dann dauerte es noch einmal eine halbe Stunde, bis er sich in der Klinik legitimiert hatte. Endlich erreichte er voller Ungeduld das Zimmer seiner Tante. Der Pfleger, der Stephan begleitete, öffnete die Tür und sagte: »Sie ist völlig harmlos, reagiert kaum noch auf äußere Einflüsse, die Arme. Leider ist auch nicht mehr zu erwarten, dass sich ihr Zustand jemals wieder bessert. Sagt zumindest der Arzt. Wenn Sie mich brauchen, finden Sie mich in der Mitte des Ganges im Schwesternzimmer.«

Stephan nickte und trat ein. Der Pfleger schloss die Tür hinter ihm. Seine Tante saß in einem Rollstuhl und schaute aus dem Fenster.

»Hallo Tante Elke«, sagte Stephan freundlich. Keine Reaktion. Langsam ging er näher, blieb an ihrer Seite stehen und betrachtete sie. Von ihrem hübschen Gesicht war nichts mehr übrig. In ihre Mundwinkel hatten sich tiefe Falten gegraben, die graue Haut war übersät von Altersflecken.

»Tante Elke. Ich bin es, dein Neffe Stephan.«

Ungerührt schaute sie weiter zum Fenster hinaus. Stephan fühlte sich an die Wachsfiguren erinnert, die er vor ewigen Zeiten bei Madame Tussaud's in Amsterdam gesehen hatte. »Ich bin's, Stephan. Dein Neffe.«

Ihre Augenlider flatterten, und Stephan schöpfte Hoffnung. »Der Bruder von Natalie. Du kannst dich bestimmt an Natalie erinnern. Sie war oft bei euch.«

Tante Elke öffnete den Mund, sprach mit unmodulierter Stimme: »Was will der Mann? Kennst du ihn?«

»Stephan, dein Neffe«, wiederholte Stephan.

Seine Tante sah in die Ferne und sagte: »Ich kenne ihn.«

Stephan blies erleichtert die Wangen auf. »Ich freue mich, dass du dich an mich erinnerst. Erinnerst du dich auch an Natalie?«

»Er fragt, ob du dich erinnerst?« Sie legte ihre Hände auf die Lehnen des Rollstuhls. Stephan bemerkte, dass sie zitterten. »Ich kenne keine Natalie. Wer soll das sein?«

»Deine Nichte«, drängte Stephan sanft, wobei er Mühe hatte, seine Ungeduld zu zügeln. Doch auch ohne fundierte medizinische Kenntnisse über ihre Krankheit verstand er, dass seine Tante sich mit ihren unterschiedlichen Ichs unterhielt. Er ließ ihr daher Zeit. Dann griff er ihre Frage auf: »Natalie Tries, deine Nichte. Sie ist vor langer Zeit verschwunden. Du musst dich doch erinnern.«

Seine Tante versteifte sich. Ihre Stimme wurde lauter: »Du musst!« Dann wieder leise, verängstigt: »Ich will nicht.«

Schweißperlen rannen ihr über die Stirn. Sie atmete heftiger. Stephan spürte Mitleid. Wieder ließ er ihr ein bisschen Zeit, damit sie sich beruhigen konnte.

»Tante Elke, kannst du dich noch an irgendetwas erinnern, was mir bei meiner Suche nach Natalie helfen kann?« Zu kompliziert, dachte er, kaum dass er es gesagt hatte. Doch jetzt war es heraus. Er drängte seine Ungeduld zurück und wartete. Seine Tante wiegte in sanften Bewegungen mit dem Oberkörper vor und zurück.

Durch die Tür drangen dumpf hysterische Schreie zu ihnen durch. Plötzlich murmelte seine Tante etwas Unverständliches. Stephan beugte sich vor. »Was hast du gesagt, Tante Elke? Kannst du es wiederholen?«

»Das ist der Daumen, der schüttelt die Pflaumen«, rief sie plötzlich.

Stephan erschrak so sehr, dass er zurückwich und sich auf den Boden setzte.

»Der liest sie auf, der trägt sie heim, und der Kleine isst sie ganz allein«, fuhr Elke fort. Ihre Bewegungen wurden heftig. »Daumen bück dich, Zeiger streck dich, Goldner lupf dich, Kleiner duck dich. Da kommt die Maus, da kommt die Maus, Klingelingeling! Ist der Herr zu Haus?«

Stephan richtete sich auf und seufzte. Vertane Zeit, dachte er resigniert. Er erhob sich und sagte sanft: »Tschüss, Tante Elke. Wenn ich wieder mal in der Nähe bin, komme ich dich besuchen.«

Er war schon an der Tür, als er seine Tante wispern hörte. »Warum sagst du ihm nicht, dass du Natalie kennst? Liebes Mädchen, die Kleine.«

Wie elektrisiert ging er zurück, kniete sich neben sie hin und lauschte so intensiv, dass er mit seinem Ohr fast ihre Lippen berührte.

»Liebes Mädchen? Dass ich nicht lache. Flittchen, durch und durch«, kam es laut aus ihrem Mund, dann leise: »Wie kannst du so etwas sagen?« Seine Tante stierte vor sich hin. »Wahrheit muss Wahrheit bleiben, daher sage ich das.«

Stephan flüsterte: »Warum war Natalie ein Flittchen?«

Elke verstärkte ihre wiegende Bewegung. Sie fuchtelte mit den Armen in der Luft herum, traf ihn am Kinn. Stephan wich zurück, dabei fiel sein Blick auf ihre Handgelenke, und er bemerkte die Narben über den Pulsadern.

»Immer hinter den Männern her«, geiferte seine Tante. »Darum! Nur recht, was ihr geschehen ist.« Stephan schluckte heftig. Phantasierte sie? Oder wusste sie etwas?

»Was ist geschehen?«, fragte er eindringlich. Seine Zunge fühlte sich schwer und unbeweglich an.

Elke runzelte die Stirn. Sie schien angestrengt zu überlegen. »Das schöne Auto. Wegen des kleinen Unfalls verkauft man doch nicht gleich einen Sportwagen.«

»Sportwagen?« Stephan suchte fieberhaft nach einem Zusammenhang. »Meinst du Uwes Wagen? Hat er Natalie mitgenommen?«

Seine Tante lachte. »Uwe. Den mag ich. Süßer Bengel.«

»Hat Uwe Natalie etwas angetan?«

Sie riss die Augen auf. »Wie kommen Sie denn darauf? Sie sind befreundet.«

»Damals. Sie waren befreundet, oder?«

»Damals?«, fragte Elke verwirrt, wandte den Blick ab und fing wieder an, Kinderreime zu murmeln.

»Tante Elke?«, unternahm Stephan noch einen Versuch. »Hilf mir. Bitte.«

Doch sie reagierte nicht. Stephan stand erschöpft auf und verließ das Zimmer. Resigniert musste er sich eingestehen, dass seine Tante in einer anderen Welt lebte, zu der er keinen Zugang hatte.

***

Teutschner nahm seinen Wagenschlüssel vom Küchentisch. Heute hatte er einen guten Tag, keine Schmerzen. Auch die Müdigkeit hielt sich in Grenzen. Genau der richtige Zeitpunkt, um zur Klinik zu fahren. Als er auf die Straße trat, schien ihm die Sonne ins Gesicht. Leise summte er einen Schlager und stieg in sein Auto.

***

Charlotte öffnete ein Fenster in der Bibliothek. Die Luft roch nach kaltem Rauch. Nach dem nächtlichen Anruf hatte sie versucht, ihre Nerven mit einem Zigarillo zu beruhigen. Es waren zwei daraus geworden, aber funktioniert hatte es trotzdem nicht. Sie setzte sich, griff das Telefon und wählte die Nummer der Telefongesellschaft.

Eine Computerstimme meldete sich und teilte ihr mit, dass zurzeit auf allen Plätzen gesprochen werde und der nächste freie Platz für sie reserviert sei. Zehn Minuten dudelte eine piepsige Melodie, dann wurde die Leitung unterbrochen. Charlotte schüttelte genervt den Kopf. Sie drückte die Wahlwiederholung. Wieder landete sie in der Warteschleife. Eine viertel Stunde später meldete sich endlich eine Mitarbeiterin. Nach einer kurzen Begrüßung fragte sie: »Was kann ich für Sie tun?«

»Ich bekomme unerwünschte Anrufe und möchte mich informieren, welche Möglichkeiten ich habe, mich zu schützen.«

»Einen Moment bitte. Ich verbinde Sie.«

Ein kurzes Knacken in der Leitung, und Charlotte hörte wieder die piepsige Melodie der Warteschleife. »Unglaublich«, murmelte sie.

Diesmal dauerte es nur knappe drei Minuten, bis eine sonorige Männerstimme erklang. »Sie wünschen eine Geheimnummer?«

»Zunächst möchte ich mich informieren.« Charlotte schilderte dem Mann in knappen Worten die Hintergründe.

»Solche Anrufe, wie Sie sie schildern, kommen häufiger vor, als Sie vielleicht denken«, erklärte der Mann. »Ein guter Schutz ist ein Anrufbeantworter. Lassen Sie den von einer männlichen Stimme ohne Namensnennung besprechen. Die meisten anonymen Anrufer wollen den direkten Kontakt mit ihrem Opfer und scheuen sich, ihre Stimme auf Band zu verewigen. Dann gibt es die schon angesprochene Geheimnummer. Diese Nummern werden nicht in das Telefonverzeichnis aufgenommen und können auch nicht über die Auskunft erfragt werden. Es gibt noch die Möglichkeit, bei uns eine Fangschaltung zu beantragen. Wenn der Täter anruft, drücken Sie eine Taste an Ihrem Telefon, mit der die Fangschaltung ausgelöst wird. Der Anrufer wird kaum etwas bemerken. Es knackt bei ihm nur kurz in der Leitung. Wir speichern den Anruf, und einige Tage später bekommen Sie eine Auswertung zugeschickt.«

»Wie lange dauert es denn, bis die Fangschaltung eingerichtet ist?«

»Die Technik dazu können wir heute schon einrichten. Ein Kollege von mir würde die Schaltung danach mit Ihnen besprechen und einen Probefang machen. Allerdings muss ich parallel noch einen schriftlichen Antrag verschicken. Den müssen Sie ausfüllen und zurücksenden. Eine klitzekleine Legitimation müssen wir schließlich haben.« Er lachte leise.

Charlotte ließ sich noch die Kosten für die einzelnen Maßnahmen durchgeben und beauftragte die Fangschaltung. »Wann kann ich denn mit der ersten Aufstellung der gefangenen Nummern rechnen?«

»So vierzehn Tage sollten Sie einplanen.«

Charlottes Stimmung fiel in den Keller. »Oh. Und da kann man nichts machen?«

Der Mann lachte wieder leise. »Ich verstehe, ein dringender Fall.« Er seufzte. »Also, es ist nicht üblich, aber was soll's? Sie könnten das Verfahren beschleunigen, wenn Sie den Antrag persönlich stellen. Das spart in der Verwaltung viel Zeit. Können Sie vorbeikommen? Nach Bonn?«

»Kann ich«, bestätigte Charlotte.

Der Mann gab ihr die Adresse durch und den Namen eines Sachbearbeiters. »Kommen Sie um halb zwei. Ich werde meinem Kollegen Bescheid geben, er wird Sie dann erwarten.«

Charlotte bedankte sich überschwänglich und fragte zum Schluss: »Und was ist mit der Polizei?«

Sie hörte den Mann lachen. »Ehrlich gesagt, ich habe schon auf diese Frage gewartet. Viele Anrufer, die ich hier berate, kommen nicht auf das Naheliegende. Klar. Die Polizei hilft unter Umständen auch. Und kostet nichts, egal womit man Hilfe sucht. Nur vermute ich mal, dass Sie dort die gleichen Informationen erhalten werden, die ich Ihnen gerade gegeben habe. Eine Straftat liegt ja noch nicht vor, daher wird die Polizei nicht viel machen können.«

Sie verabschiedeten sich. Von diesem Mann am Telefon hatte sie in fünf Minuten mehr über ihre Möglichkeiten, sich des anonymen Anrufers zu erwehren, erfahren, als von Stephan in der ganzen letzten Woche. Sie wollte nicht mehr untätig herumsitzen, sondern endlich Maßnahmen ergreifen. Die Zeit des mutlosen Mäuschens war vorbei.

***

Teutschner hatte einen Parkplatz in der Bungertstraße gefunden und ging den Kaiser-Karl-Ring entlang. An der Straßenbahnhaltestelle »Rheinische Kliniken« blieb er wie angewurzelt stehen. Den Mann, der gerade fünfzig Meter vor ihm über die Straße rannte und in das Hauptgebäude der Psychiatrie trat, kannte er doch? Damit hatte er nicht gerechnet. Er sah auf die Uhr. In der nächsten Stunde würde er die Frau des Säufers sicherlich nicht allein antreffen. Das war aber unbedingt nötig, wenn er Erfolg haben wollte. Sein Blick fiel auf einen Zeitungsautomaten, und er zog sich den Kölner Express. Er setzte sich in das Haltestellenhäuschen und faltete die Zeitung auseinander. Von hier aus konnte er den Eingang überwachen, ohne selbst aufzufallen. Er war einfach nur ein unscheinbarer Mann, der auf die nächste Bahn wartete.

***

Die Zimmermänner auf dem Dach von Stephans Haus pfiffen anzüglich, als Charlotte aus ihrem Mazda stieg. Sie grüßte die Handwerker mit einem lässigen Wink und schellte an der Haustür. Niemand öffnete. Also trat sie einen Schritt zurück und rief den Männern auf dem Dach zu: »Wissen Sie, wo Herr Tries ist?«

»Der muss da sein. Hat uns vorhin noch Kaffee gebracht«, antwortete einer der Gesellen. Charlotte klingelte noch mal, jedoch wieder ohne Erfolg. Sie kramte in ihrer Handtasche nach dem Haustürschlüssel. Den hatte ihr Stephan vor einiger Zeit anvertraut, doch bisher hatte sie ihn nie benutzt. Es widerstrebte ihr, ein Haus zu betreten, ohne dass sie von dem Besitzer hereingebeten wurde, selbst wenn es sich dabei um Stephans handelte. Sie öffnete die Tür und rief: »Hallo? Stephan? Ich bin es. Charlotte.«

»Ich bin im Wohnzimmer.« Seine Stimme hörte sich genervt an. Verärgert stellte Charlotte die Tasche auf die Flurkommode. Sie fragte sich wirklich, was das Ganze sollte. Seit wann störte sie in seinem Leben? Sie ging zu ihm und blieb im Türrahmen stehen. Stephan hockte auf dem Boden. Um ihn herum lagen die Zeitungsartikel verstreut, die sie ihm besorgt hatte. An den Wänden klebten unzählige, mit Stephans steiler Handschrift beschriebene Blätter und drei Landkarten.

»Was machst du hier?« Charlotte schüttelte ungläubig den Kopf. Das Wohnzimmer glich dem Parkett eines Börsenhandels.

Stephan nahm einen Artikel zur Hand, der rechts von ihm lag. »Hier wird angedeutet, dass Natalie abgehauen ist. Mein Vater wird als tyrannisch bezeichnet.« Er sprang auf und riss eins der Blätter von der Wand. »Edeltraud Aller. Sie hasst meine Schwester inbrünstig, hatte also ein Motiv.« Stephan stieg über die Zeitungsartikel und tippte energisch auf ein anderes vollgekritzeltes Blatt an der Wand. »Uwe Gärtner. Brauch ich dir nicht viel darüber erzählen. Verschmähter Liebhaber. Auch er hatte ein Motiv.«

»Ist das wirklich realistisch, verschmähte Liebe in dem Alter als Mordmotiv zu betrachten?«

Stephan ging gar nicht darauf ein, drehte sich mit ausgestreckten Armen im Kreis. »Ich habe alles notiert, was ich weiß, und versuche, die Nadel im Heuhaufen zu finden.« Er lachte unsicher. »Muss chaotisch auf dich wirken.«

»Chaotisch? Das wäre milde ausgedrückt.« Charlotte ließ sich in einen Sessel fallen, und Stephan hockte sich wieder auf den Boden.

»Normalerweise liebe ich korrekte Unterlagen. Doch hin und wieder lasse ich die Ordnung explodieren und stelle alles neu zusammen. Ein alter Kniff, den mir vor Jahren ein älterer Kollege mitgegeben hat, als wir in einer Sache nicht weiterkamen.«

»Und? Hat es geklappt.«

»Nein. Wir haben den Fall nie aufgeklärt.«

Charlotte verzog die Mundwinkel. »Sehr wirkungsvoll.«

»Das heißt nicht, dass es nie funktioniert. Aber lassen wir das.«

Stephan erzählte Charlotte von dem Besuch bei seiner Tante. »Nur wirres Zeug«, fasste er abschließend zusammen. Er zeigte auf ein Blatt an der Wand. »Ich habe mir alles notiert, glaube aber kaum, dass es was bringt. Schlimm, so eine Krankheit.«

Charlotte schenkte den Notizen keine weitere Aufmerksamkeit. Vorsichtig fragte sie: »Bist du dir sicher, dass du dich nicht verrennst?«

Tiger kam herein und sprang auf Charlottes Schoß. Dort rollte sie sich ein und ließ sich von Charlotte den Kopf kraulen.

»Wieso? Ich habe doch einige Anhaltspunkte, denen ich nachgehen kann. Das wird schon«, sagte Stephan und grinste. Er stand auf und setzte sich auf das Sofa. Seine Haare standen wirr vom Kopf ab.

Charlotte fiel auf, dass es hier im Wohnzimmer leicht nach Alkohol roch. War Stephan betrunken? Am helllichten Tage?

»Trotzdem solltest du auf alles vorbereitet sein«, sagte sie. »Auch auf einen Misserfolg.«

Stephans Grinsen verschwand. »Danke, dass du mir Mut machst«, gab er frostig zurück. »Hatten wir das nicht schon letzte Woche?«

Charlotte hob beschwichtigend die Hände. »Ich meine es nur gut.«

»Sicher.« Stephan stieß Luft durch die Nase aus.

Charlotte überging die verächtliche Bemerkung und fragte: »Soll ich dir helfen? Vielleicht ein wenig aufräumen?«

Stephan sah sie eine Weile mit unbewegter Miene an. Er schien abzuwägen, ob sie es ernst meinte. Schließlich lehnte er sich nach hinten und seufzte. »Im Moment nicht. Als Nächstes muss ich diesen Dietmar Dotter finden, und mit Jürgens Eltern wollte ich auch noch sprechen. Das schaffe ich schon alleine.«

»Was erhoffst du dir denn, von Schipkes Eltern zu erfahren?«

Stephan fuhr sich durch die Haare. »Ich möchte hören, ob Jürgen ihnen irgendetwas zu Natalies Verschwinden erzählt hat. Jürgen selbst kann ich ja nicht mehr fragen.«

»Ich bin jederzeit für dich da«, bot Charlotte erneut ihre Hilfe an.

»Ich weiß«, sagte Stephan. Seine Stimme hatte die Kälte von vorhin verloren. »Tut mir leid, dass ich eben so schroff reagiert habe.«

Ein donnerndes Geräusch, gefolgt von einem lautstarken Fluch, ertönte über ihnen. Charlotte zuckte zusammen und sah nach oben.

»Jablonski hat sich Hilfsarbeiter besorgt«, erklärte Stephan. »Anscheinend ziemliche Laien. Inzwischen denke ich, alleine würde er schneller vorankommen.« Er stand auf und fragte: »Kaffee?«

»Später. Setz dich bitte noch mal, ich muss dich was fragen.«

Stephan setzte sich wieder und machte eine auffordernde Geste. »Nur zu, ich höre.«

Charlotte erzählte ihm von dem Anruf bei der Auskunft. »Ich habe mir eine Fangschaltung installieren lassen. Heute Nacht hat der Typ mich wieder tyrannisiert.«

»Armer Irrer. Eine Fangschaltung ist gut. Eine Möglichkeit mehr, an den Spinner heranzukommen. Leider habe ich von Lutz noch nichts gehört.«

»Da habe ich sogar Verständnis für«, entgegnete Charlotte. »Ich kann mir nicht vorstellen, dass die Briefe irgendwo weit oben auf seiner Prioritätenskala rangieren. Was hältst du denn von einer Geheimnummer?«

Stephan kniff die Augen zusammen und wiegte den Kopf. »Wenn

es nur die Anrufe wären, würde ich sagen: Mach es. So aber bringt es nicht viel. Der Typ weiß, wo du wohnst, und findet garantiert Mittel und Wege, dich in Angst und Schrecken zu versetzen. Und absolut geheim sind Geheimnummern leider auch nicht.«

Charlotte dachte nach. Was er sagte, klang einleuchtend. »Nun gut, dann werde ich mich vorerst mit der Fangschaltung begnügen«, sagte sie, gab Tiger einen sanften Schubs und stand auf. »Schade, dass ich das nicht schon letzte Woche erledigt habe. Du hättest mich ruhig eher darauf stoßen können.«

»Ich hab so vieles im Kopf«, murmelte Stephan abwesend. »Ich dachte, das Thema würde sich von selbst erledigen.«

Sie sah ihm zu, wie er sich Notizen auf einem Blatt machte und den Kaffee offensichtlich vergessen hatte. »Ich habe Angst.«

Stephan blickte auf. »Was?«

Charlotte konnte es kaum fassen. Ärgerlich sagte sie: »Du hörst mir überhaupt nicht zu! Die Anrufe. Die Briefe.«

Stephan riss die Augen auf. »Darüber haben wir doch gerade gesprochen. Du willst eine Fangschaltung einrichten lassen.«

Charlotte stemmte die Fäuste in die Seite. »Ja, richtig. Ich habe aber den Eindruck, egal was ich mache, es interessiert dich einen Dreck.«

Stephan verdrehte die Augen. »Meinst du nicht, du überziehst jetzt ein wenig?«

»Überziehen?«, sagte Charlotte scharf. »Ich habe schlicht und einfach Angst, verstehst du das nicht?

Stephan saß sprachlos und mit offenem Mund vor ihr.

Sie funkelte ihn noch einen Moment wütend an, dann drehte sie sich um und verließ das Haus.

Die Tür fiel krachend ins Schloss. Stephan saß überrascht im Wohnzimmer und verstand nicht, wie die Situation so entgleisen konnte. Hatte Charlotte denn kein Verständnis, dass er sich in erster Linie um seine Schwester kümmern wollte? Und überhaupt: Lutz kümmerte sich doch um die Drohbriefe. Verärgert hieb er mit der rechten Faust in die linke Handfläche. Was sollte dieses Geschwätz? Von wegen, er könnte jederzeit auf sie zählen. Das hatte er gerade erlebt. Hohle Worte. Charlottes Welt musste sich immer nur um sie drehen, ansonsten gab es ein Erdbeben. Warum konnte sie nicht einfach ab und zu so gelassen wie Monika reagieren?

Stephan stutzte. Hatte er das gerade wirklich gedacht? Hatte er Charlotte mit seiner Exfrau verglichen? Lachhaft. Er sprang auf, holte sich ein Bier aus dem Kühlschrank und trank die Flasche ohne abzusetzen zur Hälfte leer. Dann hielt er sie mit ausgestrecktem Arm von sich fort. Scheiße! Er soff zu viel. So würde er niemals abnehmen, bestenfalls zum Alkoholiker werden. Er schüttelte irritiert den Kopf. Warum fiel ihm das gerade jetzt ein? Egal, dachte er und trank die Flasche leer.

***

Der Kaffee war so stark, dass Stephan Unmengen Milch brauchte, um ihn trinken zu können. Er hatte die ganze Nacht wach gelegen und sich Gedanken über seine Beziehung zu Charlotte gemacht. Sollte er eine Aussprache suchen? Oder abwarten? Gegen sieben war er mit dem Entschluss aufgestanden, zunächst abzuwarten und weiter zu ermitteln. Richtig zufrieden war er damit nicht, doch fürchtete er, dass er sonst etwas Unüberlegtes sagen könnte, was er später bereuen würde.

Um zehn machte er sich übermüdet auf den Weg zu den Eltern von Jürgen Schipke. Es war nicht schwer gewesen, die Adresse herauszufinden. Wieder hatte ein Anruf bei der Telefonauskunft ausgereicht.

Sie wohnten mitten in Alfter an der Pelzstraße, keine zehn Kilometer entfernt.

Stephan hatte sich telefonisch bei den Schipkes angekündigt. Dabei hatte er den Eindruck gewonnen, dass Jürgens Mutter sich freute, dass sich noch jemand für ihren verstorbenen Sohn interessierte.

Seine Vermutung bestätigte sich wenig später. Ohne dass er schellen musste, wurde die Tür geöffnet und eine krächzende Stimme rief ihm freundlich entgegen: »Herr Tries. Ich freue mich so.« In der offenen Haustür stand, gebeugt auf einem Krückstock, eine grauhaarige Frau. Sie trug eine fleckige Kittelschürze, machte aber ansonsten einen gepflegten Eindruck. Stephan gab ihr die Hand.

»Kommen Sie bitte mit in die Küche«, forderte Frau Schipke ihn auf. »Ich hoffe, es macht Ihnen nichts aus, dass wir weiterarbeiten. Wir kochen gerade ein.«

»Nein, nein«, bekräftigte Stephan rasch und folgte ihr durch einen kleinen Flur. Es roch nach Obst und Zimt. In der Küche begrüßte Stephan Herrn Schipke, der sich ebenfalls in einen fleckigen Kittel gehüllt hatte, und nahm auf einem kleinen Hocker am Tisch Platz. Anders als seine Frau hatte Herr Schipke noch füllige pechschwarze Haare. Als Stephan genauer hinsah, musste er sich ein Grinsen verkneifen. Durch die Aktivitäten in der Küche war Schipkes Toupet verrutscht und saß am linken Ohr etwas tiefer als am rechten.

Frau Schipke lehnte ihren Krückstock gegen den Türrahmen und sagte: »Wir sind spät dran. Mein Mann wurde vor sechs Wochen an der Leiste operiert, da kam ich nicht zum Einkochen. Daher habe ich die Obsternte kurzerhand eingefroren. Egon, reichst du mir bitte die Stanze?«

Ihr Mann reichte ihr das Gewünschte, und Frau Schipke machte sich daran, die Kirschen zu entkernen.

»Geht's wieder?«, fragte Stephan Herrn Schipke.

Der winkte lächelnd ab. »Unkraut vergeht nicht.« Dabei blickte er liebevoll seine Frau an.

Stephan fühlte sich unwohl. Er verlangte von den beiden, dass sie schmerzvolle Erinnerungen wachriefen, nur damit er weiter seinem Phantom hinterherjagen konnte.

»Jürgen war ein toller Junge«, unterbrach Frau Schipke seine Grübeleien. »Eltern kommen über so etwas nie hinweg.« In ihren trüben blauen Augen konnte Stephan noch immer Trauer erkennen.

»Insbesondere, wenn der Sohn umgebracht wird«, ergänzte Egon Schipke verbittert, »und sich niemand einen Dreck dafür interessiert.«

Stephan beugte sich angespannt vor. »Das müssen Sie mir erklären! Ich war der Meinung, er sei durch einen Motorradunfall ums Leben gekommen. Ich kannte Jürgen und seine Leidenschaft für Zweiräder.«

Herr Schipke stieß verächtlich Luft durch die Nase aus. »Genau das meine ich. Alles passt so schön zusammen. Ein unerfahrener Heißsporn sitzt auf einer viel zu schnellen Maschine. Eigentlich kein Wunder, dass sich nie jemand die Mühe gemacht und weiter nachgeforscht hat.« Er füllte Wasser in einen großen Topf und stellte diesen auf eine Herdplatte. Dann wandte er sich wieder an Stephan. »Es war trocken in der Unfallnacht.«

Frau Schipke lachte leise und murmelte, während sie weiter die Kerne aus den Kirschen stanzte: »Es war kein Unfall.«

Herr Schipke streichelte ihr die Schulter. »Ich weiß. Was ich sagen will, ist, dass Jürgen bei guten Straßenverhältnissen fuhr.«

Stephan erinnerte sich an einen Zeitungsartikel. Dort wurde von Laub und Bodennebel berichtet.

»Ein Freund von mir leidet ...«

»Nicht leidet, er litt«, unterbrach ihn seine Frau, ohne aufzuschauen.

»Richtig. Er ist letzten Frühling verstorben. Dieser Freund also litt an Insomnie.«

»Er konnte nicht schlafen«, warf Frau Schipke dazwischen und lächelte ihren Mann an. »Nicht jeder kennt den medizinischen Fachbegriff, Egon.«

Dem schien die Unterbrechung nichts auszumachen, denn er fuhr ungerührt fort: »Er saß in der Nacht im Wohnzimmer, schaute noch fern. Die Fenster sind nach Osten ausgerichtet, riesige Scheiben, ermöglichen einen erstklassigen Blick die Schottgasse in Merten hinunter. Sie wissen, welche Straße das ist?«

Stephan nickte. »Im kleinen Wäldchen am Ende der Schottgasse ist ihr Sohn verunglückt. Ich habe es in der Zeitung gelesen.«

Erstaunt hoben die beiden Alten die Köpfe und blickten ihn an. Frau Schipke fragte: »Daran erinnern Sie sich noch?«

»Ich habe eine Sammlung aus der Zeit«, erzählte Stephan. »Bevor ich zu Ihnen aufgebrochen bin, habe ich noch mal nachgeschlagen.« Das schien den beiden als Erklärung zu genügen, denn Herr Schipke ergriff wieder das Wort.

»Das Haus meines Freundes steht so, dass man Hunderte Meter weit die Schottgasse hinunterblicken kann.

»Wenn nicht sogar kilometerweit«, fiel Frau Schipke ein. Ihr Mann drückte ihr einen Kuss auf die Wange.

Die beiden sind ein eingespieltes Team, dachte Stephan amüsiert. Wie Puzzleteile, die zusammen ein Bild ergeben.

Er fragte sich, ob diese Beziehung schon vor Jürgens Tod derart intensiv war.

Schicksalsschläge wie der Tod eines Kindes können Partnerschaften zusammenschweißen – oder zerbrechen lassen.

»Jürgen ist gerast, ohne Zweifel. Mein Freund hat mir gesagt, dass die Maschine so laut kreischte wie eine Säge. Dabei hatte er die Fenster geschlossen.«

»Zweitakter. Die kreischen bei hohen Drehzahlen«, warf Frau Schipke ein. Stephan hob die Augenbrauen. Derartige technische Detailkenntnis hatte er der alten Frau nicht zugetraut.

»Dann tauchte die Maschine, oder vielmehr das Licht des Scheinwerfers, es war ja Nacht, im Blickfeld meines Freundes auf. Viel zu schnell.«

»Viel zu schnell«, warf Frau Schipke ein und stanzte weiter Kirschkerne aus. Stephan bemerkte, dass ihre Hände zitterten.

»Aber dann spricht doch alles für einen Unfall«, wandte er ein. »Jürgen war jung, vielleicht wollte er seine Maschine einfach mal ausreizen.«

Frau Schipke blickte Stephan kurz an. »In einem Dorf? Dafür würde ich mir eine schöne breite Straße suchen. Jürgen fuhr zwar schnell, aber lebensmüde war er nicht.«

Stephan spürte, dass er sie verärgert hatte. War Jürgen für seine Mutter vielleicht zu einer unantastbaren Ikone geworden?

Herr Schipke sah nach, ob das Wasser im Kessel schon kochte. Dann wandte er sich wieder an Stephan. »Auf den ersten Blick stimme ich Ihnen zu. Doch mein Freund hat noch etwas gesehen.«

Er machte eine Pause und sah seine Frau an. Vermutlich erwartete er wieder einen Einwand. Doch diesmal schwieg sie und starrte auf die Kirschen.

»Kurz nachdem mein Sohn aufgetaucht war, erschien ein Auto. Dicht dahinter, als würde es ihn jagen.«

»Ein Wettrennen unter Halbstarken?«, schlug Stephan vor.

»Wettrennen?« Herr Schipke schnaufte verächtlich durch die Nase. »Welcher Idiot von Autofahrer würde sich denn auf ein Wettrennen gegen ein Motorrad einlassen?«

Stephan zuckte mit den Schultern.

»Also gut, nehmen wir kurz an, dass es tatsächlich ein Wettrennen war. Hätte der Fahrer des Wagens dann nicht Hilfe geholt? Er muss doch gesehen haben, dass Jürgen einen Unfall hatte. Aber mein Sohn wurde erst am nächsten Morgen von Spaziergängern gefunden.«

Die Schipkes sahen Stephan erwartungsvoll an. Für sie gab es offenbar nur eine logische Schlussfolgerung: dass ihr Sohn in den Tod gehetzt worden war. Stephan war nicht davon überzeugt. Er konnte sich noch einige andere Gründe vorstellen, warum der Fahrer des Wagens keine Hilfe geholt hatte. Fahrerflucht war eine davon. Seiner Meinung nach hatten die Schipkes sich ihre eigene Wahrheit zusammengebastelt und lebten ganz gut damit. Stephan wollte das nicht zerstören. Vorsichtig entgegnete er: »So könnte es natürlich gewesen sein. Nur werden wir das nie beweisen können.«

»Ha!«, rief Herr Schipke und klatschte freudig in die Hände. Sein Toupet verrutschte noch einige Millimeter, und Stephan fürchtete, dass es bald ganz herabfallen würde.

Frau Schipke strahlte Stephan glücklich an und nickte kaum merklich. »Endlich einer, der uns glaubt«, murmelte sie.

Stephan lächelte zurück. Du Heuchler, dachte er, wechsle das Thema, sonst fliegst du noch auf. »Ich hoffe, Sie können mir auch etwas über Jürgens Freunde erzählen.«

Leider wussten die beiden kaum etwas über Jürgens Freunde zu berichten. Dass Edeltraud mit Max gegangen war, wusste Stephan bereits, ebenso dass Jürgen fast jedes Wochenende in »Erwins Eck« verbracht hatte. Von Natalie hatten sie nie etwas gehört.

Frau Schipke umarmte Stephan zum Abschied und winkte ihm hinterher, als er die Straße entlangfuhr. Er seufzte. Auch nach dem Besuch bei Jürgens Eltern war er keinen Deut schlauer als vorher.

Das Radio spielte einen alten Song aus den Achtzigern, und Stephan drehte die Lautstärke auf. Die Talking Heads, eine seiner Lieblingsgruppen, sangen:

Well, we know where we're goin'
But we don't know where we've been
And we know what we're knowin'
But we can't say what we've seen

Dem konnte Stephan nur zustimmen. Er grinste. Doch die nächsten Zeilen erstickten seine kurze Freude im Keim.

And we're not little children
And we know what we want
And the future is certain
Give us time to work it out

Sie beschrieben das krasse Gegenteil von dem, was Stephan gerade fühlte. Seine Zukunft erschien ihm alles andere als sicher, und er wusste gerade nicht, was er von seinem Leben noch erwartete. Von wegen *know what we want*, dachte er verbittert und drehte das Radio wieder leiser. Sollten die Talking Heads doch allein auf der Straße nach Nirgendwo marschieren.

ZEHN

Dienstag, 16. April 1985

Ich bin verliebt. Denke nur noch an IHN, jede Stunde, Minute, Sekunde. Ich möchte in seiner Nähe sein, alleine, doch immer sind andere dabei. Er scheint nichts davon zu bemerken. Es kann ihm doch nicht entgangen sein. So oft haben sich unsere Blicke getroffen. Ich habe nicht weggeschaut, freundlich gelächelt, ein wenig mein neues Wissen eingesetzt. Aufreizender Blick, Schmollmund, die Arme unter dem Busen verschränken und unauffällig anheben. Conny hat mich den ganzen Abend aufgezogen. Ihr ist es sofort aufgefallen. Edeltraud auch. Das habe ich an ihrem Blick gesehen. Sie hätte damit Eis schmelzen können. Kein Chinese hat so schmale Augen wie Edeltraud gestern Abend. Gott sei Dank haben beide nicht erraten, für wen ich mich ins Zeug lege. Ich würde mich aufführen wie Madonna, hat Conny gesagt und gelacht. Bin nicht darauf eingegangen, warum auch. Madonna ist cool, und mit ihr verglichen zu werden ist doch i. O.
Wenn es Conny auffällt, warum ihm dann nicht? So blöd kann er doch nicht sein. Gut, ich bin nicht die Einzige. Aber ich bin jung und hübsch. Was gibt es Besseres???

***

Spät am Nachmittag des nächsten Tages verabschiedete sich Jablonski von Stephan. »Anfang nächster Woche sind wir fertig«, versprach er. »Dann haben Sie für die nächsten vierzig Jahre ausgesorgt.«

Stephan hörte gar nicht richtig hin. Am Vormittag hatte er Natalies Tagebuch noch mal von vorne bis hinten durchgelesen und sich dazu vier Bier gegönnt. Sein Kopf fühlte sich an wie in Watte gepackt. »Gut«, sagte er knapp und schloss die Tür hinter den Handwerkern. Sollten sie doch denken, was sie wollten. Er nahm ein weiteres Bier aus dem Kühlschrank und schlenderte damit ins Wohnzimmer.

Dort betrachtete er seine Unordnung. Gestern noch hatte er ein System darin erkennen können. Heute schien es nur eine unzusammenhängende Ansammlung von Blättern, Zetteln und Karten zu sein. Das Tagebuch lag aufgeschlagen auf dem Tisch. Kurz bevor Jablonski sich verabschiedet hatte, war Stephan gerade ein wichtiger Gedanke gekommen. Er runzelte die Stirn. Was hatte ihn stutzig gemacht? Er überflog die aufgeschlagene Seite. Richtig, hier war es.

Freitag, 21. Juni 1985

So komme ich nicht weiter! Das liebe Mäuschen spielen bringt wohl nichts. Seitdem wir zusammen waren, ignoriert er mich, weicht mir aus. Ich muss mir etwas anderes überlegen. Nicole hat mir geraten, offensiv vorzugehen. Sie sagt, es gibt Typen, die müssen einfach davon überzeugt werden, dass man die bessere Wahl ist. Sie riet mir, ihn zu überfallen. Wenn ich Nicole nicht hätte! Sie ist ganz anders als Monika, die Egg immer mitbringt. Monika ist eine gut aussehende Schlampe, nett, aber kein Hirn. Wenn sie die Kneipe betritt, verdrehen sich die Typen den Kopf. Bei Nicole dauert es länger, doch dann zappeln die Kerle an ihrem Haken wie Fische auf dem Trockenen. Sie ist gefährlich. Von Monika habe ich mir ein paar Schminktipps geben lassen, da kennt sie sich aus.
Jetzt habe ich alles, was ich für meinen großen Auftritt brauche. Neben mir wird selbst Monika blass aussehen. Mal sehen, wie ich ankomme. Ich bin jetzt schon aufgeregt.
Er kann mich dann gar nicht mehr ignorieren!
Papa darf mich nur nicht so sehen.
Mein Dackel ist ein Schatz. Er holt mich ab, und ich kann mich bei ihm umziehen. Ihm werden die Augen ausfallen.

Stephan kniff die Augen zusammen und rieb sich mit Daumen und Zeigefinger den Nasenrücken. Egg, Egg, Egg, hämmerte es hinter seiner Stirn. Natalie wollte sich stylen. Für ihre große Liebe, klar. Aber warum wollte sie Monika ausstechen? War das reines Konkurrenzdenken, oder wollte Natalie Monika übertrumpfen, weil sie in Egg verliebt war? Hatte es vielleicht sogar geklappt, und die beiden waren tatsächlich zusammen abgehauen, wie Uwe vermutet hat?

Stephan stöhnte gequält. Er konnte sich einfach nicht richtig konzentrieren. Ärgerlich blickte er auf die fast leere Bierflasche. Er musste erst mal den Kopf freibekommen. Ein Bad, ein bisschen Fernsehen und früh zu Bett, dachte er, das würde Wunder wirken.

***

Wütend hämmerte Charlotte die Antwort auf eine E-Mail in ihren Computer. Was sie denn von der Todesstrafe halte, fragte jemand aus dem politischen Forum. Ob man die nicht wieder einführen sollte. Charlotte verneinte das vehement. Ihr fiel ein Spruch ein, den sie vor Jahrzehnten in Tolkiens Herr der Ringe gelesen hatte. Sinngemäß hieß es dort, dass niemand Leben nehmen sollte, der kein Leben geben kann. Ganz ihre Meinung. Charlotte klickte auf Senden und lehnte sich zurück.

Im Haus war es still. Der Zivi war mit ihrer Mutter beim Arzt. Früher hatte Charlotte ihre Mutter immer begleiten müssen, darum genoss sie diese freie Zeit normalerweise sehr. Doch heute schmälerte ihre Wut auf Stephan das Vergnügen. Er hatte einige Male angerufen, aber sie hatte es ignoriert und nicht abgenommen. Früher hätte er keine zehn Minuten später voller Sorge vor ihrer Tür gestanden. Diesmal nicht. Sie sprang auf und lief im Zimmer auf und ab. Das Telefon holte sie aus ihrer Grübelei. Sie sah auf das Display und erkannte die Nummer ihres Sohnes.

»Hallo Wolfgang!«, meldete sie sich, froh über die Ablenkung.

»Hi, Mama. Ich wollte nur mal hören, ob du neue Drohbriefe erhalten hast?«

»Stephan hat einen weiteren Drohbrief bekommen. Bei mir sind es wieder einige anonyme Anrufe gewesen. Aber vorhin habe ich eine Fangschaltung beantragt, bald haben wir den Kerl.«

»Das hoffe ich. Melde dich, wenn du Hilfe brauchst.«

Charlotte lachte. »Vierundzwanzig Stunden, sieben Tage die Woche. Ich verstehe. Du bist mein Schatz.«

»Ab und an. Was hat eigentlich Stephan bisher herausgefunden?«

»Nichts«, antwortete sie knapp.

Wolfgang schien ihren Ärger zu bemerken, denn er fragte: »Stimmt was nicht?«

Charlotte überlegte kurz, ob sie ihrem Sohn von ihrem Streit mit Stephan erzählen sollte, entschied sich dann aber dagegen. Warum sollte sie ihn mit solch einer Lappalie belästigen? »Nein, nein, alles in Ordnung.«

Bevor Wolfgang nachhaken konnte, wechselte sie das Thema. »Hast du etwas von deinen Geschwistern gehört?«

Wolfgang erzählte ihr, dass Sebastian, Charlottes ältester Sohn, sich gemeldet hatte. Im Moment hielt er sich in Japan auf, nächste

Station Burma. Johannes wollte den kommenden Tag der Deutschen Einheit nutzen und in der Eifel wandern gehen. Mehr Neuigkeiten konnte Wolfgang nicht berichten. Sie verabschiedeten sich, nachdem Charlotte versprochen hatte, ihn anzurufen, sobald die Fangschaltung bereitstand.

Nachdenklich legte sie das schnurlose Telefon auf den Schreibtisch. Alles in Ordnung, hatte sie Wolfgang gesagt. Sie seufzte. Wenn es doch nur so wäre.

***

Vom Wind getrieben, klatschte der Regen gegen die Fensterscheiben. Jablonski hatte die Arbeiten um kurz nach neun wegen des schlechten Wetters abgebrochen, und Stephan hoffte, dass die Abdeckplanen das Gröbste abhalten würden.

Er nahm seine Minestrone vom Herd, schöpfte zwei Kellen in den Teller und setzte sich an den Küchentisch. Der angebratene Bauchspeck überlagerte mit seinem rauchigen Geruch den Sellerie. Augenblicklich knurrte Stephans Magen. Genau das Richtige bei so einem Sauwetter, dachte er und langte zu. Gleich darauf wurde er vom Klingeln des Telefons unterbrochen. Einen Moment erwog er, das Klingeln zu ignorieren und in Ruhe aufzuessen, doch dann übermannte ihn seine Neugier. Er stand auf und holte das Telefon. »Tries.«

»Hier auch, ich meine, äh, ach, verflucht. Dein Onkel.«

Stephan hob erstaunt die Augenbrauen. Das konnte nichts Gutes bedeuten. Es war erst das zweite Mal in seinem Leben, dass Erwin ihn anrief. »Was gibt's?«, fragte er alarmiert.

Er hörte Erwin schwer atmen, dann stieß sein Onkel hervor: »Elke ist tot.«

»Tante Elke?« Stephan wäre fast der Hörer aus der Hand gefallen. »Was ist passiert?«

»Anscheinend Selbstmord.«

Stephan dachte an die Narben an Tante Elkes Handgelenken. »Aber das Klinikpersonal schaut doch bei suizidgefährdeten Patienten genauer hin!« Er war empört. »So etwas darf doch nicht passieren!«

Erwin ging nicht darauf ein, sondern erwiderte: »Die Polizei war schon hier. Die vielen Fragen, ich wusste gar nicht, was ich antworten sollte.«

Erwin tat Stephan leid. Der alte Mann schien mit der Situation völlig überfordert zu sein. Er überlegte fieberhaft, wie er ihm helfen könnte, als die Haustürglocke anschlug. »Onkel Erwin, jemand ist an der Haustür. Ich komme nachher bei dir vorbei, dann reden wir. Okay?«

»Ja, sicher doch.«

Stephan beendete das Gespräch und öffnete die Tür. Vor ihm stand ein Mann mit einem Regenschirm in der rechten Hand. Stephan hatte das Gesicht schon einmal gesehen. Er musste einen Moment überlegen, doch dann fiel es ihm ein. Erfreut rief er: »Kollege Engel! Was führt dich denn vom Bonner Polizeipräsidium hierher?«

Stephan hatte Engel im Frühjahr kennengelernt, als er das ungewöhnlich häufige Sterben älterer Menschen in Sechtem untersucht hatte.

»Darf ich reinkommen? Ungemütlich heute«, sagte Engel und deutete zum Himmel.

Stephan machte den Weg frei. »Klar. Stell den Schirm hier im Flur ab, dann links in die Küche.«

Als Engel die Küche betrat, hob er die Nase und schnupperte. »Riecht lecker. Eintopf?«

»Selbst gemachte Minestrone. Willst du einen Teller?«

Engel grinste. »Gerne auch zwei. Hatte heute keine Zeit zum Frühstücken, mein Schreibtisch quillt über. Und jetzt noch deine Tante obenauf.« Er blickte Stephan erschrocken an. »Oh, äh. Entschuldige bitte. Ich bin taktlos. Also deine Tante …«

Stephan nahm einen Teller aus dem Schrank und ging zum Herd. »Schon gut, mein Onkel hat mich gerade angerufen.«

Engel setzte sich. Er wirkte erleichtert. »Ich will nicht lange um den heißen Brei herumreden. Du warst am Montag bei deiner Tante.«

Stephan hielt in seiner Schöpfbewegung inne. »Mein Onkel sagte, dass es Selbstmord war.«

Engel zuckte mit den Schultern. »Könnte sein.«

Stephan stellte den Teller vor Engel ab, der sofort anfing, die Suppe zu löffeln. Dann holte er zwei Flaschen Bier aus dem Kühlschrank und drückte dem Kommissar eine davon in die Hand. »Könnte sein?«, wiederholte er.

»Die Suppe schmeckt ausgezeichnet«, bescheinigte Engel. »Also, mit großer Wahrscheinlichkeit war es tatsächlich Selbstmord. Eine Überdosis Tabletten. Gewalteinwirkung wurde nicht festgestellt. Der endgültige Bericht der Rechtsmedizin steht zwar noch aus, aber ich glaube nicht, dass sich dahingehend etwas ändert.«

»Dann ist doch alles klar.« Stephan schüttelte verständnislos den Kopf.

Engel sah auf die Uhr, trank dann einen Schluck Bier. »Habe gerade beschlossen, nicht im Dienst zu sein.« Er grinste Stephan an. »Also, nein, tatsächlich ist nichts in Ordnung. Deine Tante hatte nämlich keinen Zugang zu Tabletten.«

»Sie war verwirrt, aber körperlich und vielleicht auch geistig durchaus in der Lage, sich den Mist von irgendwoher zu beschaffen«, gab Stephan zu bedenken.

Engel wiegte den Kopf. »Sie hat Tabletten geschluckt, die es in der Klinik nur hinter verschlossenen Türen gibt. Ich habe mir die Sicherheitsstandards angesehen. Es ist kaum möglich, als Patient an die Tabletten zu kommen.«

Stephan zuckte die Schultern. »Alles ist möglich.«

»Hm, ja, schon klar. Ich halte es jedoch für wahrscheinlicher, dass ihr jemand die Tabletten mitgebracht hat.«

Stephan lehnte sich zurück und pfiff durch die Zähne. »Ah. Nun schließt sich der Kreis. So komme ich ins Spiel.«

Engel grinste schief. »Nimm es nicht krumm! Du kennst das doch. Wir müssen allem nachgehen.«

»Bin ich verdächtig?«

»Ach, Quatsch!«, sagte Engel und lachte unsicher. Er rutschte unruhig auf seinem Stuhl hin und her.

Stephan musste unwillkürlich lachen. »Dass du mich im Visier hast, ist logisch. Ich nehme es dir nicht übel.«

Engel kratzte sich am Hinterkopf und zog die Stirn kraus. »Ist immer unangenehm, so etwas. Unter Kollegen.«

Stephan winkte ab. »Mach einfach weiter. Wird sich schon alles aufklären.«

Engel nickte und schaute zum Suppentopf rüber. Im gleichen Augenblick hörte Stephan Engels Magen knurren. Der Kollege hieb sich mit der flachen Rechten auf den Bauch. »Da passt noch etwas rein«, sagte er und grinste.

Nachdem Engel sich verabschiedet hatte, fuhr Stephan zu seinem Onkel. Der starke Regen hatte die Äcker in matschige, dunkelbraune Flächen verwandelt. Zwischen den Grasnarben auf dem Gelände von Rasen-Rolle, dem Sechtemer Rollrasenspezialisten, stand das Wasser zentimeterhoch. Vor einiger Zeit hatte hier eine Stadionkulisse für die Dreharbeiten zum Film »Das Wunder von Bern« gestanden. Stephan lächelte. Heute, bei diesem Sauwetter, würde Sönke Wortmann die besten Voraussetzungen vorfinden, um einen authentischen Film abzuliefern.

Erwin saß, mit einer Schnapsflasche in der Hand, auf einer Eckbank. Die Kneipe lag in einem diffusen Halbdunkel.

»Lass das Licht aus. Ich ertrag es heute nicht«, murmelte er. Stephan zog seine Hand vom Lichtschalter zurück. Er setzte sich zu Erwin an den Tisch. »Es tut mir leid.«

Sein Onkel kippte einen doppelten Korn hinunter. »Bist ein guter Junge.«

Stephan wunderte sich über das unerwartete Lob. »Kommissar Engel war eben bei mir. Er hat mir alles erzählt.«

»Sie hat es schon oft versucht.« Erwin schluchzte auf. »Diesmal hat es geklappt.«

Stephan wartete einen Moment, bevor er sagte: »Die Polizei nimmt an, dass Tante Elke die Tabletten von jemandem bekommen hat. Hast du eine Idee, wer ihr die Pillen gegeben haben könnte?«

Mühsam hob Erwin den Kopf und schaute Stephan an. »Klar. Es war der Mann, der vorletzte Woche hier war.«

Stephan stutzte. »Wie kommst du gerade auf den?«

Eine steile Falte bildete sich auf Erwins Stirn. »Hat der Bulle dir nichts von ihm erzählt?«, fragte er.

»Von wem soll er mir was erzählt haben?« Stephan beugte sich vor.

Erwin lachte kurz auf und schüttelte den Kopf. »Das gibt's doch nicht! Ich habe gedacht, dass ihr Bullen euch untereinander alles erzählt. Also, der Fremde, von dem ich dir erzählt habe, der hat Elke auf der Station besucht. Am Nachmittag.«

Stephan überlegte. Engel hatte keinen Mann erwähnt. Der alte

Fuchs. Wollte sich wahrscheinlich nicht vorwerfen lassen, dass er einem Verdächtigen Informationen zukommen ließ. Möglicherweise hatte er es aber auch nicht für wichtig gehalten. »Wie heißt der Kerl?«, fragte er laut.

Sein Onkel reagierte nicht darauf, starrte nur vor sich hin und murmelte: »Ich kenne ihn, nur weiß ich nicht woher. Ein ehemaliger Kunde vielleicht.«

»Er muss doch seinen Namen eingetragen haben, bevor er die Station betreten hat«, drängte Stephan.

Erwin blinzelte und leerte sein Glas, bevor er antwortete. »Bestimmt. Hat der Kommissar aber nicht verraten, er hat ihn mir nur beschrieben. Trinkst du einen mit?«

Stephan stand auf und holte sich hinter der Theke ein Glas. Dass Engel den Namen des geheimnisvollen Besuchers nicht genannt hatte, war kein Zufall, da war Stephan sich sicher. Irgendetwas Ungewöhnliches steckte dahinter, ein Prominenter vielleicht, dessen Namen man nicht ohne hieb- und stichfeste Beweise der Presse zum Fraß vorwerfen wollte. Stephan beschloss, der Sache nachzugehen und setzte sich wieder.

Sein Onkel schenkte großzügig ein. Das Telefon läutete, sie ließen es klingeln.

»Ich werde den Namen schon heraus bekommen«, versprach Stephan. »Versuch du in der Zeit, das Gesicht einem Namen zuzuordnen, falls ich wider Erwarten doch keinen Erfolg habe.«

Sie schwiegen einige Minuten. Nur hin und wieder unterbrach ein draußen vorbeifahrendes Auto die Stille. Wieder klingelte das Telefon. Stephan warf einen verärgerten Blick zur Theke, wo das grüne Gerät an der Wand hing. Der Schnaps brannte unangenehm in seinem Magen. Er hielt das Glas zu, als sein Onkel nachschenken wollte. »Muss noch fahren.«

Wieder schwiegen sie, wieder klingelte das Telefon.

»Der gibt eh keine Ruhe«, murmelte Stephan schließlich und ging ans Telefon. Brüsk meldete er sich mit einem kurzen »Tries!«

»Erwin Tries?«

»Nein, sein Neffe.«

Der Anrufer schwieg ein paar Sekunden, fragte dann: »Kann ich Ihren Onkel kurz sprechen?«

»Nein, im Moment nicht.«

»Es ist wichtig. Bitte.«

Stephan verspürte den Drang, einfach aufzulegen. Gerade noch rechtzeitig fiel ihm ein, dass sein Onkel es sich kaum leisten konnte, einen Kunden zu verprellen. So seufzte er und erklärte mit leiser Stimme: »Hören Sie, es gab einen Todesfall in der Familie. Meine Tante ist leider verstorben. Bitte versuchen Sie es später wieder. Und jetzt entschuldigen Sie mich.«

Ohne eine Antwort abzuwarten, legte er den Hörer auf die Gabel.

»Wer war das?«, fragte Erwin, als er sich wieder zu ihm an den Tisch setzte.

Stephan fiel ein, dass der Anrufer seinen Namen gar nicht gesagt hatte. »Keine Ahnung«, gab er zu.

Aber für Erwin schien die Sache schon wieder ohne Belang zu sein, denn er erklärte: »Ich werde die Kneipe zwei Tage zusperren und an die Nordsee fahren.«

»Etwa in dein Wochenendhaus? Steht das noch?« Stephan sah zu dem gerahmten Foto von dem Häuschen hinüber. Das Bild lag im Halbdunkeln, daher konnte er nur Umrisse erkennen.

»Glückliche Zeiten waren das«, seufzte Erwin. »Ich meine, bevor Natalie ... Danach waren wir nur noch selten da. Aber ich konnte mich nie dazu durchringen, es zu verkaufen.«

Stephan legte seinem Onkel eine Hand auf die Schulter. »Der Abstand wird dir gut tun.«

Erwin ergriff die Hand und drückte sie fest. »Ich muss mit mir ins Reine kommen, ein paar Entscheidungen fällen.« Er schluchzte auf. »Ich bin ein Feigling.« Abrupt ließ er Stephans Hand los und schenkte sich einen weiteren Korn ein.

Irritiert fragte Stephan: »Was meinst du? Ich kann dir nicht folgen. Wieso Feigling?«

Sekundenlang sah Erwin ihn aus glasigen Augen an, winkte dann aber mit einer fahrigen Bewegung ab. »Vergiss es. Ich habe zu viel getrunken.«

Stephan zögerte. Er wollte Erwin noch etwas Tröstendes sagen, bevor er ihn verließ. »Du warst ihr ein guter Mann. Tante Elke hat sicher gespürt, dass du sie bis zum Schluss geliebt hast.«

Erwin blickte auf. »Was?«, fragte er lallend.

Stephan klopfte ihm noch mal auf die Schulter und ging. Draußen auf der Treppe blieb er stehen und sog die frische Luft tief in seine Lungen. Es half nicht viel. Das Gefühl, dass ein eiserner Gürtel seine Brust umspannte, blieb.

***

Teutschner öffnete eine Tube seiner Astronautenkost. Die konnte er noch verdauen, ohne sofort zu erbrechen. Er wusste, dass er nur noch wenige Tage von einer intravenösen Ernährung entfernt war. Als er die breiige Masse auf einen Esslöffel gedrückt hatte, starrte er sekundenlang darauf. Schließlich warf er den Löffel wütend in die Spüle. »Wer will so etwas schon essen?«, zischte er und ging ins Wohnzimmer. Er setzte sich auf die Couch und sah zum Fenster hinaus. Die tief hängenden grauen Wolken deprimierten ihn zusätzlich. Zumindest hatte es aufgehört zu regnen. In seinem Bauch piekste es, doch es ließ sich aushalten, das Morphium wirkte.

Nimm einfach eine Überdosis, dann hat die Quälerei ein Ende, dachte er, wie so oft in den letzten Wochen. Doch der Fall Tries ließ ihn nicht los, hielt ihn am Leben. Er nahm sich die Akte zur Hand und blätterte die letzte Seite auf. Teutschner überflog seine Aufzeichnungen zum wiederholten Male und sinnierte über seinen Anruf in der Kneipe nach. Ein Todesfall in der Familie, hatte Stephan Tries gesagt. Gedankenverloren kritzelte Teutschner hinter den Namen Elke Tries ein dickes Minus.

***

Die Kaffeemaschine röchelte. Engel nahm die Kanne von der Heizplatte. »In der Teeküche steht auch eine«, erklärte er Stephan. »Die kann jeder nutzen. Aber du weißt ja, wie das ist.«

Stephan grinste. »Klar. Immer leer, selbst wenn man gerade frisch aufgebrüht hat. Übrigens: Danke, dass ich dich heute am Feiertag stören darf.«

Engel nickte. »Nicht viel los heute. So geht die Zeit wenigstens rum.« Er goss den dampfenden Kaffee ein und setzte sich hinter seinen Schreibtisch. »Hast du gut hierher gefunden?«

»Bonn ist ja nur ein Dorf. Wenn das Wetter hält und es nicht regnet, werde ich nachher noch einen Spaziergang durch die Rheinaue machen. Ich glaube, das letzte Mal war ich bei irgendeinem Konzert dort. Muss Ende der Neunziger gewesen sein. Kann mich gar nicht mehr an die Gruppe erinnern.« Stephan kratzte sich am Kopf.

»Bei mir war es die Bierbörse. Mit Konzerten habe ich nichts am Hut.« Engel zuckte mit den Schultern. »Ist mir einfach zu laut. Aber nun mal los. Was kann ich für dich tun?«

»Mein Onkel erzählte mir gestern, dass ein Fremder meine Tante besucht hat. Kurz vor ihrem Selbstmord.«

Stephan erhob seine Tasse und sah Engel über den Rand hinweg forschend an. Der lehnte sich in seinem Stuhl zurück und nickte. »Das ist richtig.«

»Warum hast du mir nichts von ihm erzählt?«

»Wie ich meine Ermittlungen führe, musst du schon mir überlassen.«

Stephan kämpfte gegen seinen aufsteigenden Ärger an. »Da will ich dir auch nicht reinreden«, presste er hervor. »Aber wenn dieser Mann meine Tante besucht hat, dann könnte es eine Verbindung geben.«

Engel lachte. »Klar, so schlau bin ich auch, dass ich es für möglich halte, dass der Kerl deiner Tante die Tabletten untergeschoben hat. Jeder, der sie besucht hat, kommt in Frage.«

Stephan schüttelte den Kopf. »Du hast mich falsch verstanden. Ich meine eine Verbindung zum Verschwinden meiner Schwester vor über zwanzig Jahren.«

Engel runzelte die Stirn und lehnte sich nach vorne. »Ich kann dir tatsächlich nicht folgen. Erklär mal.«

Stephan berichtete in Kürze, dass sich ein Unbekannter in letzter Zeit in der Gegend herumtrieb und die Leute nach Natalie aushorchte. »Der Mann könnte mitbekommen haben, dass ich die Sache wieder aufrolle. Vielleicht hat er etwas zu verbergen und beseitigt diejenigen, die eine Gefahr darstellen könnten.«

Engel pustete die Backen auf. »Weit hergeholt, deine Theorie. Glaube ich nicht dran.«

»Bei meinem Onkel war er schon«, entgegnete Stephan.

»Und er hat es überlebt«, sagte Engel. »Nicht gerade förderlich für deine Theorie.«

Stephan rieb sich die Augen. Engel hatte recht. Ich greife nach dem berühmten Strohhalm, dachte er müde.

»Ich werde den Fall in Kürze abschließen«, sagte Engel jetzt. »Dass deine Tante die Tabletten ohne Gewalteinwirkung zu sich genommen hat, bestätigt der rechtsmedizinische Bericht. Dass es mir noch gelingt herauszufinden, wer ihr die Tabletten zugesteckt hat, wage ich zu bezweifeln. Auf dem Röhrchen fanden sich keine Fingerabdrücke.«

»Aber wenn wir mal einen Moment davon ausgehen, dass jemand meiner Tante aktiv und mit voller Absicht Tabletten für einen Selbstmord gegeben hat, stellt sich doch die Frage nach einem Motiv.«

»Mitleid zum Beispiel«, entgegnete Engel. Er klopfte sich mit den Händen auf die Oberschenkel. »Sei es, wie es ist. Wir werden niemandem etwas nachweisen können. Mein Besuch und die Ermittlungen bei dir waren unter diesen Umständen fast schon zu viel des Guten.«

»Ja«, bestätigte Stephan. »Bleibt meine Frage nach der Identität des Besuchers.« Er sah Engel erwartungsvoll an. Der schürzte die Lippen.

»Ich werde es mir überlegen«, sagte er ausweichend.

Stephan stand auf. »Danke für den Kaffee.«

»Du hast ihn doch überhaupt nicht angerührt.«

»Trotzdem. Wenigstens etwas, was ich von dir bekommen habe«, gab Stephan zurück und verließ enttäuscht das Büro.

***

Das Holz des alten Baumhauses knarrte beängstigend, als Stephan sich auf die Plattform stemmte. Er setzte sich und versuchte, die Spitze der katholischen St. Gervasius und Protasius Kirche zu erkennen. Er mochte den markanten Ziegelbau. Der Kirchturm ragte wie ein riesiger Wegweiser über die Dächer des Dorfes hinauf in den Himmel und hatte ihm in seiner Kindheit ein Gefühl von Sicherheit vermittelt. Egal wo er war, er brauchte sich nur an dem Turm zu orientieren und wurde zielsicher nach Sechtem zurückgeleitet. Doch Bäume versperrten seinen Blick.

Der kalte Wind ließ ihn schaudern, und er zog seine Jacke enger. Sabine, seine erste Liebe, kam ihm in den Sinn, ihr sommersprossiges Gesicht, die roten Haare. Sie war damals zwölf Jahre alt gewesen, er dreizehn. Er hatte allen Mut zusammengenommen und sie auf die Lippen geküsst. Ein spitzer Schrei war das Ergebnis. »Ist ja ekelig!«, hatte Sabine gerufen und war hastig die Leiter heruntergeklettert und über die Wiese davongelaufen.

Das Handy klingelte. Ärgerlich zog Stephan es aus der Tasche und blickte auf das Display. Er hätte viel lieber noch eine Weile in seinen Erinnerungen geschwelgt. Es war Lutz.

»Na, alte Pappnase? Wie wäre es zunächst mit ein wenig Smalltalk? Oder willst du sofort hören, was ich herausgefunden habe?«, plapperte dieser fröhlich drauflos.

»Spann mich nicht auf die Folter. Hast du denn etwas herausgefunden?«

»Könnte schon sein«, hörte er die gedehnte Stimme seines Kollegen sagen. Stephan drückte sein Handy fester ans Ohr. »Fingerabdrücke?«

Lutz lachte. »Nein, aber fast genauso gut.« Er machte erneut eine Pause.

Stephan stöhnte ungeduldig. »Komm schon rüber!«

»Okay, okay«, beschwichtigte ihn Lutz. »Hast du dir eigentlich mal die Mühe gemacht und nach einem Wasserzeichen gesucht?«

Stephan stutzte. Das hatte er vergessen. Anfängerfehler, dachte er verärgert. »Nein«, gab er zähneknirschend zu.

»So, so. Dem alten Kommissar Tries bekommen wohl die vielen freien Tage nicht. Wäre dir früher nicht passiert.«

»Lutz!«

»Okay, ich will dich ja nicht quälen. Also, das Wasserzeichen ist ziemlich auffällig, würde ich behaupten.«

Schon wieder eine Pause. Lutz kostet seinen Vorteil aber so richtig aus, dachte Stephan und fragte so beherrscht wie möglich: »Wie sieht es aus?«

»Ein Doppelzinnenbalken. Soll eine Burg darstellen.«

Stephan überlegte fieberhaft, aber er konnte beim besten Willen nicht verstehen, was so besonders an diesem Zeichen war. Er hörte Lutz seufzen.

»Ich merke schon, du hast keinen blassen Schimmer. Den Doppelzinnenbalken führen die Grafen von Berg schon seit fast tausend Jahren als Reiterzeichen. Googel das mal im Internet.«

Stephan konnte kaum glauben, was er da gerade gehört hatte.

»Aber warum sollte jemand aus der Familie der von Bergs etwas gegen unsere Beziehung haben?«

»Mann, du machst mal wieder den zweiten Schritt vor dem ersten.«

»Was meinst du?«, fragte Stephan. Er schien tatsächlich eingerostet zu sein. Kein Wunder, dass er bei Natalie nicht vorankam.

»Das liegt doch auf der Hand. Stell deine Freundin zur Rede. Ich schick dir die Drohbriefe wieder zu, dann kannst du das Papier vor Ort vergleichen. Ich würde die Hand dafür ins Feuer legen, dass Charlotte das gleiche Papier verwendet.«

»Was macht dich da so sicher?« Stephan wollte es einfach nicht glauben.

»Bauchgefühl. Ist für mich das Naheliegendste.«

Stephan bedankte sich bei Lutz und beendete das Gespräch. Nachdenklich blickte er zum Dorf hinüber. Nur einige hundert Meter Luftlinie trennten ihn von Charlottes Villa. Sollte es tatsächlich so einfach sein? Würde er dort dem Urheber der Drohbriefe auf die Spur kommen? Oder war der Urheber in Wirklichkeit eine Urheberin?

***

Charlotte führte Stephan in die Bibliothek. Sie setzte sich auf einen der Sessel und trommelte nervös mit den Fingern auf der Lehne. Stephan setzte sich auf die Kante des anderen Sessels und faltete die Hände. Seine Jacke hatte er anbehalten. Charlotte versuchte, von Stephans Gesichtsausdruck auf seinen Gemütszustand zu schließen. Bevor sie sich klar darüber wurde, ob er wütend oder nur angespannt war, sagte er: »Wir müssen reden.«

Charlotte versteifte sich. »Willst du dich nicht vorher entschuldigen?« Sie spürte ihre Wut wieder aufsteigen.

»Wofür?«, fragte Stephan und zog die Augenbrauen zusammen.

Charlotte hieb mit der flachen Hand auf die Lehne. »Komm hör auf. Spiel nicht das Unschuldslamm. Du weißt genau, wofür.«

Stephan rieb sich das stoppelige Kinn. »Entschuldigung«, murmelte er.

»Du meinst es nicht ernst«, fuhr Charlotte ihn an.

»Da liegst du goldrichtig«, gab er zurück. »Lass es doch einfach gut sein. Ich verstehe, dass du sauer darüber bist, dass ich der Sache mit den Drohungen nicht mit gebührendem Eifer nachgegangen bin. Aber deswegen solch einen Zirkus zu veranstalten, ist übertrieben.«

Charlotte biss die Zähne aufeinander. Hatte er tatsächlich »Zirkus« gesagt? Zornig stand sie auf und ging im Zimmer auf und ab. Sie musste sich beruhigen. Wenn sie sich jetzt auf einen Disput einließ, würde sie nur aus dem Bauch heraus argumentieren. Das könnte das Ende ihrer Beziehung sein. Und wenn? Wäre es so schlimm? Sie war jahrelang ohne feste Bindung ausgekommen. Dann werden als schöner Nebeneffekt auch die Drohbriefe ein Ende haben, dachte sie.

»Lutz hat mich angerufen«, sagte Stephan hinter ihr. Charlotte blieb stehen und drehte sich um. Sie fragte so beiläufig wie möglich: »Und? Hat er etwas gefunden?«

Stephan nickte. Er setzte zu einer Antwort an, hielt aber inne und sah zum Schreibtisch. Charlotte folgte seinem Blick. Ihr fiel nichts Ungewöhnliches auf. Stephan stand auf, nahm sich einen Bogen ihres guten Briefpapiers und hielt es gegen das Licht.

»Tatsächlich«, murmelte er. »Interessant.«

Charlotte trat an seine Seite und sah sich ebenfalls den Bogen an. »Da ist doch nichts«, stellte sie fest.

Er deutet mit dem Zeigefinger auf das Papier. »Doch, hier. Das Wasserzeichen.«

»Das Wappen der von Bergs, ja. Das Papier ist schon Jahrzehnte alt. Hat mein Mann damals machen lassen.«

Stephan senkte den Bogen und sah Charlotte an. »Lutz hat das gleiche Wasserzeichen in einem der Drohbriefe gefunden. Seine Vermutung geht dahin, dass das Papier aus deinem Haus stammt.«

Charlotte spürte ihre Beine weich werden und setzte sich rasch in den Sessel. »Wie ist das möglich?«, hauchte sie.

»Das würde mich auch interessieren«, sagte Stephan ruhig und setzte sich ebenfalls. Charlotte sah ihn forschend an. Glaubte er, dass sie sich selbst die Drohbriefe schrieb?

»Die Familie von Berg ist riesig«, sagte sie. »Das Papier könnte von sonst wem stammen.«

Stephan nickte. »Sicher, daran habe ich auch schon gedacht. Wenn du nichts dagegen hast, werde ich Lutz einen Bogen davon schicken.« Er deutete mit dem Kinn zum Schreibtisch.

»Selbstverständlich«, sagte Charlotte. Sie wartete einen Moment. »Was denkst du?«

Als Stephan ihrem Blick auswich und zu Boden sah, sprang Charlotte wütend auf. »Das kann nicht dein Ernst sein!«

Er kniff die Augen zusammen und rieb sich mit einer Hand die Stirn. »Ich weiß nicht, was ich glauben soll.«

»Weiche nicht aus. Glaubst du, dass ich mir selbst Drohbriefe schreibe, ja oder nein?«

»Charlotte, ich …«

»Ja oder nein?«, brüllte Charlotte.

Stephan rutschte auf dem Sessel hin und her. »Nein. Ich glaube nicht, dass du ein Aufmerksamkeitsdefizit hast.«

Charlotte stutzte. »Aufmerksamkeitsdefizit? Wo hast du denn das aufgeschnappt?«

Stephan verzog das Gesicht und hob die Schultern. Er glich einem geprügelten Hund. Unwillkürlich musste Charlotte lachen, Stephan fiel nach kurzer Zeit ein. Sie setzte sich hinter ihren Schreibtisch. »Und jetzt?«

»Wir warten ab, was deine Fangschaltung ergibt, und überlegen in der Zwischenzeit, wer alles über Papier der von Bergs verfügt. Falls sich herausstellt, dass der Bogen tatsächlich von hier stammt, muss es jemand sein, der Zugang zum Haus hat.«

»Du zum Beispiel«, warf Charlotte ein. Stephan blickte sie mit gerunzelter Stirn an.

»Alles ist möglich«, sagte Charlotte und lächelte.

ELF

Dienstag 14. Mai 1985

Es ging so schnell. Nicht schön, es tat weh. Aber zum ersten Mal hat er mich als Frau wahrgenommen. Wenn wir mehr Zeit haben, nicht nur im Garten, wo jederzeit jemand aus dem Eck kommen kann, dann wird es perfekt werden, da bin ich sicher.
Ich habe einen Liebesbrief geschrieben. Bei nächster Gelegenheit passe ich ihn ab und stecke ihm den Brief zu.
Ich bin so aufgeregt. Schlaflose Nächte, unkonzentriert in der Schule. Total müde, aber gleichzeitig aufgekratzt.
Das ist also XXX LIEBE XXX

***

Im Haus war es ruhig. Stephan nutzte die Zeit für ein ausgiebiges Frühstück. Er war am gestrigen Abend erst spät nach Hause gekommen. Charlotte und er hatten noch gemeinsam zu Abend gegessen, und es war fast wie immer gewesen. Aber sie hatte nicht gefragt, ob er über Nacht bleiben würde.

Nach dem Frühstück ging er ins Wohnzimmer und sortierte seine Unterlagen. Er suchte nach Verbindungen, die er bisher übersehen hatte, und überflog noch mal alle Zeitungsartikel. Es half nicht. Er steckte in einer Sackgasse. Er setzte sich auf die Couch, nahm Natalies Tagebuch zur Hand und blätterte ziellos darin herum. Tiger gesellte sich zu ihm und schmiegte sich an seine Seite.

… Papa nervt. Er behandelt mich wie ein kleines Kind. Sobald ich eine Möglichkeit habe, werde ich abhauen. Das ist nicht zum Aushalten hier …

Stephan rieb sich die Augen. War es möglich, dass eine Siebzehnjährige abhaut und ein neues Leben beginnt, ohne Spuren zu hinterlassen und sich jemals wieder zu melden?

… Wenn Mama nicht wäre. Sie wäre die Einzige, die mich vermissen würde …

Stephan spürte einen Stich in seiner Brust. Er hätte sie auch vermisst. »Ach, Scheiße«, stieß er wütend aus. »Ich vermisse sie!«

Nicole sagt, ich soll ihm in den Arsch treten.

Stephan las den Satz noch mal. Plötzlich ging ihm ein Licht auf. Natalie hatte ihr Wissen über den Umgang mit Männern von Nicole. Egal was diese ihm damals in »Erwins Eck« gesagt hatte, sie *musste* wissen, in wen Natalie verliebt gewesen war. Er hieb sich mit der flachen Hand gegen die Stirn. »Wie blöd bin ich eigentlich?«

Tiger hob müde den Kopf und blickte ihn an. Stephan lachte und kraulte sie zwischen den Ohren. »Keine Sorge, ich drehe nicht durch. Ab und zu höre ich mich nur gerne selbst reden.«

***

Stephan schloss seinen Wagen ab und ging den Ahornweg entlang. Rechts vor ihm befand sich der Traum aller Kinder: das Brühler Phantasialand. Schwarz ragte der Turm des Mystery Castle empor, goldbraun schimmerte die Kugel des Race for Atlantis. Kinderschreie begleiteten ihn zur Haustür der Schäfers.

Eine kleine Frau in einem schlichten grauen Kleid und mit Gummistiefeln an den Füßen öffnete die Haustür einen Spaltbreit und fragte: »Haben Sie vorhin angerufen?«

Stephan nickte. »Ja. Stephan Tries.«

»Sie wollen also mit mir über meine Tochter reden. Und über Natalie.« Die Frau sah Stephan einige Sekunden argwöhnisch an. »Normalerweise spreche ich nicht darüber.«

»Warum machen Sie bei mir eine Ausnahme?«

Sie zuckte mit den Schultern. »Sie sind Natalies Bruder, und ich mochte Ihre Schwester. Nettes Mädchen. Zumindest, bis sie meine Nicole traf«, sagte sie und öffnete die Tür.

Stephan folgte Frau Schäfer durchs Haus in den Garten. Der glich eher einem Acker als allen anderen Gärten, die er bisher gesehen hatte.

»Meine kleine Rente reicht gerade, um die laufenden Kosten für das Haus zu bezahlen«, erklärte Frau Schäfer, die sein Erstaunen offenbar bemerkt hatte. »Ich züchte alles selbst. Biologisch. Es ist sogar genug, um einiges zu verkaufen.« Sie reichte Stephan eine Harke. »Helfen Sie mir beim Kartoffelstoppeln. Im Gegenzug erzähle ich Ihnen, was Sie wissen wollen.«

Frau Schäfer führte ihn zur Kartoffelanbaufläche und begann mit der Arbeit. »Ihre Schwester war ein liebes Ding«, sagte sie und griff nach einer Kartoffel.

Stephan harkte den Boden auf und freute sich, dass zum ersten Mal jemand Natalie nicht als Schlampe bezeichnete.

»Aber der Umgang mit meiner Nicole hat sie verdorben«, fuhr Frau Schäfer fort.

Stephan verzog das Gesicht. Und schon sind wir wieder bei der Schlampe angelangt, dachte er.

»Mein Mann war Versicherungsmakler. Immer unterwegs. Ein Lebemann. Das Haus hier hat er für Nicole und mich gebaut. Er nannte es unser Spießerhäuschen.« Sie seufzte. »Während ich hier alleine das Kind großzog, vergnügte er sich in Spielcasinos, fuhr teure Autos und sprang von Bett zu Bett.«

Stephan hielt inne und spähte zu Frau Schäfer rüber. Die kleine Frau mit den grauen Haaren berichtete von ihrem Leben ohne sichtbare Emotionen. Fast schien es, als lese sie die Nachrichten vor.

»Mein Mann verdiente gut, verzichten mussten wir auf nichts. Nicole las er jeden Wunsch von den Augen ab. Er überschüttete sie mit Geschenken. Nicole kannte keine Grenzen. Schlug sie über die Stränge, lachte mein Mann nur und sagte, ich solle sie doch lassen. Das Leben sei kurz, da solle man jede Minute ausgiebig leben. Sein Lieblingsspruch.«

»Sie sind trotzdem bei ihm geblieben?«, fragte Stephan und warf eine Kartoffel in den Eimer.

»Wenn er mal zu Hause war, gab er sich ganz galant. Es waren schöne Momente, die den ganzen Ärger in den Hintergrund drängten.« Sie lachte und sah Stephan an. »Hört sich seltsam an, ich weiß. Aber Liebe ist das stärkste Motiv, etwas zu ertragen, was man eigentlich so gar nicht will.«

Stephan nickte. »Ihr Mann lebt noch?«

»Nein. Vor zehn Jahren verstorben.« Frau Schäfer richtete sich stöhnend auf und hielt sich mit beiden Händen den Rücken. »Herzinfarkt. Während er gerade eine andere fickte.«

Stephan fiel fast die Harke aus der Hand. Niemals hätte er der zierlichen Person an seiner Seite eine solche Wortwahl zugetraut.

Er ahnte, dass Frau Schäfer mehr mitgemacht hatte, als man ihr ansah.

»Das ist ja wie im Film«, sagte er.

Frau Schäfer lachte. Ihre grauen Augen schienen einen Moment zu funkeln. »Mhm, das passt. Das Leben meines Mannes, ein Film, immer nur von Szene zu Szene, nur keine Langeweile aufkommen lassen.«

»Und Nicole kam da ganz nach ihrem Vater?«

Frau Schäfer schwieg einige Sekunden und blickte in die Ferne. »Nicoles Film lief noch schneller ab. Mit zwölf entjungfert, mit fünfzehn musste ich mit ihr zum ersten Mal in die Klinik. Nach Holland. Drei weitere Abtreibungen folgten. Mit sechzehn die ersten harten Drogen, mit achtzehn Heroin. Mit neunzehn verschwand sie von heute auf morgen, einfach so, ohne Nachricht.«

»Davon weiß ich überhaupt nichts.« Stephan war ehrlich betroffen.

»Niemand ist davon ausgegangen, dass ein Verbrechen vorliegt. Warum auch? Jeder wusste doch, wie Nicole sich gab und dass sie zu allem imstande war. Die Polizei sagte mir ins Gesicht, dass meine Tochter irgendwo im Drogenmilieu wieder auftauchen würde. Das sei so sicher wie das Amen in der Kirche.«

Frau Schäfer kniete sich auf den feuchten Boden und grub mit bloßen Händen weiter. Tränen rollten ihr über die Wangen. Stephan bückte sich und reichte ihr ein Taschentuch. Sie schüttelte den Kopf, griff nach einer Kartoffel und warf sie wütend in den Eimer. »Und wissen Sie was?«

Er ahnte zwar, was kommen würde, schüttelte aber dennoch den Kopf.

»Meine Tochter ist tatsächlich dort aufgetaucht«, sagte sie bitter. »Als alle Menschen sich über den Mauerfall freuten, am neunten November neunundachtzig, da fand man Nicole. Sie hatte den Mauerfall auf ihre Weise gefeiert. Mit einer Überdosis. Auf einer stinkenden Toilette im Kölner Hauptbahnhof.«

Stephan versuchte, sich seine Enttäuschung nicht anmerken zu lassen. Womöglich hatte Natalie Nicole ihre innigsten Geheimnisse anvertraut, die Nicole nun mit ins Grab genommen hatte.

»Das Begräbnis fand hier statt«, berichtete Frau Schäfer mit tonloser Stimme. »Außer dem Pfarrer waren nur mein Mann und ich dabei. Und die Sargträger. Fremde. Die mussten wir sogar bezahlen.«

Stephan schwieg. Es fielen ihm keine Worte ein, die Trost spenden könnten. Es musste Frau Schäfer das Herz zerrissen haben, dass ihre einzige Tochter verscharrt worden war wie eine Aussätzige. Stephan harkte lustlos im Boden. Er traf einen Regenwurm, der dadurch in zwei Hälften geteilt wurde. Das längere Teil wand sich um einen der Zinken. Angewidert hielt Stephan inne.

Frau Schäfer stand auf. »Ihre Schwester wäre besser dran gewesen, hätte sie Nicole nicht kennengelernt, glauben Sie mir.«

»Waren sie Freundinnen?«, fragte Stephan.

»Im weitesten Sinne. Sie verstanden sich gut, ja. Aber die Beziehung der beiden war komplexer. Natalie vergötterte Nicole, und meine Tochter genoss diese Ehrfurcht. Deswegen half sie Natalie bei jeglichem Unfug.«

»Beim Umstylen zum Beispiel?«

Frau Schäfer hob die Augenbrauen. »Sie wissen davon? Aber klar, kann Ihnen ja nicht entgangen sein. Zu Hause war sie als Mauerblümchen gestartet und als schillerndes Starlet später in der Kneipe ihres Onkels gelandet.« Nieselregen setzte ein. Frau Schäfer schaute nach oben und blinzelte. Dann hockte sie sich hin und grub weiter. »Von Tag zu Tag übernahm Ihre Schwester immer mehr Nicoles Eigenschaften. Am Anfang war sie schüchtern, brachte kaum ein Wort heraus, wenn ich sie etwas fragte. Später verarschte sie mich, genauso wie meine Tochter. Kein Respekt. Ein ernstes Wort war nicht mehr möglich. Ich glaube, selbst mein Mann sah Natalie insgeheim hinterher.«

Stephan schluckte. Lolitaeffekt, dachte er. »Aus dem Tagebuch weiß ich, dass Natalie in jemanden verliebt war. Hat sie Ihnen gegenüber Andeutungen gemacht, wer dieser Jemand gewesen sein könnte?«

Frau Schäfer schnaubte. »Mir gegenüber? Haben Sie mir nicht zugehört? Die beiden hielten mich für einen schlechten Witz, die hätten mich nie ins Vertrauen gezogen. Aber ich bin nicht blind. Ihre überdrehte Gestik, das Gekicher hinter vorgehaltener Hand, die verträumten Blicke und so weiter könnten durchaus Anzeichen für eine Liebschaft gewesen sein.«

Der Regen wurde stärker. Das Wasser lief Stephan den Nacken runter und der aufkommende Wind ließ ihn frösteln. Frau Schäfer schien das Wetter nichts auszumachen. Ungerührt harkte sie weiter den Boden auf. »Ein einziges Mal habe ich etwas mitbekommen.«

Stephan horchte auf. Sollte sich unverhofft doch noch etwas ergeben?

»Es war nur ein dummer Spruch, als sie sich unbeobachtet glaubten. Dummes Gequatsche unter Mädchen. Die beiden waren im Bad, machten sich für den Abend zurecht, Haare, schminken, Parfüm. Ich ging gerade vorbei, als Natalie sagte: ›Man muss das Ei pellen, solange es heiß ist.‹ Nicole kicherte daraufhin wild los.«

Stephan ließ die Harke los. Sie klatschte mit dem Holzstiel auf den feuchten Boden. »Man muss das Ei pellen, solange es heiß ist?«, murmelte er.

Frau Schäfer nickte. »Genau das waren ihre Worte.«

Stephan hatte sich eilig von Frau Schäfer verabschiedet und war zurück zu seinem Auto gegangen. Jetzt holte er sein Handy aus der Hosentasche und wählte Lutz' Nummer. Sein Kumpel meldete sich sofort.

»Ich hoffe, es ist wichtig. Ich liege gerade mit einer unheimlich duften Perle im Bett«, sagte Lutz.

»Baron Münchhausens Stunde?«, erwiderte Stephan und lachte. Lutz fiel ein und fragte: »Was ist los?«

»Kannst du mir noch mal helfen?«

»Wieder ein Drohbrief?«

»Nein, ganz was anderes. Ich wollte dich schon die ganze Zeit darum bitten, bin aber immer wieder abgelenkt worden.«

Sekundenlang war Lutz still, dann sagte er: »Du bringst mich noch in Teufels Küche.«

»Ich weiß«, gab Stephan offen zu.

Lutz seufzte theatralisch laut. »Okay, ein Mal noch. Das mit der Perle stimmt aber. Hab heute Abend keine Zeit. Pass auf, wir treffen uns morgen, und du erzählst mir, was dir auf der Seele brennt.«

Froh darüber, dass Lutz ihm helfen wollte, überlegte Stephan nicht lange. Ihm fiel ein, dass er auf der Fahrt hierher ein Plakat gesehen hatte. »Komm bei mir vorbei. In Sechtem feiert die freiwillige Feuerwehr. Da können sich arme Polizeibeamte noch ein paar Biere leisten.«

***

Charlotte setzte sich an ihren Schreibtisch und startete ihr Notebook. Als sie das Mailprogramm öffnete, stach ihr sofort die Betreffzeile von dem Spinner ins Auge, dem sie hinsichtlich der Todesstrafe geantwortet hatte. Sie seufzte, öffnete die Mail und überflog die Zeilen, die sich als braune Hetze offenbarten. Mit einem Mausklick fügte sie den Absender zu ihren Junk-Mails hinzu. Anschließend löschte sie die Nachricht. Unverbesserlich, dachte sie. Einige Minuten sah sie sich in ihrem Forum um, dann schweiften ihre Gedanken ab.

Sie hätte Stephan gestern bitten sollen, über Nacht zu bleiben. Stattdessen hatte sie ihn verabschiedet, als ob er lediglich ein guter Freund des Hauses wäre. Sie konnte ihm einfach nicht verzeihen, dass er ihre Sorgen nicht richtig ernst nahm. Ihre Gedanken drehten sich im Kreis. Auf der einen Seite konnte sie verstehen, dass Stephan anderen Sachen Vorrang einräumte, andererseits fühlte sie sich zurückgesetzt und im Stich gelassen.

Sie schaltete den Computer aus und ging ins Wohnzimmer. Ihre Mutter saß im Rollstuhl und schaute Nachrichten.

»Irgendetwas Wichtiges passiert?«, fragte Charlotte.

Die alte Frau drehte den Kopf und zwinkerte ihr zu. »Kindchen, wichtig ist immer nur das, was wir für wichtig halten. Also kann ich dir nicht sagen, was wichtig ist, da ich nicht weiß, was du für wichtig hältst.« Sie wandte ihre Aufmerksamkeit wieder der Nachrichtensprecherin zu.

Charlotte lächelte. Wie recht ihre Mutter doch hatte.

***

Stephan ließ den Golf auf seinem Hof ausrollen und stellte den Motor ab. Als er die Tür öffnete und sich aus dem Sitz schob, hörte er ein Ratschen. Augenblicklich spannte seine Jeans nicht mehr so sehr. Erschrocken fühlte er über die hintere Naht der Hose und ertastete dabei den Stoff seiner Unterhose.

»Scheiße«, fluchte er. »Meine Lieblingsjeans.« Er sah sich ein wenig verlegen um. Erleichtert stellte er fest, dass niemand in der Nähe war. Er rannte über den Hof, schloss eilig die Tür auf und rettete sich ins Haus.

Tiger schlenderte heran, sah ihn nur kurz an, bog dann in die Küche ab.

Stephan ging die Treppe hoch ins Schlafzimmer und öffnete seinen Kleiderschrank. Bei seinem Umzug hatte er kräftig ausgemistet. Die meisten Hosen waren ihm sowieso zu eng geworden. Er fand eine Latzhose. Nicht gerade die neueste Mode, dachte er und warf sie auf den Schrankboden. Dann waren da noch eine Wanderhose mit abnehmbaren Beinen und eine weiße Jeans. Beide waren zu eng.

»Das gibt's doch nicht«, zischte Stephan. Er polterte die Treppe runter in die Waschküche. Dort holte er seine Bluejeans aus der Schmutzwäsche, die er immer im Wechsel mit der zerrissenen Jeans trug. Er zog sie an und sah auf die Uhr. Wenn er sich beeilte, könnte er auf der Schildergasse noch in aller Ruhe nach zwei, drei neuen Hosen schauen. Vielleicht im Kaufhof oder Hertie. Ach nee, dachte er, den gibt es ja gar nicht mehr. Dann eben Karstadt. Und wenn er schon mal dort war, konnte er anschließend den Abend mit einem deftigen Eintopf und einem Bier in der Malzmühle am Heumarkt ausklingen lassen.

Tiger mauzte laut.

Stephan ging in die Küche, öffnete eine Dose mit Katzenfutter und füllte den Fressnapf. Sofort machte sich Tiger darüber her, schmatzte laut und brummte zufrieden.

Stephan wollte in die Knie gehen, um ihr kurz den Nacken zu kraulen, hielt aber dann inne, als er an sein eben erlebtes Malheur dachte.

»Bin mal eine Weile weg«, sagte er daher nur, schnappte sich seinen Autoschlüssel und machte sich auf den Weg.

***

Teutschner sah zum Fenster hinaus. Über Nacht war es aufgeklart, und die Sonne stieg gerade über den Horizont. Er genoss den Anblick und fragte sich, wie viele solcher Sonnenaufgänge er noch erleben durfte. Das Telefon klingelte. Er ignorierte es. Falsch verbunden oder Werbung, dachte er. Niemand kannte seine Nummer oder seine neue Adresse. Offiziell wohnte er immer noch in Mittweida. Es war besser, wenn niemand wusste, dass er hier war.

Er griff über sein Wasserglas hinweg und nahm sich ein Foto zur Hand. Es zeigte Natalie Tries, jung, kokett und begehrenswert. Er hatte es damals von den Eltern erhalten. Teutschner strich zärtlich mit den Fingern der rechten Hand über das Foto. Sie sah seiner Tochter ähnlich, war sogar der gleiche Jahrgang. Seine Tochter wohnte in Hamburg und war mit einem Arzt verheiratet. Viel mehr wusste Teutschner nicht.

1985, als er im Fall Natalie Tries ermittelte, hatte seine Frau sich gerade von ihm getrennt und die gemeinsame Tochter mitgenommen. Seine Gedanken hatten sich um Unterhaltszahlungen, Streitereien mit seiner Frau und Kosten der doppelten Haushaltsführung gedreht. Dazu kam die Angst, sich von seiner Tochter zu entfremden. »Erwins Eck« lag nicht weit entfernt von seinem Haus in der Büttgasse, in dem er sich ohne Familie einsam gefühlt hatte. Was lag näher, als dort einzukehren und den Frust zu ertränken? Einige Besucher der Kneipe waren ihm damals aufgefallen und im Gedächtnis haften geblieben. Natalie Tries gehörte dazu. Ein kleiner Engel auf langen Beinen, die sie in diesem verhängnisvollen Sommer allzu freizügig zeigte. Teutschner seufzte.

Neunzehnhundertfünfundachtzig. Ein Scheißjahr. Mit privaten Problemen im Kopf hatte er die Ermittlungen nur oberflächlich geleitet. Die Folge war eine Reihe falscher Entscheidungen. Er hatte Fehler gemacht. Aufgefallen war es Gott sei Dank niemanden. Der Kollege, der an seiner Seite gearbeitet hatte, war gerade erst eingestiegen. Für ihn war Teutschner ein altgedienter, allwissender Kommissarhalbgott. Niemals hätte der Jungspund die Traute besessen, Teutschners Ermittlungen anzuzweifeln.

Er legte das Bild zurück und stemmte sich ächzend in die Höhe. Das gefärbte Laub fiel im lauen Westwind zu Boden und bildete einen bunten Teppich auf der Wiese hinter dem Haus. Diesen Anblick wollte er sich nicht entgehen lassen.

***

Lutz und Stephan folgten den Tönen der Blaskapelle von der Brüsseler in die Straßburger Straße. Auf dem weitläufigen Platz vor der Wache der freiwilligen Feuerwehr Sechtem blieben sie stehen und orientierten sich.

Das Fest war gut besucht. Auf der Hüpfburg tobten die Kinder. Die großen Löschzüge standen zur Besichtigung bereit. Eine lange Schlange von Besuchern stand vor den Ständen mit der Verpflegung.

Es roch nach Erbsensuppe und fettigen Reibekuchen. Die Besucher saßen auf einfachen Bierzeltgarnituren.

Stephan besorgte Bons, kaufte damit vier Kölsch und setzte sich zu Lutz, der bereits auf einer Bank saß.

»Ah! Na dann mal Prost.« Lutz hob das erste Glas und leerte es mit einem Zug.

»Mach nur so weiter, dann kehren die dich nachher mit raus«, sagte Stephan und grinste.

Lutz winkte ab und schnappte sich das zweite Glas. »In den Stangen ist doch nichts drin.«

Die Kapelle spielte einen Tusch. Es hörte sich für Stephan an, als ob die Musik Lutz' Worten Nachdruck verlieh.

»So, rück mal raus mit der Sprache. Um was geht's?«, fragte Lutz und sah einer brünetten Zwanzigjährigen hinterher, die im engen Top an ihrer Bankreihe vorbeischlenderte.

»Es hat mit meiner Schwester zu tun.« Stephan erzählte Lutz von Natalie, wobei sein Kumpel von Sekunde zu Sekunde ernster wirkte. Als er geendet hatte, sagte Lutz: »Was für eine Scheiße. Davon wusste ich ja gar nichts.«

»Woher auch?«, sagte Stephan. »Jetzt suche ich einen Dietmar Dotter. Die Telefonauskunft sagte mir, dass für ganz Deutschland kein Dietmar Dotter eingetragen ist. Dort komme ich also nicht weiter. Dotter war früher ein Lude, ist es vielleicht immer noch. Und er hatte damals einen Spitznamen, Egg, also englisch für Ei.«

»Schon klar. Was ist mit dem?«

»Ich würde Dotter gerne einen Besuch abstatten.«

»Ich besorg dir seine Adresse, kein Problem.« Lutz beugte sich vor und flüsterte: »Was hast du denn bisher herausgefunden?«

»Bist ja gar nicht neugierig«, frotzelte Stephan und erzählte bereitwillig vom Stand seiner Ermittlungen.

Nachdenklich kratzte sich Lutz am Kinn. »Bin mal gespannt, ob du das Puzzle zusammenbekommst. Kann ich dir sonst irgendwie helfen?«

Stephan schürzte die Lippen, überlegte kurz. »Im Moment wäre das alles.«

»Gut«, erwiderte Lutz. »Dann lass uns noch ein Bier trinken.«

***

Am Morgen startete Lutz, der nach dem gestrigen Alkoholkonsum über Nacht geblieben war, gerade seinen Wagen und fuhr los, als die Jablonskis mit ihren Lastwagen auf den Hof schaukelten. Überrascht stellte Stephan fest, dass die beiden Brüder allein kamen.

»Guten Morgen«, riefen sie ihm übertrieben freundlich zu, als sie ausstiegen. »Wir müssen mal was besprechen, ne.«

Wenige Minuten später war seine Stimmung im Keller.

»Ich soll was?« Stephan stemmte die Fäuste in die Seite. Die Jablonski-Brüder standen mit rot gefärbten Gesichtern vor ihm. Sie kneteten ihre Hände und zogen die Köpfe ein, wie Schildkröten, die angegriffen wurden.

»Es tut mir ja auch leid, ne, ist uns ja auch noch nie passiert«, sagte Gerhard Jablonski. »Aber was soll ich machen? Die Hilfskräfte sind einfach abgehauen. Kein Verlass auf die Kerle.«

Wärst besser ein wenig freundlicher zu ihnen gewesen, dann hätten sie dich auch nicht im Stich gelassen, dachte Stephan, sprach es jedoch nicht aus. Er wollte den Dachdeckermeister nicht reizen.

Das Dach seines Häuschens könnte heute Abend wieder wie neu sein, hatte Jablonski ihm eröffnet – wenn er mithelfen würde.

Ein Lastwagen rollte heran, bremste und fuhr auf Stephans Hof.

»Das sind die Dachpfannen«, rief Jablonski aus. »Was ist nun? Können wir auf Sie zählen, Herr Tries?«

Stephan seufzte. »Also gut«, antwortete er. »Bringen wir es hinter uns.«

Die Jablonski-Brüder grinsten zufrieden.

»Aber wir sprechen dann noch mal über den Preis«, ergänzte er und hob den Zeigefinger. Schlagartig waren die grinsenden Gesichter verschwunden.

»Okay«, brummte der Dachdeckermeister. »Wir werden uns da schon einig.«

Am Abend fiel Stephan müde ins Bett. Vierzehn Stunden lang hatte er Dachpfannen auf das Förderband gewuchtet. Seine Muskeln fühlten sich an, als ob sie gerissen wären. Im Rücken pochte ein dumpfer Schmerz, der schlimmer wurde, wenn er sich bückte. Aber es hatte sich gelohnt. Das Dach war wie neu. Mit diesem beruhigenden Gefühl schlief er ein, ohne sich ausgezogen zu haben.

***

Teutschner kuppelte ein. »Erwins Eck« hatte geschlossen. Was nun? Im Moment hatte er eine gute Phase, aber da Teutschner nicht wusste, wie lange sie andauern würde, wollte er die wenige Zeit, die er schmerzfrei war, nicht mit Warten vertun. Kurzerhand entschloss er sich, den Allers einen Besuch abzustatten. Vielleicht konnte man noch einige Dinge aus ihnen herauskitzeln, die sie damals nicht zu Protokoll gegeben hatten.

Er fuhr zügig nach Dützhöfe und parkte sein Auto auf dem Hof der Allers. Mit einem Enthusiasmus, den er seit Wochen nicht mehr verspürt hatte, stieg er aus und ging zum Wohnhaus, um zu klingeln.

Max Aller empfing ihn unterkühlt, führte ihn aber trotzdem in die Wohnstube. »Ich hätte Sie fast gar nicht wiedererkannt. Sind Sie krank?«

»Krebs.«

»Mist«, kommentierte Max und blickte mitleidig.

Überrascht sah Teutschner, dass es in dem Zimmer einen Herrgottswinkel gab. Das kannte er nur aus Süddeutschland. Das Kreuz hing schräg in der Ecke über einer Bank. Auf dem schweren Eichentisch lagen gleich zwei Rosenkränze. Max schien Teutschners Überraschung bemerkt zu haben, denn er sagte: »Meine Frau ist streng katholisch.«

Sie setzten sich.

»Sie waren früher ab und zu in ›Erwins Eck‹, sagte Max.

»Ab und zu auf einen Absacker, richtig.« Teutschner lächelte kurz, kam dann zur Sache. »Sie waren eine verschworene Gruppe. Nicht gerade hilfsbereit.«

Max zuckte mit den Schultern. »Das Reden hat für uns der Erwin übernommen. Er hat uns den Rücken frei gehalten.«

Teutschner hob erstaunt die Augenbrauen und beugte sich vor. »Frei gehalten? Hatten Sie etwas zu verbergen?«

Der Bauer lehnte sich nach hinten und kreuzte die Arme vor der Brust. »Was soll das werden?«

Teutschner zeigte seine Handflächen und sagte: »Nur reden, sonst nichts.«

Max fixierte ihn einen Moment. Dann winkte er mit einer Hand ab. »Ach, ist ja auch egal. Gibt keinen Grund, es geheim zu halten.« Er erzählte bereitwillig, woran er sich erinnerte.

Als er geendet hatte, sagte Teutschner: »Damals haben sie nicht so viel erzählt, waren ziemlich einsilbig.«

»Blödsinn!«, rief jemand mit heller Stimme. Teutschner zuckte erschrocken zusammen, drehte sich um und sah Edeltraud Aller auf der Türschwelle stehen. Obwohl in die Jahre gekommen, hatte er sie sofort wiedererkannt.

»Wir waren noch Kinder«, keifte sie, »wir wussten nicht, wie wir uns verhalten sollten. Erwin dagegen wusste immer, was zu tun war. Er hat damals das Reden übernommen.« Sie warf ihrem Mann einen zornigen Blick zu.

Max stand auf und sagte: »Muss jetzt wieder los. Der Hof macht sich nicht von alleine.«

Teutschner spürte, dass da etwas war, was die Allers geheim hielten. Die nervösen Blicke, die sie austauschten, Edeltrauds schrille Stimme, Max' zittrige Hände. »Ist Natalie tot?«, fragte er ins Blaue hinein.

Max sog hörbar Luft ein.

»Tot, abgehauen, wer weiß das schon?«, keifte Edeltraud. »Und jetzt sehen Sie zu, dass Sie vom Hof kommen.« Sie machte einen Schritt auf Teutschner zu und richtete sich drohend auf.

Teutschner stand auf, sah ihr fest in die Augen, roch ihren säuerlichen Schweiß. »Sie leben gefährlich«, warnte er. »Eine Frau musste schon sterben, weil sie zu viel wusste.«

»Soll das eine Drohung sein? Von wem sprechen Sie?«, zischte Edeltraud.

»Von Elke Tries, der Frau des Wirtes. Sie hat Selbstmord begangen.«

Max runzelte die Stirn. »Dann hat sie es also endlich geschafft.«

Teutschner horchte auf. »Was meinen Sie denn damit?«

»Hat sie schon öfters probiert, damals, als sie noch zu Hause wohnte. Ich hab das Leid ja mitbekommen. Zu der Zeit war ich dort noch ab und an ein Bierchen trinken.«

»Sie war krank«, warf Edeltraud übellaunig ein. »Krank und selbstmordgefährdet, wie Sie von meinem Mann hören. Was soll das also mit der Sache von damals zu tun haben?«

Teutschner lächelte. Die Frau war nicht gerade freundlich, aber auch nicht auf den Kopf gefallen. Auf den ersten Blick gab es wirklich keine Berührungspunkte. Doch gestern Abend, als er seine eigene Ration Tabletten geschluckt hatte, war ihm plötzlich der Gedanke kommen, dass der Selbstmord von Elke Tries vielleicht ihr Wille, aber kein Zufall gewesen war. Seitdem brodelte es in seinem Unterbewusstsein. Er konnte sie noch nicht greifen, aber die Erklärung schwelte wie Glut unter einem Reisighaufen.

»Das ist nur so ein unausgereifter Gedanke von mir«, gab er zu. »Man weiß ja nie, wie alles zusammenhängt.«

Edeltraud hob die Hand und wies zur Tür. »Dann orakeln Sie mal woanders weiter«, höhnte sie. »Wir haben nichts mehr zu sagen. Guten Tag!«

***

Erwin hörte sich müde an. »Jung, du hast doch sicherlich einiges gesammelt, was die Sache mit deiner Schwester angeht.«

Stephan drückte den Hörer ans Ohr, damit er ihn besser verstehen konnte. Dass sein Onkel es nicht für nötig hielt, ein Wort über seinen Aufenthalt im Ferienhaus an der Nordsee zu verlieren, wunderte ihn nicht sonderlich. Typisch Tries, dachte er nur und fragte: »Was genau brauchst du?«

»Bilder. In Zeitungsartikeln zum Beispiel.«

Stephan dachte an die Pressemappe, die er vom Redakteur des Kölner Stadt-Anzeigers erhalten hatte. »Ja, sicher, habe ich. Aber jetzt sag mal, was los ist.«

»Kannst du damit vorbeikommen? Jetzt?«

»Ich will erst wissen, um was es geht.«

Stephan horchte sekundenlang. Er fürchtete schon, Erwin hätte aufgelegt, da antwortete dieser: »Ich glaube, ich weiß jetzt, wer der grauhaarige Kerl ist, der sich letztens für Natalie interessiert hat.«

Stephan straffte sich. »Wer ist es?«

»Sag ich dir, nachdem ich mir die Bilder angesehen habe. Bis gleich.«

Es klickte, und die Verbindung war unterbrochen. Stephan warf das Telefon auf den Tisch, schnappte sich den großen Rucksack und fing an, seine Unterlagen eilig hineinzustopfen. Keine fünf Minuten später war er auf dem Weg.

***

Die Zeitungsartikel lagen ausgebreitet auf dem Tisch. Erwin tippte mehrmals auf eine der Abbildungen. »Das ist er!«

Stephan las die Bildunterschrift. »Kommissar Ernst Teutschner berichtete auf der Pressekonferenz zum Stand der Ermittlungen im Fall der verschwundenen Natalie T.«

»Genau, Ernst hieß er«, rief Erwin aus.

Stephan sah seinen Onkel erstaunt an. »Ernst? Hört sich an, als ob du ihn näher kennst.«

»Der kam früher ab und zu her, setzte sich in eine Ecke und ließ sich volllaufen. War um den Dreh rum, als Natalie verschwand. Zu der Zeit habe ich alle hier geduzt. Also nichts Besonderes.«

Nachdenklich betrachtete Stephan das grob gerasterte Bild. »Und du hast ihn nicht wiedererkannt, als er vor dir stand?«

»Nein, der hat kaum Ähnlichkeit mehr mit heute. Der muss zig Kilo abgenommen haben. Dazu graue Haare und ein faltiges Gesicht. Bekannt kam er mir ja vor, mehr aber auch nicht.«

Unruhig rutschte Erwin auf der Bank hin und her und kratzte sich am Hinterkopf. »Die Tage an der Nordsee haben vieles hervorgebracht«, sagte er und deutete mit zittrigen Fingern auf das Bild vom Ferienhaus, das an der Wand hing. »Ich habe über die alten Zeiten nachgedacht und einige Dinge aufgeschrieben. Plötzlich hatte ich es, kam vollkommen überraschend, einfach so.« Er schnippte mit den Fingern.

Nachdenklich nickte Stephan. »Soll vorkommen«, sagte er und grübelte einen Moment. »Warum kümmert sich dieser Teutschner gerade jetzt wieder um die alte Sache?«

Erwin stürzte einen Klaren herunter und wischte sich mit dem Handrücken über den Mund. »Frag ihn.«

Stephan trommelte mit den Fingern auf die Tischplatte. Entschlossen stand er auf und sagte: »Genau das werde ich tun.«

***

Charlotte starrte das Telefon an und hoffte zum ersten Mal, dass dieser Typ anrief. Nach fünf Minuten stand sie auf und ging ins Wohnzimmer. Ihre Mutter schaute fern, der Zivi saß auf der Couch und spielte mit seinem Nintendo. Als er Charlotte bemerkte, lächelte er und zeigte ihr den rechten Daumen. Charlotte vermutete, dass er damit ihre Mutter meinte und nicht irgendeinen Spielstand.

Sie ließ die beiden allein und ging in die Küche. Dort schaute sie in den Kühlschrank, fand aber nichts, auf das sie Appetit verspürte. Stephans Kochkünste fehlten ihr. Ärgerlich warf sie die Tür zu und schaute aus dem Fenster. Sie sah einem Schwarm Vögel hinterher, der nach Süden flog. Ob sie über Italien zogen? Charlotte hörte ihren Magen knurren. Entschlossen drehte sie sich um und holte das Telefon.

***

Als Stephan seinen Wagen startete, fiel ihm ein, dass er nicht nach der Beerdigung seiner Tante gefragt hatte. Er drehte den Zündschlüssel wieder zurück, stieg aus und ging noch mal rein. Erwin saß immer noch an der gleichen Stelle. Er blickte auf, als Stephan die Kneipe betrat.

»Entschuldige bitte«, sagte Stephan, »dass ich nicht an Tante Elke gedacht habe. Wann ist die Beerdigung?«

Erwin goss sich einen weiteren Schnaps ein. »Sie wird eingeäschert. Dauert noch eine Weile. Ich sage dir Bescheid.«

Stephan wollte noch etwas Tröstendes bemerken, doch das Klingeln seines Handys hinderte ihn. Er sah auf das Display. Charlotte.

»Ja?«, meldete er sich.

»Um sechs bin ich bei dir. Ich habe Hunger auf Italienisch«, sagte sie. Stephan öffnete den Mund, um Protest anzumelden. Er hatte jetzt wieder eine Spur, der er nachjagen konnte. Das Essen würde ihn nur Zeit kosten. Doch Charlotte hatte einfach aufgelegt. Er grübelte, tippte mit dem Handy an sein Kinn. Anscheinend wollte sie die Friedenspfeife mit ihm rauchen.

»Funktionieren die Dinger jetzt telepathisch?«, fragte Erwin in die Stille hinein. »Viel gesprochen hast du ja nicht.« Er lachte müde über seinen Scherz.

Stephans Ärger über Charlottes Überfall verrauchte. Eigentlich freute er sich auf einen netten Abend mit ihr. Endlich wieder etwas Normalität in seinem Leben. Er grinste und antwortete: »Warte nur ab. In ein paar Jahren kannst du dir ein Fax aus dem Hintern ziehen.«

***

Charlotte nahm das Weinglas aus Stephans Hand und fragte: »Was ist das?«

»Ein ›Royal Berry‹. Hat mein Onkel früher in seiner Kneipe ausgeschenkt.«

Sie nippte, ließ die Flüssigkeit im Mund kreisen. »Mhm, süß und perlig. Schmeckt vorzüglich. Verrätst du mir die Bestandteile?«

»Halb Rebellenblut, die andere Hälfte trockener Sekt. Kannst bestimmt auch Champagner nehmen.« Stephan zwinkerte ihr zu.

»Banause!«, ereiferte sich Charlotte und lachte. Sie hielt das Glas hoch. »Hat dein Onkel noch mehr davon?«

Stephan öffnete eine Küchenschublade und reichte ihr die Getränkekarte, die er von Erwin bekommen hatte. »Nachher mache ich uns noch einen ›Eisberg‹.«

Sie studierte die Karte. »Rebellenblut mit einer Kugel Vanilleeis?«

»Genau. Jetzt aber zum Essen.« Er holte die angerösteten Weißbrotscheiben aus dem Ofen und stellte das Blech auf den Kochplatten ab. Dann öffnete er die Olivenölflasche und beträufelte das Brot großzügig. Zuletzt rieb er die Scheiben mit frischem Knoblauch ab, dessen aromatischer Duft sich sofort in der Küche verteilte. »Fertig. Probier mal.«

Charlotte stellte sich an seine Seite, nahm ein Bruschetta und biss hinein. »Mhm, einfach in der Zubereitung und so köstlich.« Sie schnalzte mit der Zunge.

Stephan grinste. »Iss dich daran aber bitte nicht satt. Ich mache gleich noch *Polla alla diavola*.«

Charlotte tippte sich mit dem Zeigefinger einige Male auf ihre Nasenspitze. »Wenn mein Italienisch nicht ganz eingerostet ist, heißt das: Huhn nach Teufelsart?«

»Genau. Ich habe letztens die riesige gusseiserne Pfanne meiner Mutter gefunden. Da kam mir sofort die Idee, du wirst schon sehen.«

Während sie die Bruschetta aßen, unterhielten sie sich über alltägliche Dinge. Charlotte berichtete, dass dem Sechtemer Verein für Gebrauchshunde das Vereinsheim abgebrannt war, dass der Fußballverein Salia Sechtem immer noch spielende Mitglieder suchte und dass der neue katholische Pfarrer seine Arbeit beherzt anging und auch ansonsten ein sehr sympathischer Mensch war.

Gerade als Stephan die Gusspfanne aus dem Schrank holte, klingelte das Telefon. »Bin gleich wieder da.« Er verschwand in den Flur.

Charlotte trank ihren »Royal Berry« aus. Von dem Gespräch bekam sie nicht viel mit, da Stephan außer »Ja« und »Danke« nichts weiter sagte. Aber es musste etwas Gutes gewesen sein, denn er strahlte übers ganze Gesicht, als er zurück in die Küche kam.

»Es ist doch wie verhext«, rief er und lachte. »Da meint man, in einer Sackgasse zu stecken und innerhalb eines Tages sieht die ganze Sache schon wieder völlig anders aus.«

»Also hast du eine neue Spur?«, fragte Charlotte neugierig.

»Spur ist zu viel gesagt. Lutz hat mir eine Adresse besorgt, die ich dringend benötige.« Stephan hieb mit der rechten Faust in seine linke Hand und berichtete Charlotte von Dotter. Er erwähnte auch, dass Teutschner bei Erwin gewesen war.

»Also das mit diesem Dotter«, sagte sie, als Stephan geendet hatte, »das kann ich noch nachvollziehen. Aber der Kommissar? Was soll an dem so wichtig sein? Da muss ich passen.«

Stephan stellte die Pfanne auf seine kleine Arbeitsfläche. »Ich habe da eine Theorie. Sein plötzlich entflammtes Interesse an der Sache finde ich äußerst verdächtig.« Er holte das Huhn aus dem Kühlschrank.

Charlotte bemerkte, dass Stephan es bereits gewürzt hatte. Sie freute sich, dass er sich offensichtlich Zeit für die Vorbereitung des Essens genommen hatte.

»Meine Schwester hat in ihrem Tagebuch nicht ein einziges Mal den Namen des Mannes erwähnt, den sie so sehr liebte. Grundsätzlich kommt daher jeder in Frage. Was ist, wenn es dieser Teutschner war? Er trieb sich oft genug in der Kneipe herum. Hat Erwin ja bestätigt.«

Charlotte dachte einen Moment darüber nach und hielt Stephan ihr Glas hin. Er holte Rebellenblut und Sekt aus dem Kühlschrank. »Unmöglich ist es nicht«, bestätigte sie.

Stephan mixte den »Royal Berry« und zuckte mit den Schultern. »Zugegeben. Es gibt da noch ein paar Dinge, die nicht zusammenpassen oder schlicht fehlen.« Er reichte ihr das Glas.

Charlotte sagte. »Zum Beispiel das Motiv.«

Stephan grinste und legte das Huhn in die Pfanne. »Motiv, richtig. Immer diese Motivsuche. Aber nehmen wir nur einen Moment an, Teutschner hätte meine Schwester getötet, klammern dabei das Motiv aus. Dann ist es geradezu ideal, hinterher die Ermittlungen zu leiten. Einfacher kann man die Spuren nicht verschwinden lassen.«

»Oder von ihnen ablenken«, bestätigte Charlotte. »Und jetzt hat er Wind davon bekommen, dass du den Fall wieder aufrollst. Er unternimmt alles, um von sich abzulenken, beseitigt Restspuren und räumt Personen aus dem Weg, die ihn noch belasten könnten.«

»Ja«, sagte Stephan und schob die Pfanne mit dem Huhn auf die heiße Herdplatte. Mit einem kleineren, ebenfalls gusseisernen Deckel beschwerte er das Huhn, sodass es platt auflag. »Dauert jetzt gut eine Stunde«, sagte er und setzte sich zu Charlotte an den Tisch. »Lassen wir es für heute Abend gut sein. Mal ganz was anderes.«

Charlotte stutzte. Stephan wich ihrem Blick aus und wirkte plötzlich wie ein kleiner Schuljunge, der eine böse Tat beichten musste. »Hast du Lust, heute hier zu übernachten?«, fragte er und malte mit dem Zeigefinger Bögen auf die Tischoberfläche.

Charlotte lachte. »Nun, ich habe Lukas gefragt, ob er sich ein paar Euro nebenbei verdienen möchte. Er schläft heute Nacht bei uns und passt auf meine Mutter auf.«

Stephan sah sie an und grinste breit. »Du hast mit meiner Frage gerechnet?«

Charlotte ergriff seine Hände und lächelte. »Gehofft habe ich es schon.«

***

Am nächsten Morgen frühstückten sie noch zusammen, dann verabschiedete Charlotte sich. Zufrieden fuhr sie nach Hause, parkte den Roadster in der Garage und schloss die Tür auf.

Ihre Mutter saß in der Küche und frühstückte mit Lukas. »Gut, dass Sie da sind«, sagte dieser mit vollem Mund.

Besorgt sah Charlotte ihre Mutter an. Sie konnte nichts Ungewöhnliches entdecken. Lukas schien Charlottes Blick bemerkt zu haben, denn er sagte: »Keine Sorge. Ihr geht es gut. Aber ich bin total müde. Irgend so 'n Spinner wollte hier 'ne Party machen, Telefonterror hoch drei. Dachte zunächst, Sie wären das, dass Sie etwas vergessen haben oder so. Aber Quatsch, Sie hätten ja was gesagt, tickte mir dann ins Hirn.«

Die Knie von Charlotte wurden weich. Sie zog einen Stuhl unter dem Tisch hervor und ließ sich darauffallen.

»Nach zwei Stunden reichte es mir. Hab das Ding aus der Wand gezogen«, fuhr Lukas fort und schmierte sich Marmelade auf sein Brötchen. »Wenn Sie mich fragen: Jemand mag Sie nicht. Besser, Sie installieren eine Fangschaltung oder so. Bestimmt ein Perverser.«

In Charlottes Kopf überschlugen sich die Gedanken. Ihre Hoffnung, die wider Erwarten immer im Hintergrund keimte, dass die Drohungen von allein aufhören würden, hatte sich wieder einmal verflüchtigt. Auf der anderen Seite stand sie kurz davor, den Kerl dingfest zu machen. Er hatte sie diese Nacht nicht erreicht. Charlotte war sich sicher, dass er es kommende Nacht wieder versuchen würde, und diesmal würde sie zu Hause sein, um die Fangschaltung zu aktivieren.

Sie lächelte Lukas an. »Ich werde über deinen Vorschlag nachdenken«, sagte sie und verließ zuversichtlich die Küche. Morgen würde sie dem Anrufer die Polizei auf den Hals hetzen.

***

Teutschner las bestürzt das Schild, das an der Aufzugstür hing: »Defekt«. Der Blick zur Treppe trieb ihm Schweißtropfen auf die Stirn. Sein Magen zwickte. Warum nur musste dieser Gärtner auch so weit oben wohnen, schimpfte Teutschner stumm.

Er wischte sich mit einem Taschentuch übers Gesicht und trat auf die erste Stufe. Ein Mann kam ihm entgegen, blieb stehen und machte den Weg frei. Als sie auf gleicher Höhe waren, wollte sich Teutschner bedanken. Doch die Worte blieben ihm im Hals stecken, als er Uwe Gärtner erkannte. »Zu Ihnen wollte ich gerade.«

»Zu mir? Ich kenne Sie nicht.« Gärtner schüttelte den Kopf, wollte weiter. Teutschner versperrte ihm den Weg.

»Doch, Sie kennen mich. Ich bin der Kommissar, der damals das Verschwinden von Natalie Tries untersucht hat. Ernst Teutschner.« Er reichte Gärtner die Hand. »Macht es Ihnen etwas aus, wenn wir ein wenig über die alten Zeiten plaudern?«

Gärtner schien unschlüssig, sah die Treppe hoch. »Meiner Frau geht es nicht gut. Ich wollte nur schnell um die Ecke und im Supermarkt einkaufen. Und mehr, als ich Ihnen früher schon …«

»Zehn Minuten würden reichen«, unterbrach Teutschner. »Mir geht es im Grunde nur um eine Sache. Ich gebe einen aus, drüben in der Kneipe auf der anderen Straßenseite.«

Uwe blies die Wangen auf, nickte dann. »Also gut. Zehn Minuten.«

Erleichtert ging Teutschner voraus. Nicht nur, dass er seine Frage loswurde, auch musste er sich nicht die Treppe hochquälen.

»Dann schießen Sie mal los«, forderte Gärtner ihn auf.

Teutschner ließ sich nicht zweimal bitten. »Welche Rolle spielte damals Erwin Tries?«

Gärtner runzelte die Stirn. »Wie? Welche Rolle? Er ist Natalies Onkel.«

»Das ist mir klar. Doch wie hat er sich euch gegenüber verhalten?«

Gärtner trank seine Stange Kölsch in einem Zug leer und bestellte noch eins. »Ich habe ihn nett und hilfsbereit in Erinnerung«, sagte er dann. »Als Natalie verschwand, hatten wir Schiss, dass ihr Kettenhunde von der Polizei uns einen reinwürgen würdet. Und waren froh, dass der Erwin den Leitwolf spielte.«

»Wie muss ich mir das vorstellen?«, horchte Teutschner nach.

»Wir sollten nur die Fragen beantworten, die Sie uns stellen. Auf keinen Fall sollten wir lügen, aber auch nicht mehr als nötig verraten.«

Teutschner rieb sich das Kinn. »Hattet ihr keine Gewissensbisse? Vielleicht hätten wir Natalie gefunden, wenn wir ein wenig mehr erfahren hätten.«

»Wir hatten Schiss. Ihr hättet uns doch was angehangen, wenn ihr Natalie tot gefunden hättet.«

Teutschner lachte auf. »So ein Blödsinn.«

»Erzählen Sie das mal Teenagern, die die Hosen voll haben«, brummte Gärtner. Er stürzte sein Bier hinunter und rutschte vom Hocker. »War's das?«

»Eins noch«, sagte Teutschner schnell. »Hatten Sie den Eindruck, dass Erwin Tries etwas verbarg?«

Gärtner überlegte. »Nee. Er wirkte nur ein wenig überdreht und hektisch. Aber ich denke, das ist normal, wenn jemand aus der Familie verschwindet. So, bin jetzt weg.«

Gärtner stürmte aus der Tür und ließ Teutschner an der Theke zurück. Der nippte zum ersten Mal an seinem Mineralwasser. Es schmeckte wie Leitungswasser. Skeptisch blickte er die Wirtin an, die gedankenverloren eine Zigarette rauchte.

Erwin Tries hatte also das Sagen gehabt, die Clique war ihm gefolgt wie eine Herde Lämmer. Teutschner lächelte stumm. Diese zentrale Rolle des dicken Wirtes war äußerst interessant.

ZWÖLF

Montag, 24. Juni 1985

Meine Tage sind überfällig. Aber das kann doch nicht sein. So einen Zufall gibt es doch nicht!!!

***

Vergeblich versuchte Stephan, Kriminalhauptkommissar Engel zu erreichen. Eine Kollegin von ihm teilte Stephan mit, dass der Kommissar zu einer ambulanten Behandlung im Krankenhaus und daher auch nicht über Handy zu erreichen sei. Er überlegte kurz, ob er sich mit einem anderen Kommissar verbinden lassen sollte, entschied sich aber schließlich dagegen. Er mochte Engel und spürte, dass dies auf Gegenseitigkeit beruhte. Daher hinterließ Stephan seinen Namen und seine Telefonnummer mit der Bitte, dass Engel so schnell wie möglich zurückrufen möge.

Nachdem er das Gespräch beendet hatte, machte er sich auf den Weg nach Leverkusen, um Dietmar Dotter einen Besuch abzustatten. Da Stephan einen Stau auf der chronisch überlasteten A 3 nicht umfahren konnte, erreichte er erst eineinhalb Stunden später die kleine Reihenhaussiedlung in Leverkusen-Steinbüchel. Hier am Kurt-Schumacher-Ring, direkt gegenüber einer Araltankstelle, sollte nach Lutz' Angaben Dietmar Dotter leben. Stephan parkte und stieg aus. Das Wumm-Wumm-Wumm tiefer Basstöne schallte aus einem Golf, der an der Tankstelle stand, zu ihm herüber. Der Fahrer, Muskelshirt, abgerissene Jeans und Baseballkappe, lehnte am Kotflügel und wippte im Takt mit. Offenbar machte es ihm nichts aus, die Anwohner mit seiner Technomusik zu belästigen.

Stephan schüttelte verständnislos den Kopf, widmete dann seine Aufmerksamkeit dem Klingelschild des Hauses mit der Nummer vier. Gerade als er Dotters Namen entdeckt hatte und klingeln wollte, schlug im Haus ein Hund an. Das Bellen wurde immer lauter, und kurz darauf bewegte sich hinter der geriffelten Türglasscheibe aufgeregt ein Schatten hin und her.

»Ruhig, Salabim«, hörte Stephan eine tiefe Frauenstimme. Wenig später öffnete sich die Tür einen Spaltbreit.

»Sie sind nicht der Postbote«, stellte die Frau fest, deren Alter Stephan auf Mitte fünfzig schätzte. Ihre blondierten Haare waren am Ansatz schwarz. Ihre goldbraune Haut bewies, dass sie häufig auf der Sonnenbank anzutreffen war.

Stephan lächelte freundlich und sagte: »Ich suche Herrn Dietmar Dotter. Mein Name ist Stephan Tries.«

Die Frau kniff die Augen zusammen, ihre ohnehin schon markanten Krähenfüße vertieften sich zum Grand Canyon. »Tries?« Sie musterte ihn von oben bis unten.

»Es geht um meine Schwester. Sie ist in den Achtzigern spurlos verschwunden. Natalie Tries?«, versuchte er, dem Gedächtnis der Frau auf die Sprünge zu helfen.

»Oh«, rief die Frau und schlug sich mit einer Hand vor den Mund. »Natalie, ja klar, an die erinnere ich mich.«

Stephan überlegte, konnte die Frau aber keinem ihm bekannten Gesicht zuordnen. »Wohnt Herr Dotter …«

»Wer ist das?«, wurde Stephan von einer Männerstimme im Inneren des Hauses unterbrochen. Die Frau rief über die Schulter hinweg: »Der Bruder von Natalie. Von der Kleinen, die damals den Abflug gemacht hat.«

Stephan wurde hellhörig. Offensichtlich war er an der richtigen Adresse.

»Mach die Tür auf. Ich will den Kerl sehen«, hörte Stephan wieder die Männerstimme. Die Frau schob die Haustür auf und trat zur Seite. Mit einer Hand hielt sie einen Dobermann an der Halskette fest. Der Hund knurrte, verhielt sich ansonsten aber ruhig. Hinter ihm tauchte ein Mann im Rollstuhl aus dem Halbdunkel des Flures auf. Er musterte Stephan sekundenlang, nickte dann. »Ja, tatsächlich, der Tries. Mein Namensgedächtnis ist zwar miserabel, aber Gesichter, die ich einmal gesehen habe, merke ich mir für immer.« Er klopfte sich mit der flachen Hand auf seine hohe Stirn und grinste.

Erleichtert atmete Stephan aus. Die erste Hürde war genommen.

Dotter tätschelte dem Dobermann den Rücken. »Setz dich. Kostet das Gleiche«, sagte er. »Ich kann es nicht leiden, von oben herab angeglotzt zu werden. Monika, brau uns einen Kaffee.«

Stephan sah erschrocken zu der Frau, die Dotter in das Wohnzimmer geschoben hatte und hinter dem Rollstuhl stand. War das etwa die Monika, die er und seine Kumpels früher in »Erwins Eck« angehimmelt hatten? Die Frau mit den Beinen bis zum Hals?

Monika lächelte ihn an und säuselte Dotter ins Ohr: »Heiß und stark, so wie du ihn magst.«

Dotter würdigte Monika keines Blickes, als sie in Richtung Küche verschwand. »Der Tries. Dass ich dich noch mal treffe. Wenn mein Ohr morgen früh am Kopfkissen festgeschraubt wäre, wäre ich weniger überrascht.« Er lachte kehlig.

Stephan zuckte mit den Schultern und wollte sich in den Sessel links von ihm setzen.

»Stopp!«, rief Dotter eilig. In diesen Moment sprang der Dobermann laut bellend auf Stephan zu. Nur Dotters beherzter Griff zum Halsband des Tieres verhinderte Schlimmeres.

Stephans Herz raste. »Scheiße, was war das denn?«, fragte er und wischte sich mit dem Arm den Schweiß von der Stirn.

»Das ist Salabims Platz«, erklärte Dotter und wies auf den Sessel, den Stephan sich ausgesucht hatte.

Stephan deutete schweigend auf das Sofa.

Dotter grinste. »Kein Problem.«

Als er sich setzte, fühlte er sich augenblicklich unwohl und wäre am liebsten sofort wieder aufgestanden. Aus dem Polster drang ein muffiger Geruch nach Hund und kaltem Rauch. Salabim stand in Augenhöhe vor ihm und sah ihn mit steil aufgestellten Ohren an. Stephan räusperte sich. »Monika und du, ihr seid also immer noch zusammen?«

Dotter verzog angewidert das Gesicht. »Jepp. Alt geworden, die Schnepfe, nicht? Die liebt mich immer noch, kann's selbst kaum glauben.« Er sah in Richtung Küche. »In meiner Situation kann man aber auch nicht wählerisch sein.«

Stephan war bereits beim Betreten der Wohnung aufgefallen, dass Dotter zwar im Rollstuhl saß, jedoch einen durchtrainierten Eindruck machte. Daher sagte er: »Dein sportliches Aussehen macht bestimmt vieles wett.«

Dotter warf den Kopf nach hinten und lachte laut. »Hör sich das einer an. Ein Schwuler, der auf Krüppel steht.«

Stephan öffnete empört den Mund. Bevor er jedoch etwas erwidern konnte, rief Monika: »Was hast du gesagt?«

»Kümmere dich um den Kaffee«, rief Dotter zurück und wandte sich an Stephan. »Das Einzige, was die Hohlbirne kochen kann, ohne dass es anbrennt.« Er seufzte theatralisch. »Sport, ja, da kann ich mithalten, stimmt schon. Doch ich verrat dir ein Geheimnis.« Er zeigte auf seinen Schritt. »Der Schwanz will nicht mehr. Und nicht alle Frauen sind mit einer flinken Zunge zufrieden.«

»Ich schon«, erklärte Monika, die mit einem Tablett hereinkam, auf dem der Kaffee und das Geschirr standen. Sie lächelte Stephan zu und verteilte die Tassen.

Stephan wunderte sich über die Frau. Wie hielt sie es nur mit diesem Scheusal aus?

Monika setzte sich auf Salabims Sessel. Der Hund gähnte nur, trottete zu ihr und legte sein Kinn auf ihren rechten Oberschenkel.

»Die beiden sind blutsverwandt, daher verzeiht der Köter ihr alles«, erklärte Dotter grinsend.

Stephan schüttelte den Kopf. Dotters respektloser Umgang mit Monika ärgerte ihn. Mach jetzt keinen Stress, mahnte er sich, schließlich willst du was von ihm. »Wie ist das mit dem Rollstuhl gekommen?«, fragte er frei heraus und rührte seinen Kaffee um.

»Kleine Fehde mit einem Konkurrenten«, antwortete Dotter. »Ein paar seiner Bordsteinschwalben sind zu mir rübergeflogen. Hat er mir übel genommen. Eine Kugel traf mein Rückgrat, und von einem Tag auf den anderen war meine Karriere den Bach runter. Ein Zuhälter mit weichem Schwanz, das geht gar nicht.« Dotter lehnte sich nach vorne und zischte: »Aber den Drecksack kriege ich noch.«

Stephan wurde plötzlich klar, warum Dotter noch immer so durchtrainiert war. »Wie lange ist das her?«, fragte er.

Dotter lehnte sich wieder zurück. »Zehn Jahre, drei Monate und zweihundertfünf Tage.«

Der Hund jaulte kurz auf.

Stephan hob überrascht die Augenbrauen. »Eilig hast du es nicht gerade.«

Dotter winkte ab. »Er weiß, dass er sich nicht sicher fühlen kann, solange ich lebe. Ich muss zugeben, das genieße ich.«

Monika sagte: »Ich flehe Dietmar jeden Tag an, die Sache zu vergessen. Wir haben doch ein schönes Leben hier, das kann er doch nicht aufs Spiel setzen wollen.« Sie wischte sich Tränen aus den Augen.

Stephan vermutete, dass sich Dotter schon längst mit seiner Situation abgefunden hatte und sich selbst etwas vormachte. Doch er wollte das jetzt nicht vertiefen, schließlich war er wegen Natalie hier. Er wechselte das Thema. »Kannst du dich noch an die Zeit in Bornheim erinnern? An meine Schwester? Was trieb dich eigentlich dahin?«

Dotter lachte. »Oh, ganz einfach. Ich suchte neue Märkte. Das Vorgebirge erschien mir ideal. Bonn war noch Hauptstadt, und es wimmelte von fetten Beamtenköppen in Bornheim, Alfter, Brühl oder wie die Käffer dort sonst so heißen. ›Erwins Eck‹ war *die* Szenekneipe, bekannt in der ganzen Gegend. Also beste Adresse für mein Vorhaben. Von dort aus wollte ich meine Kontakte knüpfen.«

Stephan fischte ein Hundehaar aus seiner Kaffeetasse. Verstohlen sah er sich um. Nirgends lag ein Taschentuch oder eine Serviette, an der er das Haar abstreifen konnte. »Und, äh, wie sagt man in eurem Gewerbe: Du wolltest sicherlich auch Frischfleisch rekrutieren?«

Dotter warf den Kopf in den Nacken und lachte lauthals. Stephan wischte das Haar an seiner Jeans ab.

»Na klar. Heimische Mädels sind gut fürs Geschäft. So eine aus der unmittelbaren Nachbarschaft beflügelt die Lust der Freier.«

Wut flammte in Stephan auf. Wenn er daran dachte, dass Natalie vielleicht auf dieses Schwein hereingefallen war, sah er rote Punkte. »Hattest du Erfolg?«, presste er heraus.

Dotter wiegte den Kopf von links nach rechts. »Nicht so, wie ich mir das vorgestellt habe. Und weißt du, warum nicht?«

Stephan schüttelte den Kopf und stellte seine halb geleerte Kaffeetasse auf den Tisch, als er ein weiteres Hundehaar darin schwimmen sah.

»Das Verschwinden deiner Schwester war schuld. Plötzlich wimmelte es von Polizisten und aufgebrachten Familienvätern. Monika und ich haben uns schnell verzogen. Ich verschob mein Vorhaben auf später, plante wiederzukommen, nachdem Gras über die Sache gewachsen war.«

»Und was genau bedeutet: ›Nicht so, wie ich mir das vorgestellt habe?‹«, fragte Stephan. »Gab es doch Erfolge?«

Dotter lachte wieder und sagte zu Monika: »Was hältst du von unserem Schnüffler? Der passt auf, nich? Dem solltest du gleich deine Dienste anbieten. Der kann bestimmt noch scharf schießen.«

Monika verzog die Mundwinkel und sah Stephan verlegen an.

Dotter wandte sich wieder an Stephan. »Tatsächlich habe ich mit einer Freundschaft schließen können.«

Stephan fielen plötzlich Frau Schäfers Worte wieder ein. Er murmelte: »Man muss das Ei pellen, solange es heiß ist.«

»Was?«, fragte Dotter.

Stephan sah ihn an. »Natalie«, sagte er leise. Ihm wurde speiübel.

»Wie kommt die denn an dieser Stelle ins Spiel?«, fragte Dotter.

Bevor Stephan antworten konnte, musste er gegen seinen aufsteigenden Mageninhalt ankämpfen. »Es war kein Geheimnis, dass Natalie und mein Vater nicht gut miteinander auskamen«, sagte er dann. »Sie hat öfters darüber nachgedacht abzuhauen. Ein leichtes Opfer also.« Er fixierte Dotter und ballte die Fäuste. »Was hast du ihr versprochen? Womit hast du sie geködert? Schmuck? Schöne Kleidung? Drogen?«

»Vielleicht von jedem ein bisschen«, antworte Dotter und lachte. Stephan sprang auf.

Sofort bellte der Hund. Monika hielt ihn zurück und sagte zu Dotter: »Treib es nicht auf die Spitze. Erzähl ihm schon die Wahrheit.«

Stephan blickte sie irritiert an. Welche Wahrheit?

Dotter machte eine beschwichtigende Handbewegung, und Stephan setzte sich wieder. »Ganz ruhig«, sagte Dotter, als ob er mit seinem Hund sprechen würde. »Was du da eben gemurmelt hast, an den Spruch kann ich mich noch gut erinnern. Die beiden glaubten wirklich, *sie* würden *mich* aufreißen. Nun ja.« Dotter schlug sich mit den Händen auf die Oberschenkel. »Deine Schwester war es jedenfalls nicht, die mich pellen wollte.«

Stephan zog die Augenbrauen zusammen. »Nicole? Nicole ist dir hinterhergerannt?«

»Ah, das ist doch mal ein runder Gedanke, der Kandidat erhält hundert Punkte«, rief Dotter aus. »Die Kleine war ganz vernarrt in mich. Ich habe ihr ein wenig Starthilfe gegeben.«

»Du hast sie kaputtgemacht«, murmelte Monika und kraulte Salabim die Ohren.

»Quatsch!«, widersprach Dotter. »Die Kleine war unersättlich. Wollte uns Luden untereinander ausspielen. Sie hatte zu hoch gepokert und landete in der Gosse. Selbst schuld.«

Stephan war mehr und mehr von Dotter angewidert, der das Leid anderer vollkommen ungerührt hinnahm. Das Wohnzimmer kam ihm plötzlich winzig vor, die Wände schienen ihn erdrücken zu wollen. Lange würde er es nicht mehr aushalten.

»Gut. Oder auch nicht. Kommt drauf an, wie man es sieht«, sagte er und schluckte trocken. Er überwand seine Abneigung, beugte sich vor und sah Dotter eindringlich an. »Bitte! Wenn du irgendetwas weißt, was mich auf Natalies Spur bringen könnte, dann sag es mir.«

Dotter zuckte mit den Achseln. »Da war nichts.«

Stephan wartete einige Sekunden, um Dotter die Gelegenheit zu geben, etwas zu ergänzen. Doch der presste die Lippen aufeinander und grinste zufrieden.

Stephan stand auf. Es hatte keinen Zweck, weiter auf Dotter einzureden. Er fingerte aus seiner Brieftasche eine Visitenkarte und legte sie auf den Tisch. »Falls dir noch etwas einfällt.«

Dotter nickte, und Stephan zwängte sich an dem Rollstuhl vorbei.

»Warte«, sagte Monika und wandte sich an Dotter. »Herrgott noch mal! Sag es ihm!«

Der schüttelte den Kopf. »Warum? Er hält mich für Abschaum, das kann ich ihm ansehen. Warum sollte ich ihm helfen?«

»Okay«, sagte Monika mit trotziger Stimme. »Dann erzähl ich es. An dem Abend, als deine Schwester verschwand, belauschte ich ein Gespräch. Ich war auf der Damentoilette, und alle Fenster waren geöffnet. Es schallte von der Herrentoilette zu uns herüber wie aus einem Megafon. Ich habe die Stimmen sofort erkannt, sie unterhielten sich darüber, Natalie eine Abreibung zu verpassen.«

Stephans Herz schlug schneller. »Wer war auf der Toilette?«, fragte er.

Mit einer schwungvollen Bewegung wendete Dotter seinen Rollstuhl. »Ihre besten Freunde. Uwe Gärtner, Max Aller und dieser Motorradfreak.« Dotter lachte lauthals. »Wenn man solche Freunde hat, braucht man keine Feinde mehr.«

Stephan spürte, wie das Blut aus seinem Gesicht wich. Er sah Monika an. »Hast du mitbekommen, wie die Abreibung aussehen sollte?«

Sie schüttelte den Kopf. »Nein. Sie schienen sich darüber schon geeinigt zu haben. Ich habe nur noch gehört, dass sie es in dieser Nacht durchziehen wollten.«

Stephan schwirrte der Kopf. Uwe, Max und Jürgen! Diese Heuchler! Wer hätte das gedacht? Er zögerte kurz, dann umarmte er Monika. Sie ließ ihn gewähren.

Dotter sagte süffisant: »Petting macht zwanzig Euro.«

Stephan ignorierte ihn und stürmte aus dem Haus. Er musste sich zusammenreißen, um nicht lautstark zu schreien.

Als er die Autotür öffnen wollte, fiel ihm der Schlüssel aus der Hand. Fluchend bückte er sich und hob ihn auf. Seine Hände zitterten und er musste mehrmals ansetzen, bis er ihn endlich ins Schloss bekam. Er riss die Tür bis zum Anschlag auf und ließ sich auf den Fahrersitz fallen. Krampfhaft umklammerte er das Lenkrad. Rote Kreise tanzten vor seinen Augen. Uwe und Max, diese Mistkerle. Etwas musste bei der Abreibung schiefgegangen sein, ansonsten hätten sie von ihrem Dummejungenstreich erzählen können. Jürgens Unfall, der womöglich keiner war, kam Stephan in den Sinn. Bestand doch ein Zusammenhang mit Natalies Verschwinden? Der Wagen, der Jürgen verfolgt hatte. Uwe Gärtner? Wie könnte es gewesen sein?

Vielleicht war Natalie bei dem Streich ums Leben gekommen. Also lassen die drei die Leiche verschwinden und vereinbaren absolutes Stillschweigen. Jürgen bekommt wenig später kalte Füße und will alles verraten. Uwe und Max sind entsetzt, reden auf ihn ein. Doch Jürgen hält an seiner Entscheidung fest und fährt mit seinem Motorrad davon. Uwe und Max überlegen nicht lange und nehmen die Verfolgung auf. Sie müssen ihren Kumpel um jeden Preis aufhalten, jagen ihn über die Straßen. Die Jagd endet mit Jürgens Tod.

Stephan hieb mit einer Faust auf das Lenkrad. »So könnte es gewesen sein«, rief er laut. Eine Frau mit Kinderwagen, die auf dem Gehweg an seinem Wagen vorüberging, schaute ängstlich ins Wageninnere. Stephan hob die Hand als Entschuldigung, doch die Frau blickte weg und eilte hastig davon. Er zuckte mit den Schultern und steckte den Schlüssel ins Zündschloss. Bevor er den Wagen starten konnte, klingelte das Handy. Es war Engel.

»Du wolltest mich sprechen.«

»Ja, danke, dass du dich meldest. Es geht um den Kollegen, der damals das Verschwinden meiner Schwester untersuchte. Weißt du, wie ich den erreichen kann?«

Engel zögerte. »Ich bin erst später dazugestoßen, nach der Wende. Da war Teutschner schon nach Ostdeutschland versetzt worden. Ich habe ihn nie getroffen.«

Stephan war nicht entgangen, dass Engel nur eine halbe Antwort geliefert hatte. »Ich muss ihn sprechen«, wiederholte er.

Wieder ein leichtes Zögern. Was war da los?

»Er wohnt in Mittweida. Sachsen«, sagte Engel schließlich.

»Gibst du mir die Telefonnummer?«

»Wird nicht viel nützen. Er ist nicht da.«

Stephan stutzte. Wieso wusste Engel so genau, dass Teutschner nicht zu erreichen war? »Du verheimlichst mir doch irgendwas«, bohrte er. »Wenn du so genau im Bilde bist, dann muss doch irgendjemand bei euch im Präsidium Kontakt zu ihm haben. Wer ist das? Sag mir den Namen, ich hör selber nach.«

Engel seufzte. »Pass auf, was ich dir jetzt erzähle, bleibt unter uns, okay?«

Stephan horchte auf. »Rück schon raus.«

»Also gut«, murmelte Engel. »Der Selbstmord deiner Tante. Wir hatten doch darüber gesprochen, dass du an dem Tag nicht der einzige Besucher warst. Teutschner war auch da.«

»Das ist nicht dein Ernst.« Stephan konnte nicht glauben, was er gerade gehört hatte.

Engel räusperte sich. »Doch, leider. Zieh aber jetzt bloß keine falschen Schlüsse. Er hat sich in der Psychiatrie ausgewiesen, und seine persönlichen Daten wurden ordnungsgemäß erfasst. Das macht niemand, der Böses im Schilde führt.«

Stephan schürzte die Lippen und überlegte. Teutschners plötzliches Interesse an der Vergangenheit war ohnehin verdächtig, und jetzt das. »Vielleicht, vielleicht auch nicht«, kommentierte er knapp. »Kannst du mir Bescheid geben, wenn ihr Teutschner gefunden habt?«

»Ich werde an dich denken«, sagte Engel. »Ach ja, da ist noch etwas anderes, was …«

»Später, ja? Ich will mit einem alten Freund ein Hühnchen rupfen«, unterbrach ihn Stephan. »Ich melde mich wieder bei dir. Und danke für dein Vertrauen.« Er drückte das Gespräch weg und wählte Charlottes Nummer. Sie meldete sich.

»Hast du Zeit?«, fragte Stephan.

»Um was geht es?«

»Du hast mir doch angeboten, mit Uwe Gärtner zu reden, wenn es noch mal notwendig werden würde.«

»Dazu stehe ich immer noch. Um was geht es?«

Stephan fasste kurz zusammen, was Dotter ihm berichtet hatte, erzählte dann von dem Streich. »Wir treffen uns in einer halben Stunde in Meschenich«, sagte er, gab die Adresse durch und warf das Handy auf den Beifahrersitz. Er startete den Motor und fuhr los. Dicke Regentropfen färbten den Asphalt dunkelgrau und trommelten auf das Wagendach.

***

Charlotte erwartete ihn bereits vor dem Haus. Sie begrüßten sich kurz. Stephan ging mit ihr noch mal jede Einzelheit durch.

»Okay, habe ich abgespeichert«, sagte Charlotte anschließend. »Aber weißt du denn überhaupt, ob er zu Hause ist?«

»Wo sollte er schon sein?«, drückte er sich um eine Antwort. »Du musst ihn festnageln.« Er wirkte angespannt.

»Ich krieg das schon hin, mach dir keine Sorgen«, beruhigte Charlotte ihn und drückte die unverschlossene Haustür auf.

»Ich warte in der Kneipe da drüben.« Er deutete auf ein Gebäude auf der anderen Straßenseite, gut hundert Meter entfernt. »Dort treffen wir uns hinterher.« Er gab ihr einen flüchtigen Kuss auf die Wange und ging los.

Charlotte ging die Treppen hinauf. Oben angekommen, klingelte sie. Die einzige Reaktion war ein lautes Fluchen einer Frau.

»Sind Sie zu Hause, Herr Gärtner?«, rief Charlotte und klopfte mit der Faust gegen die Wohnungstür. Niemand öffnete. Vielleicht hatte Gärtner sie vom Fenster aus mit Stephan gesehen und wollte nicht mit ihr reden.

Die Nachbarin von gegenüber öffnete die Tür und stellte mit gleichgültiger Miene eine Mülltüte in den Flur. Sie ignorierte Charlotte und schloss ihre Tür wieder, als ob nichts geschehen wäre.

Charlotte klingelte noch mal. Wieder hörte sie nur die Frauenstimme. »Verpiss dich!«

»Herr Gärtner, ich muss mit Ihnen sprechen, bitte«, rief sie so laut, dass es auf der anderen Seite der Tür zu hören sein musste. Wieder nichts.

Charlotte überlegte. Gärtner könnte tatsächlich nicht zu Hause sein. Wenn er sich aber nur versteckte und nicht mit ihr sprechen wollte, musste sie ihn aus der Reserve locken. Einen Versuch war es wert, entschied sie. »Also gut. Wenn Sie es so wollen. Dann erzähl ich hier im Hausflur, was ich über die Abreibung weiß, die Sie Natalie Tries verpassen wollten.«

»Das würde hier sowieso niemanden interessieren.«

Charlotte zuckte erschrocken zusammen und drehte sich um. Uwe Gärtner stand mit zwei Plastiktüten in der Hand vor ihr. Er sah erwartungsgemäß älter aus, als sie ihn in Erinnerung hatte, aber sie hatte ihn sofort erkannt.

»Wer sind Sie, und was wollen Sie?«, fragte Gärtner. »Und was haben Sie mit Natalie Tries zu tun?«

»Ich bin eine Freundin der Familie«, erklärte Charlotte, ließ dabei Stephan absichtlich aus dem Spiel. Sie wollte Gärtner nicht aufbringen.

Doch Gärtner hob eine Augenbraue und grinste schief. »Stephan schickt Sie, stimmt's? Der hat bestimmt Sorge, dass ich ihn hochkantig rauswerfe, wenn er hier noch mal auftaucht.«

»Und? Würden Sie?«, fragte Charlotte, ohne Gärtners Vermutung zu bestätigen.

»Sicher.« Er drückte sich an ihr vorbei, stellte den Einkauf ab und schloss die Wohnungstür auf. »Bin wieder da, Schatz«, rief er beim Eintreten.

Er erntete ein: »Schatz? Dein Schätzchen ist nicht hier. Da kommst du doch gerade her.«

Gärtner ignorierte es, winkte Charlotte rein und ging in die Küche. »Von wem haben Sie es erfahren?«, fragte Gärtner und fing an, das Eingekaufte im Kühlschrank zu verstauen.

»Dietmar Dotter.«

Gärtner hielt inne und schaute Charlotte überrascht an. »Egg? Wie weiß der davon?«

»Diese Frau, Monika, hat Sie belauscht«, gab Charlotte bereitwillig Auskunft.

Gärtner nickte langsam. »Monika, ja. War ein scharfes Luder. Aber dass die auch für die Stasi gearbeitet hat, verwundert mich schon etwas.«

Charlotte wunderte sich, dass Gärtner in dieser Situation zum Spaßen zumute war. War es Galgenhumor?

»Ich an Ihrer Stelle wäre jetzt sehr nervös«, sagte sie, um Gärtner aus der Reserve zu locken.

Bevor dieser antworten konnte, keifte seine Frau: »Du Schlappschwanz. Kriegst keinen mehr hoch, ha, ha, ha.«

»Können Sie bitte die Tür schließen?«, bat Gärtner. Charlotte kam nur zu gerne der Bitte nach.

»Es stimmt«, bestätigte er. »Wir wollten Natalie einen Streich spielen. Jürgen kam auf die Idee. Eine inszenierte Entführung, nichts Schlimmes, nur ein wenig erschrecken. Eigentlich hatte Jürgen bis dahin kein Interesse an Natalie gezeigt. Aber ihm war eingefallen, dass eine Galionsfigur auf dem Rücksitz ganz nett wäre. Kurz gesagt: Er grub Natalie an, sie wies ihn ab. Das ging natürlich gegen Jürgens Ehre, daher die Idee mit der Abreibung. Max und mir passte es ebenfalls ganz gut in den Kram. Natalie hatte uns ja auch angespitzt und dann in den Arsch getreten.« Er blickte Charlotte an. »Sie konnte ein ganz schönes Luder sein.«

Gärtner leerte weiter seine Einkaufstüten, während er erzählte: »Ich sollte fahren. Wir wollten ihr einen Sack über den Kopf ziehen und sie im Wald aussetzen. Niemand sollte ein Wort sprechen, damit sie nicht erkennt, wer dahintersteckt.«

»Hört sich ziemlich bescheuert an«, warf Charlotte ein.

Gärtner zuckte mit den Schultern. »Klar, war es auch. Max und mir ist Gott sei Dank vorher noch ein Licht aufgegangen, wir sind rechtzeitig abgesprungen. Jürgen bekam einen Wutanfall und meinte, er würde es alleine durchziehen, wenn wir Flachpfeifen zu feige wären.« Er verstummte und sortierte frisches Gemüse in die unterste Schublade des Kühlschranks.

»Was passierte dann?«, fragte sie.

Gärtner hielt in seiner Bewegung inne und überlegte kurz. »Was Max und mich betrifft, nichts weiter. Jürgen brauste wütend davon.«

»Könnte Jürgen mit Natalies Verschwinden etwas zu tun haben?«

»Wenn ja, dann hat er es mit ins Grab genommen.« Gärtner stand auf und sortierte die leeren Tüten in eine der Küchenschubladen.

»Warum haben Sie nie etwas darüber erzählt?«

»Zunächst wollten wir Jürgen nicht in die Scheiße reiten. Später, als er tot war, wollten wir uns nicht selbst ins Visier der Polizei bringen. Wer weiß, was die uns noch alles angehängt hätten.«

»Warum sollte ich Ihnen glauben?«, fragte Charlotte. »Sie könnten mir ja auch ein Märchen aufgetischt haben.«

»Fragen Sie Max Aller, der wird Ihnen alles bestätigen.«

»Sie könnten sich abgesprochen haben.«

»Sicher«, bestätigte Gärtner. »Das könnten wir getan haben.« Er schüttete bunte Futterkörner in den Vogelkäfig der Wellensittiche und ging nicht weiter darauf ein.

»Dann werde ich diesem Aller einen Besuch abstatten.« Charlotte versuchte, es wie eine Drohung klingen zu lassen.

»Machen Sie das. Grüßen Sie ihn von mir«, sagte Uwe nur und brachte sie zur Wohnungstür. Seine Frau rief aus dem Hintergrund: »Seid ihr beiden Turteltäubchen endlich fertig mit eurer Nummer? Ich will was zum Spachteln!«

Charlotte verließ die Wohnung. Wenn Gärtner Schuld an Natalies Verschwinden hat, dachte sie auf dem Weg nach unten, dann wurde er schon dafür bestraft.

Stephan saß an der Theke und drehte mit dem Zeigefinger einen Bierdeckel. Ein halb leeres Glas Kölsch stand vor ihm. Er war der einzige Gast.

Sie schob sich auf den Hocker an seiner Seite.

»Und? Hat er mit dir geredet? Was sagt er?«, platzte Stephan heraus.

Charlotte bestellte sich einen Kaffee. Die Wirtin machte sich an der Kaffeemaschine zu schaffen, ohne ein Wort zu sagen.

Charlotte fasste das Gespräch zusammen. »Mein Eindruck ist, dass er mir die Wahrheit erzählt hat«, zog sie anschließend ein Fazit.

Die Wirtin stellte schweigend den Kaffee auf die Theke.

»Die Geschichte ist doch viel zu rund«, zweifelte Stephan. »Hört sich für mich vollkommen konstruiert an.« Er trank sein Glas leer. »Die ganze Schuld auf Jürgen zu schieben ist doch ein cleverer Schachzug, schließlich kann er sich nicht mehr wehren.«

»Wir sollten den Allers einen Besuch abstatten«, schlug Charlotte vor. Sie nahm ihre Tasse und trank einen Schluck. Der Kaffee ließ sie würgen. Er schmeckte wie Putzwasser.

»Ja, das wollte ich auch gerade vorschlagen. Lass uns los.« Er zog sein Portemonnaie aus der Tasche, zahlte und ging. Die Wirtin stopfte das Geld in eine Schublade unter der Theke.

Charlotte ließ den Kaffee stehen und folgte Stephan.

***

Edeltraud hielt eine Mistgabel in der Hand, als sie auf den Hof fuhren und ausstiegen. Ihre Augen blitzten wütend. »Du schon wieder«, zischte sie Stephan entgegen.

Aus dem Stall kam Max Aller zu ihnen herüber und stellte sich neben seine Frau. »Wenn es wieder um Natalie geht: Wir haben alles gesagt.«

»Das glaube ich nicht«, sagte Stephan und verschränkte die Arme. Charlotte bemerkte, wie ein Schatten über Max Allers Gesicht huschte.

»Wir wissen von dem Streich, den du Natalie spielen wolltest«, spie Stephan aus.

Max wurde kreidebleich, und selbst Edeltraud schien für einen kurzen Moment die Fassung zu verlieren, denn sie ließ die Arme hängen und wirkte bei Weitem nicht mehr so angriffslustig. Sie hatte sich aber schnell wieder im Griff. »Egal. Max hatte damit nichts zu tun«, sagte sie und streckte das Kinn vor.

»Dann verstehe ich die Situation hier aber nicht«, warf Charlotte ein.

Sie schwiegen ein paar Sekunden, bis Max seiner Frau die Hand auf die Schulter legte und sagte: »Sie hat recht. Es gibt keinen Grund, so feindselig zu sein. Sie wissen von dem Streich, also können wir auch darüber reden.«

Edeltraud hielt die Gabel wie eine Waffe.

»Lass gut sein«, murmelte Max. »Ich erzähl ihnen einfach, was ich weiß. Dann ist endlich Ruhe.«

Edeltraud senkte die Mistgabel. »Der Typ hat kein Recht, uns auszuhorchen. Aber du musst wissen, was du machst.« Sie ließ ihren Mann stehen, stürmte über den Hof und schmiss die Tür des Hofladens hinter sich zu.

Max zuckte mit den Schultern. »Sie konnte Natalie nicht leiden.«

Charlotte vermutete, dass dies als Entschuldigung für Edeltraud Allers abweisendes Verhalten dienen sollte.

»Gehen wir ins Haus«, lud Max Aller sie ein, »und machen wir reinen Tisch.«

***

Erschöpft kam Stephan am späten Nachmittag nach Hause. Charlotte war Einkaufen gefahren.

Max hatte Uwes Version der Geschichte bestätigt. Er konnte sich sogar vorstellen, dass Jürgen den Streich allein durchgeführt hatte, so sauer, wie er auf Natalie gewesen war. Nebenbei hatte der Bauer auch erwähnt, dass Teutschner ihn besucht hatte.

Schon wieder dieser Kommissar, dachte Stephan. Er wüsste zu gerne, was den Mann umtrieb. Warum meldete er sich nicht direkt bei ihm?

Müde zog er sich aus und ließ sich ein Bad ein. Nach fünf Minuten in dem heißen Wasser schlief er ein und wachte erst wieder auf, als das Wasser lauwarm wurde. Ächzend stemmte er sich aus der Wanne und rasierte sich.

Sofort setzten sich die Gedankenrädchen wieder in Bewegung. War Jürgen tatsächlich allein losgezogen, um Natalie hinterrücks zu überfallen und zu verschleppen? Unwahrscheinlich, entschied Stephan. Natalie hätte sich gewehrt. Jürgen war körperlich nicht der Stärkste. Er hätte Natalie schon Gewalt antun müssen, um sie zu bändigen.

Stephan hielt mit dem Rasieren inne. War es das? Hatte er sie niedergeschlagen, um seinen Plan in Ruhe durchführen zu können, leider aber ein wenig zu hart zugeschlagen? Peng, das Leben ausgelöscht. Anschließend Leiche vergraben, quälende Schuldgefühle und schließlich Selbstmord mit dem Motorrad.

Er trocknete sich mit einem Handtuch das Gesicht ab. Ein unangenehmes Kribbeln machte sich in seiner Magengrube breit. Wenn es so war, kannst du bis zum Sankt Nimmerleinstag ermitteln und würdest doch nie etwas erreichen, dachte er und hieb mit der linken Faust auf den Waschbeckenrand.

DREIZEHN

Samstag, 6. Juli 1985

Ich glaub es nicht. Jürgen steht auf mich. Hat mich gestern Abend auf eine Spritztour eingeladen. Dabei hat seine Maschine nur eine Sitzbank für den Fahrer, so eine, wie die Rennfahrer haben. Hab ich Jürgen auch gesagt. Er meinte, dann müssten wir eben zusammenrücken. Bin trotzdem nicht mitgefahren. Ich habe einfach Angst und hatte auch nicht die richtige Kleidung an. Mit einem Minirock sollte man nicht auf einem Motorrad fahren.
Mein Problem hat sich immer noch nicht gelöst.

***

Charlotte schaute zum Wecker. Zwei Uhr siebenundvierzig. Erst eine Minute war seit dem letzen Blick vergangen. Seit drei Stunden schlich sie unruhig zwischen Wohn- und Schlafzimmer hin und her und wartete. Nervös ließ sie ihre Fingergelenke knacken. Was ist, wenn der anonyme Anrufer von einer Telefonzelle anruft?, dachte sie und legte den Zettel zurück. Weitere fünf Minuten verrannen zäh wie Sirup. Ihre Mutter schnarchte leise im benachbarten Schlafzimmer. Charlotte zweifelte mittlerweile daran, dass der anonyme Anrufer noch anrufen würde. Sie stand auf und ging ans Fenster. Der Garten lag in gespenstischer Dunkelheit.

Sie fröstelte. Würde sie sich je wieder in diesem großen Haus sicher fühlen? Nachts ängstigte sie jedes Geräusch. Oft lag sie stundenlang wach und horchte mit klopfendem Herzen in die Dunkelheit. Sie hatte schon daran gedacht, die Villa zu verkaufen und in ein schnuckeliges Reihenhaus zu ziehen. Mit Nachbarn in unmittelbarer Nähe und mit weniger Fenstern und Eingängen, die aufgebrochen werden konnten. Doch wie würde ihre Mutter einen solchen Umzug verkraften? Hier kannte sie jeden Winkel, und trotz ihrer Demenz fand sie sich noch gut zurecht. Charlotte wollte ihrer Mutter eine neue Umgebung nicht zumuten.

Zehn nach drei. Charlotte seufzte und beschloss, ins Bett zu gehen. Vielleicht übermannte sie der Schlaf doch noch. Sie setzte sich auf die Bettkante und lauschte. Ihre Mutter schnarchte immer noch leise.

Ihr zufriedenes Lächeln gefror, als das Telefon läutete. Während der ersten drei Klingeltöne blieb sie wie gelähmt regungslos sitzen. Beim vierten Läuten konnte sie endlich den Arm ausstrecken und nach dem Hörer greifen.

»Von Berg?«, meldete sie sich. Nur ein kaum hörbares Atmen war die Antwort. Charlotte triumphierte innerlich. Sie tippte mit zittrigen Fingern den Knopf, wie es der Techniker von der Telefongesellschaft ihr erklärt hatte, und legte auf. Kurz darauf klingelte es wieder. »Anonym«, las sie und nahm das Gespräch an. Sie hob ab, wiederholte die Eingabe. Bis vier Uhr hatte Charlotte noch weitere sieben Mal den Knopf benutzt. Das würde ausreichen, damit sich der Anrufer nicht mit Zufall herausreden konnte. Sie schaltete das Telefon aus, legte sich ins Bett und schaute zufrieden zur Decke.

»Bitte nicht aus der Telefonzelle«, murmelte sie und schlief ein.

***

Stephan holte gerade seine Post aus dem Briefkasten, als Engel auf den Hof fuhr. Nach einer kurzen Begrüßung fragte Stephan: »Wie kann ich dir helfen? Geht es um meine Tante?«

»Nicht direkt«, gab Engel sich geheimnisvoll. »Hast du Zeit? Ich möchte dir jemand vorstellen.«

Stephan beugte sich zur Seite, um an Engel vorbeischauen zu können. Im Wagen saß niemand.

Engel lachte. »Nicht hier. Zieh dir eine Jacke über. Wir fahren zu ihm hin.«

Teutschner, dachte Stephan und fühlte sich plötzlich wie elektrisiert. »Gib mir eine Minute«, sagte er und stürmte ins Haus.

***

Das Taxi hielt vor dem Haupteingang der Klinik. Teutschner zahlte und stieg aus. Der Fahrer drückte ihm seinen kleinen Koffer in die Hand und wünschte ihm alles Gute. Teutschner ging an den Patienten vorbei, die trotz des ungemütlichen Westwindes hier draußen herumstanden und ihre Zigaretten rauchten. In der Eingangshalle blieb er stehen. Seit einigen Monaten schon bekam er alle zwei Wochen die Chemotherapie. Beim letzten Mal hatte ihm ein Arzt gesagt, dass sie endlich anschlug. Skeptisch hatte Teutschner nachgehakt, schließlich fühlte er sich von Tag zu Tag schlechter. Kleinlaut hatte der Arzt eingestanden, dass er lediglich von einer Lebensverlängerung sprach, nicht von einer Heilung.

Er sah zur Anmeldung hinüber. Ein übergewichtiger Mann mit Halbglatze und rahmenloser Brille saß hinter dem Empfangstresen und blickte ihn gleichgültig an. Teutschner machte einen Schritt auf den Mann zu, überlegte es sich dann aber anders. Entschlossen verließ er die Empfangshalle wieder und ging auf einen Mann in einem billigen Jogginganzug zu, der draußen stand und an einer Zigarette zog. »Kann ich bei Ihnen eine schnorren?«, fragte er.

Der Mann hielt ihm die geöffnete Packung hin. Teutschner griff zu, lieh sich das Feuerzeug und zündete die Zigarette an. Das Nikotin schoss ihm durchs Blut, und ein leichter Schwindel erfasste ihn. »Ah!«, machte er und lächelte zufrieden.

Der Mann sah auf seine glimmende Zigarette und sagte: »Eh alles zu spät. Da kann man die Zeit auch noch ein bisschen genießen.«

Nach einer weiteren Zigarette verabschiedete sich Teutschner und setzte sich in eins der wartenden Taxis. Auf dem Heimweg fühlte er sich berauscht und zufrieden. Eine Therapie gab es für ihn ab heute nicht mehr.

***

Sie saßen im Wintergarten des schmucken Einfamilienhauses in Bornheim-Roisdorf. Über den Garten des am Hang gelegenen Grundstücks hinweg konnte man den Blick über die Felder der Sechtemer Ebene bis hin zu den Wesselinger Raffinerien schweifen lassen.

Engel hatte Stephan auf der Fahrt erzählt, dass sie einen Kollegen besuchen würden. Dieser Kollege stellte sich als rüstiger Pensionär heraus, hieß Rolf Schäfges und lächelte Stephan freundlich an.

»Richard hat mir gestern am Telefon erzählt, dass Sie Ernst suchen«, sagte Schäfges.

Stephan sah verwirrt zu Engel.

Der grinste und erklärte: »Gestatten, ich bin Richard. Du hast mich ja noch nie nach meinem Vornamen gefragt. Und Ernst ist Teutschner. Rolf«, Engel nickte zu dem Pensionär hinüber, »hat jahrelang mit Teutschner zusammengearbeitet. Sie sind befreundet. Also habe ich gefragt, ob er etwas dagegen hat, wenn ich mit dir vorbeikomme und …«

»Ich habe gesagt, dass ich mich freuen würde«, unterbrach der Pensionär. Er wies mit der rechten Hand in den Garten. »Ich habe dort genug Arbeit, aber ich muss zugeben, es füllt mich nicht aus. Irgendwie bleibt man immer Kommissar.«

Stephan nickte. Bei ihm war es nicht anders. Sein Sabbatjahr war schon zur Hälfte um, aber Zeit zum Abschalten hatte er kaum gehabt. »Wissen Sie, wo Teutschner sich aufhält?«, fragte er.

»Leider nein«, antwortete Schäfges. »Das letzte Mal habe ich mit ihm zu Ostern telefoniert. Ich habe ihm frohe Ostern gewünscht, und er hat mir im Gegenzug von seiner Krebserkrankung erzählt.« Schäfges verzog gequält das Gesicht. »Seitdem habe ich nichts mehr von Ernst gehört, dabei versuche ich täglich, ihn anzurufen.«

Stephan war die Sorge um Teutschner in Schäfges Stimme nicht entgangen. »Haben Sie eine Vermutung, wo Teutschner sein könnte?«, fragte er. »Hat er Verwandte, Kinder, eine Frau oder irgendwelche Bekannte, bei denen er unterkommen könnte? Hier in der Nähe vielleicht?«

Schäfges runzelte die Stirn. »Hier in der Nähe? Da wüsste ich niemanden. Ernst ist geschieden. Er hat eine Tochter, doch die lebt ihr eigenes Leben. Und er ist ein Eigenbrötler und Dickkopf. Ich kann mir nicht vorstellen, dass er jemandem zur Last fallen will. »Vorher würde er sich eher selbst umbringen.«

»Zwei Kollegen aus Mittweida waren in seiner Wohnung, bevor wir erfuhren, dass er sich irgendwo hier im Rheinland aufhalten muss«, erklärte Engel. »In Mittweida ist Teutschner zwar immer noch gemeldet, die beiden Kollegen haben jedoch keine Hinweise entdeckt, wo er abgeblieben sein könnte. Aber zumindest haben sie auch nicht seine Leiche gefunden.«

Stephan sah Engel an und hob erstaunt die Augenbrauen. »Es waren Kollegen in der Wohnung? Ist das legal?«

Engel grinste. »Nein, aber praktisch.«

Stephan lachte und die anderen fielen mit ein.

»Erzähl es ja nicht weiter«, sagte Engel. »Teutschner ist eine Ausnahme, ein Kontrollbesuch sozusagen, ein Gefallen unter Kollegen.« Engel blickte Schäfges an, der dankbar nickte.

Stephan verstand augenblicklich die Zusammenhänge und beschloss, es auf sich beruhen zu lassen. »Können Sie mir etwas über Ihren Freund erzählen?«, fragte Stephan. »Wie war er früher, Mitte der Achtziger?«

Schäfges rieb sich die Hände. »Hm, schwierige Zeit für ihn. Die Scheidung hatte ihm schwer zugesetzt. Ernst suchte eine Weile sein Heil im Alkohol. Auch unzählige Bettbekanntschaften hatte er zu der Zeit, immer nur kurze Beziehungen.« Schäfges lehnte sich nach vorne und öffnete den Deckel einer Zigarrenkiste, die auf dem Tisch stand. »Echt kubanisch«, sagte er und bot Engel und Stephan eine an.

Engel überlegte kurz, winkte dann aber ab. »Meine Frau wird mich umbringen, wenn ich wieder damit anfange«, entschuldigte er sich.

Stephan sagte nur: »Nichtraucher, danke.«

Schäfges nahm sich eine Zigarre und roch daran, indem er sie unter der Nase entlangzog. Er schnitt die Kuppe der Zigarre ab und zündete sie an. »Ernst ging in die Vollen. Kaufte sich einen Porsche 911, ein tolles feuerrotes Spielmobil. Lange konnte er den nicht bezahlen, hat ihn schweren Herzens rasch wieder verkauft. Aber für einige Monate hatte es gereicht.« Schäfges zog an seiner Zigarre, hob den Kopf und pustete eine dicke Rauchwolke nach oben.

Stephan rümpfte die Nase. Er mochte den Zigarrentabakgeruch nicht. »Sie sagten, dass Teutschner ein Eigenbrötler und Dickkopf sei. Nicht gerade Charaktereigenschaften für eine längerfristige Freundschaft.«

Schäfges drehte seine Zigarre zwischen den Fingern hin und her und lachte. »Wie alle Menschen hat Ernst auch seine guten Seiten. Zuverlässigkeit und Ehrgeiz zum Beispiel. Aber ich gebe zu, dass er häufig bei Vorgesetzten, ja auch bei Kollegen, aneckte. Ich weiß, wie ich ihn nehmen muss. Ein Schuss Humor, und Ernst ist entschärft, wenn er mal wieder aufbraust.«

Stephan rieb sich das Kinn. »Aufbraust? Wurde er schon mal gewalttätig?«

Schäfges schürzte die Lippen, sah erst Engel an, dann wieder Stephan. »Kam schon mal vor, aber nichts, was ein Disziplinarverfahren gerechtfertigt hätte.«

Stephan vermutete, dass Teutschner von seinen Kollegen gedeckt worden war, wenn er ausrastete. Diese Art Loyalität unter Polizisten hatte er nie gutheißen können und sich stets widersetzt, wenn so etwas von ihm erwartet wurde. »Ich weiß nicht, ob Kriminalhauptkommissar Engel, äh, ich meine Richard, Ihnen erzählt hat, dass ich nach meiner Schwester suche. Sie ist Neunzehnhundertfünfundachtzig spurlos verschwunden.«

Schäfges nickte und zog an seiner Zigarre.

»Können Sie sich noch daran erinnern?«, fragte Stephan.

Schäfges beugte sich nach vorne und legte die Zigarre im Aschenbecher ab. »Lange her, die Sache. Aber ich hab's noch im Gedächtnis. Wenn so junge Menschen verschwinden, dann ist die Stimmung auf dem Nullpunkt. Ernst leitete die Ermittlungen.«

Schäfges wandte den Blick ab und sah sinnend in den Garten. »Ich sage es ungern, aber rückblickend muss ich feststellen, dass Ernst bei den Ermittlungen geschlampt hat. Er ist dem Verschwinden Ihrer Schwester nicht mit dem gebührenden Ernst nachgegangen, hat die Dinge schleifen lassen. Er war zu dieser Zeit einfach von der Rolle. Man hätte ihm diesen Fall überhaupt nicht anvertrauen dürfen.« Er wandte sich wieder Stephan zu. »Ernst war ein erstklassiger Kommissar. Hohe Aufklärungsrate. Dem konnten Sie die unmöglichsten Fälle aufs Auge drücken, er verbiss sich so lange darin, bis er die Wahrheit ans Licht brachte.« Schäfges verstummte.

Stephan verstand, was er damit sagen wollte. »Keiner der Vorgesetzten hatte bemerkt, dass er eine schwere Phase durchmachte, depressiv war, stimmt's?«

Schäfges nickte. Für eine Weile sagte niemand ein Wort. Stephan überlegte, wie er seine letzte Frage formulieren konnte, ohne dass Schäfges ihn aufgebracht des Hauses verwies.

»Meine Schwester hat ein Tagebuch hinterlassen. Sie berichtet darin von ihrer großen Liebe«, begann er vorsichtig. »Sie sagten vorhin, dass Teutschner Mitte der Achtziger Trost in zahlreichen Bettgeschichten suchte. Könnte es möglich sein, dass die beiden ein Paar waren?«

Schäfges runzelte die Stirn. »Ernst prahlte nicht mit seinen Liebschaften, ganz im Gegenteil. Es schien mir, als ob es ihm sogar peinlich war. Wir Kollegen bekamen ja nur Wind davon, da Ernst hin und wieder in Begleitung gesehen wurde. Ich kann also nicht ausschließen, dass die beiden sich kannten, aber für wahrscheinlich halte ich es nicht. Wäre doch zu viel des Zufalls.«

Stephan stand auf und bedankte sich.

Schäfges begleitete sie noch zur Haustür und bot seine Hilfe an, wenn Stephan noch etwas wissen wollte.

»Danke, dass du das arrangiert hast«, sagte Stephan, als Engel und er wieder im Auto saßen.

Engel zuckte mit den Schultern und grinste. »Mein Nachname verpflichtet«, antwortete er und zwinkerte Stephan zu.

***

Fassungslos starrte Charlotte auf das Fax, das im Auswurf ihres Faxgerätes lag. Mit zittrigen Fingern nahm sie das Papier in die Hand.

»Das kann doch nicht sein«, murmelte sie, ging zum Schreibtisch und legte ihr Adressbuch daneben. Hastig blätterte sie das Register durch. Dann hatte sie den Namen gefunden. Sie prüfte jede Ziffer. In ihren Ohren rauschte es. Es gab keinen Zweifel. Die Nummer auf dem Fax und die in ihrem Adressbuch stimmten überein.

Sie zerknüllte das Fax, erreichte mit weichen Knien gerade noch einen Sessel und ließ sich hineinfallen. Sie stützte ihren Kopf in die Hände, ihre Stirn fühlte sich fiebrig an.

Das kann einfach nicht möglich sein, dachte sie bestürzt. Was sollte sie nun unternehmen?

Das Läuten des Telefons riss sie aus ihrem Grübeln. Mühsam stand sie auf und umrundete den Schreibtisch. Das Display zeigte Stephans Nummer an. Kurz überlegte sie, ob sie das Gespräch annehmen sollte, entschied sich aber schließlich dagegen. Sie wollte jetzt nicht mit ihm sprechen, sie musste sich erst über ihr weiteres Vorgehen klar werden. Das Läuten verstummte.

Charlotte starrte noch minutenlang auf das Telefon. Je mehr sie darüber nachdachte, desto ärgerlicher wurde sie.

Wieso? Wieso tat er ihr das an? Wütend hieb sie mit der flachen Hand auf die Schreibtischoberfläche. Sie griff zum Hörer und wählte. Ungeduldig wartete sie ab, bis Wolfgang sich meldete. »Ich muss dich dringend sprechen!«

***

Auf dem Wohnzimmertisch lag ein weißes Blatt Papier. Stephan malte einen Kreis in die Mitte und schrieb Ernst Teutschner hinein. Neben dem ersten Kreis malte er einen zweiten und verband beide mit einem Strich. In den zweiten Kreis schrieb er alles hinein, was er über Teutschner wusste.

Bis zum Abend hatte Stephan das Blatt gefüllt. Unzählige Kreise und Striche verwoben sich zu einer Theorie.

Gegen neun warf Stephan den Mehrfarbenkugelschreiber auf den Tisch und rieb sich seine schmerzenden Finger. Triumphierend stand er auf und holte sich ein Bier. Am liebsten hätte er mit jemandem über seine Theorie diskutiert. Ob er Engel noch stören konnte? Stephan entschied sich dagegen. Engel hatte ihm auf der Heimfahrt noch von seinen beiden Jungs erzählt, zwölf und neun Jahre alt, sowie von seiner Frau, die immerzu jammerte, dass er so selten zu Hause sei. Daher wollte er ihm nicht die wenige Zeit rauben, die er mit seiner Familie verbringen konnte.

Immer die gleiche Leier, dachte Stephan und seufzte. Polizeidienst war einfach schlecht für ein harmonisches Familienleben.

Ihm fiel Charlotte ein. Als er vorhin nach Hause gekommen war, hatte er ihr von dem Besuch bei Schäfges erzählen und sich nach den Drohbriefen und anonymen Anrufen erkundigen wollen, aber er hatte sie nicht erreicht.

Einen kurzen Moment quälte ihn sein schlechtes Gewissen. In den letzten Tagen hatte er die Drohbriefe oft verdrängt und Charlotte mit ihren Ängsten allein gelassen. Andererseits hatte Charlotte sich auch nicht erkundigt, wie Stephan mit den Ermittlungen vorankam.

»Ach, verflucht!«, rief Stephan genervt.

Tiger, die in einer Sofaecke lag, hob den Kopf und sah ihn an.

Fang nicht wieder an aufzurechnen, wies er sich selbst zurecht, das hat schon bei Monika in die Krise und schließlich zur Scheidung geführt. Entschlossen stellte er seine Flasche auf den Wohnzimmertisch. Er wollte gerade in den Flur gehen, um das Telefon zu holen, als sein Blick auf die Zeitungsartikel fiel, die immer noch an der Wand hingen. Das Bild von Jürgens Unfall, das deformierte Motorrad, die auf der Straße verteilten abgerissenen Einzelteile, der abgedeckte Leichnam.

Stephan trat näher. Das Schwarz-Weiß-Foto war grob gerastert, doch es verbarg nicht die Gewalt, die auf Mensch und Maschine eingewirkt hatte. In Stephan nahm eine Idee Gestalt an. Er zog die Pinnadel aus der Wand und nahm den Artikel in die Hand. Wie in Trance setzte er sich neben Tiger auf die Couch und las den Bericht zum wiederholten Male durch. Eine fiebrige Erregung packte ihn. Er griff nach seinem Kugelschreiber und malte einen neuen Kreis auf ein leeres Blatt Papier.

***

»Ich habe heute Morgen die erste Maschine genommen.« Wolfgang stellte seine kleine Tasche in den Flur und umarmte Charlotte. Ihr traten Tränen in die Augen, die sie hastig wegwischte.

»Danke, dass du so schnell kommen konntest. Ich brauche einfach deine Unterstützung, alleine würde ich es nicht schaffen. Wie lang kannst du bleiben?«, fragte Charlotte.

»So lange, wie es notwendig ist. Eine Kollegin von mir vertritt mich.«

Charlotte bemerkte, dass eine leichte Röte Wolfgangs Wangen färbte. Sie ahnte, dass die Kollegin, von der er gesprochen hatte, mehr als das war.

Sie gingen in die Küche und setzten sich an den Küchentisch.

»Wie geht es Oma?«, fragte Wolfgang. »Hat sie von der ganzen Aufregung etwas mitbekommen?«

»Ihr geht es gut. Sie weiß von nichts.«

»Gut«, sagte Wolfgang mit Nachdruck. »Also. Das wird keine angenehme Sache werden. Wie hast du es dir vorgestellt?«

***

Stephan öffnete die Augen und blinzelte auf den Wecker. Kurz vor elf. Erschrocken richtete er sich auf und setzte sich auf die Bettkante. So lange hatte er seit einer Ewigkeit nicht mehr geschlafen. Er rieb sich die Augen. Allerdings hatte er sich erst gegen drei schlafen gelegt. Die Sache um Teutschner hatte ihm keine Ruhe gelassen.

Stephan schlurfte die Treppe runter ins Wohnzimmer. Tiger strich um seine Beine und miaute herzzerreißend.

»Hast Hunger, ich weiß. Gibt gleich was«, sagte Stephan und streichelte ihr den Rücken. Auf dem Wohnzimmertisch lagen immer noch seine Aufzeichnungen. Stephan nahm sie mit in die Küche. Nachdem er Tiger gefüttert hatte, setzte er sich mit einer Tasse Kaffee an den Küchentisch. Er überflog seine Notizen. Ja! Das ist es, dachte er zufrieden. Alles passte zusammen. Doch wie konnte er es beweisen? Dazu war ihm gestern Nacht nichts eingefallen.

Wenn er nur diesen Teutschner finden würde, dann könnte er versuchen, ihn zu überrumpeln, ein wenig Druck auszuüben. Ob es etwas bringen würde, selbst nach Mittweida zu fahren? Wo genau lag dieses Nest eigentlich?

Er stand auf und holte aus dem Wohnzimmer den Straßenatlas, den er letztens in der Mayerschen in Köln gekauft hatte.

Tiger schmatzte laut am Fresspott, ignorierte Stephan, als dieser sich wieder setzte. Im alphabetischen Register fand er Mittweida. »Sachsen«, murmelte er und schlug die angegebene Seite auf. In der Nähe von Chemnitz. Stephan schätzte die Entfernung von Bornheim auf fünfhundert Kilometer. Machbar, aber sinnvoll?, fragte er sich. Zumal alles darauf hindeutete, dass Teutschner sich irgendwo hier in der Nähe aufhielt.

Stephan blätterte zurück und sah sich die Seite an, auf der Bornheim zu finden war. »Wo steckst du?«, murmelte er und rieb sich das Kinn. »Die berühmte Nadel im Heuhaufen.«

Die Türklingel riss ihn aus seinen Gedanken. Stephan erhob sich und sah zum Hof hinaus. Draußen parkte ein ihm unbekannter schwarzer 3er BMW. Er hatte ihn nicht kommen gehört. Stephan blickte an sich herunter. Der zu enge Bademantel spannte über seinem Bauch. Sollte er wirklich in dieser Aufmachung die Tür öffnen? Doch der Besucher ließ nicht locker und klingelte jetzt Sturm. Was fällt dem ein, dachte Stephan.

Ärgerlich rief er, während er die Haustür aufschloss: »Wenn es nicht wichtig ist, dann tanzt hier gleich der Bär!«

Er riss die Haustür auf. Überrascht sah er Charlotte an. Neben ihr stand Wolfgang.

»Charlotte!«, rief Stephan und versuchte gleichzeitig, seinen Bauch einzuziehen. »Was zum Teufel ist los?«

»Wir müssen mit dir sprechen.«

***

Stephan folgte Charlotte und Wolfgang durch das nach Essen riechende Treppenhaus nach oben.

Als sein Handy klingelte, blieben sie stehen, und Stephan meldete sich.

»Lutz hier. Ich habe das Papier vergleichen lassen. Der Drohbrief mit dem Wasserzeichen und der Vergleichsbogen, den du mir geschickt hast, stammen aus der gleichen Lage.«

Stephan seufzte. »Danke, Lutz. Du, ich melde mich später noch mal bei dir. Ich muss gerade eine wichtige Sache erledigen.« Er verabschiedete sich und berichtete den anderen.

Wolfgang und Charlotte blickten sich an. »Ist jetzt keine Überraschung mehr«, sagte Charlotte und ging weiter.

»Seid ihr wirklich sicher, dass er da ist?«, fragte Stephan, während er versuchte, nicht zu keuchen.

Wolfgang nahm leichtfüßig eine Stufe nach der anderen, blickte über die Schulter und antwortete: »Ich habe vorhin angerufen und ihm gesagt, dass ich zufällig in der Stadt bin und ihn besuchen möchte.«

Auf der dritten Etage klingelte Charlotte an der Wohnungstür. Stephan sah zum Flurfenster hinaus auf die Weinsbergstraße. Er hätte im Auto warten sollen. Dann hätte er versuchen können, der Kölner Politesse, die pflichtbewusst gerade ein Knöllchen hinter den Scheibenwischer von Wolfgangs Leihwagen steckte, ihr Vorhaben auszureden.

Stephan hörte jemanden die Kette aushängen, die Tür schwang auf. Das freudige Lächeln, das Johannes' Lippen umspielte, gefror zu einer Grimasse, als er Charlotte und Stephan erblickte.

»Was ist denn hier los?«, fragte er.

Wolfgang drängte sich an ihm vorbei. »Lass uns drinnen darüber reden. Und spiel nicht den Unwissenden. Du weißt ganz genau, was Sache ist.«

Johannes schien plötzlich um Jahre gealtert. Mit gesenktem Kopf und hängenden Schultern machte er den Weg frei. Sie gingen ins Wohnzimmer und setzten sich. Stephan sah sich um. Weiße Möbel, weiße Wände, graue Bodenfliesen. Keine Pflanzen, keine Bilder. Die einzigen Farben brachten die Cover der überall herumliegenden Zeitschriften ins Zimmer.

»Das Tribunal«, murmelte Johannes.

Charlotte sah ihren jüngsten Sohn mit versteinerter Miene an und sagte: »Wie konntest du uns das nur antun?«

Johannes senkte verlegen den Blick. »Du warst die letzten Monate so glücklich. Mit dem da«, zischte er und winkte mit der linken Hand abfällig in Stephans Richtung. »Da habe ich rotgesehen.«

Stephan schüttelte ungläubig den Kopf. Er kannte Johannes kaum, und doch hasste Charlottes Sohn ihn. Johannes warf ihm einen wütenden Blick zu. »Was sucht der überhaupt hier?«

»Du hast ihn ebenfalls bedroht, schon vergessen?«, antwortete Wolfgang. »Und mich hat Mutter gebeten zu vermitteln.«

»Was gibt es denn da zu vermitteln?«, fuhr Johannes auf. »Ich konnte doch nicht untätig mit ansehen, wie der Kerl sich in unser Leben drängt. Stephan hier und Stephan da, ich konnte es nicht mehr hören.« Johannes sah zu Charlotte und jammerte: »Wann hast du mich denn das letzte Mal angerufen, Mama? Weißt du noch, früher? Da haben wir uns alles erzählt. Es gab keine Geheimnisse zwischen uns. Und jetzt? Ich bin dir doch völlig egal geworden.«

Charlotte riss die Augen auf. »Das stimmt doch nicht.«

»Ach nein?«, höhnte Johannes. »Was war denn mit den Drohbriefen? Den Anrufen? Hast du mir gegenüber ein Wort davon erwähnt? Hast du mich ins Vertrauen gezogen?«

»Ich wollte niemanden beunruhigen. Wie hättest du mir auch helfen können?«, antwortete Charlotte.

»Darum geht es doch gar nicht.« Johannes verschränkte die Arme und schwieg.

Stephan dämmerte, worum es hier ging. Johannes verlangte nach Aufmerksamkeit, nicht viel anders als ein kleines Kind. Johannes hatte gewollt, dass er früher oder später aufflog. Daher hatte er sich auch keine großen Gedanken über eine mögliche Fangschaltung gemacht.

Wolfgang schaltete sich ein. »Also, was hast du zu deiner Verteidigung zu sagen?«

Johannes verzog die Lippen und schwieg beharrlich weiter. Charlotte seufzte und setzte sich neben ihren Sohn auf die Couch. Sie griff nach seiner Hand. Johannes versteifte sich, gab aber seinen Widerstand nach einigen Sekunden auf.

»Du hast Mist gebaut«, sagte Charlotte in einem bemerkenswert ruhigen Ton. Als Johannes aufbegehren wollte, unterband sie es mit einer energischen Handbewegung. »Keine Widerrede! Du kannst froh sein, dass Stephan keine Anzeige erstattet.«

Sie sah Stephan an, der kaum merklich nickte.

»Du hast uns einen gehörigen Schrecken eingejagt«, fuhr Charlotte fort. »Damit ist jetzt Schluss. Verstanden?«

Stephan wunderte sich, wie Charlotte mit ihrem Sohn sprach. Wie mit einem kleinen Kind. Aber Johannes' Verhalten passte auch eher zu einem trotzigen Bengel als zu einem rational denkenden Erwachsenen.

Charlotte hob Johannes' Kinn und blickte ihm tief in die Augen. »Also für die Zukunft: keine Briefe mehr, keine anonymen Anrufe. Wenn dir etwas auf dem Herzen liegt, dann kommst du zu mir und sprichst darüber.«

Johannes blickte in die Runde. Sein harter Gesichtsausdruck wurde weicher. Stephan hatte fast den Eindruck, dass er gleich losheulen würde.

»Oder du sprichst mit mir«, fügte Wolfgang hinzu. »Ich bin jederzeit für dich da.«

»Aber dieser Kerl da …«, begann Johannes mit hoher Stimme und deutete mit der freien Hand auf Stephan.

Er wurde von Charlotte unterbrochen. »An den gewöhnst du dich am besten.«

Johannes sah seine Mutter mit großen Augen an. »Also ziehst du ihn mir vor.«

Charlotte schüttelte den Kopf. »Hier geht es nicht um Favoriten. Du musst dich damit abfinden, dass es einen anderen Mann in meinem Leben gibt.«

Stephan horchte auf. Charlotte warf ihm ein flüchtiges Lächeln zu, wandte sich dann wieder an Johannes. »Also gewöhne dich an diese Tatsache. Das Leben besteht nun mal aus Veränderungen.«

Johannes sah gehetzt zu seinem Bruder, als erhoffte er sich dort einen Zuspruch. Aber Wolfgang sagte: »Mama hat recht! Punktum!«

Johannes sackte in sich zusammen und fing an zu heulen. Charlotte nahm ihn in die Arme und tröstete ihn. Verlegen stand Stephan auf. Er konnte es nicht ertragen, erwachsene Männer weinen zu sehen. »Wir treffen uns draußen«, murmelte er und ließ die drei zurück.

Auf dem Gehsteig holte er tief Luft. Es roch moddrig nach fauligem Laub. Stephan konnte immer noch nicht fassen, was er gerade miterlebt hatte. Ein Mann, der um Aufmerksamkeit rang wie ein kleines Kind, und dabei nicht davor zurückschreckte, seine Mutter zu ängstigen.

VIERZEHN

Dienstag, 9. Juli 1985

Endlich!!! Gestern hat er mir versprochen, dass wir uns nächsten Samstag aussprechen.
Es wird Zeit. Ich weiß nicht mehr, was ich machen soll.
War in der Apotheke. Jetzt habe ich die Bestätigung.
Scheiße!!!!!!

***

Sie frühstückten zu fünft in Charlottes Küche. Nach der Aussprache mit Johannes hatte Charlotte Stephan gebeten, über Nacht zu bleiben.

Stephan hatte Bedenken gehabt. Er hatte sich Sorgen gemacht, dass Charlotte die Sache mit Johannes zu sehr mitnehmen und sie den ganzen Abend in Trübsal verfallen würde. Doch diese Angst hatte sich als unbegründet herausgestellt. Ganz im Gegenteil war Charlotte von Minute zu Minute aufgeblüht, bester Stimmung und so zärtlich gewesen, wie lange nicht mehr.

Wolfgang lief bereits in einem modischen dunkelblauen Business-Anzug herum und aß sein Brötchen im Stehen.

Charlottes Mutter lächelte selig und summte vor sich hin. Lukas saß neben ihr und reichte ihr ab und zu das Brötchen.

»Kommissar sein ist sicher cool«, sagte er zu Stephan. »So Verbrecher einzubuchten, mein ich.«

Stephan wiegte den Kopf. »Das ja. Doch leider gibt es auch die eine oder andere Kehrseite.«

Lukas trank einen Schluck Orangensaft und sah Stephan nachdenklich an. »Kann ich mal was fragen?«

Stephan nickte.

»Haben Sie schon mal einen ausgeknipst? So richtig, mit 'ner Wumme?«

»Nicht gerade ein Thema, das ich mir am Frühstückstisch wünsche«, warf Charlotte ein.

Wolfgang sah auf die Uhr. »Oh! Ich muss los«, rief er, drückte seine Großmutter, gab Charlotte einen Kuss auf die Wange und warf noch ein »Tschüss! Ich melde mich, sobald ich in Berlin bin« in die Runde. Kurz darauf war er zur Tür hinaus.

Charlottes Mutter sang leise: »Muss i denn, muss i denn zum Städtele 'naus, Städtele 'naus und du, mein Schatz, bleibst hier.«

Lukas wartete immer noch auf eine Antwort und blickte Stephan erwartungsvoll an. Der ignorierte den Zivi und nahm sich vor, später mal ein ernstes Gespräch mit ihm zu führen. Leidenschaft für die Polizei war ja überaus lobenswert, doch das Motiv, diese Laufbahn einzuschlagen, sollte nicht aus einer Gewaltverherrlichung heraus entstehen. Daher antwortete er doch noch: »Darüber reden wir ein anderes Mal.«

Charlotte griff nach dem Marmeladenglas und fragte: »Hast du bei deinen Ermittlungen etwas Neues in Erfahrung gebracht?«

»Ich habe da so eine Theorie«, antwortete Stephan ausweichend. Sein Zweifel, dass Charlotte nur aus Höflichkeit und nicht aus Interesse fragte, saß immer noch tief. Aber Charlotte sah ihn auffordernd an. »Dann erzähl mal.«

Stephan gab sich einen Ruck. Als er gerade sagen wollte, dass er Ernst Teutschner für den möglichen Täter hielt, fiel ihm Lukas' neugieriger Blick auf. Daher machte er den Vorschlag: »Wie wär's, wenn du mich nach Hause fährst? Dann zeige ich dir meine Aufzeichnungen.«

Er sah verstohlen zu Lukas hinüber, der mit enttäuschtem Gesichtsausdruck am Tisch saß. Charlottes Mutter sang leise: »Ich hab ein Haus, ein kunterbuntes Haus, ein Äffchen und ein Pferd, die schauen dort zum Fenster raus.«

***

Im Wohnzimmer war es kalt. Stephan schichtete Kienspäne im Kamin auf und zündete sie an. »Daran werde ich mich nie gewöhnen«, sagte er zu Charlotte, die auf einem Sessel Platz genommen hatte. »Sobald ich wieder ein wenig gespart habe, kommt Zentralheizung ins Haus. Wenn das Dach nicht gewesen wäre ...« Er ließ den Satz unvollendet und seufzte.

»So ein Kamin ist doch ganz gemütlich«, erwiderte Charlotte. Sie nahm eins der Papiere zur Hand, die auf dem Tisch lagen. »Ernst Teutschner ist die zentrale Figur in dieser Übersicht. Warum?«

Stephan türmte größere Holzscheite über die lodernde Flamme der Kienspäne. »Er ist der Mörder!«, sagte er und spürte Wut in sich aufsteigen. Ärgerlich stand er auf. Wenn er daran dachte, wie Teutschner die Leute hinters Licht geführt hatte, schnürte sich vor Wut sein Brustkorb zusammen.

Charlotte runzelte die Stirn und fragte: »Wie kommst du darauf?«

»Es passt alles zusammen.« Stephan setzte sich. »Teutschner hat damals eine schwere Zeit durchgemacht. Er lebte getrennt, sah sein Kind kaum. Da er hin und wieder ein Bier in der Kneipe meines Onkels trank, kannte er Natalie. Und jetzt kommt's.« Stephan hob seinen Zeigefinger. »Natalie schreibt im Tagebuch, dass ihr Freund ein richtiger Mann ist, also kein unerfahrener Jüngling. Teutschner war bereits über vierzig, er sah gut aus, auch wenn er damals vielleicht ein wenig zu viel auf den Rippen hatte. Er fuhr einen Porsche, arbeitete bei der Kripo. Vielleicht genau die Dinge, die Natalie reizten.«

Charlotte strich sich eine Haarsträhne hinter das Ohr und überlegte.

»Gut, mal angenommen, du hast recht. Warum sollte er Natalie denn dann getötet haben? Ich meine, er war immerhin Polizist.«

Stephan beugte sich vor und sah Charlotte eindringlich an. »Auch in unserem Berufszweig gibt es schwarze Schafe.«

Charlotte verdrehte die Augen. »Klar, weiß ich. Aber trotzdem muss er einen Grund gehabt haben. Jemand, der sich auskennt, bringt sich nicht leichtfertig in so eine Situation.«

Stephan zuckte mit den Schultern. »Vermutlich hatte Teutschner anfänglich sogar Gewissensbisse, dachte an seine Tochter, wenn Natalie vor ihm stand. Doch wie lange kann ein gefrusteter, in Scheidung lebender Vierzigjähriger schon der Versuchung einer attraktiven Frau widerstehen?«

Charlotte schürzte die Lippen. »Ich sehe immer noch kein Motiv.«

Stephan nickte. »Darüber habe ich lange gegrübelt.« Er stand auf und legte noch etwas Holz nach. Das Holz im Kamin knackte, und eine angenehme Wärme breitete sich langsam aus. »Teutschner muss einen Aussetzer gehabt haben. Was blieb ihm denn noch? Eine

Tochter, die sich nicht bei ihm meldete. Eine Frau, die ihn finanziell aussaugte. Die Kollegen, die ihn mitleidig ansahen. Kehrte jeden Abend in eine Wohnung zurück, die kein Zuhause war. Dazu Alkohol, wie mir mein Onkel erzählte. Und plötzlich noch eine ungewollte Vaterschaft.« Stephan schwieg einen Moment und hielt die Hände vor die Flamme. »Natalie war der Blitzableiter, da bin ich mir sicher.« Er drehte sich um.

Charlotte schlug die Beine übereinander und zupfte sich am Ohrläppchen. »Ich weiß nicht.«

Stephan setzte sich wieder. »Dass Natalie sich mit dem Vater ihres Kindes an dem Abend ihres Verschwindens traf, steht im Tagebuch. Es musste unauffällig ablaufen, Teutschner wollte keinen Skandal. Daher fuhr Uwe Natalie wie immer nach Hause. Teutschner folgte ihnen ungesehen oder wartete bereits auf sie. Als Uwe weg war, stieg Natalie zu Teutschner ins Auto, und sie fuhren los. Doch dann passierte etwas, womit die beiden nicht gerechnet haben. Jürgen Schipke hat die beiden gesehen.«

Charlotte stutzte und hob die Augenbrauen. »Schipke. Das ist doch der, der mit dem Motorrad verunglückt ist. Wie kommt der ins Spiel?«

»Jürgen wollte Natalie eins auswischen. Eigentlich wollten Uwe und Max ebenfalls mitmachen, sind aber dann abgesprungen. Das habe ich inzwischen herausgefunden. Jürgen folgt Natalie bis nach Hause. Als er sieht, dass sie nicht reingeht, sondern zu Teutschner ins Auto steigt, fährt er ihnen nach. Teutschner ist durch Natalie abgelenkt, daher bemerkt er nichts. Er fährt mit ihr in den Wald. Natalie erzählt ihm von ihrer Schwangerschaft. Sie sieht es als Mittel, ihn an sich zu binden. Er besteht auf Abtreibung. Natalie blockt ab, sie will das Kind, droht ihm, ihn bloßzustellen, wenn er nicht zu ihr hält. Das ist der Punkt, an dem Teutschner durchdreht. Er tötet Natalie, und als er aus seinem Wutrausch aufwacht, schaltet sich sein kriminalistisches Gehirn wieder ein. Er packt Natalie ins Auto und entsorgt sie irgendwo. Was er nicht weiß: Jürgen hat alles gesehen.«

Charlotte runzelte die Stirn. »Wieder dieser Jürgen. Warum hat der denn dann nichts gesagt?«

Stephan rieb Daumen und Zeigefinger aneinander.

Charlotte drückte die Schultern nach hinten. »Du denkst, Jürgen hat Teutschner erpresst?«

»Ja. Vielleicht hätte er irgendwann weiche Knie bekommen und alles der Polizei erzählt. Aber dazu kam es nicht. Also, ich stelle mir es so vor: Jürgen passt Teutschner in einem günstigen Moment ab. Die Summe, die Jürgen haben möchte, kann Teutschner nicht aufbringen. Wie auch, er ist ja total abgebrannt. Jürgen höhnt, er würde Teutschner auffliegen lassen, wenn dieser nicht in Kürze mit dem Geld auftauchen würde. Der Jungspund steigt auf sein Motorrad und fährt davon. Teutschner muss reagieren. In seiner verzweifelten Situation gibt es nur eine Möglichkeit.«

»Er muss einen Unfall provozieren?«

Stephan deutete mit dem Zeigefinger auf Charlotte und rief: »Genau! Teutschner springt in seinen Porsche und verfolgt ihn. Jürgen merkt, dass Teutschner ihm ans Leder will und fährt viel zu schnell vor ihm davon. Kurz darauf kommt es zu Jürgens Unfall oben im Mertener Wäldchen. Ob Teutschner ihn von der Straße abdrängte oder fahrerisches Unvermögen schließlich zu Jürgens Tod führte, ich weiß es nicht. Aber der einzige Augenzeuge war damit beseitigt.« Stephan verstummte und ließ Charlotte Zeit, über seine Theorie nachzudenken.

Sie sah die Blätter durch, die auf dem Tisch lagen und tippte auf einen gemalten Kreis. »Hm, ich muss gestehen, dass sich deine Theorie mittlerweile ganz interessant anhört. Wenn es tatsächlich so war, konnte Teutschner den Ermittlungen die falsche Richtung geben.«

Stephan lächelte. »Richtig«, bestätigte er.

»Okay«, sagte Charlotte. »Es fügt sich alles ineinander. Nur wie willst du es beweisen?«

Stephan verzog gequält das Gesicht und rieb sich mit einer Hand übers Kinn. »Ich muss Teutschner finden.«

»Glaubst du, ihn nach all den Jahren zu einem Geständnis zwingen zu können?«

Die Federn der Couch quietschten, als Stephan aufsprang und im Zimmer auf und ab lief. Charlotte hatte zielsicher das größte Problem aufgedeckt. Wenn es ihm nicht gelang, Teutschner zu einem Geständnis zu bewegen, würde Natalies Tod weiterhin ungeklärt bleiben. »Es gibt nur diese eine Möglichkeit«, gab er zu. »Obwohl ich befürchte, dass er sein Geheimnis mit ins Grab nehmen wird.«

Stephan seufzte, blieb stehen und blickte Charlotte an. »Aber vielleicht kriegen wir ihn für etwas anderes dran.«

»Was anderes? Was denn?«, drängte sie.

Stephan ließ die Bombe platzen. »Teutschner hat auch meine Tante auf dem Gewissen.«

Charlotte schluckte und riss die Augen auf. »Deine Tante? Ich dachte, es war Selbstmord.«

»Sie hat die Tabletten von ihm bekommen, da bin ich sicher. Er war an diesem Tag bei ihr.« Stephan nahm seine Wanderung wieder auf. »Teutschner wohnt eigentlich in Sachsen. Doch seit einiger Zeit treibt er sich wieder hier im Vorgebirge herum. Umgemeldet hat er sich nicht, niemand weiß, wo er sich zurzeit aufhält, gute Freunde, die in der Nähe wohnen, ignoriert er. Das alles ist schon ein seltsames Verhalten. Hinzu kommt, dass er genau dann auftaucht, wenn ich mich mit Natalies Verschwinden beschäftige. Irgendwie muss er Wind von meinen Ermittlungen bekommen haben und …«

»Stopp, stopp«, unterbrach Charlotte Stephans Redeschwall. »Wie sollte Teutschner denn davon erfahren haben?«

Stephan winkte ab. »Er ist ein alter Hase, kennt alle Tricks. Irgendjemandem könnte er seine Nummer mit der Auflage hinterlassen haben, ihn sofort zu benachrichtigen, wenn Fragen zu Natalies Verschwinden gestellt werden. Denkbar wäre auch, dass er von unserem Abenteuer vor einem halben Jahr erfahren und sich gedacht hat: Wenn Natalies Bruder wieder in Bornheim wohnt, könnte er auf dumme Gedanken kommen.«

Charlotte zog ihre Beine auf den Sessel und fragte: »Gut möglich. Aber warum hat er deine Tante getötet? Die hat doch nach deiner Theorie überhaupt nichts damit zu tun.«

Stephan blieb stehen und nickte. »Eine knifflige Sache, ja. Mir ist dazu nur eine Antwort eingefallen, die halbwegs plausibel ist. Meine Tante muss ebenfalls etwas gewusst haben, ansonsten hätte Teutschner keinen Grund gehabt, ihr die Tabletten zu geben.«

Wieder machte Stephan eine Pause, genoss den Moment der Spannung. Doch Charlotte nickte bloß und sagte: »Die beiden hatten ein Verhältnis miteinander.«

Stephan riss die Augen auf und sah Charlotte überrascht an. »Richtig! Und erstaunlich. Ich habe deutlich länger nach dieser Schlussfolgerung gesucht.«

Charlotte winkte ab. »Lag jetzt auf der Hand. Aber mal was anderes: Kannst du dich bitte wieder setzen? Dein Auf und Ab macht mich nervös.«

Stephan legte noch etwas Holz nach und setzte sich wieder aufs Sofa. »Teutschner könnte etwas aufbewahrt haben, was meine Tante bei ihm gefunden hat, so etwas in der Art. Wie auch immer. Für Teutschner stellte sie eine Gefahr dar, die es zu beseitigen galt.«

»Moment«, wandte Charlotte mit skeptischer Stimme ein. »Warum hat Teutschner deine Tante erst jetzt getötet?«

»Weil sich lange niemand für den Fall interessiert hat. Teutschner ist kein Profikiller. Er bringt nicht wahllos Leute um. Das mit Natalie war eine einmalige Sache, ein Versehen, da bin ich mir sicher.«

»Sieht man von deiner Tante ab.«

Stephan schüttelte den Kopf. »Das ist nicht das Gleiche. Er hat ihr lediglich die Möglichkeit für einen Selbstmord verschafft, musste aber nicht selbst Hand anlegen.«

Die Kuckucksuhr an der Wohnzimmerwand meldete sich. Der Vogel kollerte zweimal. Erschrocken sah Charlotte auf ihre Armbanduhr. »Tatsächlich. Schon zwei. Johannes wird sauer sein. Ich wollte doch noch mal mit ihm sprechen. Sie stand auf. »Lass uns heute Abend weiterreden.«

»Klar«, stimmte Stephan zu und folgte ihr in den Flur. Nach einem kurzen Abschiedskuss war Charlotte bereits aus dem Haus.

Stephan winkte ihr hinterher. Er hätte sich gerne noch weiter mit ihr über Teutschner unterhalten.

***

Die Zigarette schmeckte widerlich. Seit seiner Flucht aus dem Krankenhaus hatte er eine nach der anderen geraucht. Teutschner drückte sie an der Bank aus, auf der er saß. Er schnippte die Kippe weg und blickte sich um. Das Brühler Schloss Augustusburg erhob sich in seiner gelben Pracht links von ihm, rechts erstreckte sich der Park.

Außer ihm war niemand unterwegs. Das graue Wetter mit der dunstigen Luftfeuchte hielt Spaziergänger fern. Er zog seinen Mantel enger und vergrub die Hände tief in den Taschen. Trotz des ungemütlichen Wetters wollte er keine Minute unter freiem Himmel versäumen. Er verfiel ins Grübeln. Dieser Wirt ging ihm nicht mehr aus dem Kopf und schluckte seine ganze noch verbliebene Energie. Erwin Tries war bei seiner Frau gewesen, am Tag, als sie Selbstmord beging.

Angenommen, Tries hatte seiner Frau die Tabletten gegeben, dann stellte sich doch die Frage, warum gerade jetzt? Als sie noch bei ihm wohnte, hatte er es erfolgreich verhindert. Jetzt plötzlich sollte er ihr zum Freitod verhelfen? Gut möglich, dass er das Leid seiner Frau nicht mehr ertragen konnte. Doch was wäre, wenn das nicht der ausschlaggebende Grund gewesen war? Teutschner musste endlich mit ihm sprechen, doch er fürchtete, der Konfrontation körperlich nicht mehr gewachsen zu sein. Normalerweise gab es so viele gute wie schlechte Tage, das wusste er. Seit einiger Zeit stimmte diese Gleichung nicht mehr, es überwogen die Schlechten.

Vielleicht wenn ich mich eine Stunde hinlege, dachte er.

Teutschner zitterte. Die Kälte griff nach seinem ausgemergelten Körper. Mit bebenden Beinen stand er auf und ging in Richtung Bahnhof. Der Kies knirschte unter seinen Sohlen. Lieber Gott, dachte er, ich flehe dich an: Gib mir nur noch eine einzige gute Stunde.

***

Stephan bog in seine Hofzufahrt ein. Er wollte Charlotte am Abend eine *Panzanelle* servieren und hatte beim REWE an der Bahnhofstraße die Zutaten besorgt.

Als er aus dem Wagen stieg, bemerkte er erstaunt Christine, die auf der Bank vor dem Haus kauerte. »Warum gehst du nicht rein?«, fragte er.

»Hab den Schlüssel vergessen.«

Stephan schloss auf, und gemeinsam gingen sie in die Küche. »Wasser?«, fragte Stephan und schlug absichtlich einen lockeren Ton an.

»Später«, presste Christine heraus, schlug die Hände vors Gesicht und schluchzte.

»Was ist los? Warum weinst du?«, fragte er.

Christine wischte sich mit dem Handrücken über ihre Augen. »Ich … ach, ich weiß nicht.«

Stephan stand unschlüssig vor ihr. Es gehörte nicht zu seinen Stärken, jemanden zu trösten. Er hob die Hand und berührte seine Tochter am Oberarm.

»Ach Papa«, sagte Christine mit erstickter Stimme. »Nimm mich doch einfach mal in den Arm!«

Stephan gab sich einen Ruck und umarmte Christine vorsichtig. Ein warmes Gefühl durchfloss ihn.

Seine Tochter weinte minutenlang an seiner Schulter, dann rückte sie von ihm ab und schniefte. »Du bist immer so, ach, ich weiß nicht«, sagte sie. »Wie oft habe ich mir als Kind gewünscht, dass du mich umarmst oder mir nur mal über den Kopf streichelst. Aber du zuckst ja schon zusammen, wenn wir uns zufällig berühren.«

»Ich habe gedacht, dass du etwas dagegen hast«, sagte er müde.

»Oh, Papa.« Christine setzte sich. »Als Kind doch nicht.«

Stephan stellte ihr ein Glas Wasser hin. Er fühlte sich schuldig. »Wie geht es Kenan?«, fragte er, um nicht über sein Versagen als Vater nachdenken zu müssen.

Christine sah zu ihm hoch. Ihr Blick hatte plötzlich etwas Entschlossenes. »Wir werden zusammenziehen.«

Stephan spürte einen Stich in der Brust. Er hatte es geahnt, schon als sie auf der Bank saß. Er hockte sich vor Christine, griff nach ihren Händen und hielt sie fest. »Du wirst mir fehlen.«

Christine lachte und weinte gleichzeitig. »Bin ja nicht aus der Welt.«

Das nicht, dachte Stephan, doch der Gedanke tröstete ihn nicht. Nur mit Mühe konnte er seine Tränen zurückhalten.

***

Teutschner öffnete die Augen. Das Tageslicht der tief stehenden Sonne fiel in Streifen durch die Jalousie. Die Uhr auf dem Nachttisch zeigte ihm, dass er anderthalb Stunden wie ein Toter geschlafen hatte. Er horchte in seinen Körper hinein. Keine Schmerzen, nur ein leichtes Zwicken im Bauch. Meine Bitte wurde erhört, dachte er. Mit Schwung warf er die Decke zurück, voller Tatendrang stemmte er sich in die Höhe. Endlich! Jetzt konnte er dem Wirt einen erneuten Besuch abstatten.

***

Um sechs verabschiedete Stephan Christine am Sechtemer Bahnhof. Mit gemischten Gefühlen sah er dem Zug nach, in dem sie wieder nach Brühl zurückfuhr. Seine Brust schmerzte. Er würde sie vermissen. Er machte sich auf den Weg zu seinem Golf. Jetzt musste er Teutschner finden. Aber wo anfangen? Stephan beschloss, nach Bornheim-Waldorf zu fahren, um mit Erwin zu reden. Vielleicht war ihm noch etwas Wichtiges eingefallen, das ihm bei der Suche helfen würde.

***

Teutschner saß in seinem Wagen und beobachtete den Eingang zu »Erwins Eck«. Nervös trommelte er mit den Fingern auf den Lenkradkranz. Zwei ältere Männer verabschiedeten sich gerade von dem dicken Wirt und schwankten über die Kreuzung die Sandstraße hoch. Teutschner drehte dem Nachrichtensprecher der Sechs-Uhr-Nachrichten den Saft ab und wartete, bis Erwin Tries sich wieder ins Innere der Kneipe verzogen hatte. Dann stieg er aus und überquerte die Dahlienstraße. Er hätte gerne Beweise in der Hand gehabt. Stattdessen musste er sich mit Indizien zufriedengeben, da ihm die Zeit davonlief. Die letzten Sandkörner seiner Lebensuhr verrannen gerade, das spürte er. Die Reaktion des Wirtes musste reichen, um daraus abzuleiten, wie weit seine Annahme zutraf. Vor über zwanzig Jahren hatte Teutschner sich ablenken lassen. Heute sah er alles klar und deutlich vor sich.

Er drückte die Klinke, schob sich ins düstere Innere der Kneipe.

»Da bin ich wieder«, rief er und grinste. So stark und selbstbewusst hatte er sich seit langer Zeit nicht mehr gefühlt.

***

Vor »Erwins Eck« war es ruhig, nur der Verkehr auf der Blumenstraße unterbrach die Stille. Stephan sah verwundert zum Eingang. »Heute Ruhetag« stand dort auf einem vergilbten Schild an der Tür. Seltsam.

Erwin hatte nicht erwähnt, dass er die Kneipe noch mal schließen würde.

Stephan ließ sich von dem Schild nicht abweisen und drückte die Klinke. Abgeschlossen. Er klopfte laut und horchte. Nichts rührte sich, also trat er vor eins der Fenster und versuchte, ins Innere zu schauen. Doch das bräunliche Butzenglas verzerrte die Dinge bis zur Unkenntlichkeit.

Sein Handy fiel ihm ein. Er zog es aus seiner Jackentasche und wählte Erwins Nummer. Im Inneren der Kneipe klingelte das Telefon, doch niemand hob ab. Stephan unterbrach die Verbindung. Vielleicht war Erwin tatsächlich wieder verreist. Er musste sich schließlich nicht bei ihm abmelden. Aber was war, wenn er krank oder schwer verletzt im Haus lag und es auf jede Sekunde ankam?

Stephan beschloss, es durch den Hintereingang zu versuchen. Links neben der Kneipe schloss sich eine mannshohe Mauer mit einem eingelassenen Stahltor, rechts ein kleines Wirtschaftsgebäude an. Er versuchte es zunächst bei dem Tor, doch es war verschlossen. Hinter dem Wirtschaftsgebäude befanden sich noch fünfhundert Quadratmeter Grundstück, die nur durch einen niedrigen Zaun und einige Bäume begrenzt wurden. Dort würde er leicht auf das Grundstück kommen. Er ging um das Haus herum. Ein streunender Hund sah Stephan müde an und trottete in Richtung Kreuzung davon.

Stephan kletterte über den Zaun und blickte sich im verwilderten Garten um. Das Gras stand hoch, die Bäume hatten dringend einen Beschnitt nötig. Hier hatte jahrelang niemand mehr Arbeit hineingesteckt. Er ging hinters Haus. Das Plexiglasdach der Terrasse war vergilbt und hing in der Mitte durch. Der Putz bröckelte an vielen Stellen ab, die Rollläden waren unten. Von dieser Seite wirkte das Haus noch abweisender als von der Straße. Früher hatte sein Onkel den Schlüssel zur Terrassentür in einem Astloch des Pflaumenbaums versteckt. Für Notfälle, wie er immer behauptet hatte. Stephan bezweifelte nicht, dass der Schlüssel immer noch dort lag.

Das Astloch lag um einiges höher, als er in Erinnerung hatte, ein deutliches Zeichen dafür, dass der Baum seit Stephans letztem Besuch gewachsen war. Vorsichtig schob er seine Hand in das Loch. Irgendetwas krabbelte über seine Finger, aber er unterdrückte seinen Ekel. Erleichtert ertastete Stephan endlich die Zacken des Bartes, griff zu und zog den Schlüssel heraus. Er hatte dunkle Patina angesetzt, war aber ansonsten in gutem Zustand.

Auf dem Weg zur Hintertür stieß er mit dem Fuß gegen eine hochstehende Terrassenplatte, stolperte zwei Schritte vorwärts und konnte gerade noch einen Sturz verhindern. »Scheiße«, fluchte er lautstark, als ein heftiger Schmerz seinen Zeh durchströmte. Verärgert steckte er den Schlüssel ins Schloss und stellte erleichtert fest, dass er sich gut drehen ließ. Sekunden später schwang die Tür mit einem kaum hörbaren Quietschen nach innen auf. Der Raum dahinter wurde von seinem Onkel als Lager genutzt. Stephan drückte den Lichtschalter. Im trüben Licht der staubigen Glühlampe sah Stephan die mit dicken Spinnweben überzogenen und mit alten Pappkartons vollgestopften Regale. Rasch durchquerte er das Lager und öffnete die nächste Tür, die zur Küche führte. In dem fensterlosen Raum leuchteten Neonröhren. Er ist also doch da, dachte Stephan. Oder hatte Erwin nur vergessen, das Licht auszuschalten? Rechts auf dem Boden bemerkte Stephan eine Bewegung. Eine Maus huschte an der Fußleiste der Einbauschränke entlang und verschwand unter dem Herd. Stephan grinste. Er hoffte für die Gäste, dass sein Onkel kein Essen mehr ausgab.

Plötzlich hörte Stephan eine gedämpfte Stimme. Den Wortlaut verstand er nicht, doch er meinte, etwas Flehendes im Ton erkannt zu haben. Gleich darauf hörte er noch eine andere Stimme. Wenn er sich nicht vollkommen irrte, war es Erwin, der da sprach. Er runzelte die Stirn. Was war hier los? Neugierig schlich er zur Tür, die die Küche vom Schankraum trennte, und horchte.

»Das hat doch keinen Sinn«, hörte er jemand ausrufen, gefolgt von einem Poltern.

Dann krachte ein Schuss!

Stephans Herz hämmerte, das Blut rauschte in seinen Ohren. Fieberhaft überlegte er, was er unternehmen sollte. Die Situation hinter der Tür konnte er nicht genau einschätzen, und er hatte keine Waffe. Viele Optionen blieben ihm nicht.

Nervös fühlte er über seine Stichverletzung am linken Unterarm. Damals war er ohne Rückendeckung in eine Situation gestolpert, die ihn fast das Leben gekostet hatte. Das würde er nicht noch einmal riskieren. Rückzug antreten und die Kollegen rufen, entschied er und machte einen Schritt nach hinten, da klingelte sein Handy. Die Töne hallten wie Trompetenstöße durch die Stille, und Stephan war vor Schreck einen Moment lang wie gelähmt. Als seine Muskeln ihm wieder gehorchten und er mit zitternden Fingern das Handy aus seiner Hosentasche zog, sagte jemand im Schankraum: »Anfängerfehler. Wer immer Sie sind, Sie sollten besser reinkommen.«

Stephan schaltete sein Handy aus und blieb unschlüssig stehen.

Die Stimme des Fremden hatte nichts Bedrohliches. Das konnte Friedfertigkeit, aber auch distanzierte Emotionslosigkeit bedeuten. Wenn der Kerl hinter der Tür stand, konnte er Stephan jederzeit mit Kugeln durchlöchern. Das dünne Holz würde keinen nennenswerten Widerstand bieten. Umdrehen und flüchten? Wie weit würde er kommen, bevor der Fremde ihm eine Kugel in den Rücken jagte? Stephan schwitzte am ganzen Körper. Sehnlichst wünschte er sich im Moment nichts mehr als seine Dienstwaffe.

»Herr Tries ist tot«, rief der Mann. »Es ist vorbei.«

Die Stimme klang plötzlich sehr nah, und unerwartet wurde die Tür aufgerissen. Ein dürrer, unbewaffneter Mann stand vor ihm. Stephan benötigte einen kurzen Moment, dann wusste er, wen er vor sich hatte.

Er sah Teutschner überrascht an. Erst als er den metallischen Geruch in der Gaststube wahrnahm, fiel seine Erstarrung von ihm ab, und er drängte sich an der schmächtigen Gestalt vorbei.

Erwin lag bäuchlings in einer riesigen Blutlache auf dem Boden. Stephan erkannte ihn nur anhand der Kleidung, der immer gleichen fleckigen Hose und dem fadenscheinigen Hemd. Der Kopf seines Onkels war nur noch eine breiige Masse. Der Hinterkopf fehlte fast vollständig. Ekel ließ Stephan würgen. Obwohl er schon oft zu Tatorten mit entstellten Leichen gerufen worden war, erschütterte ihn ein gewaltsamer Tod jedes Mal. Erschwerend kam hinzu, dass es diesmal keine ihm unbekannte Leiche war, die er mit emotioneller Distanz untersuchen konnte, sondern ein Verwandter.

Stephan hielt die Hand vor den Mund und zwang sich, den Blick abzuwenden. Neben dem Leichnam stand ein Stuhl. An der Wand dahinter klebten Blut, Hirn und Haare an der Tapete. Eine doppelläufige Schrotflinte, die neben seinem Onkel auf dem Boden lag, ließ keinen Zweifel an der Todesursache aufkommen. Stephan drehte sich zu Teutschner um und zischte: »Sie haben ihn ermordet!«

Der alte Mann schüttelte heftig den Kopf. »Oh nein. Er hat mich mit seiner Waffe bedroht und sich schließlich selbst getötet. Ich konnte ihn nicht davon abbringen.«

»Sie lügen!«, brüllte Stephan. »Ich weiß alles. Sie haben meine Tante und meine Schwester auf dem Gewissen. Sie sind der Kommissar, der damals das Verschwinden meiner Schwester untersucht hat.«

Trotz seiner Wut registrierte er zufrieden, dass der alte Mann kreidebleich wurde und sich am Tresen abstützen musste. »Was für ein wirres Zeug«, hauchte Teutschner kraftlos.

Stephan deutete auf den toten Körper seines Onkels. »Warum musste er sterben? Hatten Sie Sorge, dass er mir helfen könnte, die Sache aufzuklären?«

Teutschner schüttelte unablässig den Kopf. Taumelnd ging er zu einem freien Stuhl und ließ sich darauffallen. »Es war Selbstmord. Er hat sich die Mündung vor meinen Augen in den Mund geschoben und abgedrückt.«

»Damit kommen Sie nicht durch, Teutschner. Diesmal nicht, dafür werde ich sorgen.«

Teutschner tippte sich an die Stirn. »Sie glauben den Scheiß wirklich, den Sie da erzählen, oder?«

»Scheiß?«, brüllte Stephan. »Sie haben doch nichts unversucht gelassen. Sie haben beim Verschwinden meiner Schwester nur halbherzig ermittelt. Und was ist mit Schipkes Unfall? Es gab einen Zeugen, der gesehen hat, wie er in der Unfallnacht von einem Auto verfolgt wurde. Man muss schon ein guter Fahrer sein und einen schnellen Wagen haben, um mit einem Motorrad mithalten zu können.«

Stephan wies mit dem rechten Zeigefinger anklagend auf Teutschner. »Sie fuhren damals einen 911er Porsche! Und als Polizeibeamter haben Sie eine erstklassige Fahrerausbildung erhalten. Aber das ist noch längst nicht alles. Da gibt es ja noch die verschwundenen Ermittlungsakten. Wo Sie nur konnten, haben Sie Beweismittel vernichtet.« Er sah Teutschner drohend an, gespannt, wie der alte Mann reagieren würde.

Teutschner hielt seinem Blick stand. Plötzlich fing er leise zu kichern an. Sein Lachen steigerte sich zu einem lautstarken Crescendo, um dann in einem asthmatischen Husten zu enden. Heiser entgegnete er: »Da haben Sie sich ja was Nettes zusammenphantasiert. Ich mache Ihnen einen Vorschlag: Sie setzen sich hier zu mir an den Tisch, und wir werden darüber reden.« Er wies mit dem Kinn auf einen freien Stuhl.

Stephan ignorierte die Geste und zog sein Handy aus der Tasche. »Sie können mich mal. Ich werde die Kollegen benachrichtigen. Mal sehen, was die von meiner Theorie halten.« Er wählte eins eins null und horchte, drehte dabei der Leiche den Rücken zu, um so dem schaurigen Anblick zu entgehen.

Der wachhabende Polizist meldete sich in dem Moment, als Teutschner hinter Stephan zischte: »Ich glaube, ich habe meinen Vorschlag nicht mit dem notwendigen Nachdruck formuliert. Legen Sie auf, Tries!«

Stephan blickte über die Schulter. Teutschner zielte mit dem Schrotgewehr auf ihn. Er hatte den alten Mann unterschätzt.

»Ich werde Ihnen den wahren Täter liefern«, sagte Teutschner jetzt. »Obendrauf gibt es noch die letzten Worte ihres Onkels. Ist es das nicht wert, mir zuzuhören? So makaber die Situation hier auch ist, legen Sie auf.«

Stephan überlegte. Gut möglich, dass die Schrotflinte nicht mehr geladen war, dass Teutschner beim Schuss auf Erwin beide Abzüge durchgezogen hatte. Und wenn nicht? Was, wenn noch eine Patrone im Lauf war? Schweißtropfen bildeten sich auf seiner Stirn.

Teutschner fixierte ihn wachsam aus seinen trüben Augen.

»Hallo? Melden Sie sich«, verlangte der Polizist am anderen Ende der Leitung.

Teutschner zuckte mit dem Gewehrlauf nach oben. »Nun machen Sie schon. Legen Sie auf.«

Stephan drückte das Gespräch weg.

»Sehr vernünftig«, sagte Teutschner, umrundete Stephan in sicherer Entfernung und setzte sich wieder auf seinen Stuhl, die Schrotflinte im Anschlag. Ohne ein Wort zu sagen, nahm sich Stephan mit langsamen Bewegungen einen freien Stuhl und setzte sich so, dass er seinen Onkel nicht ansehen musste.

Teutschner lächelte ihn müde an. »Eine weise Entscheidung«, sagte er. »Ich danke Ihnen.«

»Hatte ich eine Wahl?«, entgegnete Stephan und verschränkte die Arme vor der Brust.

Teutschner zuckte mit den Schultern. »Ich muss trotz des Selbstmordes Ihres Onkels ein wenig ausholen. Aber Zeit spielt inzwischen ohnehin keine Rolle mehr.«

»Richtig«, bestätigte Stephan. »Ich habe Sie ja endlich.«

Teutschner schnaubte verächtlich durch die Nase. »Im Moment sieht es eher so aus, als ob ich Sie habe. Na ja, belassen wir es dabei. Sie werden sich noch wundern. Ich schlage vor, wir unterhalten uns ganz normal und Sie vergessen einfach, dass ich eine Waffe habe. Dann wird Ihnen auch nichts geschehen.«

Stephan lachte spöttisch und schüttelte den Kopf. »Sie sind unglaublich.«

Teutschner legte das Gewehr so auf den Tisch, dass der Lauf auf Stephan gerichtet blieb, und behielt die Finger am Abzug.

Stephan bemerkte, dass Teutschners Hände zitterten. Halt nur ja deine Finger unter Kontrolle, dachte er.

»Sie waren eben nahe an der Wahrheit«, sagte Teutschner. »Doch mit Ihrer Schlussfolgerung lagen Sie vollkommen daneben. Als Beispiel die Ermittlungsakten. Sie sind auf meinen Namen ausgetragen, also kann von Verschwindenlassen wohl keine Rede sein. Fakt ist, dass niemals jemand bei mir nachgefragt hat, wann ich sie wieder zurückgebe.«

»Und warum fehlt auch die Zweitakte?«, fragte Stephan. »Wollten Sie vielleicht prüfen, wie lange die Staatsanwaltschaft braucht, um das Fehlen der Akte zu bemerken?« Er glaubte Teutschner kein Wort.

»Ganz einfach«, erklärte der alte Mann. »Als ich Anfang der Neunziger nach Mittweida zog, ging die erste Akte im Umzugschaos verloren.« Er zuckte mit den Achseln. »Da habe ich die zweite Akte angefordert. Auch nach der hat niemals mehr jemand gefragt.«

Stephan winkte ab. »Lassen wir das für den Moment. Erklären Sie mir doch lieber mal, wieso Sie hier so plötzlich wieder aufgetaucht sind.« Er deutete mit dem Zeigefinger auf Teutschner und lehnte sich vor. »Just in dem Augenblick, in dem ich Nachforschungen anstelle. Schon seltsam, oder?«

Teutschner rieb sich mit Daumen und Zeigefinger die Augen, bevor er antwortete: »Stimmt, das ist kein Zufall. Das gebe ich zu.«

»Na also«, rief Stephan triumphierend.

Teutschner verdrehte die Augen. »Ist das der Stil, der heute bei euch jungen Kollegen gepflegt wird? Einfach voreilige Schlüsse ziehen und nicht bis zum Ende zuhören? Ich bin ja bereit, alles zu erklären. Ich verspreche Ihnen, dass ich hier sitzen bleiben und Ihnen das Gewehr in die Hände drücken werde, wenn alles gesagt ist.«

Stephan forderte ihn mit einer Handbewegung auf, weiterzuerzählen.

»Na, geht doch«, sagte Teutschner. »Also, wie ich bereits zugab, ist es kein Zufall. Mein ganzes kümmerliches Leben lang hat mich das Verschwinden Ihrer Schwester verfolgt. Ich habe den Fall nie vergessen. Als ich dann im Frühjahr von Ihnen im Kölner Stadt-Anzeiger las, da ...«

»Stadt-Anzeiger? In Sachsen? In Mittweida? Blödsinn!«, fuhr Stephan dazwischen.

Teutschner haute mit der Faust auf den Tisch. »Verflucht, warum nicht? Ich habe die Zeitung seit Jahrzehnten abonniert. Sie war meine Verbindung zur Heimat.«

Spöttisch zog Stephan eine Augenbraue nach oben.

»Können Sie alles überprüfen. Die Ausgabe habe ich sogar noch im Schrank«, sagte Teutschner mit Trotz in der Stimme. »Ich las also von der Sache, bei der Sie verletzt wurden, und Ihre Schwester kam mir wieder in den Sinn. Damit fing es an, so keimte in mir der Gedanke, mich ein letztes Mal mit dem Verschwinden Ihrer Schwester zu beschäftigen.«

Teutschner senkte den Kopf. »Sie können mir die Schuld geben, dass der Fall damals nicht aufgeklärt wurde«, sagte er leise. Er sah wieder auf und streckte energisch das Kinn vor. »Aber ich habe mit dem Tod Ihrer Schwester nichts zu schaffen!«

Leiser Zweifel keimte in Stephan auf. Was, wenn dieser alte, kranke Mann tatsächlich die Wahrheit sagte? Die Theorie, nach der Teutschner der Mörder von Natalie war, basierte auf Indizien, nicht auf Beweisen. »Warum gerade dieser Fall?«, wollte er wissen.

Teutschner blickte ihn irritiert an. »Ich verstehe nicht.«

»Ich meine, als Kommissar muss man mit Misserfolgen leben. Jeder von uns, der einige Zeit dabei ist, kennt aus eigener Erfahrung genug ungeklärte Fälle. Man hat ein ungutes Gefühl, vergisst sie niemals, aber verdrängt sie doch irgendwann. Was war bei meiner Schwester anders?«

Der alte Mann verzog schmerzhaft das Gesicht und krümmte sich stöhnend. Stephan runzelte die Stirn und fragte sich, ob Teutschner womöglich verletzt war.

»Krebs«, keuchte Teutschner. »Geht gleich wieder.«

Stephan schaute unruhig auf Teutschners rechten Zeigefinger, der immer noch am Abzug der Schrotflinte lag. Er fühlte eine Mischung aus Angst und Mitleid.

Teutschner richtete sich wieder auf und krächzte: »Viel Zeit habe ich nicht mehr. Also weiter.« Er lachte leise. »Ihre Frage war, warum mich gerade das Verschwinden Ihrer Schwester verfolgt. Ich habe den Fall verbockt, war nicht bei der Sache. Ein Grund dafür war, dass ich damals getrennt lebte, kein geregeltes Leben mehr hatte und einer vollkommen ungewissen Zukunft entgegensah. Zu jedem anderen Zeitpunkt hätte ich den Fall rasch aufgeklärt, da bin ich sicher.«

Stephan nickte unwillkürlich. Seine Scheidung von Monika kam ihm in den Sinn. Auch er war zu dieser Zeit von der Rolle gewesen, zu nichts zu gebrauchen. Ihm fiel Christine ein. Sie nicht mehr jeden Tag sehen zu können hatte ihm fast den Verstand geraubt. Stephan zog die Stirn kraus. Sollten ihn und Teutschner ähnliche Erfahrungen verbinden? Ins Blaue hinein sagte er: »Ihre Tochter spielte sicherlich auch eine Rolle, stimmt's?«

Teutschner riss die Augen auf und sah Stephan erstaunt an.

»Ich setze noch einen oben drauf: Ihre Tochter sah meiner Schwester nicht nur ähnlich, sondern war auch im gleichen Alter wie sie«, fügte Stephan hinzu.

Teutschner nickte. »Sehr gut, ja, stimmt. Ein Leben lang habe ich alles versucht, doch trotzdem verloren«, murmelte er und sah traurig auf die Tischoberfläche.

Stephan fragte sich, ob er mit seiner Bemerkung Natalie oder die eigene Tochter meinte. Er räusperte sich. »Ich glaube trotzdem, dass Sie für den Mord an meiner Schwester, meiner Tante und meinem Onkel verantwortlich sind.«

Teutschner reagierte nicht sofort. Nach einigen Sekunden blinzelte er und sah Stephan an. »Bitte?«

Stephan wiederholte seine Aussage.

»Ist doch lächerlich«, entrüstete sich der alte Mann. »Dass Sie immer noch daran festhalten, verwundert mich schon.«

»Es ist eine schlüssige Theorie«, entgegnete Stephan. Sein Bauch rumorte.

Teutschner fuhr sich mit den knochigen Fingern seiner freien Hand durch die Haare. »So kommen wir nicht weiter. Ich schlage vor, dass Sie sich meine Theorie anhören und wir uns nicht immer in Kleinigkeiten verzetteln. Hinterher können Sie sich wie auch immer entscheiden. Von mir aus glauben Sie mir dann, oder eben nicht.«

Stephan wandte sich kurz um und betrachte den Leichnam seines

Onkels. Ein fauliger Geruch nach Exkrementen lag in der Luft. Er drehte sich wieder zu Teutschner und deutete mit dem rechten Daumen über seine Schulter. »Ich kann nicht behaupten, dass ich mich hier wohlfühle. Meine Geduld ist fast am Ende. Fassen Sie sich kurz.«

Teutschner verzog gequält das Gesicht. »Sie sind ein seltsamer Bursche. Wer hat denn hier die Waffe in der Hand?« Er lachte leise. »Haben Sie etwas dagegen, wenn ich mir vorher ein Glas Wasser hole?«

Ohne eine Antwort abzuwarten, versuchte er aufzustehen. Doch seine Beine gaben nach, und er plumpste unsanft auf die Bank zurück. »Das Ganze hat mir doch ganz schön zugesetzt«, hauchte er. »Können Sie vielleicht?«

Stephan stand auf und holte ein Glas Wasser. Für Sekunden spielte er mit dem Gedanken, Teutschner das Gewehr zu entreißen. Doch dabei könnte sich ungewollt ein Schuss lösen. Daher zog er sich lieber wieder auf seinen Stuhl zurück.

Teutschner trank gierig das Wasser. »Beweise kann ich nicht liefern«, begann er. »Aber trotzdem bin ich sicher, dass es so abgelaufen ist, wie ich es Ihnen jetzt schildern werde. Also: Ihre Schwester muss über beide Ohren verknallt gewesen sein. Plötzlich lief sie hier aufgedonnert herum, schwebte wie auf Wolke sieben. Sie fiel auf. Verstehen Sie, was ich meine?«

»Verklärter Blick?«, antwortete Stephan mit einer Gegenfrage.

»Ja, genau. Es war offensichtlich, dass ihre Schwester verliebt war.«

Stephan zog eine Grimasse. »Das konnte mir nicht auffallen. Ich leistete Wehrdienst.«

»Richtig, ja«, fuhr Teutschner fort. »Habe ich einen Moment nicht dran gedacht. Also, als Ihre Schwester verschwand, konzentrierte ich mich zunächst auf ihren Freundeskreis.«

»Habe ich auch gemacht«, warf Stephan ein. »Eifersucht, unerfüllte Liebe oder ausufernde Leidenschaft sind starke Motive für einen Mord.«

Teutschner lächelte. »Ja, genau. Doch ich konnte den jungen Leuten nichts nachweisen. Wir könnten jetzt jeden einzelnen Verdächtigen durchgehen, aber ich soll mich kurzfassen. Damals habe ich angenommen, dass Ihre Schwester abgehauen war. Allerdings habe ich über die Jahre von dieser Annahme Abstand genommen.«

Stephan beugte sich nach vorne. »Warum? Mein Vater scheint ihr wirklich zugesetzt zu haben. Gut möglich, dass Natalie es nicht mehr ausgehalten hat.«

Teutschner schüttelte den Kopf. »Glauben Sie wirklich, dass Ihre Schwester sich dann nie wieder bei Ihnen gemeldet hätte? Zeit heilt alle Wunden, und zumindest zu Ihrer Mutter hatte sie nach Aussagen der Zeugen ein gutes Verhältnis. Nein, Ihre Schwester hätte irgendwann ein Lebenszeichen abgegeben.«

»Meine Schwester könnte entführt worden sein«, sagte Stephan.

»Sie denken an Kidnapping über Ländergrenzen hinweg? Dass sie dann irgendwo gestorben ist oder getötet wurde, bevor sie eine Möglichkeit zur Flucht hatte?«

Stephan nickte.

Teutschner hielt sich die Hand vor den Mund und stieß auf. »Gegen diese Theorie spricht, dass Uwe Gärtner Ihre Schwester direkt vor der Haustür abgesetzt hat. Wie wahrscheinlich ist es, dass sie in der einen Minute, die sie benötigte, um das Haus zu erreichen, gekidnappt wurde?«

»Nicht besonders hoch«, gab Stephan zu. Er fuhr sich genervt mit den Händen durch die Haare. »Hören Sie, Teutschner. Die gleichen Fragen habe ich mir unzählige Male gestellt. Wir könnten noch stundenlang philosophieren und würden keinen Schritt weiterkommen. Kommen wir also zur Sache. Also? Warum liegt mein Onkel tot hinter mir?«

»Das ist einfach. Er hat sich umgebracht.«

»Wieso sollte er das getan haben? Das ergibt doch keinen Sinn. Und kommen Sie mir nicht mit meiner verstorbenen Tante. Psychisch betrachtet ist die bereits vor Jahren gestorben.«

Teutschner blickte Stephan eine Weile schweigend an, bevor er mit eisiger Stimme sagte: »Ihr Onkel hat Ihre Schwester getötet.«

Stephan brauchte Sekunden, bis er verstand, was Teutschner da behauptet hatte. Fassungslos sah er den alten Mann an, der sich mühsam in die Höhe stemmte.

»Das ist völlig absurd«, sagte Stephan und lachte unsicher.

»Wieso?«, fragte Teutschner. »Weil Ihr Onkel Ihnen nahestand, ein Familienmitglied war? Wissen Sie, was Ihr Problem ist?« Teutschners aschgraue Wangen färbten sich rosa. »Ich sag es Ihnen. Sie sind befangen. Sie haben nicht genug Abstand, verschließen die Augen, wenn es unangenehm wird.«

Stephan sah den alten Mann überrascht an. Teutschner winkte mit einer Hand ab, zwängte sich an dem Tisch vorbei und schlurfte davon. Das Gewehr ließ er liegen.

»Wo wollen Sie hin?«, rief Stephan überrascht.

»Nur mal etwas wegbringen«, antwortete Teutschner, blieb dann stehen und wandte sich um. Er lächelte. »Ich glaube, das Gewehr benötige ich nicht mehr. Es war sowieso nicht geladen.«

Stephan sah ihm nach, wie er hinter der Toilettentür verschwand. Kurz darauf hörte er ein Würgen. Angeekelt stand Stephan auf. Er klappte das Schrotgewehr auf und zog die Hülsen aus den beiden Läufen. Leer. Er atmete erleichtert auf und holte sein Handy aus der Tasche. Sekundenlang blickte er unschlüssig auf die Tastatur. Dann steckte er es wieder weg und goss sich hinter der Theke einen Korn ein. Er prostete seinem Onkel zu und murmelte: »Keine Angst. Ich bekomme die Wahrheit schon raus.« Er stürzte den Schnaps hinunter.

Teutschner kam zurück und wischte sich mit dem Handrücken über die Lippen.

»Kein schöner Anblick«, sagte Stephan und nickte in Richtung des Leichnams.

»Ja. Das ist aber nicht der Grund für meine Unpässlichkeit, wenn Sie das meinen«, sagte Teutschner. »Mein Magen ist derart verkrebst, dass nichts mehr durchkommt. Selbst Wasser kaum noch.«

Stephan schüttete sich Korn nach und verkniff sich, Teutschner ebenfalls einen anzubieten. »Sie meinen also, mein Onkel hat meine Schwester getötet«, griff er das Thema wieder auf und kam um die Theke herum. Er nahm eine Decke von einem der Tische, ging damit zum Leichnam und breitete sie über Erwins Oberkörper und Kopf aus.

Teutschner setzte sich wieder an seinen Platz. »An dem Tag, als Ihre Tante starb, war Ihr Onkel bei ihr. Wussten Sie das?«

Stephan wirbelte herum. »Nein, das wusste ich nicht.« Er erinnerte sich an Engel, dem er nach dem Besuch bei Dotter am Telefon das Wort abgeschnitten hatte. Wollte Engel ihm sagen, dass Erwin ebenfalls in der Klinik gewesen war? Stephan setzte sich. »Mein Onkel vergötterte meine Tante. Ich kann mir beim besten Willen nicht vorstellen, dass er irgendetwas zum Schaden meiner Tante unternommen hätte.«

»Haben Sie die Tabletten gesehen, mit denen Ihre Tante sich tötete?«

Stephan rätselte, auf was der alte Kommissar hinauswollte. »Nein«, gab er zu. »Ich habe nichts gesehen.«

»Ich schon. Sie lagen in der Nachttischschublade. Ich habe die Pillen gesehen, als ich nach einem Taschentuch suchte. Erst später wurde mir der Zusammenhang klar. Zu spät, wie sich herausstellte.«

Stephan schüttelte energisch den Kopf. »Das beweist immer noch nicht, dass mein Onkel sie dorthin gelegt hat.«

»Richtig, beweisen kann ich es hier und jetzt nicht. Doch ich bin sicher, dass die weiteren Ermittlungen ergeben werden, dass Ihr Onkel sich ein entsprechendes Rezept besorgt hat.«

Stephan zuckte mit den Schultern. »Und selbst wenn, was ich nicht glaube, dann erkenne ich trotz allem keinen Zusammenhang mit dem Verschwinden meiner Schwester.«

Teutschner kramte aus seiner Jackentasche ein zerfleddertes Notizbuch hervor und legte es auf den Tisch. Nach einigem Blättern wies er mit dem Zeigefinger auf einen Textabschnitt: »Ah! Hier habe ich es.«

Er las vor: »Frage: Erinnern Sie sich noch an Ihre Nichte? Natalie Tries? Antwort: Tote soll man ruhen lassen. Frage: Meinen Sie Natalie damit? Antwort: Die Blumen wachsen so schön. Frage: Was ist mit Natalie? Frau Tries summt, keine Antwort. Frage: Mochten Sie Natalie? Antwort: Natalie liebte ihn. Frage: Wen? Antwort: Erwin. An dieser Stelle passierte etwas Besonderes. Ihre Tante, die bis dahin vollkommen regungslos in ihrem Rollstuhl gesessen hatte, zitterte plötzlich, und sie schrie: ›Kleines Biest! Kleines Biest!‹ Der ganze Körper bebte, und ich war drauf und dran, einen Arzt zu rufen. Dann brach sie in Tränen aus.«

Stephan stieß Luft durch die Nase aus. »Erklärt die Suche nach dem Taschentuch. Sie denken echt an alles.«

Teutschner zog die Augenbrauen zusammen und sah Stephan finster an. »Ich habe zweiundzwanzig Jahre gebraucht, bis ich die Zusammenhänge erkannte. Ich kann wohl nicht erwarten, dass Sie es innerhalb einer Stunde begreifen.«

»Ich kann mir schon denken, worauf Sie hinauswollen. Aber meine Tante war krank. Sie sprach nur noch wirres Zeug.«

»Wer sagt Ihnen das? Was ist, wenn sie die Wahrheit sagt? Wenn Natalie eine Gefahr für Ihren Onkel darstellte?«

»Ist doch Quatsch«, fuhr Stephan auf. »Sie sagte doch, dass Erwin Natalie liebte. Wie sollte Natalie ihm denn überhaupt gefährlich werden können?«

»Ganz einfach. Seine Gefühle zu ihr waren etwas zu intensiv, nicht die Liebe eines Onkels zu seiner Nichte, nein, er war verknallt in Natalie«, rief Teutschner erregt. »Doch sie hat ihn abblitzen lassen. Sie haben selbst gesagt, dass Natalie in ihrem Tagebuch von ihrer großen Liebe schwärmte. Da störte ein alter geiler Bock nur. Vermutlich widerte Ihr Onkel sie sogar an.«

Stephan lachte höhnisch auf. »Das passt doch vorne und hinten nicht zusammen.«

»Ach nein? Wie wäre es damit: Gärtner setzt Ihre Schwester zu Hause ab. Ihr Onkel hat schon gewartet und fängt Natalie ab. Er bittet sie, mit ihm zu reden. Da er immerhin ihr Onkel ist und sie somit keine Gefahr wittert, willigt Natalie ein. Sie fahren zu einer abgelegenen Stelle, irgendein Parkplatz oder Waldweg. Sie reden miteinander. Möglicherweise verhöhnt Natalie Ihren Onkel, lacht ihn aus. Der sieht rot und tötet sie. Aus seinem Rausch erwacht, ist ihm klar, dass er die Leiche nicht liegen lassen kann. Reifenspuren, Fingerabdrücke, Haare, Fasern, alles könnte ihn als Täter überführen. Er wirft die Leiche in den Kofferraum und fährt nach Hause. Schließlich benötigt er Werkzeug, Schaufel, Spaten, vielleicht sogar eine Säge. Plötzlich steht seine Frau hinter ihm und fragt, was der nächtliche Krach soll. Er sucht händeringend nach einer Ausrede, weiß aber, dass sie eine Lüge durchschauen würde. So beichtet er ihr alles. Doch sie reagiert anders als erwartet. Sie liebte ihn abgöttisch, das wurde mir von allen Seiten berichtet. Ihre Tante hilft ihm also, die Leiche zu beseitigen. Alles andere hätte dazu geführt, dass ihr gemeinsames Leben für Jahre den Bach runtergegangen wäre. Bleibt nur noch die Frage, wo die Leiche abgeblieben ist.«

Stephan blies die Wangen auf. »Abenteuerlich, Ihre Theorie. Wo könnte die Leiche denn Ihrer Meinung nach sein?«

Teutschner zuckte mit den Schultern. »Das werden wir wohl nie erfahren.«

Stephan stand auf und ging nachdenklich hin und her. Zugegeben, Teutschners Theorie war nicht vollkommen von der Hand zu weisen. Selbst Jürgens Unfall passte ins Bild. Erwin war ein leidenschaftlicher Amateurrennfahrer gewesen. Stephan blickte wie automatisch zu dem Bild an der Wand, auf dem sein Onkel vor seinem aufgemotzten roten Ford Capri zu sehen war. Er zweifelte nicht daran, dass Erwin die fahrerische Qualität besessen hatte, einen Fahranfänger auf dem Motorrad zu verfolgen. Demnach hätte Jürgen nicht Teutschner erpresst, sondern Erwin.

Stephan blieb stehen. Er spürte einen Stich in der Brust. Es schmerzte, wenn er daran dachte, dass sein Onkel und seine Tante über Jahrzehnte hinweg die eigene Familie betrogen und hintergangen haben könnten. Er dachte an die Stelle in Natalies Tagebuch, an der sie berichtete, dass ihr Onkel alles unternehmen würde, um nie wieder in den Knast zu wandern. Stephan hielt inne und wandte sich an Teutschner. »Meine Tante litt an Schizophrenie, und ich glaube, sie verdrängte etwas.«

Teutschner nickte. »Das passt. Ich glaube, sie wäre daran zerbrochen, wenn sie es nicht in die hinterste Ecke ihres Gedächtnisses geschoben hätte.«

Stephan strich sich mit den Fingern über seine unrasierten Wangen. »Und mein Onkel wurde zum Säufer. Das war dann seine Art, damit fertig zu werden.«

»Aber selbst das reichte zum Schluss nicht mehr. Aufgewühlt durch Ihre Untersuchungen sah er nur noch die Möglichkeit des Selbstmords«, erklärte Teutschner.

Stephan überfiel ein Schwindel. Schwer ließ er sich auf seinen Stuhl fallen. Nach wenigen Sekunden war der Anfall vorüber, und er rückte mit seinem Stuhl näher an den Tisch. Teutschner schob ihm das Glas Wasser rüber, das erst zu einem Drittel geleert war. Stephan trank es gierig aus.

»Gut«, sagte er schließlich. »Es könnte so gewesen sein. Doch beweisen können Sie das genauso wenig, wie ich meine Theorie.«

Teutschner lächelte. »Und damit kommen wir zu den letzten Worten Ihres Onkels.«

Stephan hob die Augenbrauen. Richtig, das hatte Teutschner erwähnt. »Also?«, fragte er neugierig. Ein Teil von ihm hoffte immer noch, dass Teutschner vollkommen danebenlag und die letzten Worte seines Onkels das beweisen würden.

Teutschner sah auf die Uhr und sagte: »Vor gut anderthalb Stunden habe ich die Kneipe hier betreten. Ich habe draußen im Wagen gewartet und einen Zeitpunkt abgepasst, an dem ihr Onkel allein war. Ohne groß nachzufragen, was mich hierhin treibt, griff Ihr Onkel unter die Theke und holte die Knarre hervor. Er befahl mir, hier an dieser Stelle Platz zu nehmen, und schloss die Tür ab. Dann nahm er sich einen Stuhl und setzte sich dorthin.« Teutschner zeigte zu dem Stuhl hinüber, der neben dem Leichnam stand. »Mit vorgehaltener Waffe forderte er mich auf, ihm zu sagen, was ich eigentlich wolle. Das hatte ich ja sowieso vor, also fing ich an. Er hörte mir ohne Unterbrechung zu. Als ich geendet hatte, blickte er mich mehrere Minuten schweigend an.«

Teutschner machte eine Pause.

Am liebsten wäre Stephan aufgesprungen und hätte ihn durchgeschüttelt. Doch er drängte seine Ungeduld zurück und wartete.

»Nun, die Reaktion Ihres Onkels kam für mich völlig unerwartet. Er fing leise zu lachen an. Allerdings hatte ich nicht den Eindruck, als ob er wirklich aus Belustigung lachte.«

»Sondern?«

»Hysterisch trifft es meiner Meinung nach. Übertrieben. Dazu seine Augen. Kein amüsiertes Funkeln, sondern matte Traurigkeit, wenn Sie verstehen, was ich meine.«

Stephan nickte.

Teutschner fuhr fort. »Als Ihr Onkel wieder sprechen konnte, sagte er: ›Meine Hochachtung, Herr Kommissar. Sie sind ziemlich hartnäckig. Bestellen Sie meinem Neffen Stephan einen schönen Gruß. Ich habe ein Testament gemacht. Er wird alles erben.‹« Teutschner hielt inne, würgte trocken und ergänzte heiser: »Dann richtete er die Waffe auf sich, und trotz meines Einwands drückte er ab.«

»Ihre Theorie, dass mein Onkel der Mörder ist, wird durch seine Worte nicht bestätigt«, stellte Stephan fest. Er war noch nicht so weit zu akzeptieren, dass sein Onkel und seine Tante die Familie in falscher Hoffnung auf Natalies Rückkehr hatten leben lassen.

»Warum sonst sollte er mir seine Hochachtung aussprechen?«, wollte Teutschner wissen.

Stephan spürte, dass der alte Kommissar der festen Überzeugung war, richtigzuliegen. Seine ursprüngliche Zuversicht, mit Teutschner Natalies Mörder gefunden zu haben, schwand von Sekunde zu Sekunde mehr. War der Selbstmord nicht Beweis genug, dass Teutschner richtiglag? Falls es ein Selbstmord war, dachte er. Aber das würde sich feststellen lassen.

Stephan spürte, wie ihm schlecht wurde. Sein Mageninhalt stieg nach oben, und nur mühsam konnte er ein Würgen unterdrücken. Er erinnerte sich, wie Elke und Erwin seine Eltern und ihn getröstet hatten. Dabei hatten sie die ganze Zeit gewusst, dass Natalie nie wiederkehren würde. Niemals hätte Stephan angenommen, dass ausgerechnet die beiden … Aber genau das war es, was sie schamlos ausgenutzt hatten! Das Vertrauen, das ihnen von der Familie entgegengebracht worden war. Wütend ballte er die Fäuste.

Plötzlich spürte er eine Hand auf seinem Unterarm. Teutschner hatte sich vorgebeugt und sagte mit einem mitleidigen Ton in der Stimme: »Es ist vorbei.«

FÜNFZEHN

Der Wind trieb den Regen vor sich her. Wie feine Nadeln piekSten die Tropfen in Stephans Gesicht. Warum bist du auch nicht mit dem Wagen gefahren, dachte er verdrießlich, stellte den Kragen seines Mantels auf und ging vorgebeugt weiter.

Drei als Hexen verkleidete Mädchen kamen ihm entgegen. Sie lachten vergnügt trotz des Wetters, hielten ihre spitzen Hüte mit einer Hand fest und umklammerten mit der anderen die Süßigkeitenbeutel.

Stephan wünschte sich einen Augenblick, selbst als Kind von Haustür zu Haustür zu geistern und die Leute zu erschrecken.

Er erreichte die Graue Burg. Charlotte hatte die Einfahrt mit ausgehöhlten Kürbissen dekoriert, die ihn aus frechen Fratzen hämisch angrinsten. Gerade versuchte sie vergeblich, Teelichter anzuzünden.

»Du bist unglaublich«, sagte er und gab ihr einen Kuss.

»Warum?«, fragte sie und drehte sich mit dem Rücken gegen den Wind.

»Lass uns reingehen. Das bringt doch nichts«, entgegnete Stephan.

Charlotte hielt unschlüssig ein Teelicht in der Hand. Plötzlich lächelte sie. »Geh vor. Ich muss kurz noch etwas besorgen.« Sie ließ Stephan stehen, der ihr verblüfft nachschaute. Kurz darauf fuhr sie in ihrem Roadster um die Hausecke und an ihm vorbei.

»Was für ein verrücktes Huhn«, murmelte Stephan und schüttelte den Kopf.

Als Charlotte eine halbe Stunde später zurückkam, saß Stephan mit ihrer Mutter und Lukas im Wohnzimmer.

»Hat jemand den Truthahn übergossen?«, fragte Charlotte und eilte in die Küche.

Stephan folgte ihr. »Das riecht köstlich«, sagte er, obwohl er keinen Appetit verspürte.

»Ich hoffe, du isst auch mal wieder was«, entgegnete Charlotte. Sie schloss den Backofen.

Stephan zuckte mit den Schultern. Seit Erwins Selbstmord vor knapp drei Wochen, den der Rechtsmediziner und die ermittelnden Beamten eindeutig als solchen bestätigt hatten, rebellierte sein Magen. Er kam einfach nicht darüber hinweg, dass Erwin und Elke die ganze Familie betrogen hatten.

»Meiner Figur zumindest kommt meine Appetitlosigkeit zugute. Ich habe bereits drei Kilo abgenommen«, sagte er und klopfte auf seinen Bauch.

Charlotte umarmte ihn und legte den Kopf an seine Schulter. »Es ist vorbei«, murmelte sie. »Du musst ins Leben zurückfinden.«

Stephan wusste zwar, dass sie recht hatte, doch was half es? Er fühlte sich ausgelaugt und verbittert.

Die Türglocke erklang.

»Ah!«, rief Charlotte und löste sich von Stephan. »Meine Überraschung.« Sie rannte aus der Küche. Kurz darauf erschien sie mit Engel im Schlepptau.

»Richard!«, rief Stephan aus.

»Überraschung«, erwiderte dieser und grinste breit. Er wandte sich an Charlotte. »Ernst Teutschner musste heute Morgen ins Krankenhaus. Er kann leider nicht kommen.«

»Schlimm?«, fragte Charlotte.

Engel nickte. »Ich fürchte, es geht zu Ende.«

Sie schwiegen einige Sekunden, dann klatschte Charlotte in die Hände. »Okay. Es hilft nichts. Ein Truthahn will gegessen werden. Ihr beiden könnt ja im Wohnzimmer den Aperitif zu euch nehmen. Ich kümmere mich hier um alles, keine Sorge.«

»Gerne«, kommentierte Engel und verließ die Küche.

Stephan spürte, dass es Charlotte schwerfiel, gute Laune zu verbreiten. Er ging zu ihr hinüber, umarmte sie von hinten und küsste ihr zärtlich den Nacken.

»Das Essen war großartig! Diese Honigglasur, einfach ein Gedicht! Ich muss unbedingt das Rezept haben.« Engel saß in einem der Sessel in der Bibliothek und prostete Charlotte, die hinter dem Schreibtisch Platz genommen hatte, mit seinem Whisky zu.

»Ja«, bestätigte Stephan einsilbig und hob seine Bierflasche. Er hatte von dem Essen kaum etwas angerührt und sich die ganze Zeit gefragt, warum Charlotte Engel, und darüber hinaus sogar Teutschner, eingeladen hatte.

Charlotte lächelte und winkte ab. »Kein großes Geheimnis. Ich gebe es dir gerne.«

Stephan war vorhin schon aufgefallen, dass Engel und Charlotte sich duzten. Er fragte sich, wann sie sich nähergekommen waren, und blickte argwöhnisch von einem zum anderen.

Charlotte schien es bemerkt zu haben. »Da du dich die letzten Wochen in deinem Haus versteckt hast, bin ich zu Richard und habe ihn ausgefragt. Bei Ernst Teutschner bin ich auch gewesen.«

»Ist ja interessant«, stieß Stephan aus.

»Du wolltest ja nicht über die Ereignisse in der Kneipe deines Onkels sprechen«, erklärte sie. »Also blieb mir nichts anderes übrig.«

Stephan nahm einen großen Schluck aus seiner Bierflasche. Seinen aufkommenden Ärger konnte er aber nicht herunterspülen. »Du hättest warten können, bis ich dazu bereit bin.«

»Und zusehen, wie du den Bach runtergehst? Wie viel trinkst du in letzter Zeit?«

Das saß. Stephan fühlte sich ertappt. Tatsächlich hatte er in den letzten Wochen mehr getrunken, als ihm guttat. Verlegen senkte er den Blick.

»Ich habe Richard eingeladen, damit du endlich darüber sprichst«, sagte Charlotte. Die Härte war aus ihrer Stimme verschwunden.

»Da gibt es nichts zu reden.« Stephan strich sich durch die Haare. »Ich muss damit fertig werden, dass Natalie irgendwo wie ein totes Kaninchen verbuddelt wurde. Und dass mein Onkel nicht der liebe Kerl von nebenan war«, fügte er verbittert an.

»Das ist nur Teutschners Theorie«, sagte Engel. »Ob es wirklich so war, wie er sich das vorstellt, kann niemand bestätigen. Das Einzige, was wir mit großer Sicherheit sagen können, ist, dass deine Tante die Tabletten von deinem Onkel bekommen hat. Er hat sie sich verschreiben lassen.«

Stephan sah hoch. »Und Teutschner? Habt ihr bei dem auch mal nachgesehen?«

»Ich persönlich, ja. Lief übrigens alles auf freiwilliger Basis ab. Er hat zwar eine ganze Apotheke von Hammerpräparaten, doch das, womit sich deine Tante das Leben genommen hat, war nicht darunter.«

Stephan entgegnete: »Er hatte Zeit genug, die Spuren zu verwischen. Meine Theorie, dass Teutschner Natalie umgebracht hat, könnte trotzdem richtig sein.«

»Wieso klammerst du dich so daran?«, fragte Charlotte.

Stephan zuckte mit den Schultern. »Ich trau Teutschner einfach nicht. Nimm zum Beispiel die letzten Worte, die mein Onkel gesagt haben soll.«

»Was ist damit?«, fragte Engel und beugte sich vor. Sein Gesicht zeigte echtes Interesse.

»Ganz einfach«, erklärte Stephan. »Angeblich soll ja ein Testament existieren. Doch ich habe nichts gefunden. Ich habe alle Notare in der Gegend angerufen und nachgefragt. Nichts!«

Engel lehnte sich wieder zurück, machte eine abwehrende Geste mit der Hand. »Interessant, sicher, aber unbedeutend.«

»Es deutet darauf hin, dass Teutschner sich die ganze Geschichte zusammengereimt hat, um von sich abzulenken«, erwiderte Stephan gereizt.

Engel reagierte anders als erwartet. Mit hochgezogenen Augenbrauen blickte er zu Charlotte, die kaum merklich den Kopf schüttelte. »Ich hatte noch keine Gelegenheit, es ihm zu sagen«, erklärte sie.

Stephan reckte sich und fragte scharf: »Was konntest du mir noch nicht sagen?«

»Ernst Teutschner hat ein Alibi«, sagte Engel mitfühlend. »Er kann deine Schwester nicht umgebracht haben.«

Stephan sprang auf. »Alibi? Das ist doch fingiert!«

»Hieb- und stichfest«, entgegnete Engel. »So leid es mir tut, deine letzte Hoffnung zu zerstören, doch noch das Grab deiner Schwester zu finden. Aber Ernst ist definitiv unschuldig. Er war damals im Dienst, genauer gesagt, auf Dienstreise. Ein Wochenendseminar in Berlin. Ich habe es selbst überprüft.«

Stephan öffnete den Mund, wollte erwidern, dass die alle unter einer Decke steckten, merkte jedoch rechtzeitig, wie lächerlich er sich anhören würde. »Warum hat er es mir nicht gleich gesagt?«, fragte er stattdessen. Eine bleierne Müdigkeit griff nach ihm.

»Du hättest ihm sowieso nicht geglaubt, oder?«, sagte Engel. »Davon abgesehen hat Ernst einige Male versucht, dich zu erreichen. Er wollte sich unbedingt noch mal mit dir treffen und mit dir über alles reden. Aber du bist nicht ans Telefon gegangen.«

Stephan erinnerte sich an die Nachrichten von Teutschner auf seiner Mailbox. Er hatte sie alle gelöscht. Er nippte an seinem Bier. Es schmeckte abgestanden, doch er widerstand der Versuchung, sich eine neue Flasche aus dem Kühlschrank zu holen.

Engel beugte sich vor und sagte eindringlich: »Du solltest Ernst besuchen. Er hat deine Achtung verdient. Nie hatte er Natalie vergessen und seine letzten Stunden auf Erden sogar für die Jagd auf ihren Mörder genutzt.«

Stephan sah zu Charlotte, die nickte. Er senkte den Blick. »Ich werde darüber nachdenken.«

»Gut«, sagte Engel und stand auf. »Jetzt sehe ich zu, dass ich zur Familie komme.« Er seufzte. »Meine Frau nimmt es mir übel, dass ich heute nicht zu Hause gegessen habe.«

Engel verabschiedete sich von Stephan und ließ sich von Charlotte zur Haustür bringen.

Stephan wartete in der Bibliothek, bis Charlotte zurückkehrte. Sie setzte sich auf die Sessellehne und fuhr Stephan sanft durch die Haare. »Du hast eine schwierige Zeit hinter dir.«

Stephan schloss die Augen, genoss für eine Weile Charlottes Berührungen.

»Bleibst du heute hier?«, fragte sie mit weicher Stimme.

Stephan schüttelte den Kopf und stand auf. Er schwankte leicht. »Verschieben wir das auf morgen. Ich will früh raus.«

Charlotte sah ihn überrascht an. »Wo willst du denn hin?«

»An die Nordsee, nach Tossens.«

»Was willst du denn da?«

»Es geht um Erwins Wochenendhäuschen. Ich weiß noch nicht, ob ich das Erbe meines Onkels annehmen soll. Das Einzige, was mich daran reizt, ist diese Rückzugsmöglichkeit. Ich will mir ansehen, in welchem Zustand es ist.«

Charlotte erhob sich ebenfalls. »Überleg es dir gut. Es wird dich immer an die Sache erinnern. Bis du denn zum Abend wieder da? Ist doch sicherlich eine ganz schöne Strecke.«

»Klappt schon«, antwortete Stephan.

»Komm sofort vorbei, wenn du wieder da bist«, forderte Charlotte ihn auf und lächelte schelmisch. Dann bot sie an: »Ich fahr dich nach Hause.«

Stephan überlegte kurz, ob er annehmen sollte, entschied sich aber dagegen. »Lass mal. Nimm es mir nicht übel, aber ich muss einen klaren Kopf bekommen.«

Als Stephan die Einfahrt der Grauen Burg entlangging, grinsten ihn die Kürbisfratzen höhnisch an, obwohl der Wind noch zugenommen hatte. Verwundert ging er in die Knie und schaute in das Innere eines Kürbisses. Ein elektrisches Teelicht. Stephan stand auf. So schnell war Charlotte nicht unterzukriegen. Wenn ich doch nur auch ein klein wenig mehr so wäre wie sie, dachte er und setzte seinen Weg fort.

***

Auf dem Beifahrersitz lag das gerahmte Foto des Wochenendhauses. Stephan hatte es gestern aus der Kneipe mitgenommen. Der Scheibenwischer quietschte und hinterließ Schlieren auf der Windschutzscheibe. Wieder mal am falschen Ende gespart, dachte er ärgerlich.

Fünf Stunden war er bereits unterwegs. Missmutig fuhr er die schmale Straße entlang, die links vom Deich und rechts von einem Wassergraben begrenzt wurde. Hinter dem Graben erstreckten sich bis zum Horizont ebene Wiesen. Ab und an unterbrachen Bauernhöfe die Monotonie. Ihre tief heruntergezogenen Reetdächer berührten fast den Boden.

Wie anders hier die Landschaft doch aussieht, dachte Stephan. Er folgte einem Wegweiser nach Tossens. »Schon mal richtig«, murmelte er. Nach weiteren zehn Minuten Fahrt erreichte er den Ortseingang. Überwiegend rote und beige Häuser mit Walmdächern standen an der Straße. An einer Bushaltestelle hielt er an und fragte ein wartendes Pärchen nach dem Weg. Kurz darauf parkte er vor dem Ferienhaus.

Stephan griff nach dem gerahmten Bild. Er verglich die Fotografie mit der Wirklichkeit. Eindeutig die richtige Adresse, dachte er, legte das Bild in den Fond und stieg aus. Eine leichte Brise erfasste ihn, die Luft roch salzig. Etwa fünfzig Meter hinter dem Ferienhaus erhob sich ein riesiger Deich. Spaziergänger, in dicke Anoraks eingehüllt, schlenderten auf der Krone.

Stephan wühlte in seiner Hosentasche nach dem Schlüssel, den er gestern in der verwahrlosten Wohnung seines Onkels gefunden hatte. Mit vielen anderen hatte der Schlüssel an einem Brett gehangen, alle ordentlich beschriftet. Stephan hatte sich über die Diskrepanz gewundert: auf der einen Seite die heruntergekommene Wohnung, auf der anderen die Pedanterie mit den Schlüsseln.

Er betrat das Haus, muffiger Geruch schlug ihm entgegen. Es erinnerte ihn daran, wie er Anfang des Jahres zum ersten Mal sein geerbtes Elternhaus betreten hatte. Er schüttelte den Kopf, konnte immer noch nicht glauben, was in den letzten acht Monaten alles geschehen war. Im Januar hatte er noch in seiner kleinen Wohnung in Köln gehaust, jetzt war er Eigentümer von gleich drei Häusern – vorausgesetzt, dass er Erwins Erbe annehmen würde.

Rechts ging es ins Bad, links in das Schlafzimmer. Ein schmales Doppelbett beherrschte dort den Raum. Stephan ging weiter, durch den Flur ins Wohnzimmer. Die Rollläden waren zur Hälfte heruntergelassen. Er schaltete das Licht ein und sah sich um. Rechts war die Küche durch eine Theke vom übrigen Raum abgetrennt. In der Spüle stapelte sich ungespültes Geschirr. Links an der Wand stand ein Eichenholzschrank, direkt vor ihm eine durchgesessene, mit grünem Samt bezogene Couchgarnitur. Auf dem Wohnzimmertisch zählte Stephan fünf leere Schnapsflaschen. Er stutzte. Zwischen den Flaschen steckte ein weißes Kuvert, auf dem sein Name stand.

Was ist das denn jetzt?, dachte er verdutzt. Es hatte doch niemand ahnen können, dass er herkommen würde. Nur Charlotte wusste von seinem Ausflug an die Küste. Aber warum sollte sie ihm eine Nachricht hinterlassen? Und wenn, durch wen? Er ging zum Tisch, nahm den Umschlag in die Hand und wendete ihn einige Male. Nichts weiter, nur sein Name. Neugierig riss er den mit Fettflecken übersäten Umschlag auf und zog einen Brief heraus.

Wenn du diese Zeilen liest, Stephan, dann bin ich tot. Dies sind also meine letzten Worte an dich. Mein Testament. Ich hoffe, du bekommst meinen Brief als Erster zu sehen. Wenn nicht, bitte ich den Finder, meinen Brief meinem Neffen Stephan Tries aus Bornheim zu übergeben.

Stephan runzelte die Stirn. 3. Oktober 2007 stand oben rechts auf dem Blatt. Erwin war nach dem Tod seiner Frau hier gewesen, um eine Entscheidung zu treffen, wie er gesagt hatte.

Ich hoffe jedoch, Stephan, dass du der Erste bist, der diesen Brief in den Händen hält. Ich wiederhole mich. Aber warum auch nicht? Schließlich ist dies der wichtigste Brief, den ich je geschrieben habe. Du bist der Alleinerbe meines Vermögens. Das wird dir inzwischen bekannt sein. Ich habe keine Hypotheken mehr, auch sonst keine Schulden. Also nehme ich an, dass du das Erbe antreten wirst. Nimm es als Wiedergutmachung!
Nein, es kann niemals eine Wiedergutmachung sein. Die Schuld, die wir, deine Tante und ich, auf uns geladen haben, kann ich nicht wiedergutmachen.

Eine Vorahnung stieg in Stephan auf. Kam jetzt die Bestätigung, dass Teutschner mit seiner Theorie richtiglag? Stephan kniff die Augen zusammen, die Wände des Raumes schienen plötzlich auf ihn zuzukommen. Hastig zog er die Rollläden nach oben, öffnete die Fenster und die Terrassentür. Kalte, feuchte Luft strömte herein. Stephan sog sie begierig auf.

Du hast ein Recht darauf, alles zu erfahren. Damit ich mich nicht verzettele, schildere ich alles der Reihe nach. Nur das Wichtigste, das Schrecklichste nehme ich vorweg, damit will ich dich nicht auf die Folter spannen: Leider muss ich dir schreiben, dass Natalie tot ist.

Stephans Knie wurden weich. Er ließ sich auf die Couch fallen. Mit der freien Hand strich er sich übers Gesicht. Oh mein Gott, dachte er. Sein Magen krampfte sich zusammen, und seine Hände zitterten, als er weiterlas.

Ich habe die Familie jahrzehntelang angelogen, doch was ich dir jetzt schreibe, ist die reine Wahrheit. Es tut gut, endlich einmal nicht lügen zu müssen. Damals, in der Nacht des dreizehnten Juli fünfundachtzig, habe ich Natalie abgeholt. Es war zwei Uhr nachts, und wir sind zurück zur Kneipe gefahren. Ich wollte mich endlich in aller Ruhe mit ihr aussprechen.
Natalie war bis über beide Ohren in mich verknallt. Seit Wochen schon. Zunächst war ich geschmeichelt, und ich muss leider zugeben, dass ich ihrer Versuchung erlag. Ich schäme mich noch heute für meinen Ausrutscher. Ich wollte auf gar keinen Fall, dass es noch mal passierte, daher ging ich Natalie aus dem Weg. Sie ließ nicht locker, doch ich hatte mich unter Kontrolle. So konnte es auf Dauer aber nicht weitergehen. Wir mussten uns aussprechen.

Es gab auch noch einen anderen Grund, warum ich mit Natalie sprechen wollte. Leider hatte nämlich Elke Wind von der ganzen Sache bekommen. Ihre Krankheit war damals bereits weiter vorangeschritten, als ich zu diesem Zeitpunkt ahnte. Ach was, in Wirklichkeit hatte ich überhaupt keine Ahnung, wie krank sie wirklich war. Jähzornig, explodierte wegen Kleinigkeiten, hinzu kam eine chronische Eifersucht. Das gehörte alles schon zum Krankheitsbild. An guten Tagen erkannte Elke, dass was mit ihr nicht stimmte. Sie hatte Angst, dass ich sie verlasse. Wegen der Krankheit. Daher auch die schrecklich nervige Eifersucht. Dabei vergötterte ich sie. Niemals hätte ich sie verlassen. Ich hätte mein Leben für ihres gegeben. Und doch habe ich ihr zum Schluss das ermöglicht, was sie sich sehnlichst wünschte. Ich habe die Tabletten für den Selbstmord ins Zimmer geschmuggelt. Ich bin schuld, dass deine Tante tot ist, Stephan.

Stephan schluckte. Er las die letzten beiden Sätze noch mal. Teutschner hatte recht gehabt.

Ich könnte mich rausreden, etwas von Mitleid erzählen. Aber ich habe mir geschworen, dieses eine Mal vollkommen ehrlich zu sein. Ich hatte panische Angst, dass Elke etwas verraten könnte. Die Pfleger nahmen sie nicht ernst, wenn sie hin und wieder von Natalie erzählte. Wieso auch? Sie wussten ja nichts von den schrecklichen Hintergründen. Als aber du und dieser Kommissar auftauchten, habe ich mir in die Hose gemacht. Meine Furcht vor dem Gefängnis war so groß, dass ich schließlich zu Elke gefahren bin.

Stephan stand auf und stellte sich an die offene Terrassentür. Indirekt waren er und Teutschner also schuld an Elkes Tod. Er blickte unschlüssig auf den Brief, den er in seinen verkrampften Fingern hielt. Was würde ihn noch erwarten? Wie viele Tote gingen noch auf Erwins Konto? Zorn flammte in Stephan auf. Er trat wütend gegen den Türrahmen. Dieser kaltblütige Mörder hatte seine Familie ins Unglück gestürzt. Und als nach Jahrzehnten der Straffreiheit die klitzekleine Gefahr bestand, dass doch noch alles aufflog, schreckte dieser Dreckskerl nicht davor zurück, die einzige Zeugin zu beseitigen. Die Frau, die er angeblich abgöttisch liebte.

»Dieser Scheißkerl«, brüllte Stephan und erschreckte damit einen Radfahrer, der gerade auf der Deichkrone entlangradelte. Der Mann schwankte bedenklich, fing sich wieder und trat anschließend heftig in die Pedale.

Stephan schritt in die Kochecke und riss den Kühlschrank auf. Er sehnte sich nach einem kalten Bier. Doch außer einer gammeligen Packung Salami und einer Tüte sauer riechender Milch waren die Fächer leer. Er schmiss die Tür so heftig zu, dass sie wieder zurückschleuderte und ihn an der Hand traf.

»Scheiße«, fluchte er, wedelte mit seiner schmerzenden Hand und trat die Tür zu. »Kacke, Kacke, Kacke«, stieß er hervor und atmete einige Male kräftig ein und aus. Sein Zorn flaute ab. Er ging zurück zur Couch und setzte sich.

Alles geht durcheinander.

Stephan lachte verächtlich. Die Untertreibung des Jahrhunderts, dachte er und las weiter.

Entschuldige bitte meine Sprünge, Stephan. Ich habe zu viel gesoffen. Wie so oft seit Natalies Tod. Ich bin ein Säufer!
Seit den Ereignissen damals ging es keinen Tag mehr ohne Schnaps. Es wurde immer schlimmer. Brauchst dich ja nur umzusehen, dann weißt du, wie es in mir aussieht. Elke hatte es da einfacher. Sie hat es verdrängt.

Schizophrenie und Verdrängung, Elkes Krankheit. Er verspürte Mitleid mit seiner Tante. Sie hatte Erwin geliebt. Sogar so sehr, dass sie seinen Mord deckte und daran zerbrach.

Ich saß also mit Natalie in der Kneipe. Sie redete und redete: dass sie mich liebte, vom gemeinsamen Glück, einer heilen Welt. Sie redete wie ein Wasserfall. Zunächst wusste ich nicht, was ich sagen sollte. Sie war so glücklich, ich wollte sie nicht vor den Kopf stoßen, wollte ihr schonend beibringen, dass es für uns keine gemeinsame Zukunft gab. Doch bevor ich die richtigen Worte finden konnte, sprang sie auf, zwängte sich auf meinen Schoss und küsste mich. Ich war völlig überrumpelt.

Stephan hätte am liebsten den Brief zerrissen, als er sich diese Szene vorstellte. Dieses Schwein!

Überrumpelt, dass ich nicht lache, dachte er. Er hatte ihr Vertrauen missbraucht und sie aus lauter Feigheit im Glauben gelassen, er würde für sie ebenso empfinden wie sie für ihn.

Ich versuchte, sie wegzustoßen, doch sie klammerte wie ein Äffchen. So nahm das Unheil seinen Lauf, ohne dass ich eingreifen konnte.

Stephan stutzte. Unheil? Was sollte das denn nun schon wieder bedeuten? Kam jetzt die große Lüge? Die Ausrede?

Natalies Kopf stieß plötzlich heftig gegen meinen, für Sekunden sah ich nur Sterne, spürte aber, wie sie zusammensackte. Den zweiten Schlag sah ich gerade noch rechtzeitig kommen. Ich drückte mich unwillkürlich nach hinten und schob Natalie fort. Die schwere Gusspfanne traf ihre Schläfe, und sie rutschte schlaff zu Boden. Ich starrte Elke an, die schon wieder die Pfanne hob und drohend über uns stand. Bevor sie einen weiteren Schlag ausführen konnte, warf ich mich dazwischen.

Stephan schluckte trocken. Sein Hals schmerzte, sein Herz hämmerte in seiner Brust, und in seinen Ohren rauschte es. Tante Elke? Hatte er richtig gelesen? Er überflog noch mal die Zeilen mit der inzwischen krakeligen Schrift. Tatsächlich! Es gab keinen Zweifel, wen Erwin beschuldigte.

Ich wand Elke die Pfanne aus der Hand, drängte sie ins Klo und schloss hinter ihr ab. Schrill rief sie die ganze Zeit: »Flittchen! Flittchen! Flittchen!«
Dann kümmerte ich mich um Natalie, kniete neben ihr nieder, fühlte ihren Puls, versuchte, sie wiederzubeleben. Wie ein Berserker arbeitete ich, doch es half nichts. Dabei blutete sie nur ein wenig aus der Nase. Ich weiß nicht, ob bereits der erste Schlag Natalie tötete, oder erst der zweite. Deine Tante trommelte unablässig gegen die Tür und rief: »Schlampe! Schlampe!« Schrecklich. In diesem Moment erst habe ich erkannt, wie krank sie wirklich war. Fieberhaft versuchte ich, eine Lösung zu finden. Eins war mir dabei sofort klar: keine Polizei! Möglicherweise hätte man Elke nicht verurteilt, aber in eine Psychiatrie wäre sie sicherlich verfrachtet worden. Und dann wäre ich von ihr getrennt gewesen. Das wollte ich auf gar keinen Fall! Wem hätte es denn auch geholfen? Ich beruhigte Elke, brachte sie zu Bett, gab ihr Schlaftabletten und wartete, bis sie eingeschlafen war. Es dämmerte bereits, als ich zum Flughafen fuhr und mir für zwei Tage einen Wagen lieh. Ich wickelte Natalie in eine Plastikplane und legte sie in den Kofferraum. Elke schlief die ganze Zeit über zufrieden, und als sie ge-

gen Mittag endlich aufwachte, war sie wie immer, gut gelaunt, kein Wort über ihre Attacke auf Natalie.
Nervös und übermüdet brachte ich den Tag hinter mich. Deine Mutter rief zweimal an. Ich sagte ihr, dass ich Natalie seit dem Samstagabend nicht mehr gesehen hatte. Wie immer machten wir am Abend auf. Nur nicht auffallen, alles musste so aussehen wie immer!
Als kurz nach eins die letzten Gäste fort waren, nahm ich den Leihwagen und fuhr hierher nach Tossens. Ich kenne mich im Watt gut aus, weiß, wo es tückisch ist, auf was ich achten muss. Es war Ebbe, genau der richtige Zeitpunkt. Niemand war unterwegs, als ich mit Natalie über der Schulter hinaus ins Watt lief. Nach kurzer Suche fand ich ein passendes Schlickloch, in dem ich sie verschwinden ließ. Daraus würde keine noch so starke Tide Natalie wieder herausspülen. Ich gab den Leihwagen wieder ab und fuhr zur Kneipe zurück. Ich trank eine dreiviertel Flasche Schnaps, seitdem ging es nie mehr ohne.

Stephan ließ den Brief sinken und sah aus dem Fenster. Hinter diesem Deich also lag die Grabstätte seiner Schwester. Eine tiefe Traurigkeit ergriff ihn, und er fühlte sich elend und matt. Doch der Brief war noch nicht zu Ende.

Doch damit nicht genug. Bisher hielt ich es, wenn es auch makaber klingt, für ein perfektes Verbrechen. Das blieb aber nicht so. Einige Tage später, ich schloss gerade die Kneipe ab, stand Jürgen Schipke vor mir. Sein schmieriges Lächeln bedeutete, dass er wusste, was los war. Er erzählte mir, er sei Natalie unbemerkt gefolgt und habe eigentlich auf eine Gelegenheit gewartet, ihr eins auszuwischen. Er habe sich gewundert, warum Natalie nicht ins Haus gegangen war, als Uwe Gärtner sie absetzte, und war neugierig geworden. Ausdauernd, wie der war, spionierte er die ganze Nacht, sah schließlich, wie ich Natalie in den Kofferraum verfrachtete. Erpressen wollte das Bürschchen mich! Fünfzigtausend sollte ich ihm geben, ansonsten wollte er die Polizei informieren. Ha! Ich habe ihm eine reingehauen. In manchen Dingen verstehe ich keinen Spaß! Als ich wieder klar denken konnte, lag Schipke auf dem Boden, und ich stand mit geballten Fäusten über ihm. Der hatte die Hosen gestrichen voll, rappelte sich hoch und rannte zu seinem Motorrad. Als seine Karre lief, wurde er wieder frech, schrie, er würde zur Polizei fahren und auspacken. Mir blieb nichts anderes übrig, als in meinen Capri zu springen und ihn zu verfolgen. Zu diesem

Zeitpunkt wurde mir klar, dass ich ihm die Fünfzigtausend geben würde. Aber vorher musste ich ihn ja erst mal aufhalten. Schipke gab richtig Gas. Trotz meiner Rennerfahrung hatte ich Mühe an ihm dranzubleiben. Links an der Kreuzung im Mertener Wäldchen rutschte er weg und prallte gegen die Bäume. Es ging so schnell, ich konnte nicht mal rechtzeitig bremsen. Ich bin langsam dran vorbei, habe kurz angehalten. Im Licht meiner Scheinwerfer konnte ich den abgetrennten Kopf am Straßenrand liegen sehen. Ich fühlte mich schrecklich.
Jetzt kennst du die ganze Wahrheit. Ich hätte an vielen Stellen einen anderen Weg einschlagen können. Doch ich habe alles falsch gemacht. Sicher hältst du mich für einen Versager und Feigling! Ich tue es.
Aber urteile selbst, Stephan.
Ich habe für mich eine Entscheidung gefällt.

Onkel Erwin

Stefan ließ den Brief sinken und weinte haltlos.

***

Der Wind strich böig über das Gras. Stephan zog seine Jacke enger. Er stand auf der Deichkrone und schaute hinaus auf das Meer. In weiter Ferne konnte er Schiffe erkennen, die Wilhelmshaven anliefen. Die ablaufende Flut hatte einen schmalen, schlickigen Streifen am Ufer freigelegt. Er würde warten, bis die Ebbe vollends einsetzte. In der Innentasche seiner Jacke spürte er Erwins Brief.

Seine Gedanken drehten sich im Kreis. War Elke tatsächlich Natalies Mörderin? Oder wollte Erwin alles Elke in die Schuhe schieben? Stand auf dem Papier tatsächlich die Wahrheit?

Stephan spürte Tränen, die warm über seine kalten Wangen hinabliefen. Er konnte dem Geständnis weder Glauben schenken noch es Lügen strafen. Seine Suche hatte ein Ende, doch es sah ganz so aus, als würde er die Wahrheit nun nie mehr erfahren.

***

Übermüdet von der langen Fahrt saß Stephan mit Charlotte und Richard Engel in der Kneipe »Nachtzug« in Sechtem. Stephan hatte die beiden bereits während der Heimfahrt angerufen.

Draußen, keine zehn Meter entfernt, donnerte ein langer Güterzug vorbei und ließ die Erde beben.

Charlotte saß neben Engel, der den Brief von Stephans Onkel so hielt, dass sie gleichzeitig lesen konnten.

Ungeduldig bestellte sich Stephan das dritte Bier bei Dracula, dem Wirt des »Nachtzuges«, der diesen Spitznamen aufgrund seiner rumänischen Abstammung erhalten hatte.

Einige Dart-Spieler warfen ihre Pfeile, eine Skatrunde klopfte mit lautstarken Kommentaren ihre Karten auf den Tisch.

Endlich senkte Engel den Brief und sagte: »Das ist ja ein Ding.«

Charlotte rutschte neben Stephan auf die Bank und legte ihm eine Hand auf den Unterarm. »Es tut mir leid«, versuchte sie ihn zu trösten.

Stephan malte mit dem linken Zeigefinger Kreise auf die Tischoberfläche. »Die Suche hat ein Ende.« Er lachte bitter. »Die beiden haben uns einen riesigen Bären aufgebunden, und wir Blödmänner haben nichts geahnt.«

»Wie denn auch?«, warf Charlotte ein. »Deine Tante und dein Onkel haben sich gegenseitig ein erstklassiges Alibi verschafft.«

Starrköpfig entgegnete Stephan: »Trotzdem! Diese Abnabelung von der Familie. Das war doch auffällig, wir hätten es hinterfragen müssen. Stattdessen haben wir uns aus den Augen verloren.«

»Probleme?«, fragte Dracula, stellte das Bier vor Stephan ab und wischte mit einem Küchentuch über den Tisch.

»Familiäre«, antwortete Stephan und zog eine Grimasse.

»Das sind die Schlimmsten«, stellte Dracula fest und verzog sich wieder hinter seine Theke.

Stephan trank in einem gierigen Schluck das Glas halb leer.

»Was willst du jetzt machen?«, fragte Engel.

Stephan hob den Kopf und sah ihn an. »Mich bei Teutschner entschuldigen. Und bedanken. Mehr kann ich nicht tun.«

Engel nickte. »Dann musst du dich beeilen. Es geht ihm sehr schlecht.«

»Ich werde gleich morgen bei ihm vorbeifahren. Welches Krankenhaus?«

Engel lächelte zufrieden und antwortete: »Fahr in die Uniklinik in Köln. Dort liegt er.«

***

Teutschners Gesicht glich einem mit Pergament überzogenen Totenschädel. Er atmete unregelmäßig, stöhnte ab und zu leise.

Stephan blieb am Bettende stehen. Im Sterbezimmer, hatte eine Krankenschwester Stephan zugeflüstert, als er nach Teutschner gefragt hatte. Ein kleines Gerät, das neben dem Bett auf einem Tisch stand, summte leise. Fast zeitgleich hörte Teutschners Stöhnen auf.

»Morphium«, flüsterte jemand. Stephan zuckte erschrocken zusammen und drehte sich um. Eine junge Frau im weißen Kittel reichte ihm die Hand. »Hilde Maier. Ich bin die Stationsärztin.« Sie nickte in Teutschners Richtung. »Gegen die Schmerzen. Mehr können wir nicht mehr für ihn tun. Sind Sie verwandt?«

Stephan schüttelte den Kopf. Er suchte nach einer Antwort. Die Ärztin bemerkte sein Zögern. »Sie müssen nicht antworten. Ich bin nur neugierig.«

»Schläft er?«, fragte Stephan.

»Ich glaube nicht, dass er noch mal zu sich kommt, wenn Sie das meinen«, antwortete die Ärztin. »Aber wenn Sie ihm etwas sagen wollen: nur zu. Ich bin sicher, dass es noch ankommt.« Sie lächelte warm und reichte Stephan zum Abschied die Hand. Als sie sich umwandte, um das Zimmer zu verlassen, sagte Stephan: »Ein Freund. Er ist ein Freund der Familie.«

Sie nickte ihm zu und sagte: »Freunde kann er jetzt gebrauchen.« Dann schloss sie die Tür hinter sich und ließ Stephan mit Teutschner allein zurück.

ENDE

Dank

Ganz herzlich möchte ich mich bei all denen bedanken, die mir bei der Entstehung von Nebelspur geholfen haben.

Allen voran möchte ich meiner Frau Susanne danken. Sie hält mir tagtäglich den Rücken frei, schafft mir so uneigennützig Zeit zum Schreiben. Dazu mute ich ihr immer meine Erstfassung zu, die sie geduldig erträgt, um sie mir anschließend konstruktiv um die Ohren zu hauen.

Meinen TestleserInnen Harald Kill und Johanna Jäger danke ich für die Tipps, Hinweise, Vorschläge und Anregungen. Ohne ihre Geduld, sich mit mir brummigen Autor auseinanderzusetzen, wäre das Buch nie zustande gekommen.

Für die Übersetzung einiger Textstellen ins Bornheimer Platt bedanke ich mich bei Gisela Kentenich. Elke Seyfarth danke ich für die Vermittlung dieses wichtigen Kontaktes.

Stefanie Rahnfeld und Dr. Christel Steinmetz danke ich für ihr Vertrauen.

Zum Schluss bedanke ich mich herzlich bei meiner Lektorin Marit Obsen für ihre krimikundige Begleitung. Von ihr habe ich sehr viel gelernt.